세계문학론

지구화시대 문학의 쟁점들

창비담론총서 4

세계문학론

지구화시대 문학의 쟁점들

김영희 · 유희석 엮음

창비

'창비담론총서'를 펴내며

한국사회에서 변혁의 방향과 이를 위한 새로운 주체 형성에 대한 관심이 그 어느 때보다 뜨거운 지금, 계간 『창작과비평』과 출판사 창비는 '창비담론총서'를 새로이 출간해 독자의 요구에 부응하려고 한다.

'창조와 저항의 자세'를 가다듬는 '거점'으로서의 역할을 다짐하며 출범한 『창작과비평』은 1970, 80년대와 90년대에 걸쳐 민족문학론, 리얼리즘론, 분단체제론, 동아시아론 등 우리 현실에 기반을 둔 실천적 담론들을 개발하고 사회적으로 확산해오면서 일정한 성과를 거두었다. 2000년대에 들어서도 이중과제론, 87년체제론 등 기존의 문제의식을 이어받으면서 변화하는 상황에 대응하는 새로운 담론을 통해 이론적 모색과 실천활동의 밑거름이 되고자 했다. 계간지 특집

형식 등으로 최근 제기해온 이런 담론의 일부를 이번에 단행본 체재로 엮어내는 것은 우리의 지적 궤적에 대한 하나의 중간결산이기도 하다.

총서의 간행에 즈음해, 우리가 계간지 창간 40주년을 맞아 약속한 것을 돌아본다. 창비가 우리 시대의 요구에 부응하는 과제 수행에 더 많은 이들이 동참할 수 있도록 앞장서되, 단순히 공론의 장을 제공하는 일을 넘어 '창비식 담론'을 만들겠다고 밝혔다.

그리고 '창비식 담론'은 '창비식 글쓰기'에 의해 뒷받침될 것이라고 했다. 여기서 말하는 '창비식 글쓰기'란 현실문제에 직핍해 날카롭게 비평하고 대안을 제시하는 논쟁적 글쓰기를 뜻하는데, 이것이야말로 문학적 상상력과 현장의 실천경험 및 인문사회과학적 인식의 결합을 꾀하는 창비가 남달리 잘해야 마땅한 일이다. 우리는 그 일에 나름으로 정성을 다해 기대에 보답하려는 자세를 견지해왔다.

우리는 한국이 직면한 여러 문제에 대한 현실대응력이 한반도의 중장기적 발전전망과 연결되어야 온전히 작동할 수 있다는 문제의식에 입각하여, 우리 사회의 주류와 비주류의 경계를 넘나들고 거대담론과 구체적인 실천과제 논의를 아우르면서 비판적이고도 균형잡힌 담론을 개척하는 데 일조해왔다고 자부한다.

이러한 노력이 한층 많은 공감을 얻기를 바라며 이 총서를 간행한다. 올해는 출판사 창비가 설립된 지 35주년이기도 해 그 출발의 의의가 더 새롭다.

'창비담론총서'라는 이름을 공유하는 책들이 모두 같은 성격은 아니다. 그야말로 창비가 개발하고 앞장서서 이끌어온 담론이 있는가 하면, 우리 사회의 여러 곳에서 벌어지는 논의에 창비가 한몫을 떠맡은 경우도 있다. 또한 총서에 해당 주제에 대해 반드시 일치된 견해만 수록하거나 모든 글들이 동일한 방향성을 갖도록 모은 것도 아니다. 그러나 '창비담론총서'의 이름에 값할 만큼의 특색과 유기적으로 연관된 지향점을 갖추고자 노력했다.

앞으로도 창비의 담론에 반향이 있는 한 그 성과를 묶어내는 작업은 계속될 것이다. 총서 간행을 계기로 우리 사회 안은 물론이고 동아시아와 세계에 이르기까지 소통의 범위가 확산되기를 바라는 마음 간절하다.

2009년 4월
'창비담론총서' 간행위원진을 대표해서
백영서 씀

차
례

일러두기

1. 이 책에는 '창비담론총서'에 싣기 위해 새로이 집필한 글을 포함하여, 계간 『창작
   과비평』을 중심으로 여러 매체에 발표된 해당 주제의 기고문을 수록했다.
2. 수록 글의 출처와 최초 발표시기는 각 글의 맨 뒤에 밝혔다. 필자들은 최초 발표본
   을 현재의 시점에서 다소 손질했는데, 발표 당시의 현장성을 드러내기 위해 그대
   로 수록한 경우도 있다.

지금 우리에게 세계문학은 무엇인가

1. 지구화의 도전과 세계문학의 이념

세계문학은 우리에게 무엇인가? 이 질문에 대한 가장 통상적인 대답은 아마도 세계적인 고전들을 읽음으로써 우리의 교양을 키우고 세계에 대한 이해를 넓힌다는 것일 법하다. 세계문학 하면 가장 먼저 떠오르는 것이 외국 거장들의 '위대한' 작품들이고, 이런 이해는 외국문학의 대표작들을 주로 '세계문학전집'의 형태로 읽어온 우리의 독서체험에 깊이 스며들어 있다. 사실 세계문학의 한 개념이 바로 이처럼 세계적으로 인정받은 작품들의 집합으로서의 그것이다. 그렇지만 '지금 우리'의 관점에서 세계문학을 다시 묻기 위해서는 이런 통념을 넘어설 필요가 있다. 무엇보다 이렇게 구성되어온 세계적 정전들은 대개 그 목록을 보아도 알 수 있듯 선정기준에서부터 서양문학 편향성을 강하게 띠고 있었다. 우리에게 세계문학이 외국문학, 그것도 서양문학과 동일시되어온 한 까닭도 여기에 있다. 실제로 근래 들어서는 이 외국문학의 번역과 출판에서 비서구권의 작품들로 관심의 폭이 더욱 넓어지고 있고, 유럽중심주의를 비판하면서 세계문학의 지형도를 새롭게 구성해야 한다는 평단 및 학계의 목소리도 높아지고 있다. 외국문학 수용의 구미 편향성을 극복하자는 이같은 흐름과 아울러 한국문학의 '세계화'에 대한 관심도 부쩍 늘어나고 있는데, 여기에는 창작에서부터 '세계성'을 염두에 두어야 한다는 논의와 한국 작품의 번역 및 해외 출판을 활성화함으로써 세계문학에서의 입지를 확보해나가야 한다는 논의가 섞여 있다.

세계문학과 관련된 새로운 변화들에는 정전의 재구성이나 확대만이 아니라 정전 그 자체의 해체를 추동하는 흐름도 섞여 있다. 문학 작품이 세계적인 정전으로 인정받고 해외의 독자에게 읽히기 위해서는 비평계 및 학계, 독서계를 아우르는 인정을 우선 받아내야 하는 더딘 과정을 거쳐야 했던 반면, 근년에 들어서는 거의 출간과 동시에 국경을 가로질러 세계적으로 유통되고 읽히는 작품들이 일종의 세계시장을 만들어내고 있는 것이다. 이같은 세계적 베스트쎌러의 속출은 과연 세계문학이란 무엇인가를 새롭게 묻게 만든다. 많은 나라의 언어로 번역되어 널리 읽힌다는 것이 세계문학의 일차적 요건 내지 필수요건인가, 지금 당장 세계에 많이 알려져 있지 않다고 하더라도 각 민족/국민문학에서 탁월한 성취를 이룬 작품들의 경우는 또 어떻게 봐야 하는가 하는 물음들이 따라나오는 것이다. 동시적인 번역과 출간을 통해 전지구적으로 유통되는 이런 형태의 '세계적' 혹은 '지구적'(global)인 문학들은 세계문학의 정전에 대한 기존관념을 흔들면서 세계문학 논의에 새로운 국면을 열어놓는다. 이런 새로운 현상은 인간과 사회에 대한 깊이있는 통찰과 이해를 보여주는 문학의 본령, 인류의 공통된 자산으로서의 탁월한 문학적 성취를 위협하고 해체하는 것이 될 수도 있는데, 근년에 들어와 국내외 학계 그리고 문단에서 세계문학을 둘러싼 담론의 제시와 논쟁이 활발해지고 있는 것에도 바로 세계문학 혹은 더 본질적으로는 문학의 의미 자체에 대한 위기의식이 큰 몫을 차지하고 있다.

한편에서는 유럽중심의 기존 정전에 대한 비판과 세계문학 지형도의 새로운 구축을 향한 시도들이 진행되고, 다른 한편에서는 전지구적으로 팽창하는 세계적 상품으로서의 작품들이 이 지형도 자체를 허물고 있는 이같은 복합적인 국면이 '지금'의 세계문학이 처한 상황이다. 그리고 이 두가지 경향이 서로 얽히거나 대립하면서 확산되어나가는 배경에는 공히 지구화 혹은 세계화라고 일컬어지는 당대의 지배적인 흐름이 자리잡고 있다. 이런 상황에서 '지금 우리에게 세계문학은 무엇인가'를 묻는 일은, 지구화의 의미와 그것이 문학과 맺는 관계, 국민국가의 경계의 약화와 민족/국민문학의 향배, 유럽중심주의 극복과 탈식민의 문제, 문학들 간의 번역과 소통의 문제를 비롯하여 현단계 문학 및 문화 담론의 중요한 의제들을 동반할 수밖에 없다. 이런 의제들은 결국 세계문학을 새롭게 재편할 것을 요구하는 동시에 위기로 몰아넣고 있는 이 지구화의 시대에 세계문학은 어떤 지향을 지녀야 하고 또 지닐 수 있는가 하는 이념적인 물음을 야기한다.

세계문학론에서 괴테가 애초에 제기한 세계문학의 이념이 중요한 자리를 차지하면서 거듭 환기되고 재해석되는 것도 이 때문이다. 괴테는 세계문학의 도래를 예언하고 촉구한 바 있는데, 가령 1827년에 커만과의 대화에서 '국민문학'이라는 말이 이제 별로 의미가 없어졌으며, 다가오는 세계문학의 시대를 다함께 앞당겨야 한다고 말한다.[1] 괴테의 이런 발언들을 문자 그대로 국민문학 소멸론으로까지 받아들일 필요는 없을 것이다. 그가 제안하는 세계문학은 단순히 세계적 정전의 집합도 아니지만, 국민문학과 별개로 존재하는 어떤 단일한 실체를 가리키는 것도 아니기 때문이다. 그는 오히려 세계문학을 위해서 독일문학이 기여할 몫을 강조하되, 특정한 국민문학이 세계문학의 전범이 되는 것을 경계한다.[2] 괴테가 염두에 둔 세계문학은 각 민족이나 국가의 문학과 작가 들이 경계를 넘어서 서로 소통하고 교류하면서 문학을 통해서 인류의 보편적 가치를 지키고 세워나가야 한다는 일종의 국제운동적 성격을 지니고 있었다. 여기에는 당시 나뽈레옹 전쟁 이후의 유럽사회에서 중요하게 부각되던 국제주의의 영향도 있었지만, 번역과 출판을 통한 문학의 국제간 교류가 생겨나고 시장이 형성되어가는 근대성의 한 단계에 대한 인식이 뒷받침되고 있었다. 당대의 근대성은 각 국민문학을 형성하는 요인이자 한편으로는 대중화에 따른 취향의 하락으로 각 민족문학이 도달한 창조적 성취를 위협하는 요소를 가지고 있었다. 괴테의 세계문학 개념이 이같은 위험과 추세에 맞서는 작가들의 국제적 연대에 대한 제안으로 읽히는 까닭이다.[3]

사실 서구에서 출발한 근대 자본주의질서가 확산되어나가는 과정이 넓은 의미의 지구화라면, 이 지구화라는 것이 민족의 경계를 넘어서 지구적인 의미를 새롭게 창출하는 과정에서 각 민족문화들의 차이와 다양성을 진작하기도 하지만 억압하거나 폐기하는 방향으로 작용하기도 한다. 지구화에 내재한 이런 근본적인 이중성은 괴테보다 한 세대 뒤에 세계문학의 대두를 말한 맑스의 인식에서도 엿보이는데, 괴테와 마찬가지로 그는 '부상하는 지구적 근대성'의 결과 생겨날, "일국적 일방성과 편협성"을 넘어서는 세계문학의 형성을 예견하였다.[4] 세계문학을 부상하는 지구적 근대성의 한 귀결로 보는 동시에, 거기서 민족 경계를 넘어서는 새로운 창조성의 발현을 기대하는 점에서, 맑스 또한 괴테의 세계문학론과 이념적 지향을 함께하는 셈이다. 이들의 발언에는 세계문학의 조건과 가능성에 대한 간단치 않은 관찰이 담겨 있으니, 국민문학들에 닥쳐올 변화가 필연적임을 강조하는 동시에 그럴수록 제대로 된 대응이 시급하게 요청된다는 문제의식을 보여주는 것이다.

괴테의 이념이 지금 이 시점에서 유효할 수 있는 것은, 1990년대 이후 가속화된 전면적 지구화가 근대 초기부터 드러나던 근대성의 위험요인을 극대화하고 있기 때문이다. 괴테가 단지 징후로 보았던 소비문화의 세계화는 이제 전 지구를 지배하게 된 형국이며, 문화 일반에서와 마찬가지로 문학에서도 시장의 요구에 영합하는 유형의 문학들이 세계 독자들을 사로잡으며 그야말로 지구화되고 상품화된 문학을 세계적으로 유통시키고 있다. 이 국면에서 각 국지에서, 특히 각 국민국가를 토대로 하여 형성된 국민문학의 성취들과 그것을 위한 창조적 노력들이 위기에 처하고 있고 그것은 또한 세계문학 자체의 위기이기도 하다. 각 민족어/지역어로 이룩한 창조적 성과들을 국가의 경계를 넘어서 공유함으로써 공동으로 근대성의 폐해에 맞서고자 한 괴테의 기획이 새삼스러운 의미를 획득하는 까닭도 여기에 있다.

2. 세계문학, 국민문학, 민족문학론

전일적 지구화라는 근대성의 한 단계에 대한 단순 거부나 단순 추종을 넘어선 제대로 된 대응방식을 모색한다는 의미에서 세계문학이 하나의 '이념'의 성격을 띤다는 이해를 염두에 두면서 '지금 우리'의 현실에서 세계문학과 연루된 여러 문제들을 짚어보자는 것이 이 책이 기획된 취지다. 물론 이같은 세계문학의 발상이 우리에게 새로운 것만은 아니다. 우리의 경우, 민족위기에 대응하는 문학적 이념으로서의 민족문학론이 제기될 때부터 그것은 세계문학적 성취와 세계문학운동에의 참여를 함께 고민하는 것이었다. 민족적 위기의 현실 자체가 제3세계의 민중 일반이 겪고 있는 고통과 이어져 있을 뿐 아니라, 더 깊이는 세계 자본주의체제의 논리와 모순을 국지적으로 드러내는 발현태이기도 한만큼, 민족문학론에서는 애초부터 세계성 혹은 이런 의미에서의 보편성에 대한 추구가 그 한 축을 이루고 있었다고 할 수 있다.

외국문학에 대해서도 가령 서양문학의 고전들을 서양의 관점에서가 아니라 제3세계적 시각에서 다시 읽어냄으로써 기존의 유럽중심주의적인 세계문학 이해를 넘어서려고 하였다. 서양문학이 근대성과 대결하면서 이룩한 성취들 속에 근대자본주의의 속성에 대한 성찰과 비판 그리고 이 체제를 넘어서고자 하는 창조적 노력이 담겨 있다는 것이 이 읽기의 기본전제다. 지배자의 관점이 아니라 세계 민중의 관점에서 서양고전을 읽어내는 일은 그것의 진정한 세계적 의미를 살려내고자 한다는 점에서 오히려 이념으로서의 세계문학에 대한 인식을 바탕에 깔고 있는 것이다. 여기에는 서구의 문학적 성취조차 위기에 처하게 만드는 '탈근대주의'와 이와 결합된 문학의 상품화에 대한 저항이 함께하고 있었다. 백낙청으로 대변되는 '민족문학과 세계문학'의 상호관계에 대한 이같은 인식 속에는, 민족의 국지적인 상황을 토대로 하되 현 자본주의체제의 전개에 맞서는, 그런 의미에서 '보편적'인 반체제적 문제의식이 결합되어 있다. 각 민족어 속에서 창조성을 최대한 구현하는 활동을 통해서 세계 자본주의의 위기에 대응하고 이 성취들을 서로 공유하고 연대함으로써 인류의 삶을 더욱 인간답게 만들어간다는, 앞에서 말한 괴테적인 이념이 민족문학론 속에 살아 있었던 셈이다.

국내적으로 민족문학론에 대한 관심과 논의가 1990년 이후 약화된 면이 있고 그것의 시효 상실을 단언하는 논의도 빈발했다. 이른바 '탈근대'라는 시대 인식이나 탈민족주의를 향한 지향들이 여기에 결합되어 있는 것은 물론이다. 그렇지만 지구화가 근대성을 벗어나는 과정이 아니라 그 속에 더욱 긴밀하게 포획되는 과정이고 오히려 근대의 완성에 가깝다는 관점에서는 좀 다른 대응이 요구된다. 국가의 경계를 필요에 따라 지워버리는 것이야말로 다름아닌 현단계 근대성의 논리이며, 그런만큼 단순한 탈민족의 논리는 오히려 근대성의 추수에 그칠 위험이 크다. 실상 지구화시대에 범주로서의 민족이나 현실로서의 국민국가는 단지 약화되는 것만이 아니라 오히려 새롭게 부각되기도 한다. 지구화의 국면에서 세계자본주의가 위계적인 국가간체제를 수반한다는 세계체제론적 발상이 더욱 적실성을 얻게 되는 것도 이 때문이며, 지구화가 국민국가 및 국민/민족문학의 자리를 새롭게 사고할 것을 요구하는 것도 이 때문이다. 각 국민문학이 국지적 현실에 충실하되 세계적 안목과 결합하지 못할 때 개별 국민문학으로서의 성취도 한층 제한될 수밖에 없는 국면에 와 있으며, 세계문학의 풍성한 개화와 그 이념의 구현을 위해서라도 이같은 국민문학의 창조적 실천과 갱신이 새삼 중요해지는 것이다.

　제1부에 실린 백낙청의 「지구화시대의 민족과 문학」은 이상에서 논의한 지구화와 세계문학의 이념을 둘러싼 문제들을 남한의 민족문학운동과 관련지어 고찰하는 글이다. 백낙청은 심화되는 지구화가 초래하는 도전, 즉 자본주의체제의 전일화가 인간의 창조성에 가

하는 위협과 다양한 문화의 터전이 되는 민족 범주의 해체라는 도전에 직면하여, 그것이 국민문학 및 세계문학 나아가서 문학 자체에 불러일으키는 위기를 어떻게 돌파해나갈 것인가 하는 물음에 답하고 있다. 괴테-맑스적인 세계문학의 기획을 살려나가는 일은 편협한 민족주의도, 민족을 사고에서 배제하는 탈민족주의도 아니라, 민족 현실에 뿌리를 두되 세계체제에 맞서는 초민족적 연대가 곧 '민족적' 과제의 일부가 되는 민족문학운동에서 찾아야 한다는 것이다. 이 글에서 백낙청은 한반도의 분단체제 극복이라는 과제와 세계체제 재편 내지 극복을 연결지으며, 그런 의미에서 분단체제와 대결하는 민족문학이 세계문학의 진전에 중요한 기여를 할 수 있다는 지론을 펼치고 있는데, 유희석의 「세계문학의 개념들: 한반도적 시각의 확보를 위하여」는 세계문학 개념을 몇가지로 정리하는 한편 빠스깔 까자노바의 입론을 한반도적 조건에 비판적으로 대입해보는 방식으로 이같은 문제의식을 더 발전시키려 한 시도라고 볼 수 있다.

민족문학이 세계문학에 중요한 기여를 할 수 있다는 관점은 민족적인 것과 지구적 혹은 국제적인 것 사이의 단순한 이분법을 넘어서는 시각으로, 주변부 혹은 반주변부에서 세계문학을 위한 혁신이 나올 수 있다는 주장을 펼친 까자노바의 입론은 실제로 민족문학론과 흥미로운 비교대상이 될 법하다. 그러나 민족문학론이 말하는 세계문학이 괴테적인 문제의식과 통한다면, 까자노바에게서 결국 실종되는 것은 바로 이 괴테적 발상, 새로 형성되어가는 '미완의 기획'으로서의 세계문학 개념이지 싶다. 세계문학체제에 내장된 지배·피지배관계를 강조하며 출발한 그의 논의가 기성 세계문학 정전질서에 대한 묘한 옹호론으로 끝나는 소이도 여기에 있는 것이다. 주변부의 의미있는 혁신은 중심부로 재수렴됨으로써 후자가 계속 문학의 '그리니치 표준시'로 남아 있을 수 있게 해주고, 결국 세계문학은 그 불평등구조에도 불구하고 실제로는 의미있는 성취들을 그때그때 포용해온 이상적인 질서처럼 되어버린다.[5] 까자노바나 모레띠를 비롯하여 많은 서구의 세계문학론자들이 여전히 서구중심적인 세계문학의 지형도를 벗어나지 못하고 있다면, 세계문학의 현실과 담론 속에 여전히 관철되는 이 서구중심주의를 극복하는 문제는 지금 이곳에서의 세계문학을 사고함에 있어서 반드시 필요하다고 할 것이다.

근대 브라질문학이라는 구체적인 사례를 다룬 슈바르스의 「주변성의 돌파: 마샤두와 19세기 브라질문학의 성취」를 제1부에 수록한 것도 이런 문제의식과 유관하다. 주변부에서 어떻게 세계문학의 새로운 창조가 가능한가 하는 문제와 정면으로 씨름하는 이 글은 이론적으로도 시사하는 바가 적지 않다. 슈바르스는 브라질의 국지적 현실을 깊이 천착함으로써 사실주의 정신을 새롭게 되살려낸 마샤두의 소설에서 주변부에 위치한 브라질문학이 '세계의 현재'를 사유할 수 있는 지점을 얻게 된다고 말한다. 이같은 사례는 주변부의 민족문학에서 이룩되는 리얼리즘의 갱신이 어떻게 세계문학의 형성에 기여하는가를 잘 보여주는데, 국지 현실에 대한 천착이 서구 문학전통의 창의적 활용과 결합하면서 토착주의나 서구 추종을 넘어선 새로운 문학적 성취와 근대 자체에 대한 뜻깊은 통찰을 낳는 것이다.

3. 세계문학의 새로운 형성을 위하여

세계문학이 어떤 고정된 고전의 질서나 추상적인 이상으로서의 이념이 아니라 괴테가 말하는 것처럼 하나의 국제운동이자 실천이라면, 그것을 둘러싼 현실적 조건이나 그와 직결된 과제들에 대한 관심은 이같은 실천의 한 필수불가결한 부분이라고 할 수 있겠다. 세계문학이라는 개념 자체가 서구에서 출현한 근대성이 세계로 확산되어가는 과정에서 생겨났으며, 세계문학의 장이 여전히 서구 정전 중심으로 편성되어 있는 것이 엄연한 현실이다. '자유롭고 평등한' 교류와 공유라는 이념은 이런 점에서는 아직은 이상에 머무는 셈이다. 이같은 불평등구조가 최고의 문학적 성취의 생산이나 결집에도 근본적 질곡으로 작동하게 마련이라면, 서구중심주의의 극복은 세계문학운동을 위해서도 필수적인 과제라 할 수 있다. 이를 위해서는 우리의 시야를 아시아나 아프리카 그리고 중남미 등 비서구 지역으로 확대하는 것이 물론 필요하지만, 단순한 확대를 넘어서 비서구권 문학들이 근대성과 대면하면서 이룩한 국지적 성취들을 세계문학의 관점에서 새로 읽고 엄정하게 평가하는 작업 또한 함께 수반되어야 할 것이다.[6]

세계문학이란 국지적인 성취들로서의 민족/국민문학들을 떠나서 성립할 수 없는 것이지만, 그렇다고 개별 문학의 모든 '특수한' 성과들이 곧바로 세계문학적 '보편성'을 획득하는 것은 물론 아니다. "가장 민족적인 것이 세계적인 것이다"라는 명제에는 일면의 진실이 있되, 이것만으로는 민족특수주의나 자민족중심주의를 제어하기에 충분하지 못하다. 토착주의적 경향은 서구의 오리엔탈리즘과 맞아떨어지면서 세계 출판시장에 쉽게 진입하는 통로가 될 수는 있을지언정, 서구중심주의의 극복과는 멀어질 위험이 크다. 비유럽권의 문학을 위해서도 세계문학적 시각이 중요해지는 것은 각각의 국민문학 내부에서 이같은 민족특수성으로 함몰되지 않는 문학의 갱신을 추동해내는 힘으로 작동할 수 있다는 데 있다. 실상 슈바르스가 브라질의 경우를 들어 규명한 것에서도 보이듯, 비유럽권의 근대문학 가운데 가장 탁월한 성취들 자체가 이같은 끊임없는 갱신을 통해 이룩된 것이기도 하다.

그렇다면 세계문학의 주류로 간주되는 문학이 아닌 비유럽권 및 소수자문학들 등 주변에서 이룩되는 문학들이 세계문학에 갖는 의미는 무엇인가? 제2부는 이러한 문제의식을 중심으로 한 글들로 엮었다. 정홍수의 「세계문학의 지평에서 생각하는 한국문학의 보편성」은 근대 이후 한국문학을 개괄하는 가운데 민족문학론이 특히 한반도의 분단체제에 대한 인식을 바탕으로 세계문학적 시야를 확보해가는 과정을 짚어보면서, 한국문학이 "세계화의 부정적 양상에 저항하며 기존의 서양문학이 도달하지 못한 새로운 상상력과 가치를 세계문학의 성취로 등재하고 소통시키는 일"에 동참해야 함을 말한다.

이욱연의 「세계와 만나는 중국소설」의 문제의식에서 흥미로운 것은 한국문학이 서구문학만이 아니라 동아시아문학과의 관계를 새롭게 사고해야 할 단계라는 것이다. 과거 비서구문학이 서구문학에 의해 타자화되는 양상을 보였다면, 현재의 중국문학이 세계화하는 방식은 이같은 타자화를 거스르는 것이며 위화를 비롯한 중국작가들이 근대와 박투를 벌이면서 어떻게 "중국문학으로서의 개성, 자신만의 개성을 한층 심화하는 방식으로 세계와 만나 세계의 인정을 받았"는가를 역설한다. 슈바르스에게서도 비슷한 문제의식을 확인한 바 있지만, 비유럽권 문학이 현재의 세계문학질서에 의미있는 영향이나 변화를 초래하기 위해서는 그 국지의 현실에 충실하되 또한 서구적인 양식을 답습하지 않고 전통적인 서사와의 결합이나 기법 혁신을 통해서 근대성의 문제에 새로운 해석의 빛을 던지는 것이 세계문학의 보편성에 도달하는 방법이라고 할 수 있겠다.

이와 관련하여 흥미로운 것은 미국문학 내부에서의 소수자문학을 다룬 한기욱의 「세계문학의 쌍방향성과 미국 소수자문학의 활력」이다. 한기욱은 최근 활력을 보여주고 있는 미국 소수자문학을 소개하면서, 이것이 작가의 출신지역과 아메리카제국 사이의 쌍방향적이며 비판적인 교호작용과 새로운 경향의 리얼리즘이 결합하면서 이룩한 독특한 성취라는 사실에 주목한다. 한편 이석호의 「아프리카문학과 탈식민주의」는 식민주의와 이산으로 착종된 아프리카의 탈식민의 과제에 초점을 맞추며 아프리카문학이 갖는 세계문학적 가능성을 생각함에 있어서도 구전문학적 전통에 주목한다.

이상의 주변부 문학들에서 보이듯 이들이 각각의 방식으로 수행하는 근대성과의 대면과 그것의 문학적 표현은, 결국 중심부로부터의 일방성이 아니라 중심과 주변의 쌍방향적 작용에 의해서 세계문학이 새롭게 형성될 수 있다는 인식을 전해준다. 그런데 쌍방향성을 증대하기 위해서라도 현재 문학들간의 소통의 현실적 장이 어떻게 구성되고 있는지, 거기서 보이는 새로운 실마리는 무엇이며 그것을 어떻게 증진해나갈지 하는 고민이 필요하며, 작가와 작품의 국경을 넘어선 연대의 시도들에도 주목할 필요가 있겠다. 진정한 소통과 연대를 이룩하기 위해서는 중심부로 향하는 눈길 이외에 주변부들 사이의 상호교류와 이해를 심화시켜나가는 과정과 실천이 중요한데, 지구화가 심화되면서 각국의 국민문학들의 국제적 경쟁이 더욱 두드러지는 현상은 세계체제가 국가간체제라는 현실을 다시금 환기한다. 그럼에도 각 민족문학들이 세계로 자신의 성과들을 소개하고 국제적인 인정을 위해 노력하는 이면에는 세계문학의 새로운 형성을 위한 노력 또한 잠재되어 있다고 본다. 한국문학을 세계화하자는 움직임도 마찬가지다. 따라서 이런 움직임이 국가경쟁력의 차원에 머물지 않고 한국문학의 성과를 세계 독자들과 공유하는 과정에서 서구중심주의적인 질서를 넘어서고 세계문학 이념의 구현을 촉진하도록 견인해낼 필요가 있다.

　제3부에 실린 글들은 이런 문제의식을 바탕으로 번역을 통한 소통과 상호연대를 위한 모색을 다루고 있는데, 윤지관의 「한국문학의 세계화를 둘러싼 쟁점들」은 한국문학을 세계화한다는 일이 가지는 의미를 따져보고 한국문학이 세계문학에 기여할 수 있는 구체적인 방법들을 제시하면서, "세계문학이란 민족문학과 대립되는 어떤 것

이 아니라, 각 민족문학들이 각각이 처한 민족상황과 대결해나가는 가운데 이룩한 성취들을 국제적인 평가구조 속에 편입시키려는 싸움"이라고 규정한다. 윤지관이 한국문학이 세계문학으로 나아가는 양상을 짚어본다면, 이현우의 「세계문학 수용에 관한 몇가지 단상」은 거꾸로 외국문학의 한국내 수용을 살피면서 민족과 관련하여 세계문학을 어떻게 볼 것인지 생각해본다.

백원근이 「일본문학의 해외 소개 역사와 현황」에서 소통의 현실적 조건에 초점을 맞추면서 세계화를 의식적으로 지향해온 일본문학과 관련하여 여러 오해와 과장을 바로잡는다면, 방현석의 「서구중심의 세계문학 지형도와 아시아문학」은 그동안 우리에게도 주변적인 존재로 남아 있던 아시아문학과의 소통과 연대가 그간 어떻게 진행되어왔는지 전해주는 가운데, 아시아문학의 지형에서도 패권적인 세계문학 지도 그리기를 답습해서는 안됨을 상기시키고 있다.

이 책은 계간 『창작과비평』이 2007년 기획한 세계문학 특집에 바탕하여 논의를 발전시켜온 결과물인데, 이 특집의 일부였던 윤지관·임홍배의 대담 「세계문학의 이념은 살아 있다」를 말미에 수록하였다. 이 대담에서 두 사람은 괴테적 의미의 세계문학의 이념이 가지는 현단계적 의미를 짚으면서 외국문학과 한국문학의 주요성과들을 따져보고 아울러 한국문학의 '세계화'와 관련된 문제들을 거론한다. 이 책의 다른 글들의 여러 주제를 망라하면서도 깊이있게 회화를 진행해나간 대담으로, 논문이나 비평의 형태가 딱딱하고 어렵게 여겨지는 독자라면 입문 삼아 이것부터 읽는 것도 한 방법이겠다.

지금 우리에게 세계문학이란 무엇인가? 이 질문에 답하는 것은 쉬운 일이 아니다. '지금' '우리'라는 말부터가 자명한 의미를 담고 있지는 않기 때문이다. '지금'을 말하기 위해서는 민족적 차원이건 국제적 차원이건 현재 처한 상황에 대한 판단이 있어야 하거니와, '우리'만 하더라도 타자와 구별되는 오롯한 무엇이라는 관념의 속박에서 벗어나야 할 필요가 더욱 커지고 있는 것이 현재의 지구화 국면이다. 다만 말할 수 있는 것은 이 질문에 답해나가는 가운데 민족과 민족문학을 세계와의 관련 속에서, '우리'를 타자와의 관련 속에서 사유하는 통로가 열려나가리라는 기대이며, 이 책은 그 한 시도라고 보아야 할 것이다.

　이 책을 편집할 때는 세계문학의 이념에 대한 일정한 관심을 공통된 문제의식으로 삼고자 하는 의도가 있었지만, 그렇다고 실린 글 하나하나가 일치된 입장으로 수렴될 수는 없는 노릇이다. 때로는 세계문학의 개념과 실상에 대해서 글들 사이에 차이를 드러내는데, 이처럼 이견들이 제출될 수밖에 없는 것은 그만큼 세계문학이라는 개념, 나아가 문학이라는 것 자체가 지구화시대에서 하나의 질문으로 전화되고 있기 때문일 것이다. 이 책을 계기로 해서 이 문제에 대한 궁구와 토론이 더욱 깊어지기를 기대해본다.

2010년 12월
엮은이 김영희

제
1
부

세계문학이라는 '문제'

지구화시대의 민족과 문학[1]

백낙청

1. 몇가지 이론상의 문제와 실천과제

민족들(nations)과 문학들(literatures)은 복수로, 즉 여러 개가 존재한다. 이 정도는 상식이라면 상식이다. 그러나 이 정도의 상식이 얼마나 의미가 있는가? 어떤 낯익은 관념들을 한번 의심케 해주는 것만은 분명하다. 가령 '민족'이라는 것이 불변의 본질로서 또는 적어도 쉽게 규정 가능한 사회단위로서 존재한다거나, (대문자 L로 시작하는) '문학'(Literature)과 그런 '문학'이 못 되는 것 사이에 명확하고 불변하는 선을 그을 수 있다는 생각들에 대한 도전임에 틀림없기는 하다. 그러나 복수로 존재하는 것은 개념적인 차원에서일망정 단수로도 존재해야 한다. '민족이란 무엇인가' '문학이란 무엇인가'라는 성가신 물음은 여전히 풀리지 않은 채로 남는 것이다.

나는 이 두가지 질문에 확고한 답을 제시할 뜻도 없고 능력도 없다. 단지, 한국에서 '민족문학운동'으로 알려진 운동에 참여해온 사람으로서, 우리가 '민족'이라든가 '문학' 같은 애매한 개념들을 받아들이고 심지어 그 둘을 결합하여 '민족문학'이라는 용어를 사용하기조차 하는 — 그리하여 어쩌면 곱절로 의심스러운 결과를 낳는 — 몇 가지 이유를 제시하고자 한다.

그러나 우선, 상식을 약간 부연하는 것이 좋을 듯하다. 민족이 복수인 이유는 그것이 정의상 인류 전체보다 작은 집단을 뜻하기 때문만이 아니라, 우리가 오늘날 마주치는 형태의 민족은 근대의 산물이요, 이매뉴얼 월러스틴의 용어로 '국가간체제'(inter-state system), 즉 여러 국가들로 구성되고 따라서 여러 민족으로 구성된 체제의 산물인 까닭이다. 이 시각에서는 '따라서'란 말이 특히 강조할 만하다. "널리 퍼져 있는 신화와는 달리 거의 모든 경우에 국가가 민족에 앞섰지 그 역이 아니었다"[2]는 것이 월러스틴 주장의 요점이기 때문이다. 물론 민족형성에서 전근대적·근대적·식민지배·식민이후 등등의 다양한 국가들이 미친 서로 다르고 때로 중첩되는 역할을 구체적으로 밝히는 문제가 남고, 일단 하나의 '민족'이 형성된 다음에 역으로 민족이 국가의 형성과 유지에 끼치는 영향 또한 규명되어야 할 문제다. 게다가 한국의 경우는 한술 더 떠서, 내가 다른 글에서 한반도의 '분단체제'라고 말한 것의 일부로서 분단국가의 존재라는 또 하나의 복잡성이 덧붙여짐을 내세울 수 있기조차 하다.[3]

이 모든 혼란 가운데도 두가지 사실은 비교적 분명한 듯하다. 먼저 민족과 국가를 결합하는 이상적인 형태로서의 국민국가 ― 한때 몇몇 유럽국가들을 통해 근대세계에서 그리스의 '폴리스'에 가장 근접한 형태를 산출했다고 할 수도 있던 결합체 ― 가 현재의 지구화시대에 더는 지난날의 권위를 누리지 못한다는 점이다. 동시에 두번째로, 근대 세계체제가 아무리 지구화되고 세계화되더라도 국가간체제가 그것의 필수요소인 한은 민족들과 국민국가들(혹은 그 잔재들)이 엄연한 현실의 일부요 우리의 지속적인 관심사가 되리라는 점 또한 분명하다. 그러므로 근대에 적응하기 위해서든 아니면 근대를 철폐하고 진정한 '근대 이후'에 이르기 위해서든, '민족들'의 존재와 '민족'의 개념이 대표하는 현실에 어떤 식으로든 대응하지 않고는 효과적인 행동이 불가능할 것이다.

문학의 경우, 그것이 복수로 존재한다는 점은 하나의 문학작품이 항상 특정한 언어나 언어들로 구성된다는 뻔한 사실에 국한되지 않는다. 공통의 언어 말고도 특정한 일군의 작품을 어떤 하나의 특정한 '문학'에 속한다고 규정할 다른 요인들이 존재하는 것이다. 게다가 이런 요인들이 그 자체로서 가변적일뿐더러 서로 결합되는 양상 또한 가변적이라는 점, 그리고 주어진 작품이 하나 이상의 전통에 속할 수 있다는 점 ― 가령 현대 미국의 작품이 '미국문학'에 속하는 동시에 영어로 쓰인 문학이라는 넓은 의미의 '영문학'에 속하며, 더러는 국적을 무시하는 '포스트모더니즘' 문화에 속하기도 한다는 손쉬운 예에서 보듯이 ― 까지 덧붙이면, 어떤 절대화된 실체로서의 '문학', 대문자화된 Literature를 논하는 것이 불가능함이 더더욱 분명해진다.

물론 오늘의 도전은 대문자 Literature의 문제에 그치지 않는다. '작가의 죽음'에 대한 선언, 소문자로 쓰더라도 '문학'이라는 것의 특수한 영역 자체를 용인하지 않으려는 해체주의와 문화유물론적 비판, '작품' 아닌 '텍스트'라는 용어에 대한 일반적인 선호 등에서도 그러한 도전을 볼 수 있다. 또 이들 이론적 도전이 전지구화의 현실과 무관하지 않은 것도 사실이다. 우선, 문학의 개념을 문제삼게 만든 것은 다름아닌 지구화 자체와 자본의 전지구적 지배를 통한 여러 민족적 문학전통들의 급격한 변모 내지 파괴현상이다. 왜냐하면 근대세계의 문학들은 무엇보다도 국민문학들(national literatures), 좀더 명시해 말한다면 특정 유럽 국가들의 국민문학들로서 존재해왔기 때문이다. (물론 이들 국민문학에는 항상 더 넓은 유럽적 ─그리고 나중에는 구미문학적 ─ 차원이 존재해온 것도 사실이다.) 그런데 동일한 지구화과정이 세계체제에 뒤늦게 편입된 민족과 국가에는 약간 다른 결과를 낳는다. 앞선 모델의 국민문학적 노력을 따라잡으려는 욕구와 더불어, 이와 연관된 것이지만 자신의 민족적·지역적 유산을 보존하고 되살릴 필요를 불러일으키는 것이다. 전자의 목표는 부질 없는 것이기 십상이고, 후자도 실행 가능한 전망이기보다 절박한 필요의 느낌에 불과할 가능성이 얼마든지 있다. 그러나 만약에 이 두가지를 결합하기에 따라, 지구화의 물결에 휩쓸려 그 최고의 전통도 상실해가고 있는 바로 그 '선진모델' 국민들의 필요와 일치하기에 이른다면 어떻게 될까?

　나는 관련된 이론들의 장단점 자체를 따지기보다 바로 이러한 실천적 물음에 초점을 맞추고자 한다. 이론들이 흥미없다는 게 아니고, 심지어 긴급한 도전일 수 있음도 부인하려는 게 아니다. 그러나 언어를 주된 매체로 하는 특정 텍스트들이 어떤 의미로건 '문학'으로 통하고 또 그 텍스트들을 실제로 읽는 과정에서 의식적이든 아니든 이런저런 기준에 의해 그 우열에 대한 판단이 이루어짐을 결코 배제할 수 없다는 것은 엄연한 사실이다. 게다가 적어도 많은 한국인의 경우는, 과거의 가장 뛰어난 유산 중 큰 부분이 오직 문자를 통해서만 보존되어 있는바 이러한 유산이 창조적으로 지속됨이 없이는 값있는 삶이 불가능하다고 생각하는 것도 사실인데, 이 유산이 거의 전면적으로 말살될 가능성도 결코 상상의 비약만은 아닌 것이다. 또한 우리는 예컨대 셰익스피어와 현대 소비문화의 '문화생산품'을 구별하고 전자를 '우월한 작품'으로 판별하는 것이 단지 엘리뜨주의나 우민주의라는 주장에 현혹되지 않는다. 셰익스피어를 읽기 위한 배움은 무척 부담스러운 것이고, 그가 문화제국주의에 동원되는 일은 항상 경계해야 한다. 그럼에도 불구하고 우리는 셰익스피어 — 또는 괴테나 똘스또이 — 에서 발견되는 인간해방을 위한 잠재력을 도외시하기를 원하지 않으며 실상 도외시하고서 우리 뜻을 달성할 수 있는 처지도 아니다. 사실이 그러하다면, 우리가 지구시대의 도전을 진지하게 논하고 그 과정에 내재하는 인류문명에 대한 현실적 위협을 충분히 의식하는 한, 이러한 도전에 가장 적절한 텍스트를 생산하고 판별하는 일, 효과적인 응전에 가장 이바지하는 판단기준들을 식별하고 장려하는 일이 더 긴급한 과제가 아닐 수 없다. 구체적인 작품들로 이루어진 여러 종류의 문학들, 그리고 신비화된 실체로서가 아니고 하나의 길라잡이로서의 '문학' 개념은 이런 목적에 불가결한 것이 아닐까 한다.

더구나 전지구적 소비문화의 침투를 막아내기 위한 싸움에서 문학의 영역을 소홀히하는 것은 전략적인 오류이다. 전자영상시대에 문학이 낡아버렸다는 온갖 언설에 지레 겁먹음으로써 침입자에게 쉽게 길을 내어주지 않는 한, 언어라는 잘 알려진 장벽과 번역으로 이해하기 위해서라도 요구되는 해당지역에 고유한 특정한 지식들의 양은 소비문화가 뚫고 들어오기가 심히 거북한 지형을 이루는 것이다.

나는 앞서 '민족문학' 개념을 채택하여 현재도 진행중인 문학운동의 실천적 참여자로서 발언하고 있음을 밝혔다. 뒤에 이 운동의 과제 중 몇가지를 언급하겠지만 시간의 제약으로 민족문학운동의 상세한 역사는 물론이고 그 생산물에 대한 간략한 개관조차 생략해야 할 것 같다. 그러나 나는 이제까지의 발언이 민족문학 개념에 대한 우리의 지지가 단지 후진성에서 생겨나거나 서양의 최근의 지적 논의에 대해 전혀 무지함에서 비롯된 것은 아님을 보여주었기 바란다. 앞에 개괄한 현시대의 특징에 비추어볼 때, '민족문학'(혹은 '국민문학')은 분명히 불확실하고 위험하기까지 한 지형으로 우리를 이끈다. 그러나 그것은 이를 외면하고는 시대의 문제들을 제대로 다루기 위한 어떤 의미있는 노력도 불가능하고, 어떤 특수한 국면에 처한 특정 민족들로서는 주된 노력을 집중해야 하는 영역이기도 하다. 한국의 민족문학과 그 주창자들이 자신들이 떠맡은 과제를 충분히 감당하지 못해왔을지는 모르지만, 과제 자체는 지구시대의 도전들에 대한 신중하고 사려깊은 대응을 뜻하는 것이라고 나는 믿는다.

2. 지구화시대의 '세계문학'

어느 면에서 지구화는 자본주의 근대의 도래와 함께 이미 시작된다. 아마도 자본주의 세계경제가 지구의 북서 유럽지역에 처음 확립되고 여타 지역으로 가차없는 확장을 개시한 16세기부터 그러했을 것이다. 어쨌든 19세기 후반에 이르면 동아시아와 다른 지역들 거의 모두가 자본주의 세계경제에 통합되기에 이르며, 20세기 막바지에는 쏘비에뜨권이 독자적인 세계경제를 형성했다는 주장이 결정적으로 깨어지게 되었다. 어쩌면 엄격한 의미에서 전지구화를 말하는 것은 (때로 '탈근대'라 잘못 불리는) 이 만개한 근대에 비로소 가능한 일인지 모른다.

그러나 우리는 국민문학들의 탄생, 즉 특정 지역이나 지방이 아닌 '전체 민족 내지 국민'이 소중히 아는, 혹은 적어도 그 이름 아래 소중히 여겨지는 특정 국어들로 이루어진 문학들의 탄생은 그 자체가 (광의의) 지구화시대의 첫번째 결과 중 하나라는 점을 기억할 필요가 있다. 물론 구체적인 양상은 때와 장소에 따라 다르다. 어떤 경우에는 그같은 문학의 산출이 이딸리아의 단떼(Dante)나 영국의 초서(Chaucer)처럼 16세기보다 앞서는 수도 있다. 그러나 이는 문학의 발전을 포함한 자생적 발전이 근대로 이행하는 주요 동력을 제공한 지역에서 발견되는 현상이다. 거꾸로 자본주의 세계체제로의 편입이 외부압력에 의해 강요된 민족의 경우, 민족문학의 형성은 일반사에서의 '근대' 기점보다 뒤지기 십상이고, 자의식적인 노력의 성격을 띠는 경향이 있다. 이는 한국의 경우에 뚜렷하지만 어느정도는 독일이나 러시아 같은 나라도 마찬가지였다.

그러나 지구화의 더 나아간 진전은 '세계문학'의 필요성과 가능성을 가져온다. 맑스는 『공산당선언』의 유명한 구절에서 부르주아지에 의한 사회관계 전체의 가차없는 변혁과 세계시장의 끊임없는 팽창을 묘사한 뒤, '세계문학'에 대한 요구를 포함하여 새로이 창출된 정신적 욕구를 언급한다.

자국의 산물로 충족되던 낡은 욕구 대신에 머나먼 나라와 풍토의 생산품이라야 충족되는 새로운 욕구가 대두한다. 지난날의 지역적·일국적 자급자족과 폐쇄성 대신에 모든 방면으로의 상호교류, 민족들의 전면적인 의존이 발생한다. 그리고 물질적 생산에서 그러하듯이 정신적 생산에서도 마찬가지다. 개별 민족들의 정신활동의 성과는 공동의 재산이 된다. 일국적 편향성과 편협성은 점점 더 불가능해지며, 수많은 국민문학·지역문학들로부터 하나의 세계문학이 형성된다.[4]

'세계문학'(Weltliteratur)의 개념에 관한 한 맑스가 그 최초의 발의
자도, 가장 유명한 주창자도 아니다. 그 영예는 1827년 초엽 일련의
발언을 통해 그러한 생각을 개진했고, 십중팔구 용어도 처음으로 만
들어낸 괴테에게 돌아가야 마땅하다. 그런데 흔히 간과되는 사실은
프레드릭 제임슨이 몇년 전에 지적했듯이[5] 괴테가 '세계문학'이란
용어로 뜻한 바가 세계의 위대한 문학고전들을 한데 모아놓는 것이
아니고, 여러 나라(당시로서는 당연히 주로 유럽에 국한되었지만)의
지성인들이 개인적인 접촉뿐 아니라 서로의 작품을 읽고 중요한 정
기간행물들에 대한 지식을 공유하는 가운데 유대의 그물망을 만드
는 일이었다는 점이다. 즉 이 용어는 우리 시대의 어법으로는 차라리
세계문학을 위한 초국적인 **운동**이라고 부름직한 것에 더 가까웠던
것이다.

 '올림포스 산정'의 초연한 태도로 이름난 노년의 괴테를 세계문학
운동과 연결짓는 것은 뜻밖일지 모른다. 그러나 젊은시절에 그 자신
이 독일의 민족문학운동에 참여한 바 있고 말년의 초연한 태도는 낭
만주의자들이 이끈 편협한 민족주의적 문학운동에 대한 환멸에 주
로 기인했다는 점을 기억한다면 그렇게 놀라운 일이 아닐 수도 있다.
어쨌든 괴테의 요지는 1827년 베를린에서 열린 자연과학자들 ─시
인이나 비평가 들이 아니다─ 의 국제적 모임에 메씨지를 보내서 세
계문학의 발전을 위해 일할 것을 촉구하는 데서 명백하게 드러난다.[6]
더 잘 알려졌으며 못지않게 의미심장한 구절은 『에커만과의 대화』의

1827년 1월 31일자에 담겨 있다. 그는 에커만에게 말하기를,

나는 시가 인류의 보편적 자산이며, 언제 어디서나 숱한 사람들 사이에서 스스로를 드러낸다는 생각이 점점 더 굳어진다. 어떤 이는 다른 이보다 시를 조금 더 잘 쓰며, 다른 이보다 조금 더 오래간다는 정도의 차이가 있을 뿐이다. 아무도 자신이 좋은 시 한 편을 썼다고 스스로를 대단하게 생각할 까닭이 없다.

그런데 정말이지 우리 독일인들은 자신을 둘러싼 좁은 울타리 너머를 보지 않을 때 이런 현학적 오만에 너무 쉽게 빠질 확률이 크다. 따라서 나는 내 주위의 다른 나라들을 둘러보며, 모든 사람에게 그렇게 하기를 권한다. 이제 민족문학(Nationalliteratur)은 별로 의미가 없는 용어이다. 세계문학의 시대가 임박했고, 모든 이가 그것을 앞당기도록 힘써야 한다. 그러나 우리가 외국의 것을 소중히하면서도, 절대로 특정한 것에 얽매여 그것을 모델로 생각해서는 안된다.[7]

이즈음 괴테는 이미 독일문학의 고전들을 창조한 후였고 그 점에 대해 정당한 긍지를 갖고 있었으며, 몇개의 외국어로 씌어진 다른 위대한 문학작품들도 물론 잘 아는 상태였다. 따라서 '임박한' 어떤 것으로서 '세계문학'의 개념은 반드시 기존의 고전들보다 위대한 것이 아니라, 맑스의 표현대로 "일국적 편향성과 편협성은 점점 더 불가능해지는" 근대인의 진화발전하는 요구에 한층 적합한 새로운 종류

의 문학을 의미하는 것이다. 그것은 또한 의식적인 노력으로 그 도래를 앞당겨야 할 어떤 것이기도 하다. 덧붙여, 내가 보기에 주목할 점은 괴테의 결정적 발언이 한편으로 시적·문학적 재능의 신비화에 대한 경고를 앞세우고 있으며, 다른 한편으로 '외국'문학에 대비되는 자신의 민족(내지 국민)문학의 존재를 명백히 전제하고 있다는 사실이다. 단수로 된 그 명칭에도 불구하고 '세계문학'은 다수의 문학들로 구성되며 엄청나게 다양하고 복합적인 문학적 생산들로 이루어지는 것이다.

괴테의 세계문학 구상이 자세히 들여다볼 때 통상 생각하는 것보다 훨씬 더 맑스적임이 입증된다면, 맑스는 맑스대로 앞의 인용문이나 문학과 관련된 다른 발언들에서 자신이 독일 고전문화의 상속자이자 특정 문학들의 복합체로서의 세계문학이라는 괴테적 구상의 충실한 계승자임을 보여준다. 그런데 오늘의 시대에 이 괴테·맑스적 기획이라고 이름붙일 만한 것에 대해 우리는 어떤 입장을 취해야 할까? 『공산당선언』에서 분석된 물질적 과정이 맑스 자신도 아마 상상 못했을 정도로 진전된 현시점에서 과연 그 실현 가능성의 어떤 징조들이 있는 것인가?

그같은 기획을 의식적으로 밀고나간 초국경적인 대규모 운동이 하나 있었다면 바로 구공산권의 '사회주의리얼리즘'운동일 것이다. 이 특정한 형태의 세계문학운동은 현재 거의 무너진 상태이며 이는 자업자득이라 할 만하다. '사회주의리얼리즘'의 이름 아래 예술과 문학에 너무나 많은 억압이 행해졌기 때문만이 아니라, 더욱 중요한 것은 그 운동이 괴테가 일찌감치 예측했고 맑스가 명백히 강조한 현실, 즉 세계시장의 전지구화와 그에 상응하는 지적 생산의 변모를 무시하려 했기 때문이다. 그러나 사회주의리얼리즘의 붕괴 이후 특히 서구 선진자본주의국가에서 지배적이 된 조류 또한 괴테·맑스적 기획과는 너무나 다른 모습이다. 물론, 오늘날의 지배적인 문화 — 용어의 정확한 의미에 대한 합의 없이 종종 '포스트모던'이라고 불리는 문화 — 는 충분히 전지구적이다. 그러나 내가 볼 때 이 문화는 세계문학의 '대두'나 '앞당김'이라기보다는 그 억압 내지 해체를 뜻한다. 실로 포스트모더니즘의 이름난 이론가들은 문학이라는 개념 자체에 대해 적대적이며, 파키스탄 출신의 작가 타리크 알리가 '시장리얼리즘'(market realism)이라고 부른 바 있는 그 실제 생산물들은 괴테와 맑스가 똑같이 소중히 여긴 현실에 대한 비판적이고 창조적인 대응이 발붙일 수 없게 만들고 있는 형국이다. 알리는 오늘날 서구의 문학적 상황에 대해 다음과 같이 말한다.

사유와 양식의 획일화 경향이 늘어나고 있다. 쓰잘데없는 것들이 온 세상을 주름잡고 문학은 흥행산업의 일부가 된다. '사회주의리얼리즘' 대신에 우리에게는 '시장리얼리즘'이 있다. 후자가 자발적으로 떠맡은 질곡이라는 점이 다를 뿐이다. 우리는 왕년의 '사회주의리얼리즘'과 마찬가지로 '시장리얼리즘'에 대해서도 강력히 저항해야 한다. '시장리얼리즘'은 물신화된 상품으로 다루어지는 자기폐쇄적이고 자기지시적인 문학을 요구한다. 그중 고급시장의 상품은 대리종교를 조장하며, 하급시장에서는 키치가 성행한다. 그러나 상품의 회전속도가 워낙 빨라 이런 모든 경계가 금방 무너지고 만다. 권력과 부의 오만과 부패를 고발하는 대신 '시장리얼리즘' 문학은 대중매체의 거물들 앞에서 아양을 떤다.[8]

이런 식의 지구화가 '세계문학'과 문학 자체를 위협하고 있다면, 민족문학들은 한층 더 심각한 위기에 처했을 것임이 당연하다. '일국적 편향성과 편협성'뿐만 아니라 세계문학이라는 더 큰 삶의 일부를 이루는 어떠한 독특한 민족적 전통도 이같은 '사유와 양식의 획일성'을 향한 거센 흐름 속에서 버림받게 마련이다. 포스트모더니즘이 자랑하는 다양성이란 실상 '후기자본주의의 문화적 논리'가 허용하고 어느정도 요구하는 사이비 다양성에 불과한 것이다. 사실이 그러하다면 — 만약 세계문학과 민족문학들이 자본주의 전지구화의 결과로 연기처럼 사라져버릴 대상의 일부라면 — 적어도 세계문학의 구상에 애착을 느끼는 사람들은 민족문학 주창자들을 의심보다는 공감으로 대해야 마땅할 것이다. 아니, 적극적인 연대의식을 표방해야 옳다.

물론 괴테·맑스적 기획의 이론적 장단점들은 따로 더 논의해볼 문제이며, 나 자신은 문학이나 민족, 비유럽세계, 그리고 다른 많은 주제들에 대해 괴테와 맑스가 각각 지녔거나 공유했던 근본 전제들에 대한 진지한 문제제기를 않고서는 그 기획의 정당성을 확립할 수 없다고 믿는다. 그러나 여기서도 나는 더 중요한 문제라고 생각되는 점에 논의를 국한할까 한다. 즉 지구화시대의 인류가 세계문학이라는 기획의 배후에 있는 문학적 (그리고 문화적) 유산을 과연 어느정도까지 잃고도 견딜 수 있으며, 그러한 기획이 완전히 실패로 돌아간 경우에 지구화된 인류가 과연 어떤 종류의 삶을 — 삶이 가능하기나 하다면 — 누리게 될 것인가? 아무튼, 항상 세계문학의 대열에 합류할 것을 목표삼아온 우리 한국 민족문학운동의 참여자들은 그 '세계문학의 대열' 자체가 심하게 흐트러져 있어 세계문학이 살아남기 위해서도 우리의 민족문학운동과 같은 운동의 기여가 필수적이라는 인식에서 우리의 노력이 지니는 또 하나의 정당성을 발견하게 된다.

3. 남한 민족문학운동의 의의

이제 남한의 '민족문학운동'이 그러한 기여를 실제로 해낼 가능성과 직결된 몇가지 측면들을 논해보자.

민족문학 내지 국민문학에 대한 구상이 조선왕조 말엽에 처음 등장했을 때 그것은 1876년 조선이 근대 세계경제에 문호를 개방한 결과에 대한 직접적 반응이었음이 분명하다. 그리고 그것은 주로 유럽의 민족부르주아지들의 성취를 모방하려는 노력의 형태를 취했다. 그러나 당시에도 이와 경쟁하는 조류들로서 유교적 보편주의 — 이는 동양 예외주의와는 다른 차원의 문제였는데 — 의 명분 아래 이루어진 저항운동이 있었고, 1894년 동학농민전쟁이 대표하는, 비록 그 목표가 명확히 설정되지 못했어도 엄청난 동원력을 발휘하며 대안적인 근대성을 겨냥했던 민중투쟁도 있었다. 일본 식민지지배 아래서는, 비록 강조점이 부르주아 애국주의냐 프롤레타리아 애국주의냐의 차이는 있었지만, '근대적 민족' 및 '국가주권 회복'의 담론이 우위를 점하게 된다. 그런데 이 경우에도, 반식민주의적 민족주의에서 단지 서구의 선례가 제공한 특정 모델들의 복사판이나 변종만을 보는 것은 지나친 단순화를 범하는 일이다. 파르타 차터지가 주장하듯이 "아시아·아프리카에서 민족주의적 상상력이 거둔 가장 창조적이자 가장 강력한 성과는 근대 서구가 퍼뜨린 민족사회의 '모델적' 형태와의 동일시가 아니라 오히려 그로부터의 차별화에 있기" 때문이다.[9]

공식적 독립의 획득이 보통은 국가간체제의 무비판적 참여자로 변하는 민족국가를 낳으며 다른 미래를 향한 반식민지적 잠재력의 실질적인 상실로 이어지는 것은 사실이다. 그러나 한국의 경우 일제지배에서 해방되자 곧 삼팔선에 따른 분단이 뒤따랐고, 1950~53년의 파멸적인 전쟁에 이어 엇비슷한 휴전선이 생겨나, 두 개의 명백히 상치하는 이념과 제도를 지녔으면서도 하나의 '분단체제'에 함께 맞물린 국가구조들을 낳았다. 한반도의 분단체제에 관해서는 다른 곳에서도 여러차례 나의 주장을 펼친 바 있지만, 이 분단체제 자체는 다시 그보다 큰 세계체제의 한 하위체제를 이루는 것이다. 우리 세대의 민족문학운동의 뚜렷한 특징은 바로 이 특정한 '민족 문제',[10] 즉 민족분단에 대한 줄기찬 관심에 있다. 분단은 분명 식민지지배의 유산이며 더욱 직접적으로 신식민지적 간섭의 결과이지만, 분단된 양쪽 모두에서 자기재생산력을 지닌 반민주적인 구조들을 정착시킴으로써 그나름의 체제적 성격을 띠게 된 것이다.

이같이 특정한 민족적 위기에 대응코자 하는 '민족문학'이 어떤 단순명료한 의미로 민족주의적일 수는 없을 것이다. 실제로 우리가 직면한 상황은 '민족'이라든가 '국민'에 대한 단순한 관념을 해체하는 일을 불가피하게 한다. 이는 '계급'의 개념에도 그대로 해당된다. 분단체제의 자기재생산 메커니즘을 이해하기 위해 계급분석이 필수적이긴 하지만 말이다. 우리의 경우 '민족'은 두 개의 '사회'로 나뉘어 있고 두 개의 서로 다른 국가에 속한 집단을 뜻하며, 따라서 두 개의 서로 다른 민족(nation)이 되는 과정에 처했을지도 모르는 집단인 것이다. '계급' 또한 문제가 되는데 그 이유는 예컨대 'the Korean working class'라는 용어 자체의 의미가 극히 불분명하기 때문이다. 남한의 노동계급이냐 북한의 노동계급이냐가 먼저 밝혀질 필요가 있으며, 실제로 어떤 식으로건 통일을 목표로 삼는 경우라면, 특정한 한쪽의 노동계급(혹은 '남북한 노동계급'의 남쪽 또는 북쪽 부분)이 한반도 다른 쪽의 상응하는 노동계급과 맺는 관계라든가 자신이 속한 반쪽에서 여타 계급·계층들과 맺는 관계들을 명시하지 않고서는 현실적인 논의가 성립되기 힘든 것이다. 여기에 분단체제가 세계체제의 한 하위체제에 불과하다는 사실을 더하고 보면—그 세계체제가 자본주의적일 뿐 아니라 성차별적이고 인종주의적인 성격을 띤다는 점을 여기서 언급만 하고 넘어갈 수밖에 없지만—이 세계체제의 작동에 대한 정당한 인식을 갖고 그 전지구적 착취와 파괴에 맞서 싸우는 초민족적인 연대를 형성해내는 일은 바로 '민족적'인 과제의 일부가 되기도 한다.

남한에서도 1989년의 지정학적 변화 이래 가속화되는 전지구화의 발걸음이, 더욱이나 세계무역기구(WTO) 체제의 출범 이후에는 '민족문학'을 낡은 것으로 치부하는 목소리들을 키워왔다. 그러나 적어도 한가지 점에서 바로 그 지구화·세계화가 민족문학의 핵심과제를 부각시키고 강화하는 역할을 했다. 즉 미국과 북한간 제네바협정 타결(1994)이 마침내 한반도에 냉전의 종식을 가져올 것이며, 분단체제를 떠받치는 여러 기둥 중의 하나지만 어쨌든 매우 중요한 기둥 하나를 제거할 것이라는 점이다. 그러므로 우리는 오늘의 지구화에서 위협과 기회를 동시에 보아야만 한다. 한편으로 '국제경쟁력'이나 '전지구적 문화'의 이름으로 우리가 현재 누리고 있는 그나마의 자주성과 민주주의에 대한 위협이 커지는가 하면, 다른 한편으로 좀더 민주적이고 평등한 세상을 위해 남한 내부적으로만 아니라 국경 및 '준국경'(즉 남북한간의 경계선)을 초월해 수행하는 필수적인 노력의 기회가 동시에 주어진 것이다. 진정한 분단체제 극복 — 즉 민중역량이 의미있게 투입된 통일이어서 민족국가의 고정관념이 아니라 지구화시대 다수 민중의 현실적 요구에 부응하는 국가구조의 창안을 이끌어내는 통일 — 이 이루어진다면, 그것은 세계체제 자체의 결정적인 재편을 뜻하고 어쩌면 더 나은 체제로 이행하는 결정적 발걸음이 될지도 모른다.

나는 오늘날 한국의 실제 문학생산이 이같은 도전에 충분히 부응하고 있다고 주장하는 것은 아니다. 이를 달리 표현하면, 분단체제의 미래가 앞에 밝힌 구상보다 훨씬 나쁜 것이 될 가능성이 엄존함을 인정하는 말이 될 것이다. 즉 어느정도는 개량된 형태로 분단체제가 무한정 연장됨으로써 한반도 주민들은 한쌍을 이루는 두 개의 비민주적 국가 및 외세의 조종과 착취 대상으로 남게 될 가능성이 그 하나이며, 또 남한 자본주의의 요구에 따른 일방적인 흡수통일의 가능성도 있다. 이는 한국의 (필시 그 성차별주의도 크게 강화하는) 악성 민족주의의 등장으로 이어지거나 한국경제의 파멸적인 붕괴로 귀결될 수 있고 둘 다일 수도 있다. 이러한 전망은 그 어느 것이든 너무도 암담한 것이어서 자존심이 있는 민족이라면 분명히 다른 대안을 찾지 않을 수 없다. 특히 문학에 종사하는 사람이라면 그렇다.

　이 대목에서 지구화시대에는 민족문학들만이 아니라 세계문학 또한 위협받는다는 점, 오늘날 "일국적인 편향성과 편협성"보다 전지구적 자본과 그 범세계적인 문화시장이 주된 위험이라는 사실을 상기함직하다. 이는 정치행동의 영역에서도 마찬가지라고 믿는다. 다양한 종족적·민족적·인종적 편견들이 평화롭고 민주적인 세계를 위협하고 있지만, 최종적으로 그것들은 전지구적 축적체제와 그에 따르는 착취에 부응하고 또 그 한계내에서 작동한다. 궁극적으로 필요한 것은 에띠엔느 발리바르가 주장하듯이 "시민권을 위한 국제주의적인 정치"(an internationalist politics of citizenship)[11]임이 분명하지만, 그런 정치의 실질적인 성공은 해당되는 개인과 집단 각자가 가장 개인적이고 국지적인 차원에서 완전히 지구적인 차원에 걸친 다양한 차원들을 결합해내는 지혜와 창조성에 달려 있을 것이다. 그리고 이러한 여러 차원의 활동영역에서 민족적 차원은 중간차원이자 너무 파편화되지는 않은 '지역적' 차원의 한 유형으로서 문학에서건 다른 영역에서건 필수요소로 남게 된다. 한국의 민족문학을 위해 일하는 우리들은 지구화시대에 적절한 실천을 위해서뿐 아니라 세계문학의 보존과 창달을 위해서도 요구되는 바로 그러한 창조적 실험에 참여하고 있다고 믿는다.

* 이 글은 『통일시대 한국문학의 보람』(창비 2006)에 수록된 것이다.

세계문학의 개념들
한반도적 시각의 확보를 위하여

유희석

1. 머리말

괴테(Johann Wolfgang von Goethe, 1749~1832)가 1827년 1월 31일 에커만과 나눈 '대화'에서 처음으로 언급했다는 '세계문학'(Weltliteratur)은 기본적으로 국민·민족국가를 매개로 하는 문학지식인들의 초국적 교류 또는 관계망을 전제하는 것이다. 약 20년 후 조금 다른 맥락에서 맑스도 『공산당선언』에서 부르주아 계급이 주도하는 시장의 전지구적 확대를 언급하면서 '세계문학'의 등장을 예고한 바 있다.

괴테와 맑스가 각기 세계문학의 등장을 예견하면서 '민족문학'의 "일국적 편향성과 편협성"을 경계한 것은 흥미로운 우연이다. 그러나 그런 편향성과 편협성이 세계화시대에 더이상 통용되기 어렵다는 데는 누구나 동의할 법하다. 중요한 것은 민족문학 대 세계문학의 틀을 해체하면서 괴테·맑스의 발상에 실천적인 함의를 부여하는 작업이다. 즉 이들이 민족·국민국가의 문학을 넘어선 진정한 보편의 지평을 상상하면서 민족 갈등의 포연(砲煙)이 자욱하던 당대의 현실에 대한 적극적인 대응으로서의 세계문학을 제기한 발상이 초점이라는 것이다. 200여년이 지난 지금도 두 인물의 통찰이 문학과 역사의 관계를 새롭게 생각해보는 데 지적인 자극을 주는 것이 분명하고 그 문학론에서 오늘날 독자가 취할 바도 여전히 고갈되지 않았다면, '괴테·맑스적 기획'이라고 명명함직한 문제의식을[1] 우리 당대의 문제로 변환하는 작업이 절실하다.

　그런 맥락에서 한국, 더 나아가 한반도의 역사적 조건에서 출발하는 세계문학론의 가능성을 타진해볼 만하다. 세계화라는 21세기 특유의 보편주의 이데올로기와 거리를 두기 위해서라도 시야를 전지구적으로 넓히되 이 땅의 현실에 학문적으로 개입하는 노력이 따라야 한다는 것이다. 세계문학처럼 거대한 문제일수록 하나의 엄밀한 개념으로 파악하는 비평작업도 마찬가지 맥락이다. '스토리텔링'이 영화나 컴퓨터게임 같은 매체와 창의적으로 결합할 가능성이 더 커진—그에 비례하여 문자 중심의 창작영역은 더욱 축소될 위험에 처한—21세기의 출판시장에서 여러 유형의 문학들이 '세계문학'으로 유통되는 혼란스러운 상황이기 때문에 개념의 식별작업은 필수적이다. 이 글에서는 대체로 이같은 문제의식으로 우리 시대에 통용되는 세계문학'들'의 함의를 대별해보고 단절된 남한과 북한의 문학을 이어줄 현실적 조건 가운데 하나로 '한반도적 시각'의 확보라는 과제를 생각해보고자 한다.

2. 네 범주의 세계문학에 관하여

전지구적인 유통망이 가동되는 현재의 출판시장에 '세계문학'에 관한 담론은 적잖이 축적되어 있고 각국의 문화적 상황을 반영하는 세계문학의 상도 제각각이다. 하지만 대별해보면 앞서 언급한 괴테·맑스적 기획으로서의 세계문학을 포함하여 대략 네 범주의 세계문학 개념이 비평계에 통용되는 것으로 판단된다.

첫째, 근대화를 선도한 서구(=서유럽+미국)의 정전(=국민문학)을 세계문학으로 격상시킨 경우다. 이는 국민·민족국가(nation-state)의 형성과정에 적극적으로 개입한 문학으로서, 소수특권층에 국한되지 않고 국가구성원 전반을 민주주의의 원리를 통해 하나의 정치체로 묶는 이념적 향도성이 강한 국민문학이다. 하지만 작품의 차원에서는 그중 소수만이 문학사에 이름을 올린다. 계급·인종·성 이데올로기를 그대로 놔두면서 국민국가의 자기상(自己像)을 구축하는 서사만으로는 고전의 보편성을 담보하는 것이 사실상 불가능했기 때문이다. 국민국가 형성기에 구성원의 통합을 지향한 국민문학의 이념과 그 작품이 일치하는 사례는 오히려 예외에 가깝다. 따라서 작품과 이념의 괴리에 대해서는 역사적 관점을 견지하면서 해명하는 연구가 중요해지는데, 이는 결국 정전주의(=고전 숭배)에 대한 일정한 비판적 해체를 수반할 수밖에 없다. 식민 또는 반식민 상태를 거친 비서구의 문학에 대해 서구의 국민문학은 보편성의 상징으로서 일개 국민국가의 것이 아닌 세계의 문학으로 선전·전파되었기 때문이다. 국민문학으로서의 세계문학을 떠받치는 서구주의 이념이 이제는 주로 과거형으로 존재한다 해도 정전 비판의 필요성이 경감된 것은 아니다.

둘째, 세계의 문학시장에서 상이한 민족어·지방어를 사용하는 문학들을 매개해주는 번역문학으로서의 세계문학이 있다. 이는 번역을 통해 초국적 독자를 형성한 세계문학이라고도 말할 수 있다. 즉 노벨문학상을 포함하여 특정 지역과 인맥 중심의 각종 문학상이 보증하는 텍스트를 전문번역가들이 자국의 언어로 신속하게 번역하여 만들어지는 전지구적 베스트셀러로서의 '세계문학'을 가리킨다. 괴테도 거듭 중요성을 강조했듯이 번역이야말로 'Weltliteratur'의 창출에 결정적인 역할을 해온 주역이다. 국민·민족국가의 문학이 국경을 초월하여 고전의 반열에 오르는 데는 번역(산업)이 사실상 산파역을 했다고 해도 과언이 아니다. 그러나 여기서의 논점은 번역이 주로 서유럽 문학지식인들 간의 문화적 교감을 형성하는 도구로 기능하던 19세기와는 차원이 다른, 현재 '문학생태계'의 질서를 번역문학이 교란하는 양상에 대한 것이다. 하나의 작품이 번역을 통해 국가의 경계선을 넘는 것은 이제 전혀 새로운 사건이 아니지만 국민·민족국가들의 고유한 역사와 문화적 현실을 평면화하는 일종의 쓰나미에 비유할 수 있을 정도로 번역문학의 존재감이 강력해진 것이 21세기의 현실이다. 국민문학의 이념을 구현하는 세계문학담론이 주로 과거형으로 존재한다면, 열강의 언어들, 특히 영어라는 패권어가 특정한 지역어로 변환되는 과정에서 탄생하는 번역문학으로서의 세계문학은 전지구적 문학시장을 선도하는 막강한 시장성을 무기로 현재형으로 존재한다.

셋째, 비교문학이라는 분과학문이 상정하는 세계문학이 있다. 대학 내의 제도화를 계기로 비교문학은 한때는 세계문학담론을 실질적으로 이끌었다고 해도 과언이 아닐 정도로 활발했었다. 따라서 분과학문으로서의 비교문학이 세계문학의 보편적 지평을 규정해온 방식에 대해서도 검토가 필요하고, 각 국민문학의 실상에 대한 정확한 이해를 위해서도 민족과 인종이 상이한 나라들의 문학을 견주는 공부는 필수적이라고 본다. 하지만 비교문학이 서구 국민문학의 식민지적 팽창과 밀접한 연관이 있다는 점도 명백하다. 그리스·로마 문명에 관한 연구나 독일의 셰익스피어 연구식으로 유럽문화 안에서의 비교와 대조로 출발한 비교문학이 제국주의시대를 거치면서 선발주자로서의 서구문학 대 후발주자로서의 비서구문학이라는 도식을 만들어냈기 때문이다.[2] 비교문학 연구는 기본적으로 서양의 비교우위를 당연시하면서 비서구세계가 본받아야 할 하나의 모범으로서의 서구문학을 설정하는 방식으로 전개되어온 것이다. 서구문학을 세계의 문화유산으로 규정해온 비교문학이 실질적으로 종언을 고했다는 주장은 이미 미국의 지식계에서도 나온 바 있지만,[3] 최근 세계문학 논의에 비교문학이 편승하는 양상에 대한 비판적인 거리는 여전히 필요하다.

　마지막으로 서두에 언급한 괴테·맑스적 기획이라 이름붙일 만한 세계문학이 있다. 한마디로 이는 작품성의 확보를 전제로 한 운동으로서의 세계문학이다. 이 기획은 이미 대표작을 쓴 상황에서 괴테가 당시의 상황에 맞춰 제기한 발상이었고, 맑스의 경우도 서양 고전에 대한 광범위한 지식을 당대 정치현실 분석에 활용하면서 제기한 비체계적 구상에 가까웠다. 그럼에도 이 발상은 고전의 현재성을 의식하는 문학지식인의 초국적 연대와 교류를 지향한다는 점에서 최소한 이념적 지향 면에서 서구중심주의를 내장한 서양고전의 보편화나 상업주의의 연장인 통속문학의 세계화와도 구분된다. 그러나 실질적으로 생산된 작품의 차원에서 과연 무엇이 통속이고 상투며 무엇이 참다운 새로움인가를 변별하는 '읽기'가 개입하지 않고서는 괴테·맑스적 기획으로서의 세계문학을 운동 차원에서든 작품 차원에서든 구현하기 어려운 것도 사실이다.

　비평이 기본적으로 읽기의 문제임을 망각하기 일쑤인 (서구)비평계의 실정을 생각해보면 특정 지역에서 고전으로 통하는 국민문학들의 일정한 상대화를 수반하는 변별적 읽기의 중요성은 더 강조해야 하겠다. 고도의 추상성을 자랑하는 모든 포괄적인 이론도 궁극적으로는 이소성대(以小成大)를 통해 가능해지며, 그런 접근방식이야말로 세계의 모든 문학에 합당한 공부법에 해당하기 때문이다. 이같은 공부법이 세계문학이라는 '거대한 문제'를 감당하기에는 지나치게 소승적인 방법론이 아닌가 하는 반문에 대해서는, 괴테·맑스적 기획을 계승하려는 공부일수록 세계체제론 같은 사회과학의 거대담론과의 상호 참조도 필수적임을 환기함직하다. 여기서 한가지 짚어둘 사실은, 프로이쎈 제국의 건설 이후 독일의 역사적 궤적이 말해주듯이 괴테의 "'세계문학'이란 민족이 과잉되게 강조되는 시기에는 주목받을 수 없었던 발상이라는 점이다".[4] 민족 및 민족성에 관한 기존 담론이 '죽은 개'처럼 취급되는 것이 오늘날 한국의, 더 나아가 영미의 전반적인 지적 상황임을 감안하면 특정한 민족지형에서 활동하는 각국 지식인들이 그같은 지형의 매개를 거쳐 다양하게 민족성·인종성이 표출되는 작품을 공유하고 정치적으로 연대한다는 발상은 주목에 값할 수 있다. 이 발상이―통속적인 대중문학이 한층 공격적인 마케팅 전략을 통해 '작품'으로 가공되는 현실에서―뿌리를 내리고 싹을 틔울 기미가 도처에서 나타나고 있다. 가령 2007년에 한국에서 열린 전주 아시아-아프리카 문학 페스티벌(Asia-Africa Literature Festival, AALF)도 그런 연대의 한 표본이며 국적이 다른 작가들끼리의 지면 교환 또한 부쩍 활발해졌다. 이처럼 운동과 작품으로서의 세계문학이 어떤 열매를 맺을지는 더 두고볼 일이다.

　겨우 윤곽만을 제시한 이 네가지 범주의 세계문학은[5] 앞으로 좀더 정밀한 논의가 요구된다. 이는 숙제로 남겨두고, 세계문학들의 분별적 이해를 위해서라도 한반도적 시야의 확보가 중요해지는 까닭을 간략히 짚어보자. 무엇보다 세계체제의 반/주변부로서의 한반도 자체가 이 네 범주의 세계문학이 혼재하면서 각축하고 있는 현장이기 때문이다. 비서구세계를 향해 자신을 보편성의 현신으로 내세운 서구의 국민문학, 통속적 상업주의로서의 번역문학, 기원과 파생의 이분법을 은폐한 비교문학 등이 저마다 '진정한 세계문학'의 이름을 참칭(僭稱)하는 상황이라는 것이다. 서구중심주의의 극복을 겨냥하는 문학지식들의 초국적 연대를 '작품'으로써 지향하는 세계문학의 구체화가 긴요한 것도 그 때문인바, 식민억압 및 민족분열의 역사가 현재의 지층에 내재한 한반도 같은 반/주변부 현실일수록 그 착종의 맥을 정확히 짚는 공부는 절실해진다.

3. 야누스의 얼굴―정전주의의 보편화와 통속주의의 세계화

그런 공부를 위해서도 재차 환기해야 할 것은 지금까지 괴테·맑스적 기획으로서의 세계문학에 역점을 두고 개념적 범주로 분류해본 세계문학들이 현실의 영역에서는 사실상 별개의 공화국으로 존재하지 않는다는 사실이다. 그 각각이 절대적 자족성을 갖지 못하기 때문에 비평의 분별 문제가 더 첨예해지는 면도 있다. 그렇다면 네 범주의 세계문학들이 겹치고 또 갈라지는 맥락을 읽어내는 것이 상대적으로 중요하겠는데, 서구의 문학이 20세기 한반도의 역사적 현실에서 다양한 방식으로 굴절 및 변형된 양상은 특히 부연해볼 만하다.

우선 짚어야 할 것은 서구 국민문학(의 이데올로기)에서 연유한 정전주의로서의 세계문학이다. 작품을 장르별·시대순으로 배치·정렬하는 세계문학 개념, 즉 서구의 국민문학을 한자리에 전집 형태로 모아놓고 비교하는 세계명작이라는 상(像)은 한국의 독자에게 가장 익숙한 것이다. 우리의 경우 특이한 점은 그같은 국민문학이 결사적으로 '서구 따라잡기'에 나선 일본을 경유하여 식민지조선으로 수입되었다는 사실이다. 그 과정에서 특정 작가나 작품에 대한 편중 및 해석과 평가에서의 이데올로기적인 편향이 거의 필연적으로 발생했다. 아직껏 세계문학=세계명작이라는 다분히 정전주의적인 등식이 한국인의 의식·무의식에 고집스럽게 남아 있는 현상도 '명작'이라는 꼬리표를 달고 식민지조선으로 유입된 순간 보편성을 선점하다시피한 식민지현실의 반영인 셈이다.

일본 제국주의의 식민통치가 종식된 이후의 해방 국면에 이르면 상황은 더 복잡해진다. 예컨대 일제를 통해 우회한 서구문학은 남쪽의 경우 미 군정기(軍政期, 1945.9.9~1948.8.15)와 전쟁의 참화를 겪고 이어진 분단으로 인해 영문학 전반을 비롯한 서구문학의 번역작업이나 온당한 비평적 인식에도 심각한 불균형이 초래되었다. 여기서 남과 북에서 상이한 방식으로 드러난 그 불균형의 실상을 살필 겨를은 없다.[6] 다만 지금 시점에서 서구중심주의와 표리를 이루는 정전주의 비판의 편향성은 좀더 차분하게 생각해봄직하다. 서구문학계의 학자들이 진보와 선진의 이름으로 자국의 고전에 대한 일종의 자해적 해체를 일삼는 것도 딱한 현상이지만, 한국의 영문학계도 그런 해체를 되새김질없이 추수하고 있는 실정이기 때문이다.

자국의 고전을 여타 나라들이 따라잡아야 할 하나의 기념비적 모델로 현시한 서구중심의 정전주의가 이젠 과거지사가 되어버렸다는 점을 생각해보면 그같은 현상은 시대착오라는 느낌마저 든다. "인도 제국이야 어찌되든 우리에게 셰익스피어가 없어서는 안된다"는[7] 칼라일적인 단언을 오늘날 누가 흔쾌히 수긍하겠는가. 고전 숭배를 조장한 정전주의의 주된 기능이 한 국가 내부의 국민결속력을 높이고 식민지배를 문화적으로 원활하게 하는 데 있었음은 논란의 여지가 없어 보인다. 그러므로 생각해보면 정전을 신봉하는 지식인 및 그들의 배타적 연구행태에 대한 비판이 봇물을 이룬 것도 납득할 만하다.

문제는 정전주의의 해체와 정전에 가려진 작품들의 재평가작업이 정치주의적 판단과 잣대에 근거를 둔 경우가 허다하다는 사실이다. 그런 판단과 잣대가 화석화된 정전주의 비판을 넘어서 고전의 진정한 비판적 잠재력을 되살리는 안목의 훈련만이 아니라 운동을 겸하는 세계문학의 연대에도 한계로 작용할 것은 뻔하다. 문학과 비문학의 경계에 대한 무분별한 해체로 인해 탈정전주의가 그 진정한 전복성의 동력까지 상실하는 역설도 우연은 아니다.[8] 어떤 경우든 괴테·맑스적 기획으로서의 세계문학을 앞당기는 과업은 해체주의나 탈식민주의, 페미니즘 등, 새로운 문제제기로써 시야의 사각지대를 개방하는 만큼이나 특정한 '관(觀)'으로 고착되기 일쑤인 모든 비평이론과의 씨름을 전제하는 것이다. 요컨대 정전주의 비판의 온당한 의의를 접수하는 동시에 서구지식인들이 선전하고 수출하는 '새로운' 세계문학 가운데서 그 실질적 내용을 분명히 인식하고 평가하는 일이 지금 한국의 문학지식계에서 상대적으로 더 중요해졌다고 할 수 있다.

그렇다면 통속적 대중문학이 번역의 지원을 받아 세계문학으로 군림하는 현상은 어떤가? 앞절에서도 언급했다시피 현재 한국의 문학출판시장에서도 번역문학의 비중은 결코 무시할 수 없으며 고급 번역인력의 저변이 넓어짐에 따라 세계 각국의 탁월한 작품이 국경을 넘는 속도도 빨라지고 있다. 그같은 작품들이 개별 민족어를 사용하는 나라의 문학을 풍성하게 해줄 여지가 더 커지는 것도 물론이다. 하지만 이 글에서 문제삼는 번역문학으로서의 세계문학은 그와는 거의 무관한, 이른바 시장리얼리즘의 득세에 가까운 것이다. 즉 번역을 통해 모든 가치와 취향의 '평준화'를 선도하는 문학과 연관된다. '통속의 감수성'으로 일컬을 수 있는 그런 번역문학의 세계화를 단적으로 예시하는 것이 '하루끼 현상'이 아닐까 싶은데,[9] 한국 출판시장에서 주기적으로 반복되는 시장장악의 현황목록은 더 길게 뽑을 수도 있다. 빠울루 꾸엘류(Paulo Coelho)나 댄 브라운(Dan Brown) 등도 거기에 속하지만, 2007년 6월까지 65개국 언어로 번역되어 국민·민족국가의 문화적 장벽을 실질적으로 무력화한 '해리포터 현상'도 바로 그런 세계문학의 상징적 표상에 속한다.

초국적 베스트쎌러가 주종을 이루는 번역문학은 정전으로 표상되는 세계문학과 일견 전혀 무관한 것처럼 보인다. 한 나라의 문화적 잠재력을 정전으로 집약하는 구심성이 강력한 세계문학은 원심적으로 퍼지는 번역문학의 대중성과는 질적으로 구분되면서 '본격문학'으로 간주되는 것이 보통이다. 그러나 정전주의를 담지한 세계문학이—계몽의 효과도 낳으면서—문화적 식민통치의 일환으로 동원된 면이 많았듯이, 통속적 대중문학의 대열에 합류한 번역문학도 그에 부수되는 온갖 문화상품을 거느리면서 19세기와 각기 다른 방식으로 서구 근대문학의 역사적 위상을 보편진리의 자리로 끌어올렸다. 그것은 기본적으로 야누스의 얼굴이 드러나는 형국이라고 해도 과언이 아니다. 정전주의의 보편화가 닦아놓은 문화식민주의의 영토를 통속성을 '대중성'으로 포장한 초국적 베스트쎌러들이 대대적으로 확장하는 상황이라고 해야 정확한 진단이겠다.

바로 그렇기 때문에 민족·국민·지방문학들의 연대로서의 세계문학 구상이 긴요해진다. 자신의 당대에서 '세계문학'을 앞당겨야 할 사명을 천명한 이는 괴테였지만, 지구의 대부분 지역이 실시간으로 연결되는 오늘날이야말로 자본에 의해 잠식당하는 문학시장에 창조적으로 대응하는 동시에 초국적 연대로서의 세계문학의 실현을 앞당겨야 할 시대인지도 모른다. 소비주의의 심화를 야기하는 지구화의 물질적 조건이 강화될수록 각각의 민족들과 그 언어권들이 산출한 최량의 작품을 공유함으로써 민족주의와 국가주의를 넘어서는 연대의 계기로 활용하는 지적 작업이 활성화될 가능성도 커진다. 그렇다면 정전주의와 반정전주의를 등거리에 놓고 세계문학의 참다운 보편적 지평을 사유할 어떤 기준점 같은 것을 먼저 찾아야 하지 않을까.

4. 세계문학의 표준시 — 빠스깔 까자노바의 개입

바로 이 대목에서 빠스깔 까자노바(Pascale Casanova)의 세계문학론이 떠오른다. 그는 국민문학들간의 갈등과 경쟁으로 구성되는 불평등한 시공간을 문학생산의 무대로 상정하면서 '구성되는 것으로서의 세계문학'을 논하는바, "모든 경쟁자들이 무조건적으로 인정하는 절대적 참조점"으로서의 그리니치 표준시를 제시한다.[10] 세계문학의 시공간은 사실상 서구를 뜻하는 중심부와 비서구에 해당하는 주변부로 나눠진다. 각각의 지역에 속한 국민국가들은 자신의 국민문학을 걸고 세계문학시장에 참여하여 경합하는데, 이러한 갈등과 대결, 경쟁의 과정을 통해 모든 나라가 승복하고 따를 수 있는 '보편적 표준시'가 성립된다는 논리다. 그것이 바로 '문학의 그리니치 자오선'이라는 표준시간대로서, 어떤 문학이 진정으로 세계문학인가를 가리키는 척도의 구실을 한다는 것이다.

까자노바에 따르면 프랑스 근대문학은 표준시의 모범사례가 된다. 라틴어의 지배에 반기를 들고 근대문학 최초의 자율성과 독립성을 확보함으로써 근대적 표준시의 확립을 위한 첫걸음을 뗀 문건은 조아심 뒤 벨레(Joachim Du Bellay)의 「프랑스어에 대한 옹호와 선양」(La deffence et illustration de la langue françoyse, 1549)으로 소개된다. 이후 대략 20세기 중반까지 프랑스 빠리의 시간은 상이한 시간대에 속한 세계 각국의 문학시계가 따라야 하는 표준시로 군림했다는 것이다.

빠리의 표준시라는 가설에 관한 한 까자노바 자신도 프랑스중심주의를 의식하는데다가, (서구)근대문학에서 프랑스문학이 차지하는 위상이 과연 그리니치의 표준시간대에 견줄 만한가 하는 문제를 제대로 논할 능력도 필자에게는 없다. 다만 그의 발상이 월러스틴의 세계체제 분석을 원용한 프랑꼬 모레띠(Franco Moretti)의 세계문학론과 일맥상통하면서 기존 비교문학의 상투적인 도식에 도전하는 대담한 가설적 성격을 띤다는 점을 좀더 살펴볼 요량이다. 따라서 정밀한 논의는 다른 자리로 넘기고, 여기서는 세계문학의 장에서 그리니치 표준시를 설정하고 특정한 나라의 문학이 특정한 시기에 그런 표준시의 역할을 수행했다는 까자노바의 가설에서 표준시의 성립근거가 무엇인가에 집중하겠다.

이 물음에 대한 까자노바의 답변은 꽤나 명쾌하다. 문학의 혁신 및 진보와 동의어로 쓰이는 '모더니티'가 그 근거라는 것이다. '새로움으로서의 근대성'이라고 해야 할 모더니티의 발현이 특정 국민문학이 세계문학임을 말해주는 척도가 된다는 논리다. 그가 모더니티의 표상으로 호명하는 작가들과 문학운동은 우리에게도 낯설지 않다. 19세기 중후반의 보들레르와 랭보, 발레리, 20세기 초반 이딸리아와 러시아의 미래파, 20세기 중반의 싸르트르, 1960년대 남미의 마술적 리얼리즘 등이다. 물론 그가 작성한 목록은 이보다 훨씬 더 길다. 요약하자면 이들 문학의 보편적 의의는 작가가 "모든 인류와 동시대인들"이 되기 위해 '진정한 현재'를 추구한 데 있다는 것이다. 그런 맥락에서 그는 "중심부 국가에 살든 주변부 국가에 살든, 세계의 경쟁을—그리고 따라서 문학적 시간을—무시하고 고국이 문학적 관례에 부여한 국지적인 규준과 한계만을"[11] 고려하는 민족주의 작가들을 비판한다. 괴테와 맑스 공히 경계한 '민족문학'의 "일국적 편향성과 편협성"에 대한 까자노바의 비판적 인식에 토를 달기는 어렵다. 근대문학이 수행한 미적 혁명에 관한 그의 평가에 대해서도 마찬가지이다.

그럼에도 "특정한 시간의 문학적 형식은 문학세계의 주변부에 있는 작가들에 의해서만 감지될 수 있다"는 판단에 대해서만은 독단에 가까운 편향이라고 해야 할 것 같다. 그런 편향이 서구 중심부 지식인의 것이라는 점이 특이할 뿐인데, 물론 까자노바 자신은 문학의 기존 그리니치 표준시에 도전하여 새로운 미학적 혁신을 이룩한 나라의 다양한 작가들을 소개하면서 그같은 표준시 자체도 결코 영속적이거나 절대적인 것이 아님을 누누이 강조한다. 스페인 문학에 대항하여 1890년대 니까라과의 모더니즘 운동을 주도한 루벤 다리오(Rubén Darío, 1867~1916), 런던의 국제적 문학규범을 거부한 1900년대 아일랜드의 조이스(James Joyce, 1882~1941), 새로운 미국적 소설미학의 창시자로 추앙받는 1930년대 미국의 포크너(William Faulkner, 1897~1962) 등은 시대와 공간을 달리하여 표준시를 성취한 예로 거론된다. 그가 주변부와 중심부의 복잡하고도 위계적인 세계문학의 공간에서 발견되는 의미심장한 문학적 성취의 사례를 세 부류, 즉 동화·반항·혁명의 패턴으로 구분하는 것도 바로 그런 맥락에서다.

까자노바의 세계문학입론이 일면 서구중심주의에서 벗어났다고 평가할 수 있는 근거 가운데 하나는, 중심부와 주변부의 문학이 맺는 결코 간단치 않은 긴장관계를 입체적으로 조명했다는 데 있다. 특히 중심부 문학이 행사하는 유형·무형의 영향력에 맞선 주변부 문학의 미적 도전을 세계문학의 창출을 위한 주요 변수로 설정함으로써, 중심부의 영향과 주변부의 수용이라는 비교문학의 고식적인 틀에 일정한 균열을 일으킨 것은 중요한 비평적 성취다.[12] 그러나 다른 한편, 문학의 그리니치 표준시를 가능케 하는 미적 혁신으로서의 모더니티—대개는 주변부에 위치한 후진의 문학이 중심부를 선점한 선진의 문학을 따라잡기 위해서 갖추어야 할 필수적인 덕목으로서의 모더니티—개념은 근대주의의 멍에를 여전히 안고 있다고 판단된다. 낡음(=전근대) 대 새로움(=근대)이라는 이분법에서 제대로 탈피하지 못했을 뿐더러 후자의 추구가 미학적 혁신의 절대전제로 상정되는 한에서는 그의 세계문학론도 근대문학 전반에 대한 일면적 파악이다.

그런 맥락에서 그가 제시한 세계문학 공간에 세계체제 분석의 '반주변부' 개념이 결락된 점은 하나의 징후다. 실제로 그는 반주변부의 개념적 쓸모 자체를 부정하는 입장이다. 지배와 피지배의 명징한 역학관계를 호도하기 때문이라는 주장인데, 과연 그런가? 세계의 정치·경제적 패권이—18세기 프랑스의 빠리, 19세기 영국의 런던, 20세기 미국의 뉴욕이 그러했듯이—문화의 중흥으로 이어지는 것은 어쩌면 자연스러운 현상이지만, 경제의 저개발상태를 벗어나기 힘들지언정 주변부에서도 서구의 고전에 필적하는 작품이 드물지 않게 나왔다. 그런데 그 어느 쪽도 아닌 반주변부는 또 다르다. 중심부와 주변부를 매개하는 위치에 있기 때문에 양쪽의 특성이 복합적인 사회조건으로 존재하는 지역이기도 한 것이다. 그렇다면 문화의 창조역량이 발휘될 수 있는 여지에 대해서도 중심부나 주변부와는 다른 차원에서 좀더 진지하게 생각해봐야 한다.

반주변부는 중심부로부터 끊임없이 견제당하는 상태에 있고 주변부보다 상대적으로 기회비용이 낮기 때문에 기술혁신의 가능성이 풍부하게 마련이다. 그런 가능성이 반주변부 특유의 문화적 잠재력과 연동된다면 중심부나 주변부와도 다른 종류의 상승효과를 문학장에서 기대하는 것을 낭만적 환상으로 치부할 일은 아니다. 중심과 주변의 틀에 묶여 있는 까자노바의 세계문학 모델에는 바로 그런 사유가 결여되어 있다. 서구가 선점한 새로움으로서의 모더니티에 그가 비판적 거리를 두지 못하는 것도 새로움에 대한 매혹과 저항이 특히 강하게 동시적으로 발동하는 반주변부의 특수성을—사실은 서구 중심부국가 내부에도 존재하는 '제3세계적 상황'에서 종종 발견되는 그런 특수성을—충분히 고려하지 않은 탓이 아닌가 싶다. 식민주의의 굴레를 역사적으로 의식할 수밖에 없는 반주변부 국가의 작가라면 첨단의 미적 근대성이 아무리 매력적이라 하더라도 그 첨단성과 자국의 뒤떨어진 현실 사이의 괴리를 고민하지 않을 수 없을 것이다.[13]

길게 논할 여유는 없지만 까자노바가 제기한 세계문학의 그리니치 표준시라는 가설에 역사적인 내용을 부여할 하나의 시범사례로서 19세기 브라질 소설문학을 대표하는 마샤두(Joaquim Maria Machado de Assis, 1839~1908)를 꼽을 수 있겠다. 그의 대표작으로 내세워지는 『브라스 꾸바스의 사후 회고록』(*Memórias Póstumas de Brás Cubas*, 1880)은 식민주의의 구습과 근대적 생활형식이 뒤엉킨 현실을 작가가 다룰 때 봉착하는 난관을 서사의 실험으로써 '돌파한' 예로 거론된다.

이 작품이 국제적으로 인정받게 된 결정적인 요인은 식민지의 유제(遺制)가 다양한 사회관계 속에서 끈질기게 착종·지속되는 브라질의 상황과 대결한 마샤두 특유의 서사실험이다. 그는 초기작에서 시도했지만 난관에 부딪친 인도주의적 계몽작업의 한계를 서사의 창의적 운용을 통해 극복하는바, 스턴(Laurence Sterne, 1713~68), 드 메스트르(Joseph Marie de Maistre, 1753~1821), 디드로(Denis Diderot, 1713~84) 등을 망라한 서구작가들이 각기 자기 방식으로 구현한 메타서사의 독특한 토착적 변용을 통해 브라질 지배계급의 세계관을 내면화한 화자로 하여금 바로 그 내면화의 기제를 속속들이 드러내도록 한다. 새로움으로서의 서구 모더니티에 대한 맹목적 추종이 주인공의 낭만적 사랑으로 육화하는 양상도 식민지지식인의 내면심리에 대한 탁월한 통찰을 담고 있을 뿐더러 그런 추종이 서구의 근대에 매혹된 지배계급의 자기기만과 표리를 이루는 과정에서 기층민중의 국지적인 현실도 생생하게 포착된다. 지배계급의 세계관이 얼마나 표리부동한가를 그 계급에 속한 한 전형적 인물의 사후(死後) 의식을 통해—이는 주인공으로 하여금 일체의 도덕관념으로부터 놓여나게 하는 장치이기도 하다—증언한다는 아이러니한 발상을 구체화하는 과정에서 기층민중의 실상까지도 '계몽적으로' 실감케 하는 효과를 낸다. 한마디로 서구의 근대에 개방되어 있되 제3세계적 의식이 확고하지 않고서는 도달하기 힘든 예술적 성취다.[14]

까자노바가 세계문학의 그리니치 표준시에 대한 도전과 수정이라는 화두를 굴리는 과정에서 마샤두의 제3세계적 성취를 얼마나 의식하고 있는지는 의문이다. 실제로 그는 네 차례에 걸쳐 마샤두를 언급하지만 그 과정에서 부각되는 것은 빠리로 대표되는 문학시장에서 인정받지 못한 제3세계 작가의 운명에 불과하다. 그렇다면 근대 서구문학의 지형 전반을 훑는 그의 시각에 어떤 근본적인 편향이 내재하는 것은 아닐까? 물론 이같은 문제제기도 『세계문학공화국』에서 표준시에 대한 의미심장한 도전으로 꼽은 두 역사적 사례를 충분히 감안한 것이어야 하겠다. 즉 중심부 국가, 특히 프랑스문학의 상징적 지배에 대항하는 국민국가의 문학 독립투쟁을 대표하는 헤르더(Johann Gottfried Herder, 1744~1803)적 혁명과 영국의 식민지로서 언어·문화의 동화 유혹에 저항하면서 자기만의 '민족문학' 창출에 성공한 아일랜드적 패러다임에 대한 까자노바의 관점을 우리의 시각에서 재해석해볼 필요가 있을 듯하다.

5. 한반도적 시각의 확보를 위하여

그렇다면 『세계문학공화국』의 기본 발상을 한반도라는 특정지역에 적용할 때 어떤 점을 유의해야 하는지 생각해보자. 세계문학이라는 것도 일차적으로는 특정한 장소 또는 지역의 문학이요 국가·민족 공동체의 문학이기에 세계문학의 그리니치 시간대라는 화두도 우선 구체적인 지역과 공동체의 맥락에 놓는 것은 당연한 수순이다. 하지만 그런 지역과 공동체조차 한반도의 경우는 자못 복잡하다. 이 경우 명심할 바는 세계문학의 보편성을 상정하는 단일 표준시라는 가설은 어디까지나 상상의 것으로서, 남과 북으로 나뉜 한반도 현실의 지정학적 시간대에 직접적으로 적용할 수 없다는 사실이다.

따라서 표준시라는 것도 남과 북의 문학을 하나인 동시에 둘로 보는 비평적 훈련을 위한 방편임을 먼저 확인해야 한다. 또한 그런 방편의 창의적인 활용을 위해서도 까자노바가 역설한 '새로움으로서의 근대성'에 대해 일정하게 비판적인 인식을 견지해야 함은 두말할 나위 없다. 사실 이 땅에서 그런 문학적 표준시를 성찰할 때 가장 심각한 걸림돌은 북한=전근대, 남한=근대라는 도식이다. 하지만 현격한 경제력의 차이가 뒷받침하는 이 도식 자체도 궁극적으로는 해체 대상이다. 남한과 북한이 연동하여 형성하는 — 하나의 체제로서 성격규정된 — 한반도 현실의 복잡미묘함을 생각할 때 특히 그렇다.

물론 문화나 정치 부문과 마찬가지로 남한문학과 북한문학의 상대적 독자성은 지금도 엄연하다. 그러나 정신활동의 산물인 문학의 독자성이라는 것은 경제나 정치의 영역과 달리 언어를 매개로 한다. 즉 한반도에서 언어의 동질성은 남한과 북한의 문학에 독자적 자율성을 부과하기 어렵게 만드는 핵심요인이라는 것이다. 더욱이 한문문학은 말할 것도 없이 20세기 전반기의 근대문학도 남과 북 공통의 유산으로 남아 있다. 이같은 유산의 활용은 운동 및 연대로서의 세계문학과도 무관할 수 없거니와, 가까운 시일에 한반도에 '남북연합'이 가시화된다면 남북 문단이 근대성의 체험을 둘러싸고 주고받을 영향은 무궁무진할 것이다. 이는 기본적으로 언어와 정신세계의 문제이며 문학의 개방성에 대한 사유 역시 괴테·맑스적 기획으로서의 세계문학과 무관치 않다. 요컨대 작가들의 교류는 말할 것도 없이, 남과 북의 온갖 격차를 동시에 사유하는 상상력과 작품이 개입하지 않고서는 한반도의 문학적 표준시를 설정하는 일체의 비평작업도 무의미하리라는 것이다.

그러나 2010년 현재는 남북 작가의 만남조차 요원하다. 2000년 6·15남북공동선언 이후 민족 내부의 문제를 점진적으로 해결할 수 있는 작은 이정표들이 차례차례 마련되었건만 '잃어버린 10년'을 내세운 정권의 등장으로 인해 문학지식인들의 교류가 언제 재개될지 속단하기 어려운 실정이다. 분단 이후 지면을 통한 작품 교류를 최초로 시도한 『통일문학』의 발간도 2호를 마지막으로 사실상 중단된 상태다. 작가의 창작활동에 직간접으로 영향을 미치는 현재 한반도의 파행적 정치현실이 잠깐 이상의 어둠이라면 파국밖에는 달리 생각할 것이 없다. 민족동질성의 회복이라기보다는 문학 자체의 건강한 존속을 위해서 남과 북 작가들의 만남이 요구되는 것도 그런 맥락에서다. 양자의 차이 또는 격차를 상상력의 보고(寶庫)로 삼는 훈련으로서의 만남 말이다.

더욱이 전진과 후퇴를 거듭하면서도 서로의 거리를 꾸준히 좁혀온 지난 30년간의 남북관계가 일시적으로 경색국면에 접어들었다고 해서 식민지시대 공통의 '민족문학'이 사라지는 것이 아니듯이, 그 유효한 알맹이를 서로 수용하고 발전시키면서 문학 본연의 개방성을 새롭게 사유해야 하는 문학인의 의무가 면제되는 것도 아니다. "어떤 민족은 땅도 없을 수 있고 국가도 없을 수 있다. 그러나 서사가 없다면 어떠한 민족도 오래도록 존속할 수 없다"는 말이[15] 맞다면 더욱 그렇다. 표현을 달리 한다면 "시는 보편적인 것인바, 시가 흥미로울수록 그 민족적 특성을 드러내"게 마련이라는 괴테의 발상을[16] 활용하여 한반도의 문학적 표준시를 모색하려는 지적 노력이 따라야 한다는 것이다.

그런 노력이 더 절실한 것은, 남북관계를 둘러싼 국내 현실정치의 퇴행에도 불구하고 한반도에 더이상 "아리송한 지역현실 특유의 불리한 조건"만 있는 것은 아니라는 사실이―그간 남북을 하나인 동시에 둘인 '단위'로 사고하면서 이를 다시 세계체제의 실상과 연동하여 파악하는 실천적 인식이 심화됨에 따라[17]―2010년대에 진입한 지금은 더 분명해졌기 때문이다. 즉, 분단의 체제적 현실이 작품성과 대중성을 하나로 아우르는 작품의 창출에 순전히 불리한 조건만은 아니기에 무엇보다 세계체제의 반주변부(=남한)와 주변부(=북한)가 하나의 체제로 작동하는 한반도라는 모호하고도 중층적인 현실 자체가 획일화·기계화되는 삶에 저항할 의지가 있는 작가들에게는 상상력을 발휘할 최적의 시공간이 될 수 있다.

물론 이같은 현실이 창작자들에게 부정적으로 작용할 여지도 얼마든지 있다. 상식적으로 언어는 말할 것도 없이 거의 모든 부문에서 심화된 남북간의 이질성은 한반도의 현실을 일관된 시각으로 성찰하는 데 장애가 될 위험도 상존한다. 그러나 거듭 강조하지만 그같은 이질성이 '비동시적 동시성'의 상상력을 발동시키는 계기로 작용할 수만 있다면 이야기는 완전히 달라진다. 아니, 한반도적 시각이라는 것이 일체화된 국민을 전제하는 '통일의 완수'로서의 근대 국민국가 모델과는 전혀 차원이 다른 복합국가를 지향하는—"한반도의 재통합과정을 비교적 안정적으로 관리할 국가연합이라는 장치에" 대한 정교하면서도 철저하게 현실주의적인[18]—구상을 적극 수용하고 있기에 작가들에게 남과 북 어느 쪽의 이념에도 얽매이지 않는 상상력의 발동을 더 자연스럽게 요구할 수 있다.

따라서 남북간에 격화된 이질성을 천착하여 그 파괴적 요인들을 제거하는 순차의 과정을 전제하는 국가연합 구상이 어떤 매개도 없이 작품에 반영되어야 한다고 주장하는 것이 아님은 물론이다. 상식 차원에서도 창작에서의 그같은 구상의 기계적 적용이 바람직하지 않음은 더 말할 나위 없으며, 설혹 그렇게 적용된다 하더라도 진정으로 보편의 지평에 도달하는 작품이 되는가는 전혀 별개 문제다. 다만

한 개인의 내밀한 삶을 미세하게 다루는 경우조차 우리의 삶이 얼마나 많은 중층적 매개를 거쳐 일상으로 현현되는가를 정확하게 인식하는 작가일수록 상대적으로 세계적 보편성을 선취할 가능성이 크다는 점을 강조할 따름이다.

한국문학의 현황에 관한 한 남과 북의 일반 독자들 모두가 심각한 부담 없이 즐길 수 있으면서도 분단체제의 한계를 반성적으로 돌아보게 하는 상상력이 얼마나 만족스럽게 작품으로 구현되었는가는 개별 작가와 작품을 두고 판단해볼 일이다.[19] 다만 그런 판단작업에서도 현재 한국문학의 생산력과 작품의 질이 비례한다고 말하기 힘들 정도로 문학자본의 위세가 강력해진 실정에 대한 비판적인 성찰이 따라야 할 터다.

하지만 더 중요한 것은 역시 예술적 성취의 내용을 엄밀하게 파악하는 노력과 함께 남북 각계각층의 독자에게 통할 수 있는 진정한 작품성의 확보다.[20] 창작자와 비평가가 최소한 이런 문제의식을 공유하면서 독자들과 더불어 20세기 한반도의 비극적 근대사에 대해 작품으로 교감한다면 우리 실정에 맞는 새로운 형태의 국가구조를 창안하려는 과업도 문학지식인들의 전지구적 연대 및 현대적 고전창출이라는 목표를 지향하는 세계문학운동과 궁극적으로는 분리될 수 없다. 남과 북의 이질적 근대를 포괄할 수 있는 작품의 축적이 문학의 영역에 그칠 수만은 없을 것이다. 또한 한반도의 실정을 염두에 두는 세계문학의 엄밀한 개념적 변별작업이라면 그와같은 의미있는 축적에 기여하면서 한반도의 근대에서 유달리 뒤틀린 형태로 고착된 '일

국적 편협성과 편향성'을 바로잡는 비평작업에도 특별한 공헌을 할
수 있으리라 생각한다.

* 이 글의 모태는 『실천문학』(2007년 겨울호)에 실린 「세계문학과 한반도」이다. 필
  자는 이를 다듬어 영미문학연구회(www.sesk.com)에서 발행하는 반년간 학술지
  『영미문학연구』 17호(2009년 12월호)에 발표했다. 이 평문은 다시 '창비담론총서'
  의 체재에 맞춰 대폭 보완·수정한 결과물이다.

주변성의 돌파

마샤두와 19세기 브라질문학의 성취

호베르뚜 슈바르스

마흔의 나이에 주아낑 마리아 마샤두 지 아씨스(Joaquim Maria Machado de Assis, 1839~1908)는 지방적이고 다분히 관습적인 작가에서 세계 수준의 소설가로 자신을 변화시켜줄 서사장치를 발명했다. 이 도약은 통상 전기적(傳記的)이거나 심리적인 차원에서 설명되곤 한다. 평자들은 당시 거의 실명상태에 이른 마샤두가 세상에 대한 환상을 잃고 낭만주의에서 사실주의로 옮겨갔다는 식으로 즐겨 말한다. 하지만 병에 걸려 미망을 떨치거나 새로운 문예사조를 받아들인다 한들 반드시 위대한 작가가 되라는 법은 없으므로, 이런 종류의 설명들은 초점에서 벗어나 있다. 그러나 이 변화를 문학형식의 변화로 본다면 논의의 틀이 달라진다. 이렇게 되면 마샤두의 혁신은 객관적 문제에 대한 미학적 해결책으로 보이게 되며, 이때 객관적 문제란 단순히 그의 작품들 내부의 문제가 아니라 브라질 소설과 사실상 브라질 문화 전반의 발전, 심지어 어쩌면 피식민의 역사를 지닌 사회 일반의 발전에 내재한 문제들이다.

교과서를 보면 대개 마샤두 지 아씨스는 낭만주의자들 이후에 등장해 이들의 환상을 무너뜨린 한편, 후대 자연주의자들의 현세적 물질주의 또한 예술적 오류라며 거부한 사실주의 작가로 분류된다. 이같은 분류는 대번에 반박당할 소지가 많다. 낭만주의와 자연주의 사이에 있는 모든 것이 다 사실주의적인 건 아니기 때문이다. 사실 당시의 조류에 비추어볼 때 마샤두의 서사 스타일은 약간 구식이었고, 이는 상당부분 18세기 영국문학과 프랑스문학에서 발견되는 여담과 희극적 수사의 요소 탓이었다. 겸허하게 소재가 요구하는 바를 엄밀히 따른다는 사실주의적 이상(理想)에서 마샤두만큼 멀리 떨어진 작가도 없을 것이다. 한편 심리적 동기에 관한 그의 비관습적인 감각은 시대에 뒤떨어진 것이 아니라 오히려 앞서간 것이다. 이 감각은 무의식의 철학을 예견하면서 사실주의와 자연주의 둘 다를 넘어선 일종의 물질주의를 탐구했으며, 프로이트와 20세기의 실험들을 예표(豫表)했다. 마샤두는 삶의 저급한 측면을 선호하는 자연주의자들의 성향을 겉으로는 피하는 듯했지만 실상은 도리어 더 아래로 뛰어들었으며, 생리학과 풍토, 기질, 유전의 예속 대신 그보다 훨씬 인간의 품격을 떨어뜨리는 사회 속의 정신적 예속을 다루었다. 마샤두와 자연주의자들 사이에는 분명한 경쟁구도의 면모가 있었고, 거친 소재를 선호하는 취향을 비롯한 자연주의자들의 허세는 결과적으로 다분히 순진하고 심지어 퍽 건전하게 보이기까지 했다.

　대부분의 관습적인 기준을 적용하면 마샤두를 반(反)사실주의자로 부르는 편이 더 타당할 것이다. 하지만 움직이는 당대 사회를 포착하려는 야심을 사실주의의 독특한 정신이라 여긴다면, 분명 그는 위대한 사실주의자라고 할 수 있다. 그러나 일견 반사실주의적 장치들을 활용한 사실주의자라고 부르는 것이 그의 복합성에 더 잘 들어맞을 것이다. 물론 왜 그런가 물을 필요가 있다. 이런 역설이, 다시 말해 미적 장치와 그것이 묘사하는 삶의 내용 사이의 의도적인 부조화가, 다음과 같은 질문을 제기한다는 것이 이 글의 논지이다. 즉 유럽의 사회사·문학사의 경로가 그대로 적용되지 않고 내적 필연성을 상실하는 주변부 국가에서는 사실주의에 어떤 일이 벌어지는가 하는 것이다. 좀더 일반화해서 말하면, 근대적 형식들을 낳았고 어떤 의미에선 그러한 형식들의 전제가 되는 사회적 조건들이 나타나지 않는 지역에서 근대적 형식들은 어떻게 되느냐는 것이다.

　왜냐하면 문학형식이 우리 세계의 중심부와 주변부에서 동일한 것을 의미하지 않을지도 모르기 때문이다. 시간은 공간을 그토록 멀리 가로지를 때 매우 불균등해질 수 있어서, 중심부에서 이미 죽은 예술형식이 주변부에서는 아직 살아 있는 경우가 있다. 이런 현격한 차이를 두고 유감을 표시할 수도, 반대로 만족감을 나타낼 수도 있다. 더 풍부한 색채와 의미를 지녔던 삶의 옛 형식들의 이름으로 진보를 한탄하든지, 아니면 닳아빠진 옷을 벗어던지고 시대의 분위기를 포착하지 못하는 후진성을 개탄하든지, 혹은 이 양자를 동전의 양면으로 싸잡아 내치든지 할 수 있는 것이다. 시대에 뒤처지고 싶지 않았던 브레히트(B. Brecht)는 아침에 크루프(Krupp) 사의 공장으로 터덜터덜 걸어가는 노동자들을 뚫어져라 본댔자 사실주의자에게 필요한 것은 아무것도 얻을 수 없다고 했다(단순한 현실반영으로는 더이상 현실에 관해 알 수 없다는 의미 — 옮긴이). 일단 현실이 추상적 경제기능으로 옮겨가면 더는 인간의 얼굴에서 현실을 읽을 수 없다. 그렇다면 사회적 구분이 여전히 적나라한 전(前)식민지의 삶을 관찰하는 편이 훨씬 보람있을지 모른다. 하지만 이런 구체성 역시 미심쩍기는 마찬가지다. 세계시장의 추상성은 결코 멀리 있지 않으며 자발적 인식의 충만함이 허위임을 수시로 드러내기 때문이다.

아무튼, 필자가 살펴보려는 미적·사회적 영역은 국제적인 동시에 불안정하고, 문학형식을 흔히 미적인 것과는 동떨어진 상황에 뜯어맞추는데, 그 방식도 예측하기 힘들다. 문학적 사실주의와 관련한 질문들을 개별 작품이나 작품의 질에 관계없이 형식상의 꼬리표만 보고 답할 수 없다는 점은 쉽사리 수긍할 수 있다. 어쨌거나 오늘날에는 사실주의의 표면적인 특징들이 부자 나라 가난한 나라 가릴 것 없이 통속드라마와 2류소설, 영화와 광고에 편재한다. 하지만 이런 특징들은 사실주의의 진면목이 상실된 양상이며 고전적 사실주의가 지닌 신뢰성과 복잡성을 멜로드라마나 상업적 유인책의 반복과 단순화된 도덕적 진술들로 바꿔놓는다. 모더니즘 작가와 비평가 들이 한 세기 전에 지적한 대로, 한때 새로운 것을 파악하고 그것에 충실할 수 있었던 사실주의의 역량이 사라진 것처럼 보인다. 아니면 사라진 것은 거꾸로 사실주의의 전성기에 포착된 사회와 사회적 동력인 지도 모른다. 후대의 평자들이 그런 식의 포착이 있었다는 사실조차 부인하고 심지어 그것이 예술적 포부라는 것마저 부인한 사실은 바로 이런 변화의 일부다.

몇몇 결정적 계기들

이런 상황에는 그리 잘 알려져 있지 않은 한 가지 측면이 있다. 브라질의 비주류 문학사가들은 예전 식민지였던 이 나라가 독립국이 되면서 많은 점에서 옹호하기 힘든 (아직 브라질까지 도달하지 않은 진보에 의해 무용지물로 치부된) 브라질 특유의 문학적 지형이 유럽의 문학 유파에 새로운 과제를 부과했고, 그럼으로써 이런 유파들을 부지중에 변화시켰다는 사실을 밝혀주었다. 그 변화 중 일부는 안또니우 깐지두(Antonio Candido)의 뛰어난 저서 『브라질문학의 형성: 결정적 계기들』(Formação da literatura brasileira–momentos decisivos)에서 세심하게 다루어진 바 있다.

그와같은 형성적 계기 중 첫번째인 신고전주의 양식은 식민지시기 마지막 50년 동안에 발생했다. 그리고 1822년 독립 이후 50년 동안은 낭만주의가 뒤를 이었다. 애초부터 민족주의에서 출발한 주류 문학사는, 신고전주의가 전달하는 목동과 님프 들의 양식화된 이미지와 보편주의 정신은 중심부가 식민지에 강요한 소외를 대표하는 반면, 기사도적 원주민의 모띠프와 생동감있는 현지 배경의 묘사가 담긴 낭만주의는 독립의지를 나타낸다고 주장한다. 민족주의자로서가 아니라 국민문학의 형성을 연구하는 사회주의자로서 글을 쓴 깐지두는 다른 입장을 취했다. 그가 『브라질문학의 형성』에서 개진한 명제는, 오랜 기간 지속된 이 두 문학적 계기들은 선명한 예술적·지적 대조를 이루긴 하지만 둘 다 '독립 달성기'(Independence-in-the-making)의 자장(磁場) 아래 제각각 활용되었고 그런 점에서 어느정도는 통합되어 있었다는 것이다. 이 명제는 주류 문학사보다 훨씬 흥미로운 그림을 제공해주며, 우리가 잘 들여다보기만 한다면 세계사의 인력(引力)과 그로부터 발생한 다양한 변주들을 감지할 수 있게 해준다. 여기서 신고전파의 목동과 님프는 이성과 공적 의무의 원칙, 교육적·행정적 책임의식, 자기이익과 자기통제를 동반한 계몽주의를 표현하며, 반식민주의적 색채를 띠면서 나라의 독립을 향한 최초의 모의들에 자양분을 제공했다. 이상화된 목가풍의 서사관례조차 지역적 환경과 뒤섞이며 복잡한 충성관계를 만들어내고 새로운 의미를 얻는다. 시인들은 타고난 환경의 헐벗고 익명적인 후진성에 소속된 동시에 고전적 신화의 유명한 풍경에도 속하며, 이런 이상한 조합으로 이루어진 시골생활의 시대물들은 종종 바로 그런 조합의 결과로 분열되기도 한다. 이렇게 하여 가장 보편주의적이고 초시간적이며 과장된 관습이 이국적 지방주의의 한계를 벗어난 독특한 시적 방식으로 구체적이고 특정한 역사적 상황을 전달한다.

낭만주의 역시 일종의 역전을 겪었다. 이 나라의 교육받은 소수계층의 일원으로서 낭만주의자들은 대개 권력에 가까운 지위를 차지했고, 국가건설의 임무에 동참하여 책임있는 관리자의 태도와 언사를 취하라는 압박을 받았으며, 신고전주의와의 연속성이 강했다. 그와 동시에, 독립과 더불어 한껏 펼쳐진 (특히 낭만적인) 지방주의는 의도와는 정반대로 열대국가를 대하는 유럽인들의 기대에 일정하게 굴복했음을 나타낸다고 할 수 있다. 브라질의 경험을 특징짓는 이런 반전에는 아이러니와 의외의 독창성이 있으며, 더 자세히 검토할 가치가 충분하다.

또 하나의 문학체계

나라의 독립이 연이은 두가지 상반된 문학 유파를 뒤틀어 한데 묶고 변형시켰다는 발견 — 이는 정녕 하나의 발견이었다 — 은 역사연구의 독자적인 대상을 정립했다. 탈식민과정의 구성요소로서의 국민문학체계 형성이 그것이다. 깐지두에게 이는 상대적으로 압축적이면서도 의지가 개입된 과정이었고 자체의 논리와 목표와 희극성이 있었기 때문에, 단순한 연대기적 순서나 관습적인 문학사의 서술구도로는 감당할 수 없었다. 형성단계는 당대 서구의 주요 유파를 터득하고 브라질의 여러 지역뿐 아니라 사회 전체를 문학에 담아내면서 끝난다. 이렇게 해서 브라질의 유기적 상상력이 자기지시성과 일정한 자율성을 갖추고 발전할 수 있게 되었다. 당대의 경험을 이처럼 내적 토대를 갖춘 덜 수동적인 방식으로 대면하게 되었다는 사실이 갖는 가치는 자명하며 문학의 영역에 국한되지 않는다.

이 모든 이야기가 다소 형식주의적이고 정해진 프로그램에 맞춘 것처럼 들릴지 모르지만, 브라질의 문화적 삶의 발전을 놀랍도록 정확히 재현했으며 이제껏 인정되지 않던 현실들을 지적으로 밝혀주었다는 사실이 입증되었다. 두가지 예를 살펴보는 것으로 충분하다. 신고전주의적 보편주의와 낭만주의적 지방주의의 연속이라는 서구 문화사의 익숙한 유형은 과거 식민지였던 신생국의 요구에도 부합했다. 하지만 이 요구는 상당히 다른 종류의 세력장(場)에 속하며 서구적 문화양식의 배열에 그대로 흡수될 수 없었다. 대신 보편주의와 지방주의는 식민지적 고립을 탈피하여 평등하고 유능한 시민으로 서구문명 일반에 참여하는 동시에, 브라질 고유의 정체성을 갖고 국가들의 협력에서 뚜렷한 역할을 담당하길 원했던 브라질 소수 교양계층의 요구에 예기치 않은 방식으로 상응했다. 이는 언뜻 신고전주의와 낭만주의가 다투는 듯 보이는 겉모습과는 달리 보편적인 것과 지방적인 것 사이를 오가는 것이 이 나라 문화생활의 항구적인 운동법칙이었음을 뜻한다. 브라질의 문화적 현실에서 또 하나의 알려지지 않은 독특한 특징은 이 신생독립국이 자국의 교육계층에게 박물관부터 철학이론, 새로운 패션과 최신 문학형식에 이르기까지 부족한 문명적 장비들을 가능한 한 신속히 공급할 국가적 의무를 부여했다는 사실이다. 깐지두가 지적했다시피 국민문화의 (비판보다는) 건설에 참여하도록 종용받은 지식인의 입장에서 보면 이 요청은 결국 독특한 종류의 현실참여가 된다. 이와같은 특별한 결합 때문에 가령 고답적인 쏘네트를 쓰는 학생이 스스로를 마치 애국적 임무를 수행하는 영웅처럼 느끼는 일이 생긴다.

1959년 출판 당시 『브라질문학의 형성』은 그보다 3년 전 ― 웰렉 (R. Wellek)과 워렌(A. Warren)의 『문학의 이론』(*Theory of Literature*)에서 영감을 얻은 ― 비평가 아프랑니우 꼬찌뉴(Afrânio Coutinho)가 조직하여 시작된 집단적 프로젝트 『브라질의 문학』(*A literatura no Brasil*)에 대한 유물론적 반박이었다. 꼬찌뉴는 자신의 논지가 과학적이라는 자부심을 가졌는데, 이때 과학적이라는 말은 그가 사용한 시대구분의 범주가 오로지 문학적이었다는 것, 다시 말해 그 범주가 마치 역사적 상황과는 전혀 섞이지 않은 보편형식인 것처럼 양식의 문제에만 관련되었다는 의미였다. 바로끄는 어디건 상관없이 바로끄이고, 신고전주의는 어디서나 신고전주의이며, 낭만주의 등등도 마찬가지이고, 주어진 조건이 어떻든 이런 순서대로 온다는 식이었다. 이런 접근법의 일반적 결함은 이미 밝혀졌지만, 중심부 국가들의 발전을 반복하기 어렵다는 점 혹은 불가능하다는 점이 주된 사회적·경제적·문화적 경험을 이루는 전(前)식민지 나라들을 보면 특히 분명해진다. 브라질이 중심부의 형식과 맺는 관계에서 숨겨진 밝은 면을 찾으려 했던 브라질의 어느 재사(才士)는 한때 "모방할 줄 모르는 우리의 창조적 무능력"이라는 표현을 쓰기도 했다.[1] 푸꼬의 자기 폐쇄적 인식소(self-enclosed epistemes)의 연속이라는 이름으로 이처럼 엄격한 양식상의 시기구분이 오늘날 다시금 유행하고 있다.

다른 한편『브라질문학의 형성』은 속류 맑스주의의 대안이기도 했다. 근대국가로서의 심각한 약점을 인식하여 유럽문명의 기본요소들을 흡수하고 해외의 새로운 발전을 따라잡는다는 애국적 과제는 하나의 강력한 이데올로기나 다름없었다. 현실의 압력은 실재했고 그 나름의 권위와 매력을 발휘했다. 그것은 또한 엘리뜨들에게 일정한 정통성을 부여했고 이들은 스스로를 국가적 임무를 띤 문명화세력으로 느꼈다. 객관적으로 이런 책무가 있었음은 틀림없지만 깐지두가 책을 쓸 당시 제국주의와 내부 계급관계만을 이야기하는 당대 맑스주의의 어휘에는 그것을 표현할 적당한 용어가 없었다. 세상의 새로운 것을 공유하려는 브라질의 욕망, 이 엄연한 역사적 욕구는 맑스주의자들의 주목을 받지 못하거나 의혹의 대상이었으며, 개념상의 사각지대로 남아 있었다.

사실상 브라질에 부과된 유럽적 발전이라는 조건에서 도망칠 방법도, 또 이를 달성할 방법도 없었다. 그 결과 브라질의 문화는 줄곧 균형에 도달하지 못했다. 하지만 이는 지방의 촌스러움을 뜻하는 것만은 아니었다. 중심과 주변이 상호연관된 현실임을 인식한다면 그로부터 역사적 과정 전체의 핵심적이고 종종 그로테스크한 불균형을 통찰할 가능성이 열릴 수 있는 것이었다.

불발된 사실주의

그렇다면 이런 조건에서 사실주의는 어떻게 되는가? 충실한 사실 묘사와 상황에 대한 비판적 인식이 사실주의의 핵심이다. 그러나 브라질 사람들에게 그리고 아마 19세기 주변부에 살던 모든 사람에게 사실주의 소설은 뭔가 다른 것이기도 했다. 사실주의는 근대성을 따라잡으려면 반드시 접수해야 할 새롭고 명망있는 유럽적 발전의 일부였다. 따라서 주변부 국가에서 사실주의는 근대적 현실을 향한 비판적 참여일 뿐 아니라, 그 현실을 가장 세련되게 — 선진적이며 계몽적으로 — 표현하고 있음을 보여주는 우쭐한 표지이기도 했다고 가정해보자. 이 두 양상은 분리 가능하며 같은 무게를 지닌 것이 아니었다. 실상 사실주의가 애초의 주된 채택이유였을 법한 첨단성의 기호로 작용하기 위해서는, 눈앞의 실제 상황에 속마음으로는 무관심한 채 포즈만 취하는 것으로도 비판적 참여로 행세하기에 충분했다. 하지만 어떤 경우든 중요한 사실과 상황이 무엇인지 미리 주어지는 것이 아니고 개별 사회마다 다를 수 있기 때문에, 사실묘사와 상황에 대한 관심이란 생각보다 훨씬 덜 분명한 개념이다. 그렇지 않다면 자본주의 세계의 중심부와 주변부 사이의 대립은 아무 내용도 없을 것이다. 문학사를 살펴보면 이 점에 관해 여러가지를 배울 수 있다.

사실주의를 진지하게 시도한 최초의 브라질 작가는 발자끄의 독자였던 주제 지 알렝까르(Jossé de Alencar, 1829~77)이다. 사실주의적 특징을 보인 그의 작품 가운데 최고의 성취는 『씨뇨라』(*Senhora*, 1872)이다. 주요 등장인물, 분위기, 플롯과 갈등의 유형은 발자끄에서 직·간접적으로 빌려온 것이었다. 조연급 인물들과 모띠프는 도시적 일상의 낭만적 연대기에서 끌어냈고 지방적 색채와 어조와 관례 들을 양껏 구사했는데, 더 오래전에 들여온 것이라 시간이 흘러 익숙해지면서 토착적인 것처럼 여겨지기는 했어도 이 역시 발자끄만큼이나 외국산 수입품이었다. 도식적으로 요약해보면 이 소설은 무엇을 말하고 있는가?

이야기는 가난하게 태어났지만 유산을 물려받게 된 아리따운 젊은 여성을 중심으로 펼쳐진다. 일단 부자가 되자 그녀는 부가 만들어낸 노예상태, 특히 자신과 결혼하고 싶어하는 사교계의 젊은이들에게 분노를 느낀다. 이런 사람들 중에 가난하다고 그녀를 차버렸지만 그녀가 아직도 마음에 품고 있는 무일푼의 멋쟁이 신사가 있다. 이 신사는 여동생에게 지참금을 대주어야 하지만 빚더미에 앉아 있다. 돈만 아는 부도덕을 이유로 그와 그녀 자신 그리고 사회 전체를 벌주기 위해, 여주인공은 이 신사를 꾀어 그가 절박하게 필요로 하는 돈을 댓가로 은밀히 결혼식을 올릴 계획을 세운다. 그는 곧장 덫으로 뛰어든다. 결혼식이 다가오자 그는 필요한 돈에 사랑하는 여인까지 얻게 되었음을 발견한다. 그때 그의 신부는 그가 스스로를 파는 조건이 붙은 계약서를 내민다. 완벽한 굴욕인 셈이다. 그는 보복을 위해 자기 의지가 없는 그녀의 재산으로서 철저히 행동하고, 마침내 이 상황의 비인간성을 견디다 못한 그녀는 그를 사랑과 행복한 결혼생

활로 다시 초대할 수밖에 없게 된다. 소설은 '댓가' '탕감' '소유' '몸값'이라는 제목이 붙은 네 장(章)으로 구분되어 금전적 계산이 인간적 감정에 무자비하게 우선하는 현상을 강조한다. 전체적으로 다소 유치하지만 알렝까르는 솜씨있고 활력있게 끌고 나간다. 이 글의 논지와 관련하여 중요한 점은 다음과 같다.

연애결혼 대 정략결혼, 혹은 더 간단히 말해 사랑 대 결혼이라는 동시대적 긴장은 어떤 댓가를 치르든 이를 자신의 삶이 걸린 추상적인 문제로 바꾼 인물들을 통해 극적으로 극단화된다. 내용과 형식의 중간에 걸친 이런 장치는 발자끄에서 온 것이며 한계를 모르는 개인주의가 지배하는 근대사회의 청사진에 의존하는데, 이런 사회는 오직 프랑스혁명으로만 생겨날 법한 사회다. 여기서 중대한 문학적 결과가 발생한다. 만일 이런 장치가 주변부 국가에 적용된다면, 그리고 사실주의에 필수적인 현지의 소재로 채워진다면 어떤 일이 벌어질까?

소설의 중심무대를 차지한 사교계의 젊은이들은 과장된 발자끄식 공식에 따라 행동하며 극단적인 사회적 선택을 실행한다. 그러나 현실에서 취하거나 현지 신문에서 각색되어 희극적이면서도 지방적인 양식으로 그려진 조연급 인물들은 추상적 원리들이 문제가 되지 않는 한층 느긋한 느낌으로 살아 있다. 이들은 덜 역동적인 영역인 후원자–부하 관계 내지 온정주의로 이루어진 세계에 속하는데, 이는 사랑이 절대적이지 않고 돈은 부족할망정 야비하지 않으며 개인이 자기가 묶인 수많은 관계들을 반드시 준수하지는 않더라도 존중심은 갖는 세계이다. 다시 말해 작품의 중심적 갈등의 내용과 형식이 현장적 실감을 확보하고 사회적 경향을 전달할 임무를 띤 부차적 인물군상과 따로 놀고 있다. 발자끄 소설의 위대한 효과 중 하나인 주요 갈등과 부수적 일화 간의 근본적 통일성이 이루어지지 않는 것이다.

이같은 『씨뇨라』의 상대적 실패를 어떻게 이해해야 하는가? 발자끄풍의 근대적 갈등이 지방적 특색을 전달하는 인물들과 불화하는 이유는 무엇인가? 대답은 역사적인 성격일 수밖에 없다. 브라질의 독립은 사회적 재편을 수반하지 못한 보수적인 과정이었다. 지주, 노예, 인신매매, 대가족, 일반화된 예속적 후원관계라는 식민시기의 유산이 거의 고스란히 유지되었다. 브라질의 근대세계 진입은 식민지 구체제를 대체하는 과정이 아니라 이를 사회적으로 공고화하는 과정이었다. 그렇게 되면서 전근대적 불평등이 뿌리뽑히기보다 오히려 새로운 환경에서 계속해서 복제되는, 착잡한 종류의 진보가 이루어졌다. 이 유형이 급진적 근대주의를 선호하면서도 이를 계속 손상시키는 상반된 성향을 지닌 브라질 문화의 독특함을 이해하는 열쇠일 것이다. 최첨단의 근대와 명백한 전근대 사이에 긴장이 부재하는 이런 이상한 현상을 어떻게 이해해야 하는가? 이 두 용어는 난폭한 대조를 이루면서도 좋은 동반관계를 형성하며, 양자의 결합은 불균등 발전을 나타내는 다채롭고 친근한 국가적 표상을 만들어낸다. 근대화의 내적 동력은 멈칫거리는 형국이다.

알렝까르의 소설은 그런 대립들이 얼마나 건성으로 설정된 것인가를 보여준다. 현지사회와 그곳의 온정주의적 관계의 환기는 중심 플롯에 부차적이긴 해도 강력한 실감을 가진 것이어서, 이 소설에서 진정으로 사실주의적이고 근대적인 요소를 나타낸다고 되어 있는 주요 인물들의 고매한 개인주의가 거짓임을 밝히기에 충분하다. 이런 반전은 옛 방식과 새 방식의 적대가 낳은 산물이 아니다. 이 소설에서 둘은 실상 전혀 겨루지 않을 뿐 아니라, 차라리 적대 그 자체가 허위이며 주인공과 화자의 사실주의적 대담성은 유치한 속임수이자 심지어 최신유행의 표현에 불과한, 사회비판이라기보다는 자기만족이다. 서술영역과 비율에 있어서의 이와같은 불일치는 이 시기 브라질문학의 특징이며, 근대에 못 미치는 현지사회의 근본적인 관계를 포기하지 않은 채 첨단을 추구하려는 욕망의 표현이다. 뿌리깊은 이런 양가성(兩價性)은 마샤두 지 아씨스의 장기가 된 약간의 예술적 변형이 가해졌을 때, 사실주의가 요구하는 상황인식을 감당한 위대한 문학의 제재가 될 수 있었다.

비율 뒤집기

알렝까르보다 열살 어린 마샤두는 그의 사실주의가 지닌 약점이 무엇이고 비사실적인 부분이 어떤 것인지 알고 있었다. 마샤두 자신의 초기 소설은 전임자가 확립한 우선순위와 비율을 뒤집었다. 후원자-부하 관계가 개인적 충성심, 도덕적 채무, 굴욕 등에 연관된 특유의 복잡성과 논쟁점을 동반하며 전면에 등장했다. 반면 개인주의를 둘러싼 상류사회의 논의들은 최소한으로 축소되어 씨가(cigar)나 양복조끼나 지팡이나 프랑스어나 피아노 연주처럼 단순히 근대를 나타내는 관습적 기호로 기능하게 되었다. 지방색이던 것이 이제 중심주제가 되었고, 중심주제이던 것이 시대의 외형적 기호가 된 것이다.

마샤두가 포착하려 한 국가적 상황의 특이성은 브라질에서 예속적 후원관계와 노예제와 근대성이 예상할 수 없고 종잡을 수 없는 방식으로 서로 결부된다는 사실에서 기인했다. 대규모 노예의 존재로 인해 노동시장이 불안정했으므로 가난한 자유민들은 지주와 부유층의 보호에 의탁했으며, 이들의 후원에 생계가 달렸으니 당연히 온갖 종류의 개인적인 봉사를 댓가로 바칠 수밖에 없다. 이렇게 해서 시골의 불한당에서 순종적인 유권자와 아그리가두스(agregados), 즉 머슴처럼 한 집안에 영원히 종속되어 어떤 일이든 닥치는 대로 다 하는 사람들에 이르기까지, 온갖 종류의 사회적 의존층이 도처에 존재하게 된다. 이와같이 일그러진 상황에서 가난한 사람들의 전형적인 지위는 근대적 자유의 수위 이하에 머물렀다. 부자들은 물려받은 식민적 특권과 이 나라의 개명된 엘리뜨로서 마땅히 누릴 만하다고 자부하는 자유주의자의 이미지, 그 어느 것도 포기하지 않았으며 그러다보니 필연적으로 스스로를 터무니없이 대단하게 생각했다.

마샤두가 이런 면을 감지하는 순간 온정주의적 권위와 개인적 종속 그리고 이것들이 야기하는 교착상태를 면밀히 분석할 길이 열렸다. 『엘리나』(Helena, 1876)나 『야야 가르씨아』(Yayá Garcia, 1878) 같은 마샤두의 초기 소설에는 일종의 아그리가두스로서 가난하지만 덕이 있는 젊은 여성이 이런 교착상태의 희생자로 나온다. 이 여성은 번번이 재산가들의 난처한 요구를 모면할 길을 찾아내려고 애쓰며, 어떤 결정적인 순간에 가진자의 그로테스크한 독단성이 통렬하게 드러난다. 종속된 사람들이 벌이는 인정과 위엄을 향한 싸움 혹은 굴욕에 대항하는 싸움은 소설마다 각기 다른 양상을 띤다. 여주인공들은 소박하거나 냉소적이거나 환멸에 차 있거나 경건하거나 모질거나 하며, 이 각각은 강자들의 변덕스러운 권위에 대한 서로 다른 반응을 나타낸다.

마샤두가 이 분야에 관한 상당히 체계적인 탐구에서 끌어낸 결론은 문제의 핵심이 심리적인 성격이 아니라는 점이었다. 돈있는 집의 가부장과 가모장(家母長)의 개인적인 변덕이 아니라 끊임없이 오락가락하는 이들의 이중적인 사회적 역할이 문제였다. 이들은 유산자이면서 동시에 노예나 다름없는 사회적 의존계층이 복종과 충성을 바쳐야 하는 브라질 대가족제도의 가장이나 상속인이었다. 부자들의 일시적인 편의에 따라 이런 역할들이 번갈아 나타나기 때문에, 그 아래 종속된 사람들은 어느 쪽을 상대하든지 끊임없이 혼란을 겪었다. 존경을 바치면 보답해줄 대부(代父)나 후원자인지, 잔인하게 대할 권위적 인물인지, 아니면 아랫사람에게 전적으로 무관심하며 낯선 사람 다루듯이 하는 근대적 유산계층인지 미리 알 길이 없었다.

다시 말해, 가부장적 온정주의는 인간적이고 계몽적일 수도 있고, 가난한 사람들을 노예나 다름없는 식민지 하층민으로 대하는 사악하고 후진적인 것일 수도 있다. 또 그것은 가부장적 역할을 잊고 근대적인 것으로 탈바꿈하여 의존자를 아무런 빚도 없는 자유롭고 자율적인 개인으로 대할 수도 있다. 불확실의 정도는 극단적이었다. 유산자와 노예 그리고 권리 없는 가난한 의존자로 구성된 사회적 분자는 이 나라가 공식적으로 열망하는 자유주의적 좌표와는 맞지 않는 자체의 논리를 가졌다. 이런 것들의 일부를 포착한 문학적 성취는 자유주의적 선전문구를 진지하게 다룬 알렝까르의 경박함보다 훨씬 의미가 컸다. 하지만 누구도 마샤두의 초기 소설들을 걸작으로 부르지는 않을 것이다. 온정주의 영역을 더 현실적인 세계로 강조하는 과정에서 커다란 댓가를 치렀기 때문이다. 즉 그의 초기 소설들은 전체세계의 현재에 속하지 못한 것이다. 이 소설들은 지방적 사실주의의 전개에서 보면 명백히 하나의 진보를 나타낸다. 하지만 같은 소재가 제기하는 문제에 완전히 다른 대답을 내놓은 후기 소설이 없었더라면 마샤두의 초기 소설은 오늘날 거의 읽을 가치가 없었을 것이다.

변절자 서사

마샤두는 1880년에 브라질 최초의 세계 수준의 소설 『브라스 꾸바스의 사후 회고록』(*The Posthumous Memoirs of Brás Cubas*)을 출간했다.[2] 이 '회고록'은 이미 사망한 남자에 의해 씌어진 것으로, 오로지 망자들만이 가질 수 있는 허심탄회함을 담고 있다. 사랑, 시, 철학부터 정치, 과학, 사업 같은 삶의 온갖 거창한 개념들의 정체가 낱낱이 폭로된다. 이런 개념들을 겨냥한 죽은자 특유의 농담은 인간의 나약함에 대한 알레고리에 형이상학적 무대를 제공한다. 그러나 자세히 들여다보면 망자의 초연함은 화자로 하여금 독자를 농락하며 살아 있는 자들의 비열한 동기를 구경거리 삼아 태연히 늘어놓게 해주는 익살스러운 장치임이 드러난다. 화자는 사심없는 망령이라기보다 하나의 뚜렷한 사회적·국가적 타입이며, 노예제와 예속적 후원관계에 푹 절어 있으면서도 근대라는 시대를 향한 권리주장으로 가득 찬 부유한 게으름뱅이임이 회고를 통해 밝혀진다. 일단 화자의 이같은 측면이 나타나고 그에 적절한 주의를 기울이면, 무덤 너머에서 온 그의 수다가 일상적으로 잔혹한 상류계급의 언어라는 사실이 폭로된다. 따라서 소설 결말의 철저한 무(無)는 형이상학보다는 브라질의 상황과 더 관련이 깊다. 희화화된 인간조건의 배후에 지배계급의 경험이 지닌 무의미함이 놓여 있는 것이다.

이 소설과 함께 어떤 변화가 일어났는가? 소설에 담긴 천재적 일면은 서사적 관점을 상류계급의 위치로 옮겨놓은 점이다. 여태까지 마샤두 소설의 화자는 항상 불안정하고 사회적으로 의존적인 입장의 사람들에게 공감했고, 지휘권을 가진 자들의 자의적이고 신뢰할 수 없는 행동을 염려하며, 마치 의존적인 위치의 사람들이 어떻게 하면 권력자들을 개명된 방식으로 행동하도록 설득하여 모두를 위해 더 정당하고 살 만한 사회를 만들 수 있을까를 묻는 듯했다. 그러나 어느 지점에선가 마샤두는 이런 과제가 불가능하다고 결론내렸음이 분명하고 — 이는 중대한 역사적 판단이었다 — 따라서 지금까지의 구도를 폐기했다. 그가 생각해낸 대체물은 예상치 못한 특별한 것이었다. 약자의 편을 들어 아무 소용 없는 탄원을 거듭하는 화자 대신, 사회적 불의와 그 수혜자들의 편에 설 뿐 아니라 이들과 한통속임을 뻔뻔하게 즐기는 화자를 만들어낸 것이다.

이런 변신이 가증스럽게 보일 수도 있지만, 알고 보면 표면에 드러난 것보다 훨씬 이중적이다. 이 변절은 겉으로 택한 바로 그 관점을 고도의 예술적 수완을 바탕으로 완벽하고 세세하게 폭로하기 때문이다. 자유주의적이면서 노예소유주인데다 가부장주의적인 브라질 유산계급의 변덕을 통탄하는 대신, 마샤두는 1인칭 단수로 이 변덕을 모방해 의존계층이 비난하고 싶어도 그럴 처지가 못되어 삼키고 있는 온갖 악행을 탄복할 만큼 실감나는 예시를 통해 풍부하게 제시하는 일에 착수했다. 소설의 화자인 브라스 꾸바스는 온정주의적 배려에서 부르주아적 무관심으로 그리고 교양있는 선의의 자유주의에서 대부(代父)/노예소유주의 무한대의 권위로 오락가락하는, 의존계층이 겪어내야 하는 부자들의 끝없는 갈지자걸음의 가장 사악하고 기회주의적인 양상을 실행하도록 계획되었기 때문이다. 지금까지 그의 소설의 내용을 이룬 중심적 문제인 갈지자걸음의 놀라운 계급적 본질이 『사후 회고록』에서는 소설의 형식, 곧 서사의 내적 리듬이 되었다. 이런 식의 오락가락의 범위를 확대하고 보편화하기 위해 마샤두는 화자에게 백과사전적 지식과 수사적 비유를 부여했고, 그럼으로써 서구 전통을 뒤섞은 일종의 모조 합성물을 브라질의 계급관계를 비추는 거울로 활용했다. 가난한 사람들뿐 아니라 (이렇게 말할 수 있다면) 서구도 그와같은 지배의 쓴맛을 보게 된 것이다. 이런 움직임에서 하나의 예술적 원리를 추출해본다면, 자족감이 절정에 이른 지점의 상류계급에 합류하여 이들을 찬양하는 척하면서 실은 깊숙이 허를 찔러 폭로하는 과정이라 하겠다.[3]

젊은 마샤두는 알렝까르가 그토록 몰두한 최신 자유주의적 낭만주의의 초미의 문제들보다 오래되고 친숙한 온정주의적 지배의 문제에 중요성을 부여하고 전자를 배경 역할로 축소시켰는데, 이는 옳은 선택이었다. 하지만 그의 진정으로 위대한 행보는, 최신의 철학이론과 새로 발명된 장치들, 의회의 논쟁들과 금융투기 등 개인주의와 근대문명의 분위기를 대대적인 규모로 다시 들여오면서, 부도덕한 자기 계급의 즉각적인 편의에 온 세상을 주저없이 끼워맞추는 상류계급 화자의 말과 행동을 활용한 점이다.

『씨뇨라』와 마샤두 자신의 초기 소설에서 균형을 무너뜨리던 온정주의 영역과 개인의 자기이익 영역 사이의 단절은 극복되었다. 마샤두의 새로운 화자는 둘 중 어느 하나를 택하지 않은 채 하나에서 다른 하나로 태연히 오고갔으며, 양자가 서로를 보완해주는 것을 당연하게 여겼다. 그리하여 양자의 가장 아름답지 못한 조합이 무대에 올려진다. 가부장주의적 권위는 유지하면서 그 책임은 거부하고, 결국 우리는 모두 합리적 개인임을 근거로 사적 이익을 부지런히 추구하지만 동료 인간들은 못가진자들에 대한 가진자의 권리에 따라 대접한다. 이런 결과를 두고 개인의 됨됨이에 좌우되는 가부장적 인격주의(personalism)에 감염되었으니 근대적이지 못하다는 사람들도 있을 것이고, 진보의 실상이라고 말하는 사람도 있을 것이다.

수사적 전략

이런 화자는 새 지평을 연 발명품이다. 기술적으로 보면 18세기의 기발한 서사의 혼성모방인데 『사후 회고록』 서문에서 마샤두가 자신의 수사적 모델로 스턴(Laurence Sterne)과 드 메스트르(Xavier de Maistre)를 지목한 일은 잘 알려진 사실이다. 디드로(Denis Diderot), 특히 『숙명론자 자끄』(*Jacques le fataliste*)도 언급했음직하다. 물론 지난 세기의 뛰어난 작가들을 모방하는 것이 훌륭한 문학을 산출하는 경우는 드물다. 하지만 마샤두는 인간의 자발성에 대한 18세기적 탐구를 뛰어난 예술적 지성으로 응용하여, 노예소유와 그에 따른 사실상 강요된 개인적 예속관계가 브라질 엘리뜨층에 허락한 무책임과 방종을 파헤친 자신의 19세기적 탐구에 동원했다. 사실상 그는 18세기의 신뢰할 수 없는 화자의 장난기 다분한 뻔뻔함을 19세기 식민지 경유 사회의 계급관계의 엄혹한 현실을 향해 돌려놓았다. 이 조합의 불협화음은 당대의 진보적 이상에 훨씬 미달한 브라질 역사의 부적절함뿐 아니라, 더 깊은 차원에서는 그렇듯 미달된 형태에 너무 쉽게 스스로를 내주는 이상 자체의 부적절함을 주목하게 한다.

이 소설의 문학적 장식들은 골동품을 수집한 듯 겉보기에는 근대적 현실과 무관한 현학적 지식을 괴상하고 심지어 속물적인 방식으로 과시하는 것이지만, 19세기 사실주의에 사용된 것들과 마찬가지로 당대 계급사회의 가혹한 형식과 관련되어 있다. 화자를 여러 등장인물 중 한 사람으로 간주한다면 그에게서도 이와 유사한 시대와 기질의 혼합물을 볼 수 있다. 척 보기에 그는 엉터리 시인에다 아우구스티누스나 셰익스피어, 성경, 에라스무스, 빠스깔이나 다른 고전에서 따온 그럴싸한 인용구를 늘 준비하고 있는 구식 취향의 점잖고 교양있는 신사이다. 하지만 이 화자를 통해 그 자신이 터무니없고 무자비한 수혜자인 반(半)식민적 억압의 세계를 보는 순간, 이런 식의 문명의 과시가 지닌 내적 의미가 바뀐다. 계몽된 대화는 미개한 것이 되고 사회의 계몽되지 않은 형식들을 영속시키는 주범이 된다. 이같은 반전은 가장 근대적이라는 작가들보다 더 근대적이며, 사실주의가 마땅히 목표로 삼아야 할 결과다.

달리 말하면 마샤두의 신뢰할 수 없는 화자는 19세기 특유의 계급적 내용을 담지하며, 이 점이야말로 하나의 장치로서 그것이 갖는 비밀이다. 브라스 꾸바스는 하나의 사회적 유형으로, 그와같은 세계에 사는 다른 작중인물들과 마찬가지로 편파적이고 상황에 구속된다. 그는 자신의 수사적 전략을 휴머니즘의 일반적 레퍼토리에서 취해오지만, 그 우선적인 소속은 다른 데 있다. 그것은 특정 사회의 부유층, 즉 당대 세계에서 도덕적으로 비난받는 계층이라는 화자의 위치에 부응하고 또 그로부터 깊이를 얻는다. 19세기의 고도로 '개화한' 신사 노예소유주의 서사적 재주넘기는 어느 누구의 것과도 같지 않다. 그의 재주는 독자를 골려먹는 작가라는 고전적 전통의 변주가 아니라 근대 역사의 실재하는, 그러나 인정되지 않은 양상에 대한 간접적 묘사이다.

『사후 회고록』에서 마샤두는 서사적 과정에서 결백한 중립성과 권위를 박탈하고 역사적 시대를 초월하여 허공에 떠 있는 추상적 서사 기능이라는 생각 자체가 거짓임을 밝힌다. 여기에는 형성 도중에 있는 서사에 대한 인식뿐 아니라 훨씬 급진적이고 유례없는 발상이 들어 있다. 즉 고도로 세련되고 예술적인 수준에서 작동하면서 동시에 정당화될 수 없는 특정 이해관계에 따라 세계를 짜맞추어놓는 서사라는 발상인바, 독자로서는 무슨 일이 벌어지는지 이해하려면 그런 이해관계를 들여다볼 수밖에 없는 것이다. 이런 결정적인 폭로를 그보다 더 대담하고 철저하게 수행한 작가를 나는 알지 못한다. 같은 이유로『사후 회고록』의 독자들은 실상 자신의 이익 도모에 불과한 화자의 지원을 거부해야 하고, 할 수 있다면 회의와 비판정신을 총동원하여 이 지원에 대항하면서 결을 거슬러 읽어야 한다. 작가의 의도를 찾기보다는 이 의도가 그저 한 부분에 불과한 전체 형태의 의미를 해독할 필요가 있다. 일단 화자의 권위가 의심받게 되면, 읽으면서 보고 듣는 것을 해석하는 일은 독자에게 달려 있다. 우리는 외따로 남은 적극적이고 현명하고 자립적인 독자가 되어야 하는데, 이는 진정한 근대문학이 일종의 역사적 출발점으로 창조하고자 한 독자의 모습이다.

문명의 적응력

결론적으로 식민지를 겪은 나라의 지방소설에서 매우 선진적인 마샤두의 저작에 이르는 단계들을 다시 한번 되짚어보자. 극복해야 할 장애물들은 어떤 것이었나? 먼저 과거 식민지 시절의 국제적 주변성과 가난한 자들의 권리 부재에서 계승된 신생독립국의 특이하고 변칙적인 측면들이 있었다. 그같은 조건에서 선진세계와의 간극을 좁히기 위해 근대적 사유와 문화형식 들을 수입하는 일은 일종의 애국적 임무였다. 하지만 현지의 인간관계라는 세계는 그와는 다른 성격이었기에 수입된 당대의 사유와 형식 들이 뜻밖의 용도와 시험을 거쳐야 했으므로, 그것대로 특별한 어려움을 야기했다. 그런 예로 사실주의 소설을 향한 알렝까르의 시도가 동기에서 전혀 사실주의적이지 않았음을 살펴보았다. 그의 시도는 현재 혹은 이전의 사회관계들에 대한 비판적 수정보다는, 서구 대도시의 유행을 잘 안다는 과시라든지 모델이 되는 사회를 따라잡으려는 욕구와 더 관련이 있었다. 더구나 직접적 모방은 사실주의에서 특유의 분명한 시각과 비판의 날을 잃게 만들고 예술가로 하여금 브라질 사회의 결정적 면모를 보지 못하게 했다.

알렝까르보다 젊고 더 예리했던 마샤두는 이런 손상을 복원하려고 했다. 그는 최근 유럽사의 중요한 국면들에서 문제를 뽑아낸 사실주의의 표준적 주제들을 포기하고, 대신 브라질의 지배적 사회관계라는 덜 세련된 소재에 강조점을 두었다. 현지의 현실에 더 가까이 다가가려는 그의 시도가 낳은 의도치 않은 결과는 이 시기 그의 작품이 당대 세계 전반과의 접점을 상실한 점이었다. 그의 작품은 알렝까르의 소설보다 덜 순진하고 더 복잡했지만, 그것만큼이나 지방적이었고 현재에 관한 폭넓은 개념에서는 심지어 더 멀기도 했다.

 네 편의 소설을 더 쓰면서 8년의 시간을 보낸 다음, 마샤두는 종합을 성취했다. 그는 젊은시절의 사회적 발견들을 고수했지만 그 발견들에 대해 전보다 덜 동정적인 관점을 취했다. 이제 그는 선의의 소설가가 전하는 합리적 권고로는 브라질 특권층의 행태를 개선할 수 없다고 여겼다. 그들이 하층민을 다루는 방식은 앞으로도 한참 동안 이 나라의 운명을 결정할 것이었다. 그만큼 착잡한 또다른 사실은 이 방식이 직접적이고 실용적인 목적을 넘어 문화영역에까지, 사실상 서구 전통 전체로까지 확장되었고, 그리하여 서구 전통은 본래의 구속력을 상실한 채 브라질식 하층계급 괴롭히기와 타협할 수밖에 없게 되었다는 점이다. 이 지점에 이르렀을 때 이미 마샤두는 마땅히 바뀌어야 하는데 도무지 바뀌지 않는 일을 어떻게 해보려는 시도를 포기한 뒤였다. 대신 변화에 실패한 브라질 사회의 결과를 가능한 한 완벽하게 그려내고자 했다. 초기 소설에는 가진자들의 독단적 권위가 개혁 가능한 애석하고 우발적인 결함으로 그려졌고, 이것이 플롯의 극적 중심축을 제공했다. 『사후 회고록』에서 마샤두는 이 권위를 훨씬 더 중요한 위치로 옮겨놓았으며 화자의 행동을 관장하는 법칙으로 만들었다. 이 대목에서 그는 권위를 흉내내고 철저히 양식화한 화자를 등장시켜 이를 국민생활의 항구적이고 구석구석 만연한 부정적 환경으로 그려낸다.

샌디 식의 재주(로런스 스턴의 소설『트리스트람 샌디』의 화자가 구사하는 기발한 여담과 희극적 장치 등을 말한다 — 옮긴이)를 끝없이 부리는 이 변덕스럽고 신뢰할 수 없는 화자는 맹렬히 근대적이다. 브라스 꾸바스라는 화자는『사후 회고록』이전의 브라질 소설의 핵심내용을 형식으로 전환시킨 문학적 장치이다. 그런 장치로서 이 화자는 진정한 변증법적 대체물이며, 브라질문학의 개념을 다른 곳의 선진적 개념과 동등하게 만들어준 획기적 발전이었다. 마샤두는 헨리 제임스(H. James)와 동시대인이며 흔히 그에 비견되곤 한다. 제임스처럼 그도 시점(視點)으로 매개되지 않는 현실을 믿지 않았다. 마샤두의 작품에서 그런 매개는 개인심리의 문제를 넘어 계급갈등의 성격을 띤다. 신뢰할 수 없는 화자의 목소리는 명백히 사회적인 음성이며 사회적 문제의 핵심이고, 예기치 않은 방식으로 사실주의와 협력한다. 교양이 지나친 이 화자는 또한 문명 일반과 식민의 흔적이 남은 제한되고 반쯤 격리된 영역, 근대세계의 일종의 뒷마당에 해당하는 이 영역 사이를 매개해준다.

이러한 매개작용은 그 계급적인 성격에 비추어 결코 선량할 수가 없다. 달리 표현하면 화자는 이야기의 소재이자 자신의 세계를 구성하는 무지몽매한 인물들로부터 교양있는 사람들을 분리해주는 심연에 아주 만족한다. 표면에 드러난 희극은 자신에게 종속된 사람들을 배신하고 그들의 낙담에 불행을 느끼지 않는 엘리뜨를 연출한다. 이

소설의 덜 명백하고 더욱 근대적인 효과는, 문명이라는 개념 자체와 상반되는 목적에도 잘 맞추어가는 문명의 적응력을 인식하게 만든다는 점이다. 이 시기가 제국주의 전성기였음을 고려하면, 최상의 문명적 자원의 파렴치한 이용을 겨냥한 마샤두의 풍자는 지방적 배경을 초월하는 울림을 만들어낸다. 지방 차원에서 그와같은 조건을 극복할 뚜렷한 수단이 없기 때문이든 아니면 당대의 전지구적 흐름이 불확실하기 때문이든, 이 소설과 더불어 브라질문학은 세계의 현재를 사유할 수 있는 하나의 유리한 고지를 구축했다.

| 옮긴이의 말 |

이 글은 19세기 브라질이 근대를 따라잡을 국가적 임무의 일환으로 적극 모방한 서구의 문학형식들이 흔히 거기에 부여되는 성격과는 전혀 다른 방식으로 작용한 양상을 브라질 사실주의 소설의 두가지 상반된 예를 통해 살펴보고 있다. 슈바르스는 브라질에서 근대사회의 통상적 지표들을 충실히 담고자 한 사실주의 소설이 실패할 수밖에 없는 이유를 식민지체제의 불평등한 사회관계를 청산하지 못한 주변부 국가로서의 특징과 연관짓는다. 반면 이 글에서 중점적으로 다루어진 마샤두 소설의 성취는 서구적 사실주의를 창조적으로 '반전'시킨 결과로 설명된다.

그의 논의가 지닌 강점은 미학적 층위와 사회·역사적 층위를 넘나들면서도 억지스럽거나 단순화하는 느낌을 주지 않는다는 점인데, 이는 특히 근대 대 전근대라는 도식을 벗어난 데 힘입은 것이다. 그는 19세기 브라질 사회에서 근대와 전근대가 갈등을 일으키지 '않았다'는 점에 주목하고 이런 식의 이상한 공존

관계를 사실주의 정신에 입각하여 파헤치려는 노력이 마샤두 소설의 특별한 미적 창조력을 낳았음을 입증한다. 달리 말하면, 그의 주장은 '보편적' 문학형식이 주변부 국가의 '특수한' 상황 때문에 굴절되었다는 식의 설명에 그치지 않는 것이다. 그는 거기서 한걸음 더 나아가 스스로의 '보편적' 핵심을 배반하는 상황에 이렇듯 별다른 갈등 없이 적응하는 문명의 보편성이란 과연 무엇인가라는 질문을 제기하며, 여기에 대한 답을 적극적으로 사유하게 하는 점이 마샤두로 대표되는 브라질문학의 성취임을 보여준다.

이 글에서 '사실주의'라는 용어 자체는 상당히 제한적으로 사용되고 있지만 슈바르스가 마샤두의 '반전된' 사실주의 소설의 성과로 설명하는 내용들은 국내의 리얼리즘 논의와 연결되는 면이 많다. 19세기 브라질이 직면했던 중심과 주변의 문제가 여전히 살아 있는 현재적 사안이라고 본다면 이 글에서 생각의 단서들을 많이 얻을 수 있으리라 믿는다.

황정아 | 이화여대 연구교수, 영문학

---

* 이 글은 『뉴레프트 리뷰』(*New Left Review*) 2005년 11-12월호(통권 36호)에 실린 "A Brazilian Breakthrough"를 번역한 것으로 계간 『창작과비평』 2008년 겨울호에 실렸다.

제
2
부

세계문학의 새로운 성취

세계문학의 지평에서 생각하는
한국문학의 보편성

정홍수

1. 보편의 공간

작년에 노벨문학상을 수상한 터키 작가 오르한 파묵(Orhan Pamuk)의 길지 않은 장편 『하얀 성』(문학동네 2006, 원작은 1985년)에는 문학의 보편적 공감의 원천을 되새기게 하는 인상적인 대목이 나온다. 『하얀 성』은 17세기 오스만투르크제국을 무대로 서양의 과학적 광명을 갈구하는 오스만 사람 호자와 터키 함대에 포로로 잡혀 노예 신세가 된 이딸리아 청년 '나' 사이의 수십년에 걸친 인생 교환의 서사를 담고 있다. 이 소설에서 동서문명의 거울게임이나 정체성의 혼종적 역전은 그것 자체로 만만찮은 독서의 즐거움을 선사한다. 그러나 그러고 말기에는 서사의 표면을 넘어서는 아이러니의 진폭이 자못 크다.

소개하려는 대목이 그러하다.

줄곧 이딸리아인 노예 '나'의 시점에서 전개되던 소설은, 폴란드 원정길에서 '나'와 호자가 서로의 인생을 바꾸게 되면서, 에필로그 격인 마지막 11장에 이르면 '나'가 이딸리아로 사라진 호자 대신 호자의 삶을 살며 호자의 이름으로 지금까지의 이야기를 추억과 상상 속에서 기술하고 있었던 것으로 드러난다. 작가는 『하얀 성』의 이야기가 자신의 전작 『고요한 집』(1983)에 등장하는 역사가 파룩 다르븐오울르가 1982년 터키 게브제군(郡)의 문서보관소에서 발견한 필사본을 현대 터키어로 옮겨놓은 것이라고 파룩의 이름으로 소설 모두(冒頭)에 서문을 붙여 이중의 허구화 장치를 마련해놓았다. 그러니까 이 필사본의 진짜 저자가 누구인지 묻는 모호한 퍼즐게임부터가 정체성의 혼종적 교환이라는 『하얀 성』의 심각한 주제의식에 닿아 있으면서 풍성한 소설적 흥미의 토대를 이루고 있음은 물론이다. 아마도 탈식민주의가 즐겨 문제삼는 정체성 테마에 대한 전범적 작품의 한 예라 해도 무방하지 싶다.

그런데 이 현란하기까지 한 이야기의 마지막에 작가가 꺼내드는 카드는 동서양을 사이에 둔 기이한 운명극에 어울릴 뜻밖의 반전이라든가 있을 법한 인간적 회한에 대한 클라이맥스적 강조가 아니다. 혹은 '나는 왜 나인가' 하는 근대가 자랑하는 철학적 질문에 포스트모던풍 소설이 내놓기 쉬운 언어의 연쇄와 미끄러짐으로 이루어진 또다른 미로의 제시도 아니다. 소설은 이딸리아인 '나' 혹은 오스만인 호자 '나'가 기억하는 어린시절 고향집의 평화를 다시 상상하며 끝난다. "탁자 위에 놓여 있는 자개 쟁반에는 복숭아와 체리가 있었다. 탁자 뒤에는 골풀로 짠 긴 의자가 있었고, 그 의자 위에는 초록색 창틀과 같은 색 새틴 쿠션들이 놓여 있었다. 곧 일흔살이 될 나는 그곳에 앉아 있었다. 그 뒤로 우물가에 앉은 참새와 올리브나무 그리고 체리나무들이 보이고, 이것들 뒤에 있는 호두나무의 높은 가지에는 긴 끈으로 묶은 그네 하나가 희미한 바람에 살랑살랑 흔들리고 있었다."(246~47면) 고향집 뒤편 정원을 향해 나 있는 창문으로 보이는 이 풍경은 포로로 잡힌 이딸리아인 노예 '나'가 신임을 받던 파샤로부터 목숨을 건 개종 압력을 받는 순간 떠올린 것이기도 하다.(44면) 호메로스의 『오디쎄이아』를 굳이 거론하지 않더라도 귀환의 서사가 주는 문학적 감동의 자리는 넓고 유구하다. 그래서이기도 하겠지만 소설 『하얀 성』이 기나긴 정체성의 모험 끝에 영원히 도달하지 못할 귀환의 지점으로 유년의 고향집 풍경을 다시 상상할 때, 독자는 '나'와 '호자'라는 분열된 주체가 회복하려는 조화로운 전체성의 어떤 그림자를 깊은 문학적 울림 속에서 경험하게 된다. 그것은 동서양의 우열이나 지배–피지배를 둘러싼 담론, 근대적 주체의 철학, 주인–노예의 변증법이 들려주는 세계의 복잡다단한 이해 너머에 조용히 남겨진 인간 진실의 수수한 측면이기도 하다. 그러고 보면 프란츠 카프카(Franz Kafka)의 『성』에서 측량기사 K에게 현실적 미궁이자 도무지 그 실체를 드러내지 않는 접근 불가능한 세계의 심연으로 남는 성(城)처럼, 파묵이 그려낸 '하얀 성'은 서양문명의 흉내에서 벗어날 수 없었던 호자의 발명품을 조롱하는 난공불락의 성이면서 종국에는 돌아갈 수 없는 낙원의 시간에 대한 끝없는 향수 속에 인간 운명의 고단한 모험들을 배치하는 도달 불가능한 지점의 알레고리로 성공적으로 남았다고 할 수 있겠다.

그런데 17세기 오스만투르크의 세계는 지금 이곳에서 얼마나 멀고 낯선가. 책 뒤에 붙인 '작가의 말'을 보면 오스만의 후예인 파묵 역시 그 세계 속으로 들어가기 위해 수다한 자료를 섭렵한 것으로 되어 있다. '작가의 말'을 조금 더 읽어보면 가족사 삼대의 이야기를 통해 20세기 터키인의 삶을 그려낸 작가의 첫 소설『제브뎃씨와 아들들』(1982)이 발표되자 이 작품에 '역사'소설이라는 이름이 따라다녔고 평단의 일각에서는 "중요한 일상의 문제에서 도피하기 위해 역사에 몰입한다"(252면)는 비판이 있었던 모양이다. 흥미롭게도 이러한 비판에 대해 작가는 "『고요한 집』을 집필한 후, 내 눈앞에 역사적 상상이 들끓기 시작하자 이러한 의견이 맞다는 생각이 들었다"(252면)고 하면서 "어느날 궁전에서 부름을 받고 한밤중에 푸른빛이 도는 거리를 걷고 있는 한 예언자"(250면)에 대한 희미한 구상에서 출발한 『하얀 성』의 '역사' 속으로 들어가기 위해 "과학과 천문학 서적에 즐거이 파묻혔다"(252면)고 밝히고 있다. '도피'라는 비판을 수긍하고 역사적 상상의 세계로 기꺼이 향하는 작가의 태도에서 자신의 문학에 대한 역설적 자신감을 읽기는 어렵지 않을 것이다.

터키문학의 문외한으로서 구체적인 논평은 불가한 처지지만, 번역으로나마『하얀 성』을 읽어본 소회를 말한다면 작가는 터키의 '중요한 일상의 문제'로부터 '도피'한 게 아니라 그것을 좀더 넓은 지평

속에서 사유하고 상상할 수 있는 새로운 문학적 표현을 찾아낸 것이 아닌가 싶다. 이 경우 역사소설이라는 외양은 당연히 '도피'와는 무관할 것이다. 오히려 서사의 진행 도중 필사본의 회고와 기술이 시작되는 시점과 상황을 거듭 환기시키는 메타소설적 시선을 통해 진행 중인 이야기가 사실과 상상의 경계를 넘나들며 구성되고 있음을 드러내는 장치를 비롯, 『하얀 성』은 소설의 역사가 그간 성취해낸 창의적 기법들을 적절히 구사하며 역사소설이라는 장을 현대적인 주제와 문제의식을 표현하는 새로운 문학의 영토로 쇄신하고 있다고 하는 게 옳을 것이다. 낯설고 먼 오스만투르크의 이야기가 2000년대 한국 땅에서 보편의 공간을 열고 있다면 바로 그 때문이리라.

2. 세계문학이라는 타자

물론 세계문학과의 관련 속에서 한국문학의 창조적 활력을 생각해보고자 할 때 지금 이야기한 보편의 공간은 전혀 만만한 논의의 출발점이 아니다. 오르한 파묵의 소설 한편을 예로 삼아보기도 했지만 정작 '보편의 공간'이 어떻게 열리는가 하는 문제는 난문 중의 난문이다. 당장 그 보편은 한국문학이라는 주체의 자리에서 검토되지 않으면 안될 텐데, 그때 보편은 말 그대로 자명한 것일 수 있는가. 세계문학이라는 호명이 대개는 서양 주도의 문학장(場)을 일컫는 현실에서 그것은 서양 근대의 제국주의적 비전을 어떤 차원에서든 내면화하고 있다고 보는 것이 옳을 것이다.

두루 알다시피 한국문학은 서양 근대가 이미 상당한 수준으로 완성해놓은 '문학'이라는 심미적 제도에 뒤늦게, 그것도 자기 의지와 자기 현실의 숙성 없이 뛰어든 형국이었다. 자기표현과 세계이해의 장치로서 한국인이 오랫동안 가다듬어온 고유한 '문학'의 전통은 이 과정에서 심각한 정체와 단절을 겪어야 했다. 자생적 변화와 발전의 싹들은 뒤틀리고 억눌렸다. 제국주의의 이해가 충돌하는 가운데 식민지, 분단과 전쟁, 개발독재의 암운이 쉴새없이 몰아닥친 지난 세기 한국인의 착잡한 역사는 당연히 현대 한국문학의 발생과 전개에도 그 파행적 어둠을 강하게 남겼다.

그러나 역사에서나 문학에서나 그 과정이 마냥 수동적인 것이 아니었음도 우리는 익히 안다. 가령 일제강점기 한국의 시인 작가 들은 식민지체제가 근대 서구문명의 값싼 외관과 함께 들여다놓은 기만적이고 불구적인 근대적 개인의 공간에서일망정, 한편에서는 '궁핍한 시대'의 민족현실을 구체적이고 직접적인 세목 속에서 비판적으로 천착하며 문학을 통한 현실 응전의 계기를 모색했고, 다른 한편에서는 소외와 무기력에 찌든 지식청년들의 삽화를 통해 식민지 현실과 겹쳐 막 도래한 현대적 삶의 비참한 국면을 표현했다. 민족어와 토착어의 세련에 궁구한 일군의 노력도 지속되었다. 제국주의 정치선전에 몸을 실은 문학의 타락도 있었지만, 심각한 식민지적 제약 속에서도 한국인의 자기표현과 세계이해는 전체적으로 문학을 통해 확장되었고, 이 과정은 '그들의 문학'이 한국인의 인식과 성찰의 공간으로 뿌리를 내리는 시간이기도 했다.

돌이켜 생각해보면 강압적 개방의 역사와 함께 이 땅에 들어온 서양의 문학은 초대받지 않은 손님이자 낯선 타자였으되 근대적 자아의 신천지가 당장 열릴 듯한 강렬한 유혹이었을 것이다. 그 유혹 앞에 선 한국문학의 초라한 출발은 다 아는 대로, 서양문학의 이입사에서 한국보다 앞섰던 일본문학의 직접적 학습이나 일본문학을 매개로 한 서양문학의 번안적 학습이었고, 소장 일본 유학파들이 주축이 된 동인지 중심의 허약한 문단제도였다. 여기에 조선어학회사건(1942. 10. 1)부터 해방까지 한국어가 조선총독부의 직접적인 통제 속에 들어간 '이중어글쓰기 공간'(김윤식)의 암흑기를 한 예로 생각해보더라도, 한국문학이 압도적인 식민지의 강제와 서양문학의 박래적 유혹 속에서도 좌초하지 않고 부족한 대로 근대적인 자기 형성과 발전의 모태를 이루어낸 일은, 그만한 주체의 고투가 있었던 것이지만, 기적 같다는 생각도 든다.

그러나 식민지의 직접적인 속박에서 벗어난 뒤에도 현대 한국문학의 전개는 일일이 언급하기 힘들 정도로 수다한 현실적 시련과 결핍의 조건 들과 뒤엉켜야 했다. 전후 최초의 한글세대이자 4·19세대 비평가로 뚜렷한 비평적 자의식을 견지했던 김현이 1960년대 후반에 발표한 짧은 산문에서 프랑스문학에 거짓 동화되었던 자신의 청년기를 반성하며 "나는 프랑스문학을 공부하는 학생이 아니라 프랑스문학을 피부로 느낀다고 믿은 정신의 불구자였다"(「한 외국 문학도의 고백」, 『상상력과 인간』, 일지사 1973)고 썼을 때 이 착잡한 자기비판은 식민지 시기는 물론 20세기 현대 한국문학 전체가 원죄처럼 감당해야 했던 어떤 불구적 상황을 더없이 아프게 건드린다. 비단 문학에만 국한되지 않는 한국인의 이러한 뿌리뽑힌 정신성의 풍경은 가령 최인훈 소설의 지적인 풍속 비판 같은 데서 뛰어난 문학적 표현들을 얻고 있기도 하지만, 식민지 해방 이후에도 전쟁의 폐허와 함께 또다른 식민의 세상에서 살아야 했던 한국인의 역사현실을 엄혹하게 환기한다. 이른바 냉전 이데올로기와 함께 미국 주도의 자본주의 씨스템이 전쟁과 분단으로 폐허 위에 선 한국인의 삶 전(全)부면을 급속도로 뒤흔들었던 것이다.

그런데 전통의 죽음과 새것의 압도적 위세 사이에서 정신의 불구성을 가장 아프게 앓았던 세대로부터 한국문학의 주체성이 단절을 딛고 다시 형성되기 시작했다는 점도 우리는 기억해야 한다. 방금 비평가 김현의 경우를 언급했거니와, 독립된 국가에서 한글로 교육받고 자라난 최초의 한글세대의 등장이 그것이다. 이들이 성장기에 일본이라는 매개와 구속 없이 마주친 서양문학의 인력(引力)은 어느 면 자신의 정체를 잃을 만큼 강렬했으되 그렇다고 하더라도 그것은 식민지의 상황과는 비교할 수 없는 자유로운 정신의 공기 아래에서였다. 유년기에 일본식 교육을 받아야 했던 전후세대의 어색한 한글문장에 각인된 혼돈의 조건으로부터 이들은 일단 자유로웠다. 여기에 자유의 열망이 극적으로 구현된 4·19의 역사적 체험이 그 좌절을 포함해서 이들 세대의 집단적 기억이 된 사건은 특별한 중요성을 지닌다. 4·19의 역사체험은 『광장』(1960)을 비롯한 여러 뛰어난 문학작품의 산출에도 직접적으로 기여했지만 순수―참여논쟁이 문학적으로 심화되는 구체적인 계기가 되면서 민족현실과의 깊은 관련이든 꿈과 자율성의 측면이든 한국문학의 정체성과 주체성을 창조적으로 모색하는 토대가 되었던 것이다. 그리고 그것은 동시에 서양문학 혹은 세계문학에 대한 좀더 자각적이고 주체적인 대응이 싹트는 과정이기도 했다.

그러니까 길지 않은 현대 한국문학의 역사에서 세계문학이 주체의 자각적 시련 속에 본격적으로 대타적 인식의 지평에 들어오기 시작한 것은 4·19세대 혹은 한글세대의 문학적 출현과 함께였다고 해야 할 것이다. 물론 전후세대를 비롯한 앞시기 한국문학의 빈곤에 쉽게 절망한 이들 세대가 서양문학의 인력에 급격히 흡수되었다가 그 속에서 자기모순에 부딪히고 다시 한국인의 현실과 한국문학의 주체성으로 돌아오는 과정이 두루 명료했을 리는 없겠다. 다만 이 복잡하게 뒤엉킨 전회의 시간에 한국문학 주체들의 아픈 각성 말고도 서양문학의 만만찮은 두께와 세련된 보편성이 긍정적으로 기여했을 가능성은 인정해야 할지도 모르겠다.

그러나 단순히 서양문학에 대한 주체적 시각의 확보 차원을 넘어 괴테나 맑스적 의미의 세계문학 개념을 한국문학과의 열린 관계에서 적극적으로 의식하고 그것을 실천적 문학담론으로 만들어낸 것은 70년대의 민족문학론이었다. 60년대 후반부터 본격적으로 제기되기 시작하여 시민문학론, 리얼리즘론, 농민문학론, 민중문학론, 제3세계문학론 등으로 여러차례 분화와 종합을 거듭하며 위기에 처한 민족현실에 대한 정당한 문학적 대응을 강조해온 민족문학론의 강점은 도덕적 정열에 바탕한 문학과 현실의 통합적 인식이었다. 그런 만큼 거기에는 당연히 현실에 대한 객관적이고 전체적인 파악을 위한 노력이 전제되어 있었다. 알다시피 괴테의 세계문학 구상은 19세기 초반 유럽중심의 세계교역이 확대되던 자본주의의 일정한 발달 단계에 유념한 것이고, 맑스의 경우는 좀더 적극적으로 자본주의 세계시장의 무한팽창을 이야기하면서 "일국적 편향성과 편협성"을 넘어서는 세계문학의 요구를 긴박한 것으로 제시한 바 있다. 말할 것도 없이 이때의 세계문학은 개별 민족국가의 뛰어난 문학작품들이 비교 소통되고, 그 과정에서 선별된 작품들이 인류적 유산으로 집성되고 정전화하는 장(場)을 일컫는 통상적 의미의 세계문학과는 다른 개념이다. 자본주의 세계시장의 확산을 비판적으로 바라보는 안목에서라면 최고의 문학적 성취를 얻기 위해서라도 개별 민족국가의 테두리를 넘어서서 인류의 삶을 전체적으로 파악하고 표현하는 세계문학의 공간을 새로이 상상하고 구축하자는 문학적 연대의 촉구가 거기에는 담겨 있었던 것이다.

돌아보면 민족문학론이 대다수 민족 구성원들의 삶이 심각한 위협 속에 놓여 있던 70년대 한국사회 제(諸)모순의 뿌리를 분단에서 찾았을 때, 그것이 한반도 내부의 정치경제적 역학에 국한되는 사안이 아닌 이상 세계적 시야의 확보는 불가결한 것이었다. 아니, 더 정확히 순서를 짚는다면, 그런 시야의 확보가 분단현실의 극복을 이야기하고 민족문학론을 제기한 동력이었다고 해야 옳겠다. 그러한 민족문학론의 전개가 한반도를 포함한 제3세계의 뒤처지고 억압된 현실에서 오히려 서양 근대가 몰각하고 배제해온 인류사적 과업의 수행 가능성을 본 제3세계문학론에 이르면서, 세계문학은 이제 한국문학이 자신의 성취를 나누고 그 속에서 새로운 인류사적 비전을 탐구하고 실현하는 주체적인 공간으로 열리게 되었다. 동시에 제3세계문학론은 그동안 외면받아온 비서구문학, 구체적으로는 아시아·아프리카·중남미문학을 서양중심 세계문학의 질서와 가치를 해체하고 재구성할 수 있는 중요하고 관건적인 역량으로 부상시켰던 것이다.

이후 80년대를 지나며 세계질서의 급변과 함께 제3세계문학론은 민족문학론 내부에서도 자기조정을 거치게 되지만, 지금이라면 다소 거창하게도 느껴지는 문제의식이 당시로선 절박한 호흡 속에서 제기되었던 점을 잊을 이유는 없겠다. 오히려 국가간 무한경쟁을 포함하여 자본주의 단일시장이 돌이키기 힘든 하나의 세계체제로 굳어가고 있는 이즈음, 문학이 참다운 인간적 가치를 옹호하고 조화로운 삶을 모색하는 몇 남지 않은 거점임을 되새길수록 서양 근대에 대한 근본적 방향 전환의 대안으로 제기되었던 제3세계문학론의 문제의식은 새롭게 음미될 가능성이 높아 보인다. 가령 한동안 널리 읽혔던 중남미문학의 성취도 그러하지만, 최근 새롭게 조명받고 있는 중국, 베트남, 팔레스타인 등의 작품들을 후일담적 향수의 시선에서 탈피하여 한국문학의 현재와 소통시키고 세계문학의 새로운 가치로 활성화하는 일만 해도 제3세계문학론의 기본적 문제의식으로부터 도움받을 게 많지 싶다.

그런데 다 아는 대로 80년대말 이후 한국문학의 현장은 많은 변화를 겪는다. 그 변화의 역사적·사회적 배경에 대해서는 말을 아껴도 되리라. 그리고 그 변화 자체에 대해서도, 80년대 문학과 90년대 문학을 나누는 이분법적 사고를 두고 많은 비판이 있었고, 현실과 대결하는 개인의 내면공간에 대한 기본적 신뢰나 세계인식의 구도에서 두 시기 문학이 본질적으로 쌍생아라는 지적도 여러차례 제기되었다. 그런만큼 별다른 첨언이 불필요한 대목이긴 해도, 80년대 한국문학의 중요한 흐름이던 현실변혁의 상상력이 일정한 좌절을 겪고 문학의 정치성과 거대담론에 대한 반발이 새로운 문학적 상상력을 추동하는 가운데 정작 현실의 정치성은 더 교묘한 형태로 한국인의 생활세계를 빠른 속도로 포위하기 시작했다는 점은 새삼 확인해두는 게 좋겠다.

돌아보면 90년대 문학이 한국인의 생활세계를 개개인의 복잡한 욕망을 통해 좀더 세밀하게 들여다보고 문학적 리얼리티에 대한 다양한 진입로를 여는 동안, 한때 대결과 극복의 지평 위에 있던 현실은 어느 순간 불가항력의 거부할 수 없는 괴물이 되어 있었다. 그것은 인간적 가치의 옹호나 조화로운 삶을 위한 개별적인 노력을 무의미한 것으로 만드는 거대한 전체였다. 가령 비평가 도정일은 그 현실을 '시장 전체주의'라고 부른다. "90년대 이후 세계시장체제는 그것 아닌 다른 대안체제의 성립 불가능성을 세계의 전면적 현실로 규정하고 다른 체제의 미래적 가능성을 상상하는 일조차 봉쇄한다는 점에서 미증유의 일차원적 '단일' 체제이다. 이 체제의 일차원성을 정확히 포착하는 데는 '시장 전체주의'라는 기술이 더 적절하다. 시장 전체주의는 다양성과 차이를 존중하고 탈중심, 자유와 평등, 자율과 자발성, 관용 등의 가치를 실현한다는 자기제시의 방식을 갖고 있다. 그러나 세계시장체제의 이 자기재현은 기만적이다. 왜냐하면 그 체제하에서 삶의 모든 방식들, 사회적 활동과 단위 들을 조직하는 것은 시장논리라는 단일 논리이며, 그 체제하에서 시간과 공간을 조직하고 경험과 가치 들을 지배하는 것은 시장가치라는 단일 가치이기 때문이다."(「서사적 상상력을 재가동하기」, 『경계를 넘어 글쓰기』, 민음사 2001) 2001년에 제출된 이 비통한 현실진단에서 수사적 과장을 발견하기 어렵다는 것은 괴로운 일이다. 물론 이 진단은 근본적인 만큼 추상성이 높다고도 할 수 있을 것이다. 실제 한국인의 현실은 1997년 외환위기 이후 지난 10년간을 보더라도 단지 악화일로였다고만 할 수는 없다. 민주화 이후 민주주의의 위기를 우려하는 목소리도 높지만 사회 전반의 민주주의는 확대되어왔으며 분단체제의 흔들림을 이야기할 정도로 남북관계의 진전도 뚜렷하다. 대안적 삶을 모색하는 작은 시도들도 활발하다. 그러나 굳이 물신적 가치의 일방통행과 사회적 양극화의 절망적 심화를 말할 것도 없이, 생활세계의 실감에서 무한 경쟁의 신자유주의 앞에 선 개개인의 무력감과 불안은 나날이 증폭되고 있는 게 부인할 수 없는 현실의 이면이다. 우리는 다시 앞의 현실진단으로 돌아갈 수밖에 없다.

그리고 이런 맥락에서라면 괴테와 맑스적 의미의 세계문학 기획은 오늘의 현실에서 오히려 더 절실성을 얻는다고 할 수 있다. 부정적인 의미에서이긴 하나 서구, 비서구를 망라한 전지구적인 보편적 삶의 조건이 자본의 힘으로 완수된 셈이기 때문이다. 물론 한국문학은 한국의 현실에 나타나는 그 부정적 보편의 조건과 싸우면서 세계문학의 기획과 연결될 수밖에 없다. 그리고 이 경우 제3세계문학론을 넘어, 세계체제와의 연관 속에서 한반도의 분단체제 극복을 이야기하는 민족문학론의 진전된 인식은 좀더 체계적인 시각에서 세계문학과 한국문학의 소통과 연대를 실질적으로 구상하는 유력한 근거가 될 수 있을 것이다.

3. 한국문학의 보편성

그렇긴 해도 세계문학과 관련된 이런 시각은 아무래도 큰 틀의 구상이 될 수밖에 없다. 지금 우리가 겪고 있는 세계화의 부정적 양상이 미증유의 것이고 거기에 대한 일상의 불안과 위기의식이 특별히 심각하다고 하더라도, 그것은 결국 현실의 큰 테두리를 규정하는 이야기다. 구체적 양상은 시대마다 다를지언정 문학이 큰 테두리에서 그러한 현실의 부정적 규정력을 의식하지 않은 적은 없다. 우리는 다만 동시대의 문제의식과 실감 속에서, 거기에 좀더 전체적이고 진전된 역사이해가 수반되어야 하는 것이겠지만, 인간의 조화로운 삶과 문학의 존재기반을 위협하는 사태와 언제나 그렇듯 직면하고 있을 뿐이다. 21세기 한국문학의 현장에 세계문학의 문제의식을 생산적으로 개입시키는 일이 쉽지 않은 것은 그 때문이다. 더군다나 그것은 문학적 주제나 소재 차원의 문제도 아니다. 가령 어떤 작품에 외환위기 이후 한국의 젊은이들에게 닥친 궁핍한 현실이 핍진하게 그려져 있다는 점을 들어 신자유주의의 전지구적 확산을 반영하는 시대적 보편성을 이야기할 수는 있겠지만, 그로부터 더 진전된 의미있는 논의를 끌어내기는 어렵다. 혹은 자본주의 세계체제의 부정적 양상을 좀더 날카롭게 의식하면서 한계를 드러낸 서구적 상상력을 넘어 새로운 문학적 상상력을 촉구하는 차원이라고 하더라도, 결국은 비슷한 이야기가 된다. 그것은 우리가 일반적으로 최량의 한국문학에 기대하는 지점과 별반 다르지 않기 때문이다. 세계문학 논의의 일정한 추상성을 곱씹게 되는 대목이다.

이런 어려움 탓인지는 모르겠으나, 한국문학의 현장에서 제기되는 세계문학 관련 논의는 '한국문학의 세계화'를 이야기하는 실질적인 차원에 많이 집중되는 것 같다. 그런데 이 경우 자연스런 수순으로 제기되는 한국문학의 경쟁력 문제는 조금 비판적으로 살펴보아야 하지 않을까 싶다. 가령 『창작과비평』 137호(2007년 여름호)의 장편소설 특집에서 한국문학의 보편성을 새롭게 인식하려는 적극적인 사례로 인용되기도 했지만(진정석 「한국의 장편, 단절의 감각을 넘어서」), 김영하(金英夏)는 세계무대에서 한국문학의 경쟁력을 고민하면서 '보편적인 문제를 다루어야 하고, 번역에 견딜 수 있는 작품을 써야 한다'는 생각을 밝힌 바 있다. 맥락을 보면 여기서 말하는 '보편적인 문제'는 동시대 서구인들이 공감할 수 있는 소설적 테마를 가리키는 듯하다. 그리고 번역을 견디는 작품이란 말도 문장이나 상상력에서 서구적 합리성이 기준이 되어야 한다는 뜻이겠다. 그런데 이런 의미라면 미국이나 유럽의 출판시장에서 대중의 호응과 공감을 끌어낼 수 있을지는 모르겠으되, 세계화의 부정적 양상에 저항하며 기존의 서양문학이 도달하지 못한 새로운 상상력과 가치를 세계문학의 성취로 등재하고 소통시키는 일과는 멀어질 수밖에 없을 것이다. 물론 작품외적인 발언과 분리하여 작가의 작품들을 같은 맥락에서 검토해보는 일은 별개의 과제이겠고, 세계무대로 한국문학의 활동영역을 넓히려는 재능있는 작가의 의욕이 폄훼될 이유도 전혀 없다. 하지만 '경쟁력'이라는 잣대가 등장하는 순간, 한국문학이 서양 주도의 세계질서와 함께 형성되어온 세계문학의 낡은 보편성을 비판적으로 성찰할 근거는 상당부분 사라질 수밖에 없다.

비슷한 맥락의 이야기는 오랫동안 한국문학의 해외번역에 종사해온 현장의 목소리로도 전해진다. "우아한 문체, 다양한 서술리듬, 해석의 모호함, 여러 서술자들의 목소리, 글쓰기 전략에서의 복합성 등은 모두 시로서의 소설이 갖는 근본적인 특성들인데, 한국 작가들의 작품에는 너무나 부족한 것이다."(안선재Brother Anthony of Táize「외국독자들은 한국문학을 어떻게 읽을까」, 『창비주간논평』 2007.5.15) 한국문학, 특히 한국소설의 세계무대 진출이 부진할 수밖에 없는 이유를 적시한 대목인데, 착잡한 발언이다. 무엇보다 최근 한국소설의 구체적 성과들을 대조해가며 이 글의 비판을 반박할 수도 있을 것이다. 그러나 문제는 이 비판이 서양 근대의 특정한 소설미학을 움직일 수 없는 전제로 삼고 있다는 점이다. 그렇게 해서 그것이 한국소설의 결여로 지적되고 경쟁력 촉구의 도구가 되는 한, 한국문학은 옴짝달싹할 수 없는 진화론의 구도에 갇힐 수밖에 없다. 리얼리즘이든 모더니즘이든 서양 근대문학의 두께와 역량은 위대한 창작자들의 몫인 동시에 세계사의 흐름에서 서양 근대가 가진 총체적인 힘으로부터 나온 것이다. 그런만큼 그 성취의 수용은 비판적 역사이해를 불가피하게 한다. 동시에 서양 근대문학의 압도적인 영향력 속에서 시작된 현대 한국문학이 한국인의 자기표현과 세계이해의 도구로 전용될 수 있었던 것은 근원적으로 문학이 인간과 세계 전체에 열려 있는 보편적인 성찰의 형식이기 때문일 것이다. 그리고 문학은 그 성찰의 공간에서 끊임없는 자기비판과 자기부정의 역사를 열어왔다. 한국문학의 주체성이 있다면 그것은 고정된 실체가 아니라 그 비판과 부정의 역사 속에서 유동하는 무엇일 것이다. 당연히 한국문학의 창조적인 보편성은 그 유동하는 지평에서 사유되지 않으면 안된다. 그렇지 않을 때 한국문학은 다시 한번 서양문학의 고정된 중심을 향한 욕망의 우울한 경주와 마주칠 수밖에 없지 않겠는가.

어쨌거나 한국문학의 보편성을 창조적으로 확대하는 일은 딱히 세계문학의 지평에서 생각하지 않더라도 언제나 쉽지 않은 과제로 남아 있다. 한 예로 최근 한국문학의 보편성에 대해서는 "한국문학 자체의 고유한 역사적 경험과 통찰에서 출발하되 경계를 뛰어넘는 가치와 자질을 발굴하고 그것을 일반화하는 보편성, 비유컨대 '우리 안의 보편성'일 것이다"(진정석, 앞의 글)라는 분명한 요구가 제출되기도 했지만, 그것이 그리 간단한 일이 아님은 물론이다. 무엇보다 그 보편성은 구체적인 작품의 성과로 표현되지 않으면 안된다. 『손님』 『심청, 연꽃의 길』 『바리데기』로 이어진 황석영의 소설적 행보는 이런 점에서 여러모로 뜻깊다. 작가가 여러차례 밝혔듯이 이 3부작은 무엇보다 기존의 리얼리즘 형식에 대한 뚜렷한 반성에서 출발한 기획이다. "과거의 리얼리즘 형식은 보다 과감하게 보다 풍부하게 해체하여 재구성해야 한다. (…) 삶이 산문에 의하여 그대로 재현되는 것이 아니라면, 삶의 흐름에 가깝게 산문을 회복할 수는 없을까 하는 것이 나의 형식에 관한 고민이다."(「작가의 말」, 『손님』) 그리고 이 고민은 '진지노귀굿' '심청전' '바리데기 무가'라는 우리 고유의 전통적 서사형식을 거기 담긴 재래의 정신적 흔적과 함께 현대소설의 새 틀로 뒤바꾸는 3부작의 출간으로 이어졌다. 물론 이 3부작이 서사형식의 재창조에만 머문 것은 아니었다. 작가는 북녘땅에 틈입한 외래 모더니티의 참상(『손님』), 근대이행기 동아시아 민중의 수난(『심청, 연꽃의 길』), 이산과 대립이 격화되는 세계화의 파괴적 그늘(『바리데기』) 등 긴박한 현실의 문제를 한반도의 테두리를 넘어서는 큼직한 시야로 그 형식 속에 녹여냈다. 그 문학적 성취의 세목에 대한 이론이야 있을 수 있으되, 크게 보아 세계문학의 지평이든 그렇지 않든 한국문학의 보편성을 창조적으로 고민하는 차원에서 이만한 야심찬 기획을 찾기는 어렵지 않을까.

그런데 한국문학의 보편성을 더 궁구하기 위해서라도 황석영의 창조적 실험에는 좀더 면밀한 읽기가 두루 뒤따라야 할 것 같다. 그것은 한국문학의 보편성을 새롭게 고민할 때 정작 우리 안에서 작동하는 보편성의 척도를 그 기원에서 탐문하고 회의하는 과정을 수고스러운 댓가로 지불해야 하기 때문에도 더 그렇다. 가령 근작『바리데기』의 다분히 의도적으로 보이는 소설적 성김을 우리는 어떻게 이해해야 하는가.『바리데기』를 읽으며 우리는 통상의 소설문법이 요구하는, 인물의 꼼꼼한 성격화 과정에 작가가 그다지 집착하지 않는다는 느낌을 받는다. 인물들은 복잡한 현실을 반영하는 유기적 구성 속에서 등장하거나 배치되기보다 주인공 바리의 수난의 항적(航跡)을 중심으로, 그 구심력의 요구에 편하게 이끌리고 있는 것으로 보인다. 소설의 시야와 상상력을 활달하게 개방하는 데 기여하며, 그 자체 이 소설의 중요한 형식이기도 한 주인공 바리의 영매적 능력이 서사의 긴장과 충돌하는 지점에 대해서도 작가는 관대하다. 적어도『바리데기』는 서구 근대소설의 중요한 규범이랄 수 있는 전체적 합리성과 유기적 짜임을 어느 수준에서는 무시하거나 건너뛰고 있다고 해도 무방할 것이다. 작가는 이에 대해 시적인 이미지와 서사의 결합을 뜻하는 '시적 서사'의 뚜렷한 미학적 의도를 피력한 바 있다. 말할 것도 없이 그 미학적 의도는 '과거의 리얼리즘 형식을 과감하고 풍부하게 해체·재구성하고 삶의 흐름에 가깝게 산문을 회복하려는' 작가의 오랜 고민의 연장선에 있다. 물론 우리는 여기서 '시적 서사'가 소설 전체를 통어하는 일관된 조직원리로 충분히 스며 있는지 물어볼 수 있을 것이다. 그리고 거기에 일정한 유보가 없는 것도 아니다. 그러나 실제 근대적 소설규범과 불화하는 몇가지 문제를 무시하고 보면 『바리데기』는 한 탈북소녀의 수난과 그녀의 영매적 시선을 통해 오늘의 세계가 처한 파괴적 참상을 그 구원의 질문과 함께 감동적으로 압축해 제시하고 있다. 예컨대 할머니나 강아지 칠성이와 나누는 바리의 마음의 대화는 소설적 진실의 차원에서도 자연스럽고, 훼손된 단순성의 세계를 기꺼이 상상하게 만든다. 서구적 판타지의 냄새가 없는 환상의 시원한 개방도 통쾌하다. '시적 서사'의 일정한 몫이겠지만 군더더기없는 담백한 문장에 실린 서사의 리듬은 바리의 수난과 곡절에 적절히 호응한다.

정리하자면 이렇다. 『바리데기』를 읽는 즐거움에 다른 한편의 낯섦과 불편함이 뒤섞이는 것은 한국문학의 보편성을 창조적으로 열어가는 일이 상당기간 유동상태에 있을 수밖에 없다는 시금석적 지표는 아닌가. 한국문학이 서양문학의 보편성을 비판적으로 의식하고 그것에 길항하지 않은 것은 아니지만, 그 보편성은 동시에 한국문학 안에서 완강한 내면화의 길을 걸어왔다. 그리고 그것은 한국인의 삶이 근대의 경험 속으로 급속도로 편입되고, 전지구적 자본주의 세계체제에 포섭되어온 역사적 시간을 고스란히 반영한다. 그 근대의 시간 안에서 창조적 배반의 상상력은 어떻게 가능한가. 그리고 그것은 어떤 미학적 형식을 통해 가능한가. 세계문학의 지평에서 한국문학의 보편성을 생각할 때, 우리는 다시 이런 원론적 질문들 앞으로 돌아온다.

* 이 글은 계간 『창작과비평』 2007년 겨울호에 실린 것이다.

세계와 만나는 중국소설

이욱연

1. 문학 지구화시대의 한국문학의 곤혹

그동안 한국 독서시장에서 한국문학의 경쟁상대는 거의 없었다고 해도 과언이 아니다. 서구문학, 특히 영미문학이 그나마 경쟁자였지만, 그 작품들은 주로 고전 명작이거나 일시적인 베스트셀러인 경우가 대부분이어서, 딱히 한국문학에 위협이 되었던 것은 아니다. 그런데 근래 지구화가 급속히 진행되면서 이런 문학계의 상황에도 변화가 일어나고 있다. 한국 독서시장에서 한국문학이 누려온 독점적 지위가 위협받고 있는 것이다. 소설가 박민규가 1970,80년대 한국소설이 호황을 누린 것은 내수와 극소수의 밀수만 존재하던 시절 덕분이었다면서, 이제 수입과 내수의 구분이 없는 세계화의 경쟁시대를 맞아 한국문학이 해외경쟁력을 갖추어야 한다는 발언을 한 것도 이런 상황인식의 소산으로 보인다.[1] 이제 한국소설은 독서시장에서 문학적 권위와 독자들을 놓고서 외국소설과 끊임없이 경쟁하는 지구화 시대에 접어든 것이다.

내수와 수입의 구분이 모호해진 이런 상황에서 한가지 주목할 것은 90년대 후반 이후 일본문학과 중국문학이 한국의 외국문학서 시장의 새로운 강자가 되었다는 점이다. 그동안 우리 독자들이 서구문학 위주로 외국문학을 접해온 사정을 감안하면, 일본과 중국 문학이 활발히 소개되는 것은 외국문학 수용과정에서의 '편식'을 바로잡고 다양한 문학작품을 접할 기회가 생겼다는 점에서 각별한 의미가 있다. 그리고 시각을 좀더 넓혀보면, 동아시아 공동체를 위한 논의와 실천이 활발한 작금의 현실에서 한국 독자들이 중국과 일본의 문학작품을 접할 기회가 늘어나는 것은 한국인들이 중국과 일본을 좀더 깊이 이해하고, 이를 토대로 동아시아적 정체성을 키우는 데도 도움이 될 것이다. 한·중·일 3국이 제국주의와 냉전 시대의 영향으로 문화적 갈등이 심각하고 상호 오해와 편견이 강하게 남아 있다는 점을 감안할 때, 그리고 동아시아인들이 지금보다 상호 이해의 폭을 넓히는 것이 동아시아 공동체 건설에 긴요하다는 점에서 보자면, 한국 독자들이 중국과 일본의 당대 삶이 투영된 작품을 많이 접하는 것은 동아시아 평화를 위해서 충분히 의미있는 일이다.

하지만 이러한 긍정적 의미에도 불구하고 한편으로 이러한 추세는 한국문학에 위기로 작용하기도 한다. 한국 독서시장에 일본문학

과 중국문학이 새롭게 유입되어 독자들에게 환영받고 있지만, 한국문학의 경우는 좀처럼 국경을 넘어서지 못하고 있고, 이런 상황에서 내수의 일부마저 일본·중국문학에 내어주는 상황은 문제일 수 있는 것이다. 일본문학과 중국문학은 국경을 넘어 들어오는 데 비해 한국문학은 좀처럼 국경을 넘어 동아시아로, 세계로 나가지 못하고 있는 상황, 한국문학이 내수는 물론이거니와 수출에서도 활력을 찾지 못하고 있는 상황이 문제인 것이다. 20세기말 동아시아 지역의 중요한 문화적 사건 가운데 하나가 한국문화가 동아시아에 유행하는 한류현상일 터인데, 이런 한류 현상 속에서도 한국문학의 주도적 흐름은 좀처럼 형성되지 않고 있다. 물론 앞으로 상황이 개선될 여지는 얼마든지 있다. 산업화와 민주화의 동시 추구라는 한국 특유의 역사를 경유하면서 축적된 한국문학의 저력이 만만치 않기 때문이다. 하지만 지구화시대에 한국문학이 내수와 수출 두 방면에서 겪고 있는 지금의 곤혹스러운 상황은 충분히 문제적이다. 한국문학이 얼마나 저력을 지니고 있느냐 여부와 상관없이 이제 한국문학은 지구화의 흐름 속에서 특히 동아시아문학과 끊임없이 경쟁하는 가운데 독자적인 개성과 경쟁력을 나라 안팎에 보여야 할 상황에 직면하고 있다. 그리고 이런 상황은 지구화의 가파른 흐름 속에서 앞으로 지속될 것이다. 한국문학이 좀더 진지하게 내수와 수출의 부진을 딛고 국경을 넘어 세계로 나아가는 길, 세계문학으로 나아가는 길을 고민해야 할 필요성은 여기서 온다. 소설을 발간하는 출판사나 소설을 고르는 독자들이 황석영과 모옌(莫言), 정이현과 요시모또 바나나(吉本ばなな), 김

훈과 쑤퉁(蘇童), 성석제와 위화(余華)를 비교하는 상황이 이미 도래한 현실을 직시한 가운데, 한국문학의 새로운 활로를 모색해야 한다.

그렇다면 한국문학은 어떻게 세계문학의 지평으로 나아갈 것인가? 문학 지구화의 흐름 속에서 한국문학이 이런 흐름을 한국문학 갱신의 또다른 기회로 만들고 이 과정에서 세계문학과 새롭게 만날 방략은 무엇인가? 개별 작가들의 경향은 경향대로 살리면서, 세계문학에서 한국문학이 특별한 정체성과 개성을 지닌, 하나의 '장르'가 될 수 있을 것인가? 그리하여 세계문학의 지평으로 나아가는 과정에서 한국문학의 갱신을 통해 세계문학 역시 갱신되도록 할 수 있을 것인가? 사실, 이러한 고민은 비단 한국문학만의 것은 아니라 그동안 각기 국민문학의 성채에서 문학활동을 해온 모든 국민문학들이 공통으로 직면하고 있는 것이다. 지구화가 문명의 대세처럼 육박해오는 지금 시대를 사는 세계 모든 문학인들에게 주어진 일대 공안(公案)인 것이다. 하지만 이 공안은 한국문학에 더욱 절실하다. 지구화시대에 한국문학의 안방을 내주면서도 밖으로 나가지는 못하고 있는 곤혹스러운 상황 때문에 더욱 그러하다.

2. 다시, 세계로 나아가는 중국문학

요즘 한국문학이 직면한 상황과 비교하자면, 중국문학은 문학 지구화시대의 최대 수혜자가 되고 있다. 물론 중국문학계에서도 최근 들어 끊임없이 위기론이 나오고, 카라따니 코오진(柄谷行人)의 '한국 근대문학 종언론'과 유사한 맥락에서 중국 현대문학(근대문학) 종말론도 제기되고 있다. 그런가 하면 한 독일인 중문학자는 루쉰(魯迅) 문학 같은 중국의 개성이 담긴 문학이 사라진 "최근 중국문학은 쓰레기다"라고 발언하여 파문을 일으켰고, 그의 이런 평가가 중국문학의 실상에 부합하는지를 두고서 논란이 일기도 했다.[2] 그럼에도 불구하고 중국문학은 지금 호황기다. 국내는 국내대로, 해외는 해외대로 그렇다. 시장경제씨스템의 확대로 중국 출판업이 활기를 띠면서 문학 출판이 전에 없이 활발해지고 있으며, 이에 부응하기라도 하듯이 다양하고도 수준 높은 작품들이 많이 나오고 있다. 이와 더불어 세계를 향한 중국문학의 발걸음도 유례없이 바빠지고 있다.

현재 중국문단을 대표하는 작가들은 물론이고 그밖의 작가들의 경우도 최신작뿐만 아니라 출간된 지 수년이 지난 작품까지 전세계 출판시장에서 경쟁적으로 번역 출판되는 실정이다. 내수는 내수대로 챙기면서 수출 역시 최대 호황을 누리는, 중국 근현대사에 일찍이 없던 국면을 맞고 있는 것이다. 더욱이 특징적인 것은 작가 한두명이 산발적으로 세계에 진출하는 것이 아니라 중국이라는 국기를 달고 집단적으로 진출하고 있다는 점이다. 중국이라는 국가 자체에 대한 관심이 높아진 훈풍을 타고 세계에 급속도로 알려졌고, 내용과 서사 면에서도 중국문학의 집단적인 개성이 주목받으면서 세계문학에서 하나의 고유한 '장르'로 부상할 가능성마저 보이고 있는 것이다.

최근 들어 세계 문학시장에서 중국문학은 왜 이렇게 총아로 떠오르게 되었는가? 이에 대해 중국의 대표작가 중 한사람인 위화는, 최근 중국문학을 해외에 번역 출판하기가 갈수록 쉬워지고 있으며 한국은 물론 유럽 등에서도 경쟁적으로 출판하려 하고 있다면서 그 원인으로 두가지를 들었다. 중국의 세계적 위상이 높아졌다는 점, 그리고 중국문학이 세계문학에 진입할 실력을 갖추게 되었다는 점이다. 위화는 이러한 시대를 만난 것이 영광이라고 했다.[3] 위화는 2007년 한국 방문중에 연세대와 서강대에서 한 강연에서도 비슷한 발언을 했다. 자신의 문학을 비롯한 중국문학이 세계시장에서 일종의 '올림픽 특수' '중국 특수'를 누리고 있다는 것이다. 겸손일 수도 있다. 하지만 사실이 그렇기도 하다. 우리나라는 물론이고 서구에서도 중국문학에 대한 관심이 높아진 것은 뻬이징올림픽을 코앞에 두었던 2005년 전후부터이다. 더구나 근자에 활발하게 번역 소개되는 작품들 가운데 1990년대 중후반에 나온 것들이 많다는 점에서 지금의 중국문학 열풍에는 중국에 대한 관심이 고조되면서 그동안 관심을 받지 못했던 중국문학 작품들이 재발견되는 차원에서 일어나는 측면이 분명히 존재한다.

하지만 이것만이 전부는 아니다. 중요한 것은 위화의 지적대로 중국문학의 수준이 높아지고 다양해졌다는 점이다. 그동안 세계 문학인들이 관심을 기울이지 않아서 그렇지, 중국문학은 90년대 이후 장족의 발전을 이루었다. 최근 한국과 세계에서 주목받고 있는 중국 작가는 한샤오꿍(韓少功), 모옌, 위화, 쑤퉁, 꺼페이(格非) 등이다. 이들은 대부분 문화대혁명이 종결(1976)된 후인 1980년대부터 작품활동을 시작했다. 물론 한샤오꿍은 문혁 종결 이전에도 작품을 발표한 바 있지만 본격적으로 활동한 것은 80년대 들어서였다. 이 가운데 한샤오꿍이 1953년생이고, 모옌이 1955년생이며 위화, 쑤퉁, 꺼페이 등은 1960년대 초반에 출생한 작가들이다. 지금 현대 중국문단을 주도하고 있는 작가들은 주로 이러한 연령대이고, 이들이 중국문학 열풍을 만들고 있다.

이들의 문학적 힘은 어디서 오는가? 그것은 문학의 사회적 책임을 자임하는 데서 비롯되는 중국의 역사와 현실에 대한 깊은 관심, 그리고 새로운 서사에 대한 끊임없는 고민에서 나온다. 이들은 마오쩌뚱(毛澤東)시대에 청년기 혹은 소년기를 보낸 세대이다. 마오시대에 대한 기억을 지닌 마지막 세대인 것이다. 그런가 하면 문혁이 종결된 1980년대에 대학을 다니고 문학을 시작한 개혁개방세대이기도 하다. 그들이 청년기를 보낸 80년대는 중국에서 모든 가치가 회의되고 전복되는 변혁의 시대였다. 문학이 끝난 뒤 그들 앞에 놓인 현실은 폐허 그 자체였다. 이들은 이러한 폐허적·절망적 인식을 새로운 문학의 추구로 표출했다. 문체혁명, 서사혁명을 통해 마오시대를 해체하려 했고, 봉건상태에서 벗어나 모던과 포스트모던을 추구하려 했다. 1985년을 전후하여 중국문단에 일어났던 '셴펑문학(先鋒文學)'운동은 일종의 중국판 아방가르드 문학운동으로서, 그러한 흐름을 대표한다. 한샤오꿍, 모옌, 쑤퉁, 위화, 꺼페이 등은 당시 거기에 적극적으로 참여한 핵심인물이다. 이 시기에 그들은 주로 단편소설을 창작하면서 현실에 저항하고 현실을 과거와 다르게 포착하고 표현하는 자신의 문학서사, 문학언어를 단련한다. 위화와 모옌은 카프카, 가르시아 마르께스, 보르헤스, 포크너를 즐겨 읽었고, 특히 위화의 경우 카와바따 야스나리(川端康成)도 탐독했다. 과감한 문체실험을 시도하되, 위화가 "모든 이는 자신이 속한 사회에 책임이 있고, 그 사회의 온갖 폐해에 대해 일말의 책임이 있다"는 입쎈(H. Ibsen)의 말을 인용하면서 자신은 시종 병든 사회의 병자가 된 심정으로 글을 쓴다고 했듯이,[4] 문학의 사회적 책임을 자임하는 문학정신을 가진 세대인 것이다.

그들의 문학은 80년대라는 학습기와 실험기를 거쳐 90년대 들어 개화하기 시작한다. 그와 더불어 중국문학은 90년대를 지나 2000년대에 접어들면서 1930년대에 이어 최고의 전성기를 맞는다. 이들은 90년대 이후 공통적인 특징을 선보인다. 바로 중국 근현대사, 특히 마오시대에 대한 마지막 체험과 기억을 지닌 세대로서 자신들의 유년기와 소년기였던 그 시대를 다룬 장편을 새로운 서사를 통해 써냈다는 점이다.

중국 소설가들에게는 전통적으로 역사를 기록한다는 사관(史官)의식이 존재한다. 중국소설은 원래 역사기술에서 유래했다. 중국 작가들이 역사소설 창작에서 자기 문학의 정체성을 발견하려는 욕구가 특히 강한 것은 이런 문화적 배경 때문이다. 작가는 흡사 사관의 심정으로 문학을 통해 역사를 재현하고 그것을 사람들에게 전하고자 한다. 중국을 대표하는 작가 루쉰이 장편소설이 없다는 이유로 간혹 진정한 작가인지를 의심받는 일이 일어나는가 하면, 중국 작가들이 단편에서 문체를 단련한 후 장편으로 옮겨가 장편을 주로 창작하는 것도 이와 관련이 있다. 이때 역사소설은 작가의 세계관과 작가의식, 작가 고유의 문체가 고도로 결합된 자기 문학의 결정체가 된다.

그런데 이런 문화적 전통을 체감하고 더구나 문학의 사회적 책임의식을 지닌 작가 입장에서 보자면, 중국의 근현대사만큼 역사소설 소재로 좋은 것은 없다. 중국 근현대사라는 격동의 역사경험과 그 속에서의 인간 삶이야말로 다른 나라 문학이 갖지 못한 중국문학 고유의 문학적 자원이다. 제국주의의 침략, 식민지로 전락할 위기, 사회주의 혁명운동과 건국 이후의 극단적인 사회주의 실험, 그리고 최근의 시장경제 도입까지 중국은 20세기 인류 역사의 축소판이다. 하지만 과거 마오시대부터 80년대 중반까지만 하더라도 중국문학에는 진정한 의미의 역사소설이 없었다. 작가가 자신의 사관(史觀)을 가지고 자신이 해석한 역사를 보여주는 것이 아니라 국가가 규정하고 해석한 역사를 충실히 재현할 뿐이었다. 과거 마오시대의 역사소설은 국가 이데올로기의 전달자이자 재생산을 위한 도구, 국가 기억의 전달자였다.

그런데 이러한 상황에 변화가 일어난 계기가 모옌의 『홍까오량 가족(紅高粱家族)』의 출간이었고, 이어서 1990년대 이후 위화의 『살아간다는 것(活着)』과 『허삼관매혈기(許三觀賣血記)』, 한샤오궁의 『마교사전(馬橋詞典)』과 『암시(暗示)』 등이 나온다. 이 소설들은 계급이나 민족의 집단적 역사, 국가와 지식인이 해석한 역사가 아닌 밑바닥 민중의 역사, 민중의 즉자적 세계를 가감없이 드러낸다. 이런 역사소설들이 무수히 출현하면서 90년대 이후 중국문학에 '신역사소설' 열풍이 분다. 그리고 '신역사소설'의 새로운 서사와 새로운 중국사 해석이 현재 국경을 넘어 세계로 퍼져가면서 세계문학에서 중국문학의 독특한 개성과 위치가 집단적으로 부각되고 있는 것이다.

이들 역사소설에서 주목되는 것은 개성있는 서사와 중국 근현대사에 대한 새로운 해석의 결합이다. 예컨대 한샤오꿍의 경우 마오시기에 대한 문학적 재현은 언어에 대한 사고를 통해 이루어진다. 『마교사전』(作家出版社 1997)에서는 일종의 사투리에 대한 정의, 기원 등을 다룬 사전식 구성을 통해 공용어의 억압적 질서를 민중의 언어인 사투리로 전복시키는 가운데, 중국혁명사의 근대성 신화를 근본적으로 사유하게 만든다. 그런가 하면 『암시』(人民文學出版社 2002)에서는 전통 필기소설을 연상시키는 새로운 장편소설 문체를 선보인다. 문혁시기의 이야기지만, 그에 대한 체계적인 서사를 보여주지도 않고 중심이 되는 이야기도 없으며 간혹 등장하는 이야기도 뚜렷한 구조를 지니지 않은 채 기억과 감정, 느낌 속에서 분절되어 있다. 문혁은 그렇게 파편화된 채 기억된다. 그가 "문사철(文史哲)의 분리가 만고불변의 진리는 아니다"라고 말하듯이 그의 소설에는 문학과 역사, 철학이 한데 뒤섞이고 그것들의 각종 문체가 뒤섞여 있다.[5]

문혁을 중심으로 전후의 역사를 다루는 위화의 작품은 글로 쓴 소설이 아니라 말로 들려주는 이야기, 특히 사람 이야기이다. 그의 소설 속 인물들은 스스로 말한다. 작가는 그것을 중계하고, 독자는 그 중계방송을 듣는다. 그의 소설을 읽는 우리는 독자인 동시에 청자이다. 작가는 흡사 저 옛날 저잣거리에서 사람들을 모아놓고 기이한 이야기를 재미있게 늘어놓던 설서인(說書人) 같다. 그의 소설은 범박하게 말하면 이른바 '전(傳)'이다. 『살아간다는 것』은 푸꾸이전(富貴傳)이고 『허삼관매혈기』는 허삼관전이며 신작 『형제(兄弟)』는 리꽝터우전(李光頭傳)이다. 루쉰이 세계문학 중에서 자신의 문학에만 있는 아큐를 창조했듯이 이들 세 사람은 세계문학 가운데 위화의 소설에만 있다. 위화는 세상에서 유일무이한 세 사람을 그의 소설에서 창조한 것이다. 위화 문학이 세계문학에서 갖는 하나의 개성이 여기에 있다. 그러면서 위화는 민중의 즉자적 세계, 어찌 보면 노예 같고 우매하기까지 한 중국 민중의 세계를 가감없이 묘사하면서, 문혁의 주인공도 문혁의 희생양도 아닌 평범한 중국 민중에게 문혁은 과연 무엇이었는지, 그 진상을 보여준다. 우리가 익히 알고 있는 문혁 서사의 패턴인 '광기의 문혁/희생당한 민중'의 구도라든가 '정치적 억압/가정의 파괴'라는 구도가 여기에는 없다. 『살아간다는 것』과 『허삼관매혈기』에서 재현된 문혁은 그만큼 새롭다. 새로운 서사를 통해 새로운 역사를 기술하는 작가의 문학적 역량과 역사의식이 빛을 발하는 지점이다.

모옌은 중국소설의 구술전통과 중남미의 마술적 리얼리즘을 결합해 국가 차원이 아닌 산뚱(山東) 까오미(高密)현이라는 특정 지방, 특정 민중의 입장에서 혁명과 신중국 수립의 의미를 되묻는다.[6] 모옌의 소설에서 중국은 민족국가를 완성하고 근대를 실현하기 위해 부단히 노력하고 성과도 거두었지만, 까오미현이라는 지방의 차원, 그리고 국민이 아니라 하나의 '종(種)'의 차원에서 보자면 인간은 오히려 퇴화했다. 순종(純種)인간에서 잡종인간으로 퇴화한 것이다(『훙까오량 가족』). 모옌은 민족국가 건설에 매진했던 중국 근대성의 핵심에 문제를 제기하는 것이다. 또한 『탄샹싱(檀香刑)』에서는 산뚱지방의 전통극 형식을 차용하여 의화단운동(1899)이 일어나던 시절 독일 및 청나라 정부에 의한 민간의 수난을 다루고, 농민과 땅, 양식을 키워드로 삼아 '신중국' 건국 이후부터 2000년까지의 농촌의 역사를 재구성한 『생사피로(生死疲勞)』(한국어판 『인생은 고달파』, 이욱연 옮김, 창비 2008)에서는, 비유하여 말하면 나관중(羅貫中)과 가르시아 마르께스를 절묘하게 결합해놓은 서사를 펼친다. 소설은 『삼국지』처럼 장회체(章回體) 형식으로 되어 있고, 주인공은 죽은 뒤 말로 환생하여 소설의 관찰자가 되는가 하면, 작가 모옌 역시 소설을 서술하는 작가이자 서술되는 소설 속 인물이기도 하다.

지금 중국문단을 대표하는 작가들은 이처럼 근대와 박투(搏鬪)를 벌이고 있다. 중국 근현대사에 대해 재질문하면서 중국 근대성의 신화를 재구성하고, 서사적으로는 중국 전통서사에서 서구 근대서사, 포스트모던 서사까지 재검토하고 있다. 이들은 중국 근현대사를 새롭게 쓰기 위해 문학을 통한 사관(史官)을 자처하고, 그것을 현실주의적인 시각과 다채로운 양식 및 서사와 결합시켜 표현하기 위해 문학적 고투를 벌이고 있는 것이다. 이것이 바로 이들 문학의 개성이다. 그리고 이 개성이 중국문학의 힘이 되고, 지금 세계문학에서 중국문학의 독자적 위치의 토대가 되며, 중국문학이 세계문학에서 하나의 장르가 될 가능성을 열고 있다.

지금 일본문학의 개성이 포스트모던한 감각과 초국적의 라이프스타일을 보여주는 데 있다면, 중국문학의 개성은 근대의 역사를 쥐고서 근대와 고투하고 있다는 점이다. 전근대 – 근대 – 포스트모던의 선조적(線條的) 관념으로 보자면 아직도 근대를 재구성하려고 시도하고 있는 중국문학은 이미 그 단계를 통과했다고 자부하는 일본문학에 비해, 그리고 한국문학에 비해 낙후되었을지 모른다. 하지만 여전히 근대와 박투하는 가운데 근대를 다시 질문하고 있는 그 낙후 자체가 중국문학의 개성이자 힘이고, 세계로 가는 동력이다. 세계문학에서 중국문학의 고유한 자리와 개성이 여기에 있다.

3. 위화 문학이 세계와 만나는 길

중국문학이 세계로 나아가는 과정에서 한가지 주목할 것은 과거와 비교하여 중국문학이 국경을 넘어 세계와 만나는 방식이 달라졌다는 점, 하나의 국민문학으로서의 중국문학이 세계문학과 교류하고 소통해온 방식에 변화가 일어나고 있다는 점이다. 앞에서 언급한 대로, 위화는 중국문학이 세계로 나아가게 된 계기로 중국의 지위와 문학적 수준의 향상을 들었는데, 이는 뒤집어 해석하면 중국문학이 세계로 나아가기 위한 조건이 된다. 이 두가지 차원에서 보면 중국문학은 사회주의정권 수립과 문혁의 후유증을 통과해 80년대의 과도기를 거친 후 90년대 들어 적어도 문학적 수준에서는 세계와 만날 준비를 한 셈이었다. 하지만 국경을 넘어 세계로 나아가는 일은 여의치 않았다. 개별 국민문학이 세계문학과 만나는 경로를 크게 둘로 나누면 국민국가 쪽에서 내보내는 경우와 세계 쪽에서 능동적으로 가져가는 경우가 있다고 할 때, 사회주의정권이 수립된 후 중국정부는 직접 나서서 자국문학을 내보내는 데 크게 관심을 기울였다. '신중국' 수립 직후인 1949년 11월에 '외문(外文)출판사'를 두고서 이 작업을 체계적으로 진행한 것이다. 그러나 이러한 국가 주도의 사업은 진정한 의미에서의 세계문학과의 소통이 아니었다. 국가 차원에서 진행된 유명 작품의 번역작업은 국가 홍보와 사회주의 이데올로기 선전의 수단인 경우가 많았고, 관방 이데올로기를 반영한 문학, 국가가 인정한 문학, 좀더 고약하게 말하면 자국 내에서 문화권력을 지닌 작가들을 해외에 소개하기 위한 영문번역 써비스 역할을 하기도 했다. 세계문학과의 대화와 소통을 위한 것이 아니라 일방적인 중국의 독백에 불과했던 것이다. 물론 최근에는 사회주의 씨스템이 약화되면서 이런 사업마저도 거의 중단되었다.

그렇다고 세계 쪽에서 중국문학을 가져간 것도 아니었다. 그 원인은 무엇이었을까? 관건은 문학의 수준이 아니라 문학의 국적성에 있었다. 중국에 대한 세계의 관심, 중국을 보는 세계의 시각과 관련이 있었던 것이다. 중국에 대한 관심도 높지 않았고, 더구나 중국에 대한 세계인의 인식이 극도로 부정적이었다는 점이 크게 작용한 것이다. 문학이나 문화가 국경을 넘어 이동할 때 국적성이 약화되거나 무화되는 것이 아니라 오히려 더욱 강화되는 현상이 흔히 일어나는데, 중국문학의 경우가 바로 그러했다. 그동안 중국 밖, 특히 서구에서는 중국문학을 문학작품으로서만이 아니라 중국을 들여다보기 위한 효과적인 창으로서, 중국을 이해하기 위한 수단으로서 읽는 경향이 강했다. 이때 중국이라는 국적성이 상위텍스트에 놓이고 중국 문학작품은 하위텍스트의 위치를 차지하는 가운데, 중국이라는 국가를 호명하는 시각에 중국문학이 종속되게 된다.[7] 그런데 지금도 그렇지만, 90년대에도 중국의 국가적 이미지는 그리 좋지 않았다. 그것이 냉전의 잔재라고 하더라도 세계인, 특히 서구인의 관념 속에서 중국의 이미지는 대부분 그러했다. 개혁개방정책을 채택하면서 다소 개선의 조짐이 보였지만 톈안먼(天安門)사태(1989)로 인해 기존의 부정적 이미지 위주로 구성된 서구인들의 중국에 대한 기억은 더욱 확고해졌다. 이런 부정적인 국가이미지가 밖에서 중국문학을 호명하는 데도 영향을 미쳐서 일종의 편향이 일어났다. 중국에 대한 기억이 중국문학을 선별하는 중요한 기준 역할을 하면서, 문학적 수준을 갖추고 있되 자신들의 중국에 대한 기억을 위협하지 않는 방식으로 중국을 보여주는 문학으로 편향이 일어난 것이다.

이와 관련된 한가지 흥미로운 사실을 비교 검토해볼 수 있다. 현재 해외에서 중국문학을 대표하는 모옌, 위화, 쑤퉁의 이름이 세계에 알려진 것은 소설을 통해서가 아니라 장이머우(張藝謀) 감독의 영화를 통해서였다. 그의 대표작「붉은 수수밭」은 모옌의『훙까오량 가족』을,「홍등」은 쑤퉁의 중편「처첩성군(妻妾成群)」을,「인생」은 위화의

『살아간다는 것』을 각색한 것이다. 세계 영화감독 중 문학작품을 영화화하는 데 가장 탁월한 역량을 지닌 장이머우 감독답게 이들 영화가 세계영화제를 잇달아 석권하면서 세 작가와 그들의 소설도 세계에 알려지기 시작했다. 하지만 장이머우의 영화가 세계적 반열에 오를 때, 정작 그 영화의 원작소설을 쓴 모옌과 위화, 쑤퉁은 여전히 국경의 벽에 갇혀 있었다. 예컨대 위화만 해도 그렇다. 그의 소설『살아간다는 것』과 『허삼관매혈기』는 처음에 한 미국 출판사에서 출간을 거절당했다. 번역원고를 본 편집자가 위화에게 편지를 써서 "왜 당신 소설의 인물들은 가정에 대한 책임만 있고, 사회적 책임은 지지 않느냐"고 불만을 토로하기도 했다.[8] 그의 두 소설은 각각 2003년과 2004년에야 미국에서 번역 출간되었다. 영화 「인생」이 1994년 작품이니까 영화의 유명세에 비하면 원작이 꽤 늦게 번역 소개된 것이다.

장이머우의 영화는 쉽사리 국경을 넘고 국제적 인정을 받아 세계적 영화가 되었는데, 원작인 위화의 소설은 왜 그 걸음이 지체되고 장벽을 만난 것일까? 물론 기본적으로 영화와 소설이라는 장르에 대한 대중 선호도의 차이 탓도 있다. 하지만 문제는 그리 간단하지 않다. 원작소설과 영화를 비교해볼 때 그렇다. 작품별로 다소 차이가 있지만 모옌과 위화, 쑤퉁의 소설을 토대로 만든 장이머우의 영화는 적어도 두가지에서 큰 차이를 보인다. 하나는 원작소설에서보다 영화에서 정치적 사건을 훨씬 돌출시킨 점이고, 다른 하나는 중국의 민속, 전통습관 등 중국적 색채가 한결 두드러진다는 점이다. 예를 들면 이렇다. 영화 「인생」에서는 소설과 달리 주인공의 아들과 딸이 각

각 현대 중국의 최대 정치재난인 대약진운동과 문화대혁명 때문에 죽는다. 그런가 하면 소설에 없는 중국의 전통 그림자연극을 집어넣었다. 소설을 영화로 각색하면서 원작에 없는 중국의 전통적 장치를 추가하는 것은 장이머우가 즐겨 사용하는 기법이다. 「붉은 수수밭」에서는 매매혼과 결혼풍속을 부각시켰고, 「홍등」에서는 소설과 달리 중국을 상징하는 '붉은 등'을 등장시키고 발 안마를 만들어냈다.

이로 인해 영화는 원작소설과 다른 효과를 내게 된다. 우선 인물들의 비극과 정치운동을 직접적으로 대응시킴으로써 정치적 동란과 박해로 인해 가정과 개인의 삶이 파괴되는 비극성이 한층 강화되었다. 영화 속 인물들의 죽음과 비극은 이제 사회주의 혁명운동과 정치운동으로 초래된 정치적 박해이자 살인이 되어버렸다. 사회주의 중국의 어둠과 비인간성이 더욱 두드러진 것이다. 다음으로 그림자연극 같은 전통과 민속 등 중국 고유의 볼거리가 풍성해지면서 영화는 훨씬 '중국적'이 되고, 매매혼과 축첩 등 봉건전통이 강조되면서 정체된 중국, 전근대적 억압이 잔존하는 중국의 이미지가 강화되었다.

장이머우는 소설을 영화로 각색하면서 세계인들, 특히 서구인들의 중국에 대한 기억에 맞게 원작의 내용을 바꾼 것이다. 그 영화를 통해 서구 관객들은 정치적 동란으로 죽음을 맞고 가정이 파괴되고 사람을 사고팔고 전통연극을 말살하는 공산주의 치하의 중국을 보았다. 영화 속의 중국은 자신들 기억 속의 중국이었고, 영화를 통해 기존의 이미지를 재확인했다. 장이머우의 영화가 국경을 넘어 세계로 나아가면서 서구인의 중국에 대한 이미지가 조정되고 도전받은 것이 아니라 재생산되면서 확고해진 것이다. 중국에 대한 이같은 재현방식이 장이머우 영화 특유의 화려한 색채와 탄탄한 서사 등 탁월한 영화적 역량과 결합하면서 그는 세계적인 감독이 되었고, 그의 영화는 세계명작이 되었다.

장이머우의 영화와 같은 방식으로 중국을 재현하면서 세계와 만나는 방식이 중국문학에도 한동안 유행했다. 톈안먼사태 이후 서구로 망명한 중국인 디아스포라 작가들의 문학이 서구에서 중국문학으로 호명되어 세계문학의 반열에 오른 것도 크게 보면 이러한 방식이었다. 대표적으로 2000년에 까오싱젠(高行健)의 경우가 그러하다. 그는 프랑스 국적을 가진 채 주로 유럽에서 생활하고 있었지만 그와 그의 문학은 중국인과 중국문학으로 호명되며 노벨상을 받았다. 까오싱젠이 대표작 『나 혼자만의 성경(一個人的聖經)』과 『영혼의 산(靈山)』에서 보여주는 중국은 전체주의 공산사회다. 마오쩌뚱이 지배하던 시대는 물론이고 중국공산당이 여전히 통치하고 있는 지금도 그렇다. 중국은 최소한의 인간 존엄성마저 말살된 공간이고, 당과 국가가 개인의 몸과 사상, 생활을 완벽하게 감시하고 통제하는 세계이다. 중국공산당과 국가는 "처녀막"을, 사람들의 사고와 생활을 철저하게 감시·통제하며, 모든 가치판단을 대신한다.[9]

장이머우의 영화가 그렇듯이 까오싱젠의 문학 역시 여느 세계문학과 견주더라도 뛰어난 것은 분명하다. 하지만 그들 영화와 문학 속의 중국은 서구인들이 가진 중국에 대한 기억의 주형에 순조롭게 조응하는 방식으로 전시된다. 이들의 영화와 문학이 세계적으로 인정받는 방식과 과정은, 이같은 차원에서 보자면 영화적이고 문학적인 동시에 지극히 정치적이었다. 그렇게 개별 국민문학이 세계와 만나 세계로부터 권위를 인정받는 방식은 기실 세계문학 차원에서도 그리고 국민문학 차원에서도 치명적인 자해행위이고, 궁극적으로는 양자 모두의 존립을 위협하는 위기로 작용할 수밖에 없다. 세계문학은 국민문학과의 만남을 통해 지평이 넓어지고 갱신되지 못한 채 자기동일성만 반복하게 되고, 국민문학은 자신을 타자화·식민화하는 방식으로 세계문학에 편입됨으로써 그 존립 자체가 위협당하게 될 것이다. 국민문학의 개성은 갈수록 사라지고 세계문학은 갈수록 획일화되어가는 가운데 양자 모두 위기에 직면할 것이다. 이는 양자가 소통과 교류를 통해 상호 갱신되는 것과 거리가 멀다.

이런 점에서 보자면 위화의 문학이 세계와 만나는 방식은 중국문학이 오랫동안 세계와 만나온 두가지 방식, 즉 중국에서 일방적으로 내보내기와 세계에서 일방적으로 가져가기라는 국가와 세계 사이의 극단적인 자기중심주의에서 벗어나는 측면이 있다. 위화 소설은 우선 중국을 보여주는 역사소설이라는 점에서 서구 독자들의 관심을 끈다. 미국 독자들의 반응을 보면, 위화 소설을 공산통치의 비극을 고발한 소설로 읽는 경우가 많다. 미국 독자들은 위화의 『살아간다는 것』에서 우선 사회주의의 통치하에서 아들과 딸, 부인과 사위까지 잃고 가정이 파괴되는 것에 주목한다. 공산당 통치의 실정을 고발한 소설로 읽는 것이다.[10] 또한 『허삼관매혈기』는 마침 소설이 미국에 번역 소개될 당시 세계적인 뉴스거리였던, 매혈로 인해 중국의 한 마을 사람들 대부분이 에이즈에 집단 감염되었던 사실과 관련하여 관심을 모았다.[11] 이 소설을 중국의 가장 가난한 농촌마을에서 매혈로 인해 에이즈에 감염된 비극의 뿌리를 탐색한 소설로 읽은 것이다.[12]

하지만 소설을 읽다 보면 그런 기대지평이 무너지는 것을 불가피하게 경험하게 되고, 경우에 따라서는 처음 위화 소설의 출간을 거절했던 출판사처럼 소설 속 인물을 이해할 수 없다는 불평과 거부감이 나오기도 했다. 한 독자는 두 소설의 주인공처럼 거듭된 비극을 겪었다면 서구문학이나 셰익스피어의 작품, 그리고 헐리우드 영화에서는 자살을 택하는 경우가 많은데 여전히 낙관과 웃음을 잃지 않는 주인공의 태도가 당혹스럽고 불가사의하다고 평하기도 했다.[13] 위화가 자신의 소설이 미국에서 처음 출판을 거절당한 것은 그들이 서구소설의 경험으로 자기 작품을 읽었기 때문이라고 한 것과 관련있는 반응이다.

사실 위화의 두 소설은 독특한 역사소설이다. 문혁 같은 정치적 사건을 배경으로 하지만 그 정치적 사건과 인물의 삶이 직접적으로 대응되지 않는다. 장이머우의 영화나 까오싱젠의 소설에서처럼 인물들의 삶이 정치적·역사적 사건에 포획당해 무너지지 않는다. 비극의 역사가 비극의 삶을 낳는, 역사와 개인의 삶 사이의 결정과 반영 관계도 없다. 주인공의 운명은 역사의 상징이 아니다. 소설에서 역사적 비극은 그저 살아가는 동안 직면하는 운명적 불행의 형식 중 하나로 그려진다. 허삼관의 매혈은 정치적 재난 탓도 물론 있지만 더 중요한 것은 자신의 결혼과 아들 양육을 위해서 그리고 아들의 병을 고치기 위해서 등 생계의 어려움을 극복하기 위해서다.

『살아간다는 것』의 주인공 푸꾸이와 『허삼관매혈기』의 주인공 허삼관에게 정치적·역사적 고난은 생의 기본조건 중 하나인 고난으로 치환된다. 위화 소설은 역사의 비극에 의해 인간의 삶이 파괴되는 데서 오는 비극과 슬픔을 전해주지도 않고 역사와 대결하여 승리하는 데서 오는 인간의 위대함을 보여주지도 않는다. 역경에 처한 인간이 그것을 삶의 한 형식으로 운명처럼 받아들이고 수세(隨勢)하면서 삶을 지속할 뿐이다. 그리고 그 과정에서 연민을 동반한 인간에 대한 동정과 훈기가 피어난다. 그들은 바보 같고 어린아이 같은 자세로 역사를 감내하고 살아남는다. 피를 열두번이나 뽑으면서도 끝내 살아남는다. 무엇을 위해서가 아니라 그저 삶은 살아가는 것이고 지속되어야 하는 것이기 때문이다. 허삼관은 그런 영웅이다.

위화의 소설을 두고 중국 독자들은 푸꾸이와 허삼관이야말로 진짜 중국인이라고 높이 평가했지만,[14] 서구인들은 사회의식이라고는 전혀 없고 응당 역사적·정치적 차원에서 추궁해야 할 현실의 고난조차도 운명의 한 형식으로 받아들이는 노예적이기까지 한 이러한 인물을 이해하지 못했다. 위화는 이야기를 풀어놓는 듯한 전통적 서사 방식을 통해 푸꾸이와 허삼관이라는 위화 소설에만 유일무이하게 존재하는 인물을 창조했지만, 서구 독자들의 오랜 독서습관 그리고 장이머우 영화나 까오싱젠 소설 식의 중국 서사에 익숙한 기대지평에 부딪쳐 거부당했다. 하지만 점차 이러한 인물들이 진정한 중국인,

위화 소설만의 진정한 문학적 개성이라고 인정받으면서[15] 위화 문학은 세계문학으로 나아가게 된다. 위화 문학은 세계로 가기 위해 타자의 시선에 따라 자기를 타자화하는 방법이 아니라 중국문학으로서의 개성, 자신만의 개성을 한층 심화하는 방식으로 세계와 만나 세계의 인정을 받았다. 푸꾸이와 허삼관을 창조해내면서 위화와 중국문학이 한단계 도약했다면, 세계문학은 위화의 소설을 만나 그 지평이 넓어지고 그동안 중국을 들여다보고 중국문학을 읽어온 오랜 관습이 조정될 것이다. 세계문학의 한 자리가 위화에게 마련된 것이다.[16]

4. 한국문학은 세계문학에서 하나의 장르가 될 수 있는가?

이렇게 중국문학과 세계문학, 중국인과 세계인 사이에 소통을 위한 새로운 가교가 세워지고 있다. 문학 지구화시대에 문학이 국경을 넘어 세계와 만나기 위해서는 내용에서도 그렇고 서사에서도 그렇고 세계문학 속의 독자적 개성과 자신만의 자리가 있어야 한다는 것을 위화의 경우가, 최근 들어 성공적으로 세계로 나아가고 있는 중국문학의 경험이 말해준다. 그렇게 국민문학과 세계문학이 만날 때만이 개별 국민문학은 국민문학대로, 세계문학은 세계문학대로 갱신되면서 상생하게 될 것이고, 문학 지구화가 세계문학을 획일화하면서 문학의 위기를 촉진하는 것이 아니라 문학을 살리는 기회로 전화될 수 있을 것이다. 국민문학으로서의 한국문학도 갱신하고 세계문학도 갱신하는 한국문학의 고유한 개성, 작품세계와 서사를 망라한 한국문학의 고유한 자리에 대한 고민도 이런 방향에서 이루어져야 할 것이다. 그러기 위해서는 박민규가 앞서 좌담에서 지적한 대로 한국소설은 세계문학에서 하나의 고유한 장르가 되어야 한다. 개별 작가 차원에서도 그렇지만 집단적으로도, 국가적으로도 그렇다. 지금 한국문학은 고은이나 황석영 같은 개별 작가들이 개인의 독자적 문학세계를 통해 세계와 만나는 것도 중요하지만, 동시에 하나의 국민문학으로서 한국문학이 집단적 정체성과 개성을 세계에 보여주면서 세계와 만나는 길을 더불어 고민해야 한다. 식민시대와 분단체제, 급속한 산업화와 민주화 등 한국 특유의 역사와 현실을 보다 천착하면서 한국문학의 정체성과 개성을 창출하는 데 한국 문학인들의 집단적 지혜가 필요한 것은 이 때문이다.

* 이 글은 계간 『창작과비평』 2007년 겨울호에 실린 것으로, 이 책에 수록하기 위해 다소 손질하였다.

세계문학의 쌍방향성과
미국 소수자문학의 활력

한기욱

근년에 우리 문단에서 세계문학에 대한 주목할 만한 논의가 나오고 있다. 내가 주목한 것은 두가지이다. 하나는 2007년 11월 전주에서 개최된 '아시아-아프리카 문학 페스티벌'인데, 제3세계의 문인들이 서구중심의 세계문학적 발상에서 벗어나 소통의 가교와 문학적 연대를 구축하려는 취지가 뜻깊다. 서구패권주의와 아울러 아시아의 토착적 전통이나 자민족중심주의를 동시에 비판하는 '쌍방향 비판'의 필요성을 지적한 것도 값지다.[1] 또 하나는 『창작과비평』 138호(2007년 겨울호)의 '세계문학' 특집이다. 세계문학의 쟁점을 조목조목 짚는 대담을 비롯하여 묵직한 주제의 평론들, 다양한 발상의 해외작가 발언으로 구성된 방대한 특집은 많은 시사점과 숙제를 안겨준다.

『창비』의 이 세계문학 논의가 중요한 것은 우리 문학의 미래에 관련된 실천적 문제들을 제시하고 있기 때문이다. 1990년대 초부터 자본주의 세계화가 본격화되면서 국내외에서 세계문학 논의가 등장했고 나도 글 한편을 썼는데,[2] 그때는 학구적인 관심사에 머물렀던 사안이 지금은 실천적인 과제로 다루어지는 면이 있다. 가령 한·중·일 세 나라 국민문학을 하나로 묶어 세계문학적 지평에서 그 장단점을 비교하는 논의가 그렇다. 10년 안짝의 짧은 기간에 중국의 부상과 동북아 지역경제권 형성, 남북관계의 획기적 진전이라는 역사를 거치면서 이 논의는 우리 문학이 당면한 중요한 쟁점이 되었다.

또 하나 눈여겨볼 것은 국민문학(민족문학)과 세계문학의 관계를 어떻게 설정할지 혹은 세계문학을 추구하는 과정에서 국가나 민족이라는 범주를 어떻게 다룰지의 문제이다. 이 문제에서 특집 참여자들의 견해는 사뭇 다르며 심지어 대립적이기까지 하다. 이와 연동되어 우리 문학의 현재적 성격과 향후 발전형태(근대/탈근대 문학)에 대한 예측도, 우리 문학이 어떤 방향으로 나아가는 것이 바람직하냐는 가치판단도 달라지는 듯하다. 이밖에도 '역사소설'이나 '마술적 사실주의', 판타지 같은 장르나 양식의 활용 문제, 번역의 의의, 한·중·일 작가와 작품의 평가 등 논의할 거리는 무궁무진하다. 그러나 여기서는 『창비』 138호 특집글을 선별적으로 논한 후 미국문학의 현황을 간략하게나마 소개하고자 한다. 미국 소수자문학의 활력이 우리의 세계문학 논의에 요긴한 참조점이 되리라고 생각하기 때문이다.

한·중·일 문학의 단계론

『창비』 특집에서 가장 중요한 쟁점은 한·중·일 문학을 비교하는 대목에서 나온다. 가령 대담에서 윤지관은 "'베트남이나 중국 소설이 우리 60,70년대식의 리얼리즘이다, 그런데 일본문학은 그런 단계를 진작 지나서 포스트모던한 대중소설로 간다, 그리고 한국은 그 중간 어디쯤이다' 이런 식으로 단순화한다면 좀 지나치겠지만, 일면의 진실은 있다"[3]고 정리하면서 역사의식을 상실한 가볍고 표피적인 일본문학을 비판한다. 그런데 이런 단계론적 도식에 입각한 일본문학 비판이 얼마나 설득력이 있을지의 문제는 제쳐두더라도, 이 도식이 자승자박이 될 위험이 있다는 점은 유의해야 한다. 자본주의가 발전하면 좋든 싫든 우리 문학 역시 일본문학과 비슷한 형태로 진화할 수밖에 없지 않느냐는 결정론에 빠질 우려가 있는 것이다.

이런 결정론적 도식이나 일본문학 비판에 대해 우리 젊은 작가들은 어떻게 반응할까? 최근의 한 좌담[4]을 참조하면, 그들이 현재의 일본문학을 그렇게 부정적으로 보지도 않거니와 그런 방향으로 나아가는 것을 크게 꺼리는 것 같지도 않다. 오히려 박민규는 일본문학이 우리 문학보다 앞서 있음을 인정할 필요가 있다고 강조하기도 한다.[5] 그런데 이런 태도 이면에는 "지난 수십년간 그나마 우리가 일군 것은 리얼리즘 하나밖에 없어요. (…) 그리고 아무것도 없어요. SF가 있나요, 추리소설이 있나요, 공포소설이 있나요, 판타지가 있나요"[6]

라는 발언에서 드러나듯, 도덕적·예술적 우월성을 내세워온 한국문학이 실제의 문학적 자원은 지극히 빈곤하다는 불만 혹은 자기비판이 깔려 있는 듯하다. 사실 일본문학 비판이 젊은 세대에게 설득력을 지니려면 우리보다 풍부한 일본문학의 대중예술적 자원을 일정하게 평가해줄 필요가 있고, 무라까미 하루끼(村上春樹) 이후의 일본문학에서 주목할 만한 작가들을 찾아내도록 애쓸 필요가 있다.『창비』의 특집 대담에서 (그간 누차 지적된) 하루끼의 허무주의적 역사의식에 비판의 초점을 맞추기보다 그의 소설적 자원과 호소력이 어디서 나오는지 자상하게 짚었으면, 그리고 젊은 작가 한둘을 그와 함께 거론했더라면 하는 아쉬움이 남는 것은 이 때문이다.

일본문학에 대한 좀더 자상한 비평작업도 중요하지만, 앞의 결정론에서 벗어나기 위해서 빠뜨리지 말아야 할 것은 근대적 시민의식이나 예술문화의 형성 면에서 일본이나 일본문학은 소위 '선진' 자본주의국가 중에서 모범이라기보다 별종에 가깝다는 것을 지적하는 일이다. 천황제에 발목잡혀 시민의식은 발육이 부진한데 도리어 탈아입구(脫亞入歐)를 열망하는 일본사회는, 이를테면 마땅히 밟아야 할 '진도'를 건너뛰고 원숙해진 기형(畸形)의 측면이 있는 것이다. 일본문학 역시 모범이라기보다 별종인 것은 현재 지구상에서 진지함을 아예 포기한 듯한 포스트모던한 대중소설이 일본만큼 판치는 지역을 찾기 힘들기 때문이다. 이 점을 우리 비평가나 독자가 외면하는 한, 앞의 단계론적 결정론에서 벗어나기는 어려울 듯하다. 이현우가 정치하고 분별력있는 글솜씨로 백낙청의 세계문학론까지 깔끔하게 정리한 후에 카라따니 코오진(柄谷行人)의 '세계종교'론을 원용하여 국민문학의 경계가 제거된 '세계문학'을 또 하나의 대안으로 제시한 것[7]도 이런 일본적 '특수' 현상에 휘둘린 결과가 아닐까 싶다. 따지고 보면 카라따니의 '근대문학 종언론' 자체가 일본문학의 특수성을 보편적인 것으로 착각한 데서 나온 물건이 아니던가.

미국문학의 현황

앞서의 단계론적 도식을 연장하면, 세계에서 자본주의가 가장 발전한 나라이자 최고의 패권국인 미국의 문학은 일본문학보다 포스트모던한 대중소설 쪽으로 더 나아갔을 법하다. 그러나 1960년대 이후 미국 소설문학의 판세를 살펴보면 그렇지 않다. 대체로 미국사회의 문화적 헤게모니를 부여잡고 문학적 진지함을 견지하려는 포스트모던한 문학이 미국문학의 중심을 차지한다면, 그 주변에는 '소수자문학'[8]을 비롯한 다양한 본격문학들이 포진하고 있으며, 이 양자의 외곽과 사이사이에 상업주의 대중소설이나 SF, 추리, 공포, 판타지, 로맨스 같은 소위 '장르문학'이 문학시장의 저변을 이루는 형국이다. 물론 이 셋의 경계는 명확하지 않고 상당히 유동적이다.

최근의 주목할 만한 현상은 주변의 소수자문학이 점점 활기를 띠면서 중심부 포스트모던 문학의 위상을 위협할 정도에 이른 점이다. 요 몇년 사이 벨로우(Saul Bellow), 밀러(Arthur Miller), 보너것(Kurt

Vonnegut, Jr.), 메일러(Norman Mailer) 같은 전후 미국문학의 대가들이 잇달아 작고하는 등 중심부 문학의 위세가 줄어든 반면, 소수자문학 작가들의 기량과 다양성은 부쩍 신장되었기 때문이다. 소수자문학의 활력은 전지구적 세계화로 말미암은 이산과 이주가 늘어날수록 그 내부에 다문화적 소통과 쌍방향 교호작용의 계기가 다양하게 주어지는 것과 관련이 있다. 하지만 중심부 문학에 1960, 70년대부터 활약해온 쟁쟁한 작가들이 다수 남아 있고 이들이 여전히 문화적 헤게모니를 쥐고 있어, 이런 중심-주변의 판세 자체가 쉽게 무너질 것 같지는 않다. 『뉴욕타임즈』(*The New York Times*) 선정 '주목할 만한 책 100선' 픽션 부문에 최근 5년간 핀천(Thomas Pynchon), 캐럴 오츠(Joyce Carol Oates), 로스(Philip Roth), 닥터로우(E. L. Doctorow), 드릴로(Don DeLillo), 뱅크스(Russell Banks), 매카시(Cormac McCarthy) 등 중심부 간판급 작가들이 한두번씩 선정된 것도 이들의 건재함을 입증한다. 이들은 최근 작품들에서 역사, SF, 공포, 로맨스 같은 대중적 장르문학의 양식을 차용하여 독자대중에게 좀더 가깝게 다가가고자 애쓰는 듯하다. 몇 작품만 살펴보기로 한다.

대단한 인기를 누렸던 필립 로스의 『반미 음모』(*The Plot Against America*, 2004)는 1940년 미국 대통령선거에서 프랭클린 로우즈벨트가 최초의 대서양 횡단비행으로 국민적 영웅이 된 린드버그(C. Lindbergh)에게 패한다는 가상에서 출발한다.[9] 린드버그는 대통령이 되자 히틀러와 협약을 맺고 유대계 미국인에 대한 탄압을 노골화한다. 소설의 화자는 작가와 동명의 유대인 아이로서, 전체주의적으로 변모하는 미국의 풍경과 공포 분위기를 실감나게 들려준다. 무척 흥미진진한 소설이지만 읽다보면 마음이 착잡해진다. 만약 작가가 미국이 아니라 유럽에서 성장기를 보냈다면 바로 이런 고초를 겪었으리라는 점에서 설정 자체가 터무니없지는 않다. 2차대전 당시 일본인을 강제수용했던 미국이 유대계 미국인은 탄압하지 않았으리라는 보장도 없다. 그러나 이 책이 출간될 당시 미국 내에서 고초를 겪은 쪽은 유대계가 아니라 아랍계와 이슬람교도였음을 떠올리면 적반하장이라는 느낌이다. 9·11 이후 전체주의화하는 미국을 비꼬는 데서 재미를 한껏 끌어내기는 했지만, 미국이 줄곧 이스라엘 편이었다는 역사를 왜곡하는 듯하기 때문이다.

어차피 가짜 역사인데 뭘 그러느냐고 반문할 수 있다. 그러나 포스트모던 '역사소설'이라는 장르 자체가 고도로 정치적임을 감안해야 한다. 가령 '북한군의 큐우슈우 침공'이라는 가까운 미래의 가상사건을 다룬 무라까미 류우(村上龍)의 『반도에서 나가라』(2005)는 잡다한 하위문화적 관심사를 담아내고 있지만, 북한군의 침공에 지리멸렬하는 일본 시민사회를 한껏 조롱함으로써 일본의 재무장을 부추기는 데 초점이 맞춰져 있다. 이런 소설들에 비하면 김영하의 『빛의 제국』은 한결 낫다고 생각된다. 오랜 남북분단으로 말미암은 역사적 아이러니를 활용하여 천박한 자본주의적 삶에 젖어 있는 한반도 남녘의 비루한 삶을 탐사하려는 작가의 태도는 진지한 데가 있다. 그러나 대담에서 지적되었듯이 적잖은 문제도 있는데, 분단상황을 활용하여 소설의 재미를 최대한 뽑아내면서도 분단문제에 대한 소설적 탐구를 밀고 나가지 않는 것이 무엇보다 문제이다.

9·11 당시 세계무역쎈터에서 살아남은 한 미국인의 삶에 어떤 변화가 일어나는가를 추적하는 돈 드릴로의 『추락하는 사람』(*Falling Man*, 2007)은 '역사소설'의 장르적 문법에 의지하지 않은 '본격'소설인데, 그 결과가 성공적인지는 의문이다. 물론 테러와 전체주의, 정치적 음모를 다루는 드릴로의 빼어난 언어와 이미지 구사력이 빛을 발하는 대목이 더러 있다. 하지만 주인공 키스(Keith)가 별거중인 아내와 재결합하는 듯하다가 가출하여 전문 포커꾼으로 변신하는 과정이 석연치 않다. 키스야 정신적 외상을 입었으니 삶의 좌표를 잃고 표류할 법하지만, 작가도 함께 헤매는 듯 서사적 긴장이 풀려 흐느적대는 느낌마저 준다. 그럼에도 평단에서 호평을 받은 것은 9·11사태에 엄청난 충격을 받고 어떻게 반응할지 몰라 곤혹스러워하는 주인공/작가의 목소리에 미국 자유주의 지식인 다수가 공감했기 때문이 아닐까 싶다.

『노인을 위한 나라는 없다』(*No Country for Old Men*, 2005; 한국어판 2008)에서 스릴러 장르를 멋지게 요리한 코먹 매카시가 『로드』(*The Road*, 2006; 한국어판 2008)에서는 SF 양식을 차용하여 지구 대재앙 이후의 디스토피아를 처연하게 그려낸다. 아버지와 십대 초반의 아들이 언제 약탈자에게 공격당하거나 잡아먹힐지 모르는 상태에서 고속도로를 따라 미대륙을 남하하는 여행을 한다. 아이의 어머니는 조만간 닥칠 죽음이 두려워 미리 자살해버리고 아버지는 총탄 두 발을 항시 휴대하여 만일의 경우에 아들과 함께 동반 자살할 준비를 갖춘

다. 이런 극한상황의 설정은 지구상의 거의 모든 동식물이 고사당한 죽음의 대지와 조응하여 깊은 감흥을 불러일으킨다. 늘 검은 재가 비처럼 내리는 것으로 봐서 핵전쟁 이후의 상황이라고 추정할 수 있지만, 작가는 이 대재앙이 어떻게 일어났는지 명확히 밝히지 않는다. 그런데 이런 모호함 때문에 오히려 핵전쟁이나 지구온난화로 인한 환경 대재앙의 우려 같은 것이 효과적으로 환기되는 면이 있다. 매카시가 그려낸 죽음의 대지에 감명받은 영국의 환경운동가 몬비오(George Monbiot)는 이 소설을 "이제껏 씌어진 것 중에 환경론의 관점에서 가장 중요한 책일 수 있다. 이는 생물권(生物圈) 없는 세상을 상상하는 사유의 실험"이라고 극찬한다.[10]

미국문학 독자에게는 멜빌(H. Melville)을 연상시키는 묵시록적 비전과 헤밍웨이(E. Hemingway) 못지않게 압축적인 문체가 눈에 띨 것이다. 또한 소설에 등장하는 아버지와 아들의 모습에서 『모비 딕』(Moby Dick)의 이쉬미얼(Ishmael)과 퀴퀙(Queequeg), 『허클베리 핀의 모험』의 헉 핀(Huck Finn)과 짐(Jim) 등 미국문학에서 새 삶을 찾아나서는 세상에서 둘도 없는 단짝을 떠올리기 쉽다. 물론 미국문학의 전통적인 단짝은 이민족간이지 부자간이 아니다. 또한 이제까지의 단짝여행이 자유와 평등 같은 미국의 꿈을 품은 것이라면, 이번은 미국의 꿈이 박살난 후에 떠나는 생존을 위한 여행이다. 그런데 이런 차이로 말미암아 더욱더 이 여행은 미국문명의 마지막 행로를 암시하는 듯하다. 이런 문명론적인 발상이 작동하는 것은 대재앙 이후의 미대륙과 바다의 풍경이 처연하게 묘사되어 있고, 간결한 구어체로 이루어진 부자간의 대화가 비감을 자아내기 때문이다. 아버지가 결핵으로 죽은 뒤 아들은 누구에게 자기 운명을 맡길지 선택해야 한다. 다행히 선량하게 보이는 한 가족이 그를 따뜻하게 맞이하는 결말은 희망의 창을 열어놓는 듯하지만 그 창이 언제 사라질지는 알 수 없다. 이 소설은 이런 극한상황으로 나아가면서 어느새 우리를 미국의 패권주의나 인종주의의 경계 너머로 데려간다.

세계체제의 중심부에 위치한 미국문학이 미국중심주의나 서구패권주의를 체제 안에서부터 반성하는 작업을 할 수 있다면, 그것은 다른 어떤 국민문학이나 지역문학도 대신할 수 없는 중요한 과업을 수행하는 것이 된다. 문제는 백인남성 중심의 미국 주류문학이 미국의 본모습을 얼마나 깊이 응시할 수 있는가이다. 최근 소설들에서 필립 로스와 돈 드릴로는 미국중심의 이데올로기들에 대한 자각이 무뎌지면서 미국문제의 핵심을 외면하는 듯한 느낌을 준다. 이에 반해 매카시는 마치 미국문명을 마지막까지 직시하는 듯한데, 그것은 그가 일찍이 미국-멕시코간 국경지역을 무대로 주요 작품들을 쓰면서 양국의 가치관이나 문화전통을 쌍방향의 관점에서 비판하고 배우는 연마의 과정을 거친 덕분이 아닐까 싶다.

미국 소수자문학의 활력

『창비』138호 특집에서 정여울은 "어쩌면 우리가 진정 넘어서

야 할 경계는 '한국문학'이라는 견고한 레떼르 그 자체인지도 모른
다. 이창래는 자신의 작품이 한국문학도 교포문학도 미국문학도 아
닌 그저 '이창래의 문학'으로 읽히기를 바란다고 말했다. 한국문학
의 표지를 떼고도 작가의 개별성만으로 소통할 수 있는 분위기를 지
향할 때, '한국문학의 세계화'가 이루어질 수 있지 않을까"라고 주장
한다.[11] 오늘날의 작가를 국민문학의 테두리에 가둬놓아서는 곤란하
다는 논지는 공감할 수 있다. 그런데 국민문학과 세계문학을 대립적
인 범주로 보지 않는 입장에서는 이창래의 작품은 일차적으로는 미
국문학(세분하면 아시아계 미국문학, 한국계 미국문학)이다. 그의
작품에서 '미국'이 핵심이기 때문이다. 그런데 이 때문에 세계문학
이 되지 못한다는 이야기는 아니다. 가령 멜빌의『모비 딕』에서도 미
국은 핵심인데, 이때의 미국은 통념의 미국이 아니라 발본적인 반성
을 포함하는 미국이기 때문에 하나의 국민문학 범주에 갇히지 않고
참다운 세계문학이 될 수 있다. 모리슨(Toni Morrison)의『빌러비드』
(*Beloved*)도 마찬가지이다. 그러므로 이창래의 문학에 레떼르를 붙
이고 안 붙이고가 문제가 아니라, 그의 작품이 미국에 대한 발본적인
반성의 경지에 이른 것인지 아닌지가 문제인 것이다.

　정여울이나 이현우는 국민이나 민족이라는 범주가 세계문학으로
나아가는 데 큰 장애가 되고 그렇기에 그런 범주는 초월하든지 해체
해야 한다는 듯한 논리를 편다. 그런데 미국 소수자문학의 걸작들을
살펴보면 국민이나 민족 범주의 해체가 그렇게 바람직한지는 의문
이다. 기존의 삶이 통째로 찢겨나갔으되 새 삶을 찾지 못하는 소수민

족 이민자의 고통스런 삶에서, 출생국의 언어와 문화는 미국적 가치와 생활양식에 적응하는 데 걸림돌이 되기도 하지만 뿌리뽑힌 삶을 견디는 버팀목이 되기도 한다. 그러므로 미국으로의 이주와 적응의 과정은 소수민족과 문화제국 사이에서 쌍방향의 교호작용이 일어나는 과정이며, 이런 과정을 통해 민족이나 국민의 범주가 절대화되거나 해체되는 것이 아니라 **상대화되는** 것이다. 요컨대, 최근 소수자문학의 활력은 민족이나 국민의 범주가 상대화되면서 쌍방향의 교호작용이 활발하게 일어나는 데서 비롯되는 것이다.

60년대 사회운동의 자극을 받아 활성화된 미국 소수자문학도 방대해졌으니 선별적인 논의가 필요하다. 라틴계, 아시아계, 아메리카 원주민 문학 모두 활발한데, 라틴계 소설문학을 중심으로 최근에 주목할 만한 몇몇 젊은 작가를 살펴보기로 한다. 라틴계 미국문학이 점차 힘을 얻는 것은 라틴계 인구가 늘어나는 미국 현실에서 익히 예상된 현상이다. 아나야(Rudolfo Anaya), 까스띠요(Ana Castillo), 씨스네로스(Sandra Cisneros), 로드리게스(Luis J. Rodriguez) 등 쟁쟁한 중진작가들이 주도하는 멕시코계 문학은 그 자체로 방대하다. 최근 라틴계 문학에서 주목할 만한 현상은 멕시코계뿐 아니라 카리브 연안지역 출신의 젊은 작가들이 두각을 나타내고 있는 점이다. 이 가운데서 『뉴욕타임즈』의 '주목할 만한 책 100선'의 최근 명단에 올라온 꾸바 출신의 끄리스띠나 가르시아(Cristina García)와 도미니까공화국 출신의 주노 디아스(Junot Díaz)의 소설이 특히 주목할 만하다. 이들 젊은 라틴계 작가들은 미국(서구)의 풍부한 지적·문학적 자산을 자양분으로 삼되 출생국의 문학적·문화적 전통을 일방적으로 포기하지 않는다. 사실 이 작가들의 빼어남은 양자의 최상의 요소를 결합해내는 데서 나온다.

꾸바계 문학의 저력을 보여준 가르시아의 장편 데뷔작『꾸바 말로 꿈꾸기』(*Dreaming in Cuban*, 1992)는 꾸바와 미국을 무대로 전개되는 삐노(Pino) 가문의 3대에 걸친 분열과 이산(이주)의 이야기이다. 꾸바혁명을 놓고 아버지 호르헤와 두 딸은 반대하고 어머니 쎌리아와 아들은 지지하면서 집안이 양분된다. 호르헤는 미국 회사의 외판원으로 일한 친미파고 쎌리아는 꾸바혁명과 까스뜨로의 열렬한 지지자이다. 큰딸 루르데스는 혁명군에게 강간당한 뒤 미국 뉴욕으로 이주하고, 둘째딸 펠리시아는 어릴 때부터 싼떼리아(가톨릭적 요소가 섞인 아프리카 기원의 꾸바 종교)에 빠진다. 혁명을 지지하는 아들 하비에르는 아버지와 불화하고 체코슬로바키아로 이주한다. 그런데 이렇게 복잡한 사연과 인물들의 유별난 행동이 섬세한 부조를 새긴 듯 선연하게 느껴지는 것은 작가가 오랫동안 자신의 고통스런 이산가족 경험에서 이야기를 우려냈기 때문일 것이다.

범상치 않은 점은 심각한 이념적 분열과 갈등을 생생하게 드러내면서도 꾸바혁명을 희화하거나 미국과 꾸바의 관계를 왜곡하지 않는다는 것이다. 가령 펠리시아는 자기 어머니가 까스뜨로 사진을 침대 곁에 두는 것을 비웃으며 텁수룩한 수염의 까스뜨로를 쳐다보며 자위를 하는데, 이런 '불온한' 장면이 역사와 이념에 대한 조롱으로 여겨지지 않는다. 까스뜨로를 신뢰하고 사회주의적 과업에 헌신하는 쎌리아가 누구보다 기품있게 그려져 있기 때문이다. 어릴 때 잠깐 할머니와 지낸 루르데스의 딸 삘라는 뉴욕에서 펑크 예술가로 자라나면서 자기 어머니의 광적인 반공주의를 비웃고 오히려 사회주의자인 할머니 쎌리아를 그리워한다. 그렇다고 삘라가 미국보다 꾸바가 낫다거나 꾸바를 돌아가야 할 고국이라고 생각하는 것은 아니다. 어머니와 함께 꾸바를 방문한 삘라는 자신이 꾸바의 자연과 할머니를 사랑한다는 것을 절감하지만, "조만간 나는 뉴욕으로 돌아가야겠지. 이제 나는 그곳이 내가 속한 곳이라는 것을 알아. 여기 대신에 거기에 속해 있는 게 아니라 여기보다 거기에 더 속해 있는 거야"[12]라고 말한다. 삘라에게는 어디까지나 뉴욕이 삶의 본거지이다. 다만 꾸바는 삘라의 마음속에서 사라지는 것이 아니라 작지만 소중한 자리로 남는다.

양식적 측면에서 볼 때 이 소설의 간결하면서 서정적이며 때로는 관능적인 사실주의가 등장인물은 물론 뉴욕과 꾸바의 이질적인 물상의 형상화에 생기를 불어넣는다. 환상적 요소도 활용하는데, 가령 호르헤의 혼령이 큰딸에게 여러번 나타나고 마지막에는 쎌리아를 찾아가라는 조언까지 한다. 둘째딸이 귀의하는 싼떼리아는 아프리카와 꾸바의 설화적 요소로 가득하다. 그러나 작가는 싼떼리아가 둘째딸의 비극적인 인생을 개선하기보다 더욱 질곡에 빠뜨리는 측면을 부각함으로써 그것에 일정한 비판을 가한다. 이를테면 꾸바의 설화적 요소나 라틴아메리카 문학의 '마술'을 활용하는 한편 그것을 독특하되 합리적인 사실주의로 제어하는 셈이다. 마술적 사실주의 이되, 윤지관의 표현을 빌리면 "'마술'보다 '리얼리즘[사실주의]'에 집중하는"[13] 것이다. 그런데 미국과 꾸바의 역사에 대한 안목과 균형 잡힌 시각도 그렇지만 이런 사실주의를 구사할 수 있는 것도 가르시아가 대학에서 국제정치학을 전공한 후 오랫동안 저널리스트로 활약하면서 미국과 서구의 합리적인 지적 전통 속에서 단련된 덕택일 것이다. 그렇기에 '마술'도 마술이지만 '사실주의'가 어떤 성격이냐는 것도 살펴볼 필요가 있다.

사실 미국 소수자문학에서 구사되는 사실주의도 각양각색이다. 가령 아프간의 참화 속에서 한 남자의 두 아내간의 우애를 그려낸 호쎄이니(Khaled Hosseini)의 『천 개의 찬란한 태양』(*A Thousand Splendid Suns*, 2007; 한국어판 2007)은 감성적인 사실주의로 씌어 있다. 아프간 여성들의 아픈 상처를 섬세하게 어루만지는 이런 감성적 사실주의가 독자의 심금을 울렸고, 그것이 이 소설을 미국에서 2007년 최고의 베스트쎌러로 만드는 데 결정적으로 기여한 것이 분명하다. 그런데 이런 감성주의는 아프간의 비극과 미국 패권주의의 관계 같은 불편한 문제를 파고들지 않는 것과 맞물려 있다. 요컨대 이런 감성적 사실주의는 서구의 합리적인 잣대로 아프간의 지독한 여성억압과 가부장제를 비판하지만 서구중심주의나 미국 패권주의는 건드리지 않는데, 그것이 호쎄이니 사실주의의 한계이다.

이에 비해 인도(벵갈)계 작가 라히리(Jhumpa Lahiri)의 차분한 사실주의는 범상한 듯하지만 정곡을 찌른다. 사물에 대한 오랜 응시와 긴 호흡으로 벼린 언어가 투명하고 서정적이다. 이런 비범한 언어는 장편『이름 뒤에 숨은 사랑』(*The Namesake*, 2003; 한국어판 2004)보다 데뷔 단편집『축복받은 집』(*Interpreter of Maladies*, 1999; 한국어판 2001)에서 더 돋보이는데, 특히 주체와 타자의 관점을 정교하게 상호 교차시키는 데서 빛을 발한다. 표제작인「질병의 통역사」에서 이런 상호 교차의 시선은 여러 겹이다. 화자인 택시운전사 카파시(Kapasi)는 인도를 방문한 인도계 미국인 다스(Das) 가족을 관광지로 데려간다. 처음에는 인도계 미국인과 인도인의 시각 차이, 다스 부부의 소통부재가 부각된다. 그러다가 카파시가 자신의 또다른 직업, 즉 구자라티(Gujarati)족 환자들의 질병을 의사에게 통역하는 일을 소개하자 다스 부인은 그 일이 의사의 일 못잖게 중요하다고 칭찬한다. 이런 평가에 고무된 카파시와 다스 부인 사이에 교감이 생겨나고, 다스 부인 쪽에서 둘째아이는 남편의 아이가 아니라는 내밀한 고백을 하면서 교감은 한층 더 고조되지만, 둘째아이가 원숭이에 공격당하는 사고가 일어나 교감은 끝나버린다. 질병(아픔)의 통역 일을 높이 평가하면서 시작된 교감이 그 교감에 취해 있는 사이에 아이가 다치면서 끝나버린다는 전말은 의미심장한데, 여러 겹의 경계를 다루는 솜씨나 상징적인 여운을 끌어내는 수법이 치밀하다. 라히리의 사실주의는 단아하고 정교한데, 그것이 주로 중산층 지식인사회에 한정되어 있어 아쉽다.

도미니까공화국의 쌘또도밍고에서 미국 뉴저지로 이주한 주노 디아스의 '거리의 사실주의'가 의미심장해지는 것은 이 지점에서이다. 디아스의 단편집『드라운』(*Drown*, 1996; 한국어판 2010)과 장편『오스카 와오의 짧고 놀라운 삶』(*The Brief Wondrous Life of Oscar Wao*, 2007; 한국어판 2009)의 예술적 활력의 절반은 온갖 피부색의 이민자, 뜨내기 노동자, 마약상, 범죄자, 동성애자로 가득한 거리의 삶을 생생하게 '들려주는' 데서 나온다. 그는 대도시 빈민가의 온갖 비루하고 너절한 삶을 저널리스트처럼 냉정하게 포착하고 분노의 래퍼처럼 노래한다. 랩처럼 박동하는 사실주의에 현재성을 부여하는 또 하나의 요인은 비어, 속어, 스팽글리쉬(스페인식 영어) 같은 거리의 언어와 공상과학, 판타지, 포르노 같은 하위문화의 상상력과 어법 들이다. 장편소설 첫머리에서 콜럼버스가 아메리카를 발견하는 순간 도미니까공화국은 '푸꾸'(fukú)라는 저주의 귀신에 씌었다고 주장하면서, 1930년부터 1961년까지 도미니까공화국을 쥐락펴락하다가 CIA가 지원한 암살단에 저격당한 독재자 뜨루히요(Rafael Trujillo)를 묘사하는 한 대목을 보라.

뜨루히요가 푸꾸의 하인인지 주인인지 대리자인지 본인인지 아무도 몰랐지만, 그와 푸꾸는 통했고 둘 사이가 **졸라 가까운** 건 분명했어. 교육받은 집단에서도 누구든 뜨루히요에 반하는 음모를 꾸미는 사람은 칠대 이상 내려가는 엄청 강력한 푸꾸의 저주를 받을 거라고 믿었어. 만약 네가 뜨루히요에게 조금이라도 나쁜 생각을 품으면, **씨팔**, 허리케인이 네 가족을 휩쓸어 바다에 처넣고, **씨팔**, 마른하늘에서 바위가 떨어져 널 묵사발내고, **씨팔**, 넌 오늘 먹은 새우 때문에 내일 발작하고 뒈지는 거야.[14]

이런 랩풍의 리듬에다 "그는 우리의 싸우론(Sauron)"이었고 "공상과학 작가조차 생각해낼 수 없을 정도로 너무 괴짜이고 너무 삐뚤어지고 너무 끔찍한 인물이었어"[15]라는 구절에서처럼 공상과학과 판타지의 문법을 무시로 끌어다 쓴다. 디아스의 이런 박동하는 문체와 공상과학·판타지의 인유(引喩)는 박민규나 이기호를 떠올리게 하는데, 다만 디아스는 이들보다 현실과 판타지의 경계가 훨씬 뚜렷하다.

작가는 서두에서 도미니까공화국 출신이라면 누구나 가지고 있는 '푸꾸 이야기'를 하겠다고 주장한다. 거리의 사실주의와 래퍼 같은 화법으로 들려주는 디아스의 푸꾸 이야기는 크게 두가지다. 하나는 뉴저지를 무대로 펼쳐지는 오스카 와오의 가족 이야기이다. 여자애들한테 퇴짜를 맞고 비만아로 자라나면서 공상과학과 판타지와 컴퓨터게임에 빠져 톨킨(J. R. R. Tolkien)처럼 판타지의 명작을 쓰려는 오스카 와오, 남편한테 버림받아 혼자 가족의 생계를 책임져야 하는 산전수전 다 겪은 어머니 벨리, 그 거친 엄마한테 맞장뜨고 펑크 아이로 변신하는 쎅시하면서 당찬 누이동생 롤라가 그들이다. 이 셋이 부대끼며 꾸려가는 삶은 비참하고 황당하고 우스꽝스럽고 아름답다. 그야말로 '콩가루 집안'이라는 생각이 들기도 하고, 짙은 가족애로 가슴이 뭉클하기도 하다.

이것이 작은 이야기라면 또 하나는 뜨루히요 치하의 도미니까공화국에서 벨리가 겪은 살벌한 과거가 드러나면서 서서히 윤곽을 잡아가는 큰 이야기이다. 벨리의 아버지가 뜨루히요에 반대하다가 집안이 풍비박산하고 — 아버지가 잡혀가서 고문당하는 동안 어머니는 트럭에 치여 죽고 언니들은 수상쩍은 사고로 죽는다 — 벨리 자신도 뜨루히요의 심복에게 강간과 폭행을 당해 죽을 고비를 넘기고서 도망치다시피 미국으로 이주한다. 아이러니한 것은 벨리가 피신한 곳이 바로 뜨루히요 독재정권을 지원한 미국이라는 사실이다. 작가는 이런 미국과 도미니까공화국 사이의 지배와 예속의 관계를 예리하게 파고든다. 그런데 우리 60,70년대식 사실주의자라면 두 이야기 가운데 큰 이야기에 과도한 의미부여를 했을 공산이 크고, 호쎄이니 같은 감성적 사실주의자라면 작은 이야기에 집중했을 테지만, 디아스는 양자를 팽팽하게 결합한다. 전자에게서는 더없이 심각하고 엄숙한 이야기, 후자에게서는 지극히 슬프고 아름다운 이야기가 되어 나왔을 것들이 디아스의 손에서는 심각하고 아름다울 뿐 아니라 우스꽝스럽고 재미있기도 한 이야기가 되어버린다. 국민국가의 역사와 개인사 두 차원의 이야기를 자유자재로 구사하는 솜씨는 타고난 것이기도 하지만 쌍방향의 비판과 배움을 통해 단련된 것이기도 하다.

정도는 덜하지만 디아스의 이런 예술적 특징은 최근 아메리카인디언 문학의 신예작가 앨릭시(Sherman Alexie)에게서도 발견된다. 모마데이(Momaday)나 씰코(Silko) 같은 선배작가들이 아메리카인디언의 구비문학적 전통과 설화에서 예술적 자양분을 발견했다면, 이 젊은 작가는 그런 전통을 일부 활용하면서도 인디언 거주지 안팎에서 살아가는 아메리카인디언의 실생활의 애환을 들려주는 데 주력한다. 가령 한 인디언 소년의 좌충우돌 성장기 『짝통 인디언의 생짜 일기』(*The Absolutely True Diary of a Part-Time Indian*, 2007; 한국어 판 2008)는 선배작가들의 숭고한 신화적 분위기나 심오한 영적 체험 보다 슬프고도 우습고 재기발랄한 현실 이야기에 초점이 놓인다.

맺음말

소수자문학의 활력에 주목하여 미국문학의 현황을 간략히 살펴보 았다. 포스트모던한 주류 미국문학은 역사소설이나 SF 같은 장르문 학의 양식을 활용하는 가운데 『로드』 같은 걸작도 배출했으나, 대체 로 미국의 진실을 응시하는 힘이 모자란다. 이에 반해 소수자문학에 서는 출신국과 미국 사이의 쌍방향의 비판과 교호작용이 활발하게 작동하는데, 이것이 새로운 경향의 사실주의와 결합하면서 예술적 활력의 원천이 되고 있다. 분명 미국문학의 활력은 주류 포스트모던 문학에서 소수자문학 쪽으로 예전보다 더욱 옮겨갔고 변화의 조짐 을 보이는데, 이는 미국의 힘이 기울어가는 현 세계사의 흐름과 관련 이 있을 것이다. 미국의 주류 지배층에게는 부시 정권을 거치며 가속 화된 미국의 몰락이 달가울 턱이 없지만, 전보다 정치적·군사적으로 는 약하더라도 문화적으로는 좀더 나아진 미국을 만들 가능성은 오 히려 커졌다고 본다. 그럴 때 미국의 활달한 소수자문학들이 새로운 미국 형성에 핵심적인 기여를 할 것이라고 믿는다.

끄리스띠나 가르시아나 주노 디아스의 소설이 일러주는 것은 예술적으로 가장 주목할 만한 작품은 대중적 포스트모던 문학도 전통적인 사실주의 문학도 아니라는 점이다. 우리의 젊은 작가 중에서도 우리 60,70년대식 사실주의의 엄숙주의와 이념주의에서 벗어났으되 새로운 사실주의를 고민하고, 포스트모던의 장르적 양식을 실험하되 아주 대중소설로 빠지진 않는 작가들이 적지않다고 본다. 이런 작가들의 앞으로의 향방에 우리 문학의 많은 것이 달려 있다는 생각이다. 이현우(카라따니)의 분류법을 빌려서 말하면 근대문학인지 탈근대문학인지 판단하기 어려운 문학, 그걸 밝히려면 세계와 민족과 문학에 대해 정말 깊이 생각해봐야 하는 그런 작품, 읽으면 킥킥 웃음이 나오고 마음이 시린 그런 감명깊고 흥미진진한 작품이 많이 나오기를 기대한다.

* 이 글은 계간 『창작과비평』 2008년 봄호에 실린 원고를 이 책에 수록하기 위해 다소 손질한 것이다.

아프리카문학과 탈식민주의

이석호

'포스트콜로니얼'이라는 용어를 둘러싼 아프리카의 고민

아프리카의 관점에서 볼 때 '포스트콜로니얼'이라는 용어는 일반적으로는 제2차세계대전 이후 아프리카 대륙의 식민지질서가 재편되는 과정에서 처음으로 사용되었다. 그러나 그 용어가 좀더 상용화되기 시작한 시점은 정확히 말해 1956,57년 수단과 가나가 식민주의 세력과의 해방전쟁을 통해 순차적으로 독립을 획득하는 시기이다. 나이지리아와 케냐 등을 비롯한 아프리카의 여러 국가들이 연쇄적으로 독립을 쟁취하게 되는 1960년대에 들어서면 '포스트콜로니얼'이라는 용어는 이미 일반화의 수준을 넘어 유행의 궤적을 밟게 된다. 아프리카를 비롯한 제3세계에서 '포스트콜로니얼'이 의미하는 바는 명백하다. 과거 식민세력으로부터의 존재론적이고 인식론적인 해방, 그것이다. 다시 말해, '탈식민화'가 '포스트콜로니얼'의 유일무이한 의미이자 존재이유인 것이다.

20세기 중반 유럽 전역에서 부활하는 히틀러와 나치의 망령들을 보면서 서구 휴머니즘의 위선과 결락을 고발했던 카리브해의 에이메 쎄제르(Aimé Césaire), 그의 뒤를 이어 기왕의 휴머니즘으로는 종말을 향해가는 인간과 세계를 구원할 수 없다고 믿고 '새로운 휴머니즘'과 '새로운 인간'의 출현을 강력히 권고했던 프란츠 파농(Frantz Fanon), 적나라한 근대의 모순을 극복하기 위한 계기를 아프리카인들의 '집단정신의 회복' 및 '문화투쟁'을 통해 확보하려 했던 탄자니아의 줄리어스 니예레레(Julius Nyerere) 및 기니비싸우의 아밀카르 카브랄(Amílcar Cabral)에게 '포스트콜로니얼'은 '탈식민화'의 다른 이름이었다. '포스트콜로니얼'이 단순한 의미의 '탈식민화'를 넘어서는 한층 복잡하고 다원적인 의미와 문맥을 지닌 용어로 둔갑하게 된 것은 비교적 최근의 일이다. 인종·계급·성차에 기반한 근대적 준거틀을 넘어서 한층 다층적인 소통을 강조하는 아프리카의 '포스트콜로니얼'이라는 용어가 담론사적 차원이 강화되는 서구의 '포스트콜로니얼리즘'이라는 이름으로 둔갑하면서 '포스트콜로니얼'이라는 용어는 전통적으로 견지해오던 실천적 가치를 상당부분 상실하게 된다.

아프리카 작가들과 탈식민적 글쓰기

'탈식민화'를 작업전통의 주요한 과제로 삼아온 거개의 아프리카 작가들의 고민은 '포스트콜로니얼'이라는 명확한 실천적 의제가 서구의 담론사로 편입하면서 현상한 바로 이 실천적 가치의 전복에 기인한다. 흑인 정체성 회복을 내세운 '네그리뛰드'를 '티그리뛰드' (tigritude, "호랑이는 자신이 호랑이임을 굳이 자랑하지 않는다"는 뜻의 조어로, 네그리뛰드를 희롱하려는 의도를 품고 있다.)로 유비한 쏘잉카(Wole Soyinka)라든가, 역시 '네그리뛰드'를 '종말론적 선언'으로 격하한 에스키아 음파흐렐레(Es'kia Mphahlele) 등은 서구적 의미의 '탈식민화' 논의에 깊게 침윤되어 있는 작가들로, 아프리카의 '탈식민화' 작업이 결코 단선적이거나 녹록지 않은 작업임을 적시한다. '탈식민화' 작업에 대한 절대다수 아프리카 작가들의 고전적 태도 및 해석을 문제 삼는다 해서 쏘잉카나 음파흐렐레가 딱히 서구의 근대나 탈근대 논의를 추수하고 있다는 뜻은 아니다. 문제는 쏘잉카나 음파흐렐레가 아프리카의 '탈식민화'와 관련해 '네그리뛰드'로 대변되는 전통추수주의자들의 단견을 비판, 견제하고 있긴 하지만, 자신들에게도 동일한 비판과 견제가 가해지고 있다는 점은 애써 외면하고 있다는 것이다. 왜냐하면 이들에게도 아프리카의 '탈식민화'를 견인할 만한 이렇다 할 대안이 없기 때문이다.

아프리카 작가들의 고민은 여기에서 비롯한다. 지난 3,4백여년에 걸쳐 점철된 아프리카의 식민화는 아프리카인들로 하여금 유럽인과 자기 자신 들에 대해 양가적 감정을 갖도록 만들었다. 전통에 대한 혐오와 근대성에 대한 갈망이 그것이다. 혹은 그 반대로 전통에 대한 막역한 애정과 근대성에 대한 무조건적 배격이 그것이다. 이 둘은 서로 교차하기도 하고 길항하기도 한다. 1920년대 프랑스 빠리에서 아프리카와 카리브해의 유학생들을 중심으로 일어난 일종의 아프리카판 문예부흥운동인 '네그리뛰드'가 그 대표적인 사례인데, 이를 주도한 쎄네갈의 레오뽈드 쎄다르 쎙고르(Léopold Sédar Senghor)와 카리브해 마르띠니끄의 시인 에이메 쎄제르는 '검은 것은 아름답다'는 선언을 프랑스식으로 감행하는 모순을 보이기도 한다. 다시 말해, '온갖 고초와 슬픔, 노역, 좌절, 절망, 수렁' 등을 견뎌낸 흑인 전통의 유구함과 견결함을 초현실주의라는 프랑스식 모더니즘 형식을 통해 토해내는 자기모순을 드러내는 것이다. 마다가스까르가 배출한 천재적인 시인 라베아리벨로(Jean-Joseph Rabéarivelo)는 바로 이 양가적인 자기모순을 견디지 못하고 자살하고 만다.

'프로스페로와 캘리반 가설'과 언어

아프리카 작가들에게 양가적인 자기모순의 고통을 가장 극명하게 비추어주는 거울은 바로 식민주의자들의 언어이다. '프로스페로와 캘리반 가설'이라고 명명되는 이 거울은 '내 어머니 씨코락스가 만든

이 섬에' 와서 주인을 몰아내고 지배자 행세를 하려드는 이방인 프로스페로를 극도로 혐오하는 원주민 캘리반이 그의 '마법을 배워 그를 몰아내고 마침내 이 섬을 되찾을 때까지는' 어쩔 수 없이 지배자의 언어를 배워 지배자 일가의 수발을 들어야 한다는 비극적 현실인식과 깊은 관련이 있다(쎄제르, 2004: 쎄제르는 이 책에서 셰익스피어의 『템페스트』에 나오는 프로스페로와 캘리반이라는 인물의 성격을 카리브해의 문맥을 동원해 전복하고 있다.). 기실 아프리카만큼 서구의 근대적 모순이 위악적으로 중첩되어 있는 곳도 드물다. 싸미르 아민(Samir Amin)이 아프리카의 비극은 근대의 형식을 띤 언어적 모순에서 비롯한다고 한 발언도 이런 사정을 반영한다. 노예제도, 식민주의, 인종주의 등이 모두 근대의 모순에서 비롯한 것인데, 이 모순의 저변에 언어적 모순이 깔려 있다는 것이다. 그런 의미에서 아프리카 작가들에게 근대 혹은 근대성과의 대결은 숙명적으로 언어적 형식을 띨 수밖에 없다.

오늘날 아프리카문학이 세계적인 주목을 받는 이유는 근대적 모순과의 시학적 긴장이 강렬하게 펼쳐지고 있기 때문이다. 기타 지역의 문학들이 근대 혹은 탈근대로 별다른 저항 없이 쉽게 이행하고 투항할 때에도 아프리카문학은 도전의 정신을 끝내 간직하고 있었다. 1950년대 말 남아공의 드럼 시대(1940~60년에 아프리카인을 독자층으로 하는 『드럼(Drum)』지를 비롯한 대중신문과 정기간행물을 중심으로 벌어진 문학운동)를 대표하던 루이스 웅꼬씨는 말한다. '지난 4백여년 동안 지속된 식민지배가 역설적이게도 아프리카인들을 가장 국제적이고 세계적인 인종으로 만들었다. 지구촌 방방곡곡으로 이산한 아프리카인들이 지구촌 방방곡곡의 언어로 분사해내는 피억 압자의 세계관이 장차 가장 이상적인 '포스트콜로니얼'한 세계의 한 전범을 제공할 가능성이 높기 때문이다'(Nkosi, 1981).

아프리카문학의 세계성은 실로, 이산의 광역화에 따른 자연발생 적인 다양성의 확보와 현행 인류의 4분의 3을 차지하는 제3세계 시 민들의 기억 속에 공히 각인되어 있는 공통의 경험틀, 즉 식민주의라 는 역사적 경험을 확보하고 있다는 차원에서 유기적으로 획득된 것 이다. 그런 의미에서 아프리카 작가들에게 글을 쓰는 행위는, 그 글 의 매개가 외래어이건 토착어이건 관계 없이, 역사적 상처를 치유하 는 행위임과 동시에 글쓰기 주체의 주체성을 회복하는 과정임을 알 수 있다. 아프리카문학은 개인 혹은 집단과 역사의 만남을 늘 문학 적 자장으로 거느리고 있는 것이다. 혹자는 현실의 엄혹함을 벗어난 "놀이"로서의 문학적 빈곤함을 드러내는 아프리카의 근현대문학이 지닌 이런 발생학적 배경을 '이데올로기적 생경함 혹은 전투성'이라 는 이름으로 문제 삼는다. 아프리카, 나아가 제3세계에서 생산되는 모든 텍스트를 일련의 '민족주의적 알레고리'로 읽는 프레드릭 제임 슨(Fredric Jameson)이나 심미적 전통의 상대적 취약함을 거론하면 서 아프리카에서는 제임스 조이스나 쌔뮤얼 베께뜨 같은 작가가 출 현하지 않을 것이라고 섣부른 예단을 줄기차게 제출한 유럽의 미학 사가들이 대표적인 예에 속한다.

탈식민문학의 새로운 전범으로서의 말문학과 문학사 새로 쓰기

　문자 전통을 기반으로 하는 문학사를 정전의 전범으로 구축하고 있는 서양의 문학과 달리, 아프리카문학은 유구한 말문학 또는 구전문학 전통을 이어가고 있다. 아프리카에서 구전 혹은 구연에 기초한 말문학은 특히 탈식민화 시대에 이르면서 더욱 빛을 발하는데, 이는 말문학이 문자 그대로 문학적인 맥락에서만이 아니고 전방위적인 맥락에서 탈식민화의 도구적 내러티브로 적극 활용되고 있기 때문이다. 남아공이 대표적인 예에 속할 것이다. 남아공의 네덜란드계 백인들은 1948년 총선 승리를 기반으로 삼아 파천황적인 인종주의 정책인 아파르트헤이트를 감행한다. 이후 남아공 땅에는 '아프리카너(네덜란드계 백인)' 문화만이 유일무이한 공식문화로 통용되고, 코싸, 줄루, 쑤투, 템바, 응데벨레, 스와지 등의 원주민 문화는 비공식문화로 음성화되고 만다. 한 개의 공식문화/역사만이 남고, 열 개 혹은 그 이상의 문화/역사는 사라지게 된 것이다. 남아공의 현대사는 바로 이 한 개의 공식문화와 그외의 비공식문화들이 상호 치열하게 벌인 인정투쟁의 역사라고 해도 과언이 아니다. 1960년의 샤프빌과 1976년의 쏘웨토 항쟁도 그러한 맥락에서 이해할 수 있다. 이 두 사건 모두 형식적으로는 '통행법'과 '반투 교육법'을 둘러싼 갈등에서 연유한 것으로 보이지만, 그 이면에는 원주민문화에 대한 강력한 인정 혹은 추인의 욕망이 숨어 있다. 이들 원주민의 목소리를 직접적으로 대면하려는 시도가 바로 말문학에 잘 나타나 있다.

강제로 이식된 유럽의 근대를 거치는 과정에서 주변화된 아프리카의 말문학 전통을 복권하고, 그 의미를 탈식민주의운동과 가장 활발하게 접목한 나라로는 남아공 외에도 나미비아를 꼽을 수 있다. 과거 '서남아프리카'로 불리다가 1968년 나미비아로 개명한 이 나라는 선사시대부터 이곳에 살던 일명 부시맨 혹은 코이코이 인들을 비롯해, 후에 정착하게 된 반투 원주민인 나마와 다마, 케이프 식민지 출신의 네덜란드계 백인들 그리고 1884년 이 땅을 보호령으로 선포한 비스마르크 시기 독일인들이 할거하던 지역이다. 특히 지리적으로 칼라하리 사막을 끼고 있어 과거 이곳을 순례하던 백인들에게는 "미지와 야만의 땅"으로 인식되던 곳이기도 하다. 구스타프 프렌쎈(Gustav Frenssen)이 쓴 『피터 무어의 서남아프리카 기행』(*Peter Moors Fahrt nach Südwest*, 1906)이 그 일단을 보여주는 대표적인 저작물이다. 이처럼 나미비아는 풍부한 원주민들의 문화와 서구 제국주의 문화가 팽팽하게 긴장을 유지하고 있는 땅이다. 따라서 혹자는 이 지역의 문학을 '경계문학'이라고 명명하기도 한다. 제이 엠 쿠찌(J. M. Coetzee)는 『황혼의 땅』(*Dusklands*, 1974)이라는 작품의 후반부에서 백인들의 여행문학이 지니는 이데올로기적 환상을 탈구조주의 논법을 동원해 날카롭게 비판한 바 있다. 독립 이후 나미비아의 원주민들은 다양한 형태의 말문학을 통해 이 땅이 지닌 태고의 신비와 백인과의 조우 그리고 비극으로 점철된 오욕의 근현대사를 그들의 언어로 다시 풀어 쓴다. 그외에도 짐바브웨의 '치무렝가'(Chimurenga, '독립전쟁'을 뜻하며 영국의 지배에서 독립하기 위한 투쟁과정에서 발전한 민중음악)와 말라위의 '카마쑤 찬가' 등이 내러티브의 한 형식으로 말문학을 요긴하게 차용하고 있는 사례들이다. 아프리카의 말문학은 그 형태와 내용 면에서 매우 다종다기하다. 특기할 만한 점은 아프리카의 말문학이 공들여 발굴을 해야만 되살아나는 화석화된 전통이 아니라 일상사의 구석구석에 편재하며 '상용이 가능한 과거'라는 점이다. 레이몬드 윌리엄즈(Raymond Williams) 식으로 말하면 일종의 "살아남은 과거"인 셈이다. 이처럼 '상용이 가능한' 아프리카의 '과거'와 그것을 가장 원형적인 형식으로 '기억'하고 있는 말문학이 이 지역의 생활사와 문화사, 나아가 역사 일반을 복원하는 과정에서 끊임없이 배제되어온 이유는, 좁게는 이 지역에 영향력을 행사하던 식민지 본국의 유럽중심주의적인 사관 때문이기도 하지만, 넓은 의미에서는 그런 유럽중심주의 사관의 근간을 이루고 있는 좀 더 보편적인 정서, 즉 서구의 근대성이 지닌 원천적인 모순 때문이다. 따라서 서구의 근대(성)과 끊임없이 길항하면서 자신의 역사를 내면화한 아프리카 원주민들의 말문학에 관심을 쏟는 일은 현재 아프리카를 비롯한 주변부 지역에서 대대적으로 벌어지고 있는 '정전 다시 읽기와 세계문학사 다시 쓰기' 운동을 집행하는 일과도 무관하지 않을 것이다.

아날학파 식으로 말하면, 구전이란 한 나라 혹은 한 민족의 생활사를 반영하는 대표적인 기제이다. 특히 식민주의체제가 양산한 공식문화사에 의해 여러 가치체계와 문화체계가 왜곡된 경험을 가지고 있는 아프리카 같은 지역에서는 그 공식문화사에 의해 억압된 역사를 좀더 입체적으로 복원하는 데 가장 긴요한 도구가 바로 말문학, 나아가 말문화이다. 기실, 말문학은 아프리카 원주민문학의 시작이자 끝이라고 말해도 과언이 아니기 때문이다. 게다가 아프리카의 경우 '계몽'과 '이성의 지배'라는 서구의 근대적 기획이 뿌린 '빛'의 수혜보다는 '어둠'의 폐해를 적나라하게 당한 대륙인만큼, 서구적 의미의 문학사가 가한 폭력으로부터도 자유롭지 못하다.

그런 의미에서 아프리카 문화의 원형을 고스란히 담고 있는 말문학을 다시 꺼내들고 아프리카의 과거와 현재, 미래를 재영토화하는 일은 정언명령에 가깝다. 실제로 말문학을 현대적 맥락으로 재문맥화하는 작업은 오늘날 아프리카, 나아가 과거 아프리카의 이산자들이 대거 이주해 살고 있는 카리브해 전역에서 활발하게 진행되고 있다. 지금으로부터 약 1세기 전 마커스 가비(Marcus Garvey)와 두보이스(W. E. B. Du Bois)가 미국에서 벌인 '할렘 르네쌍스 운동'과 그로부터 약 30년 뒤 쎙고르와 에이메 쎄제르 그리고 레온 다마스(Léon Damas) 등 일군의 아프리카 및 카리브해 출신 유학생들이 빠리에서 벌인 '네그리뛰드 운동' 그리고 오늘날 아프리카 전역에서 벌어지고 있는 '아프리카 문예부흥운동'이 공히 말문학을 아프리카 부흥의 노둣돌로 삼는 것은 결코 우연이 아니다. 말문학만큼 아프리카 문화와 문학사에서 소위 '사라진 고리'의 역할을 충실하게 담당할, 그야말로 살아 있는 문학사적 소재가 드물기 때문이다.

그런 차원에서 소위 탈식민주의의 세기 혹은 문화다원주의의 세기라고 불리는 21세기에 아프리카 문학사 혹은 넓은 의미의 아프리카 문화사를 기술하는 일은 지난하지만 중요한 과제 가운데 하나이다. 아프리카 문학사 혹은 문화사를 기술하는 일이 지난한 이유는 소위 유럽식 근대의 발명품 중 하나인 '문학사' 혹은 '문화사'라는, 다분히 특정한 지역의 특수한 정서를 특별한 방식으로 계량한 기제를 가지고 인종적, 언어적, 문화적, 역사적, 정서적 타자의 지적이면서 동시에 즉물적인 문자생산물의 가치를 올곧게 재단하는 일이 가능한가에 대한 의문 때문이다. 게다가 아프리카의 경우는 근대 이후 유럽의 식민주의가 정당성을 확보하는 과정에서 가장 악랄한 의도적 기형화의 가장 악랄한 제물로 전락한 역사를 가지고 있는만큼, 그 계량화의 의도를 순수하게 받아들일 리 만무하다.

　　실제로도 유럽이 공평무사하다는 '과학'의 이름으로 사해만방에 선포한 '문학사' 혹은 '문화사'라는 계량적 기획은 현실적인 적용과정에서 전혀 객관적이지 않았다. 그 점은 소위 '정전'이라는 '문학사' 혹은 '문화사'의 계량화 과정에서 합격점수를 받은 검증물을 그 양과 질 면에서 다시 심문해보면 금방 드러난다. 전세계 인구의 4분의 1밖에 되지 않는 유럽인과 미국인이 생산한 문학이 그 나머지 인구가 생산한 방대한 저작물보다 양과 질 면에서 비교가 되지 않을 정도로 압도적인 우위를 차지하며 늠름한 '정전'의 반열에 올라 있다는 점은, 앞서 말한 계량화의 객관성을 쉽게 수긍하기 어렵게 만든다.

　　그런 의미에서 아프리카의 '문학사'는 다른 기준과 관점으로 철저히 다시 씌어져야 한다. 원주민의 기준과 관점이 그것이다. 한 예로 남부 아프리카는 통상 여러 개의 '문학사'를 가지고 있다. 남아공만 예로 들더라도, 네덜란드계 백인들이 주축이 되어 쓴 '아프리칸스 문학사', 영국계 백인 중심의 '남아공 영문학사', 그외에도 원주민문학을 대표하는 줄루, 코싸, 템바 문학사 등 그 수는 얼른 헤아릴 수 없을 만큼 많다. 이 가운데 근 2,3백여년 동안 네덜란드계 백인 문학과 영국계 백인 문학만이 대내외적으로 남아공문학의 대표성을 띠어온 것이 사실이다. 이는 식민주의 백인 권력이 원주민의 목소리, 나아가 가치체계를 조직적으로 억압하고 왜곡했기 때문이다.

영어권의 아프리카 문학사 다시 쓰기

지금 전세계에서 영어로 창작을 하는 나라의 수는 무려 54개국에 이른다. 그중 절반 정도의 나라가 아프리카에 속해 있다. 현재 영국이 주도권을 쥐고 전세계에 유포하는 영어권 나라들의 문학연구를 '커먼웰스 문학연구'(Commonwealth Literature Studies), 즉 '영연방 문학연구'라고 부른다. 제2차세계대전 이후로 영국을 제치고 지구적 차원의 문학적 헤게모니를 장악한 미국은 영어권 문학연구의 방향과 내용을 둘러싼 기왕의 틀을 미국의 편의에 맞게 전면적으로 재정비하는데, 이를 '포스트콜로니얼 문학연구'(Postcolonial Literature Studies)라고 부른다.

현재 영어권 아프리카 국가들 중에서 문학적으로 가장 왕성한 생산력을 선보이고 있는 나라는 단연 나이지리아이다. 나이지리아의 경우, 영어문학의 고전을 탄생시킨 치누아 아체베와 월레 쏘잉카 그리고 벤 오크리 등을 비롯하여 이른바 비문과 파문(破文)을 혼용한 피진(Pidgin) 영어로 일약 스타덤에 오른 아모스 투투올라(Amos Tutuola) 및 소위 길거리에서 파는 가판대 문학의 한계를 뛰어넘고 대중적인 작가의 반열에 오른 씨프리안 에크웬씨(Cyprian Ekwensi) 등이 아프리카 탈식민주의 문학의 기수 노릇을 톡톡히 하고 있다. 뿐만 아니라 서아프리카 여성문학의 노둣돌을 놓은 나이지리아의 플로라 느워파(Flora Nwapa)와 부치 에메체타(Buchi Emecheta), 그리고 가나의 아마 아타 아이두(Ama Ata Aidoo) 등도 그 흐름에 합류하고 있다. 한편, 케냐의 경우, 콘래드와 로런스 소설을 결합한 글쓰기를 시도하여 창작 초기에 동아프리카의 콘래드 혹은 동아프리카의 로런스라는 별칭을 달고 다녔던 응구기 와 씨옹고를 비롯해 우간다의 피터 나자레스(Peter Nazareth) 그리고 210여쪽에 이르는 장시로 구연되어 제국이 만든 근대적 형식의 장르론을 파괴하는 데 큰 공헌을 한 오코트 피브텍(Okot p'Bitek)의 시들도 역시 영어권 아프리카 문학의 탈식민주의적 전범의 외연을 넓히는 데 큰 공헌을 하고 있다.

영어권 아프리카문학의 특징 중의 하나는 작가들의 자전적 경험이 작품 속에 농후하게 반영되어 있다는 점인데, 이를 가장 잘 드러내는 작가가 치누아 아체베이다. 아체베는 영국의 작가인 조이스 캐리(Joyce Cary)가 수행한 아프리카와 아프리카인에 대한 왜곡된 묘사를 보면서 아프리카 현지인의 손으로 아프리카의 이야기를 재구성해야 할 필요성을 절감하기에 이른다. 조이스 캐리를 위시한 서구 제국주의 작가들의 무분별한 식민주의적 글쓰기 관행에 대한 비판과 어린시절 기독교 가풍의 영향을 받고 자라면서 자기 스스로가 알게 모르게 질타해온 아프리카와 아프리카 사람들 그리고 그곳의 전통에 대한 공격적 무관심 등에 대한 속죄의 의미로 아체베는 첫 소설 『모든 것이 산산이 무너지다』(Things Fall Apart)를 쓰게 된다. 그는 이 과정을 "탕아의 제의적 귀향"에 비유한다.

자전적 글쓰기라 함은 글쓰기 주체의 역사적 체험이 삼투된 글쓰기를 의미하는데, 동일한 역사적 공간을 겨냥하더라도 그 역사적 체험은 피해자의 시선으로 포착할 때와 가해자 혹은 국외자의 시선으로 포착할 때 인식과 실천의 지도가 각각 다르게 그려질 수밖에 없다. 가령, 쿳찌가 『추락』(Disgrace)에서 백인 지식인의 관점으로 그려낸 탈 아파르트헤이트 시대의 음산하고 처연한 남아프리카공화국의 초상과, 제이크 음다(Jakes Mda)가 『붉은 심장』(Heart of Redness)에서 보여준 것은 다르다. 이 작품에서 그려낸바 약 1백여년 전 아프리카의 음산함을 형이상학적인 수준으로 끌어올린 조지프 콘래드는 물론 부패하고 반인륜적인 백인 정권을 평화적으로 접수해 민주주의로 이행해가는 흑인사회를 불안과 초조와 의심의 눈으로 바라보는 일련의 백인 작가들을 비판하며 등장시킨 건강하고 역동적이며 해학적인 흑인민중의 관점으로 바라본 남아공 사회의 풍경은 다를 수밖에 없는 것이다.

이러한 사정은 글쓰기 주체가 다소 객관적인 입지를 점하고 있는 경우에도 크게 다르지 않다. 응구기가 『작가와 정치』(Writers in Politics) 및 『중심의 이동』(Moving the Center)에서 『아웃 오브 아프리카』의 저자인 아이작 디네쎈의 소위 '객관적 재현'을 혹독하게 비판하는 이유도 그 때문이다. 아울러 아체베가 『창세의 아침』(Morning Yet on a Creation Day)과 『안락의 종말』에서 조지프 콘래드와 그레이엄 그린의 '국외자적 시선의 객관성'을 의심의 눈초리로 바라보는 것도 그 때문이다.

문제는 영어권 아프리카의 문학과 문학사를 통시적으로 조감한 시도들이 여럿 있었음에도 불구하고 이들이 대체로 서구중심주의적 문학관을 노골적으로 관철하고 있다는 점이다. 영국과 미국의 하이네만 출판사가 '오늘의 아프리카문학'(African Literature Today) 씨리즈로 출판하고 있는 책들이 대표적이다. 영어권 아프리카의 문학과 문학사를 유럽인의 시선으로 여과하여 바라보는 비평가들 또한 여럿 있다. 그중 가장 대표적인 인물이 윌리엄 월시(William Walsh)이다. 그는 영국과 미국을 제외한 영어권 지역에서 최초로 노벨문학상을 수상한 호주의 작가 패트릭 화이트(Patrick White)를 연구한 인물로, 아프리카의 영어문학을 작가별 그리고 주제별로 나누어 문학사를 편찬한 이 분야 최고의 권위자이다. 그는 미국에서 레이건이 등장해 아프리카 지역은 물론 전세계를 향해 미국 중심의 세계질서 재편을 공공연히 드러내는 1980년대 직전, 즉 아프리카 지역에 영국의 후광이 부분적으로 남아 있던 1970년대에만 영연방 문학연구에 관한 책을 무려 세 권이나 집필한다. 그러나 그가 발표한 책들은 안타깝게도 서구중심주의적 문학관을 벗어나지 못한다.

아프리카의 탈식민주의 문학사가들이 구미문학의 외연적 확장을 위해 아프리카의 영어문학을 서구적 시각으로 독해하는 이들 출판사 및 비평가 들을 혹독하게 비판하는 이유도 그 때문이다. 아프리카의 탈식민주의 문학사가들은 아프리카대륙의 역사가 워낙 장구하고 복잡다단한 관계로 가령 한 나라 혹은 한 지역의 문학사를 제대로 파악하기 위해서는 매우 중층적인 연구과정을 거쳐야만 한다고 주장한다. 예를 들어 동시대의 이집트를 비롯한 북아프리카를 제대로 이해하기 위해서는 이슬람 이전의 고대 이집트와 메로에의 관계 나아가 누비아와의 관계를 알아야 하고, 이슬람의 출현 이후에는 이슬람 전파사를 알아야 하며, 비잔틴제국과의 관계, 베르베르인들의 활약상, 오토만제국의 남하 등과 이런 역사적인 정황을 통해 이집트가 사하라 사막 이남의 아프리카와 맺은 영향관계 등을 종합적으로 살펴야 한다는 것이다. 그와 마찬가지로 남아공의 원주민이 쓴 현대문학을 제대로 파악하기 위해서는 구석기 시대부터 이 지역에 살고 있었고 지금도 살고 있는 '코이산'의 문화를 비롯해, 반투인들의 이주사, 철기시대의 문화, 1652년 네덜란드계 백인들의 출현, 희망봉과 인도양 무역사, 보어전쟁, 보어인들의 '대약진', 국민당 정권의 종교적 배경, 아파르트헤이트 등을 모두 검토해야만 한다고 말한다. 서아프리카의 카메룬의 경우도 마찬가지이다. 가령, 식민지 시기 이후만 검토하더라도 비스마르크의 식민정책, 이후 제1차세계대전에서 독일의 패배, 프랑스 군정의 등장을 입체적으로 파악해야만 한다고 강변한다. 이런 역사적 맥락을 모두 거세하고 아프리카의 외국어 문학을 텍스트 그 자체로만 읽을 경우 서구중심주의적 문학관에 침윤될 수밖에 없다는 것이다.

탈식민주의와 한국의 영문학

'포스트콜로니얼 혹은 탈식민적 문학연구'란 식민화 경험이 있는 지역의 문학을 과거의 제국이 소위 '보편타당한 기제'라고 명명한 근대적 문학연구의 틀이 아닌 지역적 특수성과 양식적 다양성이 보다 강화된 틀을 가지고 새롭게 읽어내어 기왕의 시각으로는 포착할 수 없었던 소외된 지역문학의 동시대적 가치와 세계사적 공헌 가능성을 발굴해내는 연구방법론을 일컫는다.

토착적 근대 혹은 근대성의 맹아가 채 여물기도 전에 일제의 근대화논리가 이식됨으로써 자발적 근대화의 길을 여는 데 실패한 한국 땅에는 근 한 세기 전에 근대 혹은 근대성의 가장 화려한 전범으로 영문학이 소개된다. 당시 한국의 근대적 기반이 워낙 척박하고 부실하던 터라 그간 한국에 소개된 영문학은 그 이질적인 내용만으로도 독보적 실력자의 지위를 점유하면서 '압축적 근대 및 근대성'을 실현하는 데 혁혁한 공헌을 감당한다.

안타까운 것은 한국에서 유통되는 작금의 영미문학이, '탈식민주의'와 '영어권 문학연구'라는 여러 담론의 홍수에도 불구하고, 진정 그 연구들을 감행할 조건과 분위기 그리고 환경을 제대로 구축하고 있는가라는 문제이다. '탈식민 문학연구' 혹은 '영어권 문학연구'라고 하면서 아직도 영국과 미국, 혹은 조금 더 확장해서 캐나다와 호주 및 뉴질랜드 등속의 소위 '백인 정착민 지역'(white-settlers' colonies)에 국한된 전통적인 연구 범주와 방법론에 매몰되어 있는 것은 아닌가라는 기우를 버릴 수 없기 때문이다.

참고한 글

에이메 쎄제르, 『어떤 태풍』, 이석호 옮김, 동인 2004.

치누아 아체베, 『제3세계 문학과 식민주의 비평』, 이석호 옮김, 인간사랑 1999.

프란츠 파농, 『검은 피부, 하얀 가면』 이석호 옮김, 인간사랑 1998.

Harod Bloom, *The Western Canon*, Harcourt Brace & Company 1994.

Lewis Nkosi, *Tasks and Masks*, Longman 1981.

* 이 글의 전반부는 웹진 문장 2007년 11월호에 실린 글을 다소 손질한 것이다.

세계문학의 소통과 연대

윤지관

1. 왜 한국문학의 세계화인가

한국문학의 '세계화'를 말할 때 떠올릴 수밖에 없는 물음은 한국 문학은 세계문학인가 아닌가 하는 것이다. 이 질문은 다소 난감한 면이 있지만 답변이 어려운 것은 아니다. 세계문학의 개념을 어떻게 잡을 것인가의 문제일 수 있기 때문이다. 세계문학이 개별 민족/국민 문학들[1]로 구성되어 있다는 점에서는 한국문학도 어김없이 그 일부이지만, 세계문학으로서의 국제적 인정이라는 면에서는 그렇다고 할 수 없다. 이런 점에서 한국문학은 세계문학이기도 하고 아니기도 하다. 그런데 이보다 더 투박하고 곤혹스런 질문은 한국문학이 과연 세계문학의 수준에 도달해 있는가라는 것이다. 얼핏 우문처럼도 들리는 이 질문에 한국문학의 창조적인 성취 속에 세계가 공유할 만한 보편적인 가치를 가진 작품들이 없다고 답한다면 분명 어폐가 있을 것이다. 그렇지만 한국문학에 가령 셰익스피어든 똘스또이든 발자끄든 카프카든 세계적 거장들로 공인된 작가들과 동등한 무게를 지닌 인물이 있는가라고 물어본다면? 한국문학에 대한 애정과 전문적인 식견으로 무장한 독자라도 선뜻 답변이 나오지 않을 법하다. 세계문학선집에 실린 외국 작가들과는 별개로 한국 작가들을 대해온 독자의 의식 속에서 세계 거장은 세계 거장이고 한국 작가는 한국 작가일 뿐이다. 세계적 거장으로서의 한국 작가라는 정체는 아직 우리 문학의 인식지평에 온전히 떠오르지 않은 것이다. 한국문학을 세계문학의 지평에서 바라보고 평가하지 않을 수 없는 시점에 이르렀다는 인식, 이것이 문학의 '세계화'라는 명제가 한국문학에 던진 과제 중 하나이다.

따지고 보면 '세계화'라는 것이 한국문학의 이슈로 떠오른 것부터가 한국문학이 세계문학의 수준에 도달하는 '과정'에 있으며 이를 위한 노력이 필요하다는 함의를 담고 있기도 하다. 영문학이나 독문학, 불문학이 세계화를 화두로 삼을 이유가 어디 있겠는가? 그렇다면 여기에는 현재의 한국문학이 세계적인 수준에 미달하고, 세계문학으로 등록되기 위해서 질적으로 더 고양되어야 한다는 일종의 발전론적인 전제가 숨어 있다고 할 수 있다. 그러나 민족/국민문학들 사이에 창조적 성취의 정도를 판단하고 순위를 매기는 객관적인 기준이 있을 수 있는지부터가 논란거리이고, 있다 하더라도 그것을 누가 어떻게 세울 것인가는 여전히 난제로 남을 수밖에 없다.

이런 점에서 '세계화'라는 말 속에 세계적인 수준에 부합해나가는 과정이라는 의미와 함께 세계 자체가 민족단위를 넘어서 단일한 체제로 통합되어가고 있다는 좀더 중립적인 의미가 실려 있음을 환기할 필요가 있겠다. 문학의 세계화라는 명제에도 이러한 이중성이 투영된다. 각 민족/국민문학도 일국적인 환경에 머물 수 없는 조건에 처하고 민족이나 국가 단위의 문학체계로 독자적으로 존재하는 것이 아니라 세계문학의 체계에 편입되어 그 일부가 되는 추세를 피하지 못한다. 이같은 현상은 일찍이 19세기에 괴테나 맑스가 '민족문학'을 대체하는 '세계문학'의 도래를 말할 때부터 근대문학의 피할 수 없는 성격으로 부과된 것이지만, 근년에 심화된 지구화가 이 흐름을 현저하게 촉진하고 있다고 할 수 있다. 세계문학의 형성이 서구에서 발원하여 전세계로 파급되어나간 근대문학의 경로와 유관하다면, 한국문학의 세계화 문제는 그 역방향의 가능성을 모색하고 세계문학의 재편을 요구하는 흐름과 이어져 있다. 한국문학의 세계화라는 단순해 보이는 명제 속에 세계문학의 이념과 현실, 그리고 한국문학의 성과와 한계에 대한 복잡하고 범위가 큰 문제들이 도사리고 있는 것이다.

한국문학의 성취에 대한 민족구성원들 내부의 인정과 무관하게, 세계 차원에서 한국문학의 위상이 따로 존재한다는 사실은, 우리 작가들을 사랑하고 자랑스러워해온 독자들에게 착잡한 감정을 불러일으킨다. 한국문학이 세계적인 성과를 산출하고 있고 특히 최근 어느

정도 국제적인 인정을 받기 시작했으나, 현 세계문학의 장에서 아직 한국문학이 극히 주변적인 입지를 차지하고 있다는 것도 엄연한 사실이기 때문이다. 세계화와 더불어 한국문학이 세계와 만나는 새로운 국면으로 진입한 것은 의미있는 일이지만, 이 만남은 한국문학이 세계문학의 변방에 불과하다는 현실을 더욱 뚜렷하게 각인시킨다. 이 주변성에 대한 인식이 한국문학은 세계문학에 비해 촌스러운 이류문학이라는 좌절감으로 비화하기도 하고, 우리도 어서 우리의 민족상황이니 하는 편협함을 벗고 '세계화'해야 한다는 주장에 힘을 실어주기도 하는 것이다.

세계로 차원이 확장되면서 오히려 그 주변성이 두드러지는 이 역설은 한국문학으로 하여금 전에 없던 질문을 하게 만든다. 도대체 세계의 독자들은 한국문학을 어떻게 보고 있는가? 이 질문은 한국 독자들이 가질 만한 궁금증이고 특히 세계화가 화두로 제기되는 현금에 와서 더욱 그러하다. 세계라는 것이 단일한 하나로 존재한다고 여기는 것 자체가 소박한 생각이니 이 질문은 우문일 수도 있지만, 답은 의외로 간명할 듯하다. 한마디로 한국문학이 무엇인지 세계 사람들은 모른다는 것이다. 가령 한 미국 학자는 20년 전 "타자들이 읽는 우리"라는 주제로 15개국의 학자들이 각국에서 미국문학이 이해되는 방식에 대해 논의한 책을 편집한 바 있는데,[2] 한국문학을 대상으로 이런 유형의 책을 편집하기란 그야말로 요원한 일이다. 각 민족문학의 교류와 공유를 통해 세계문학의 이념이 구현된다는 괴테적인 발상 자체가 실제 역학관계 속에서는 현실이라기보다 이념에 속한다는 사실이 분명해진다. 한국문학을 세계화한다는 명제 앞에 서는 순간, 세계문학의 이념을 구현해야 한다는 시대적 요구와 한국문학이 세계문학의 공간에서 처한 초라한 현실 사이의 엄청난 괴리를 어떻게 해명하고 또 해소해갈 것인가라는 과제가 우리 앞에 던져지는 것이다.

세계문학의 지형이 유럽중심으로 형성되어 있다는 것은 구태여 논증을 필요로 하지 않을 것이다. 세계문학을 P. 부르디외적인 의미의 '장'(field)으로 파악하고, 그것이 동등한 요소들로 구성되는 것이 아니라 권력과 문화적 자본의 양에 따라 편성된다는 까자노바(Pascale Casanova)의 '세계문학공화국'에서, 한국문학은 문학나라의 중심도시들에서 먼 벽지에 자리하고 있다.[3] 문학에서의 세계질서가 꼭 일반적인 국력의 크기와 일치하는 것은 아니며 그 나름의 자율적인 체계를 가지고 있다는 것이 까자노바의 주장이지만, 이 체계의 형성에는 당연히 문화정치적인 권력과 자본이 작용하는 것도 사실이다. 한국문학이 세계문학의 지형에서 미미한 위치를 점하고 있다면 그것은 지구적인 권력관계에서 한국이 차지하는 위상과 무관하지 않다는 것이다. 세계문학은 세계적인 보편성의 지향이라는 이념을 내세우는 한편으로 그 이면에서 국가간 혹은 언어간의 힘이 부딪치는 경쟁의 공간이 되고 있다.

한국 정부가 국책사업의 하나로 한국문학의 해외 번역과 소개를 추진하고 한국문학의 '세계화'를 지원하게 된 데에 이같은 국가경쟁력 제고의 논리가 뒷받침되어 있는 것은 물론이며, 또한 한국이 가지고 있는 경제자본에 비한 문화자본의 빈곤이라는 괴리를 일정부분 메우려는 시도라고 할 수 있다. 현재 국제사회에서 한국의 경제력에 비해 문화적 지위가 미미한데 대한 보상심리와 자존심의 문제도 이와 유관한데, 세계에 우리 문학의 우수성을 인정받아야겠다는 심리의 한편에 자부심과 얽힌 일종의 콤플렉스가 자리하고 있는 것도 부정할 수 없다.

그렇다면 괴테가 말하는 세계문학의 이념, 즉 각 민족문학들의 만남을 통해서 좀더 보편적인 지적 자산의 공유와 문학지식인들의 연대를 이룩하고자 하는 이상을 한국문학을 통해 실천할 길은 처음부터 막혀 있는 것인가? 그렇지 않다고 본다. 까자노바의 지적처럼 주변성은 어떤 점에서는 기존의 세계문학질서를 개혁할 수 있는 가능성의 터전이기도 하기 때문이다. 문제는 개입의 방식으로, 한국문학이 이 몇겹의 곤경 속에서 어떻게 세계문학의 이념 실현에 동참할 수 있는가이다. 그리고 이는 결국 한국문학의 존재를 세계 차원에서 어떻게 의미있게 만들 것인가, 한국문학의 무엇을 어떻게 세계문학의 장에 가시화할 것인가의 문제가 될 것이다.

2. 무엇을, 어떻게 세계에 내놓을 것인가

각각의 민족문학들이 세계 독자들과 만나는 방식은 번역을 통해서라고 할 수 있다. 한국 독자들이 세계문학을 접하는 주된 통로도 세계문학전집을 비롯한 해외 작가들의 번역물이었다. 서양 고전들, 호메로스에서부터 셰익스피어, 꼬르네이유 등으로 대변되는 르네쌍스 시대 이후의 근대문학과 모더니즘이 중심을 이루는 현대문학에 이르기까지 서구문학은 우리가 아는 세계문학의 중심을 이루고 있고, 여기에 일본과 중국 인도 등 일부 아시아 국가를 비롯한 비유럽권의 극소수 작가들, 특히 현대에 들어와서는 남미문학의 일부가 끼어들어 현재 세계문학의 정전을 이루고 있다. 이것은 한국의 상황만이 아니라 어느정도 보편적인 현상으로, 비유럽권 국가들의 근대문학에서 서구문학, 특히 유럽문학이 차지하는 압도적인 위상을 말해준다. 이 리스트에 포함된 비유럽권 문학 가운데 스페인어가 중심인 남미의 경우는 상대적인 이점이 있으나 특히 아시아문학은 유럽 주요어로의 번역과 소개가 기본요건이고, 여기에다 민족적인 내용조차 현실에 대한 천착보다 유럽적인 시각에 부합하는 것이 정전으로 유입되는 관건이라는 관찰도 설득력을 얻고 있다.[4]

한국문학이 세계문단에 그 존재를 알리기 위해서는 주요 서양언어인 영어와 프랑스어 독일어 등으로의 번역을 통하지 않고는 불가능하다. 이 가운데서도 영어로의 번역은 현재 영어가 차지하고 있는 세계보편어로서의 위세로 보아 앞으로도 더욱 중요해질 것이다. 역시 지금까지의 번역에서도 한국문학의 영어 번역이 차지하는 비중이 가장 높다. 한국문학번역원의 통계에 따르면, 2010년 6월말까지 외국어로 출간된 한국문학 총수는 26개 언어 1,801종이며, 그 가운데서 영어번역물이 491종으로, 일본어(352) 중국어(228) 프랑스어

(214) 독일어(162) 순으로 이어지는 한국문학 해외번역물들 가운데서 가장 많다. 이 수치만으로 본다면 한국문학의 해외 소개는 어느정도 이루어졌다고도 할 수 있다. 그럼에도 불구하고 소수언어권은 물론이거니와 영미어권을 비롯한 서구어권과 러시아어권 등의 한국문학 관련자 및 독자들이 읽을 만한 문학작품이 태부족하고 교재로 사용할 텍스트조차 구하기 어렵다고 한결같이 말하는 것은 왜일까? 그것은 현재 외국의 서점들을 통해서 유통중인 한국문학 작품의 수가 주요 언어권별로도 사실상 손에 꼽을 정도에 불과하고 그나마 거의 눈에 띄지 않을 정도의 독자층을 가지고 있다는 현실 때문이다. 26개 언어로의 소개라는 것도 노르웨이 슬로바끼아 우끄라이나 등 한두 편의 번역물이 출간된 언어까지 합한 수치로, 의미있는 통계라고 보기는 어렵고, 총계인 1,801종도 20세기 이후 기록으로 남아 있는 번역물까지 모두 합산한 결과로, 그 대부분은 절판된 상태라고 할 수 있다. 한국문학이 세계 각국에서 의미있는 외국문학의 일부로 받아들여지기 위해서는 출판된 한국문학 작품에 대해 현지의 전문적인 독자들, 가령 출판편집자나 평론가, 문학교수 등 문학 관련 전문가와 외국문학도를 비롯한 고급독자들의 관심과 평가가 필요하다. 그러나 아직까지 출판사의 비중이나 서점 유통상황, 서평란의 대접, 독자들의 반응 등을 통해서 한국문학이 소개의 차원을 넘어 의미있는 외국문학으로 자리잡은 사례는 매우 드물다고 해야 할 것이다.

　다른 언어권은 물론이고, 가장 큰 비중을 차지하는 영어권으로의 번역이 본격화되기 시작한 것도 2000년대 들어와서라고 할 수 있다. 현재의 세계문학 정전 구조 속에 편입되기 위해서는 역시 대표적인 장편소설들이 번역되고 주류비평계의 인정을 획득하는 일이 관건이라고 하겠는데, 1990년대까지는 주로 시집들이 번역된 것 외에 소설에서는 몇권의 단편선집 출간이 중심을 이루었다. 물론 황순원의 『일월』과 『카인의 후예』, 이문열의 『시인』『우리들의 일그러진 영웅』, 박완서의 『나목』, 박경리의 『토지』 제1권 등이 번역 소개되고 이어서 황석영의 『무기의 그늘』이 출간되었지만, 번역수준도 떨어지고 현지 출판사의 비중도 약해서 그리 주목을 받지 못하였다. 2000년대 들어와 정부 지원이 강화되어 한국문학의 해외번역이 기하급수적으로 늘어나면서, 이를 계기로 영어권 출판에서 변화의 조짐이 생겨나기 시작하였다. 한국정부나 대산문화재단 등의 지원금으로 비영리 미국 출판사 혹은 대학출판부의 교재 중심으로 출판되던 한국문학 작품이 유통망을 갖춘 상업출판사를 통해 나오기 시작한 것이 이무렵으로, 한국의 고전작품 가운데는 2005년 유영란 역의 『삼대』(*Three Generations,* Archipelago)가 처음이라고 할 수 있다. 같은 해에 황석영의 『손님』이 쎄븐스토리즈(Seven Stories)에서 출간되고, 이어서 2007년 김영하의 『나는 나를 파괴할 권리가 있다』가 중견출판사 가운데 하나인 하코트(Harcourt)에서 나옴으로써 비로소 현대 한국의 대표 장편소설들이 미국 평단의 평가를 받을 조건을 갖추게 된다. 실제로 이 번역작품들에 대한 평이 『네이션』(*The Nation*) 『로스앤젤레스 타임즈』 등의 주요지 서평란에 실렸고, 이를 계기로 두 작가의 작품에 대한 후속 번역계약들이 이루어져 전자의 『오래된 정원』과 후자의 『빛의 제국』 등을 비롯한 근작들이 영미권에서 최근 출간되었거나 조만간 출간 예정으로 알려져 있다.

그렇다면 우리 문학작품에 대한 미국 독서계의 반응은 어떤가? 미국의 독자들에게 한국문학 번역작품들이 어떻게 읽히고 받아들여지는지를 보여주는 자료가 거의 없는 상태에서 영어로 된 번역문을 포괄적으로 다루는 한 서평 싸이트의 평가는 조심스럽지만 그것을 짐작해볼 수 있는 지표가 될 법하다. 장르소설 등을 제외한 본격 외국문학에 대한 정기적인 서평을 싣고 그것과 여타 언론에 실린 서평들을 종합하여 등급을 매기는 것으로 잘 알려진 웹싸이트 '컴플리트 리뷰'(The Complete Review)에서 등급평가의 대상이 된 작품을 쓴 한국 작가는 현재 고은 시인 외에 소설가 7명으로, 염상섭(『삼대』)을 비롯, 이청준(『당신들의 천국』) 황석영(『손님』) 이문열(『우리들의 일그러진 영웅』 『시인』 『두 겹의 노래』) 이승우(『생의 이면』) 조경란(『혀』) 김영하(『나는 나를 파괴할 권리가 있다』 『빛의 제국』)가 있다. 등급판정에서는 고은을 비롯하여 대부분이 B+등급을 받아, 예외적으로 탁월(A)하지는 않지만 "읽을 만한 가치가 있다"는 평을 얻고 있어서, 적어도 이 작가들에 대한 미국 독자들의 평가가 그리 나쁜 편은 아니라고 할 수 있다. 같이 동아시아권 문학에 포함되어 있는 중국(25명) 일본(50명) 작가들의 리스트에 비하면 수적으로 현저하게 뒤지고 '예외적으로 탁월'함의 비율에서도 처지는 것이 사실이지만, 군소문학 가운데 리스트에 아예 들지 않은 언어권의 문학도 많거니와, 이미 노벨문학상 수상작가를 배출한 이집트와 터키에 비해서도 많이 뒤지는 것은 아니다. 가령 15작품이 평가대상이 된 나깁 마흐푸즈(Naguib Mahfouz)를 포함하여 22명의 작가가 평가 리스트에 오른 이집트문학에는 꽤 뒤지지만, 터키문학은 오르한 파묵(Orhan Pamuk)을 포함하여 한국보다도 적은 6명이 평가의 대상이 되고 전체적인 평점도 오히려 한국문학에 비해 낮다는 점을 고려하면, 유독 한국문학이 미국의 독서환경에서 박대당하고 있다고 하기는 어려울 법하다. 실제로 미국의 출판에서 번역물이 차지하는 비율은 2~4%에 불과하다는 통계가 일반적이며, 이 가운데서도 문학작품의 번역은 더 한정되어 있다.[5] 한국문학의 해외 소개를 지원하더라도 번역 출간을 양적으로 늘리기만 하는 방식에는 한계가 있기 마련이며, 지금까지의 작업을 바탕으로 앞으로 현지의 유통망을 확보한 출판사들의 자발적인 번역과 출판을 이끌어낼 수 있는 방향으로 이행되어야 할 것이다. 이런 국면일수록 해외 독서계와 출판사가 한국문학의 성취를 올바로 인식하도록 하는 것이 중요한데, 주요 언어권별로 어떤 작품들을 어떤 수준에서 번역하고 소개하는가라는 해묵은 물음이 세계화를 위한 관건으로 한층 새롭고 실다운 의미를 부여받게 된다.

'무엇을 어떻게'의 문제에는 크게 보아 두가지의 상반되는 입장이 대립해왔다. 무엇을 번역하느냐의 물음에 대한 한가지 답변은 한국문학을 대표할 수 있는 고전 혹은 본격문학을 번역해야 한다는 것이고, 다른 하나는 해외 독자들이 받아들일 수 있는 문학을 번역해야 한다는 것이다. 어떻게 번역하느냐에 대해서는, 원작에 충실한 것을 원칙으로 해야 한다는 입장과 현지 독자들에게 잘 읽히는 번역을 우선해야 한다는 입장이 갈린다. 이 입장들을 범박하게 구분하면 한편에서는 한국문학의 맥락과 관점을 강조하고 다른 편에서는 현지 수용의 현실을 중시하는 것으로 정리할 수 있겠다.

무엇이 우선적으로 번역되어야 하는가는 한국문학의 맥락에서 고려하더라도 쉬운 문제는 아니며, 한국문학의 정전과 문학사에 대한 논의가 함께 개입되기 때문에 구체적인 작가와 작품에 이르면 일치하기 어려운 면이 많다. 그럼에도 불구하고 본격적인 한국문학의 근대적인 성과에 대한 한국 평단의 일정한 합의를 바탕으로 우선적으로 번역될 작품 목록을 만들 수는 있을 것이며, 특히 정부 지원으로 진행되는 번역사업에는 이같은 원칙이 지켜져야 할 것이다. 한편 세계 독자가 선호하는 작가와 작품을 우선해야 한다는 주장은 해당 언어권의 출판사와 번역가의 판단 혹은 선호가 현지 출판의 관건이며, 해외에서 한국문학의 자생성과 자발성을 이끌어내는 요건이라는 점에서 일리가 있다. 그럼에도 한국문학의 소개가 현저하게 미흡한 조건이라면 구체적인 여건을 파악하기 어려울 수밖에 없으므로 대개의 경우 이 주장은 추상성을 면하지 못할 소지도 크다. 세계 각 나라의 독자들 사이에는 문학적인 환경의 차이에 따라 다양한, 때로는 상반된 취향들이 나타날 수가 있고 또 각 나라 내에서도 계층이나 지적 수준에 따라 서로 다른 독자층이 공존하게 마련이다.

문제는 이 주장이 때로는 한국의 특수한 상황과 여건에 초점을 둔 문학보다 좀더 '보편적'이고 '탈민족적'인 문학이 번역에 적합하다는 논리, 일정하게는 민족문학이나 리얼리즘 문학이 세계시장에서 통하지 않는다는 관점과 결합되어 있다는 점이다. 여기에는 민족문학은 지역의 '특수한' 문학이고 세계문학은 민족 범주를 넘어선 '보편적인' 문학이라는 이분법이 전제되어 있다. 그러나 과연 세계문학의 구성이 이처럼 단일한 속성을 띠는 것인가? 유럽문학에서도 가령 프랑스처럼 참여문학의 전통이 강하게 남아 있는 문학이 있는가 하면, 남미의 경우 한때 주된 흐름을 이루던 마술적 리얼리즘에 대한 비판이 1980년대 이후 강하게 제기되면서 남미의 구체적 현실에 대한 사실적인 접근이 새로 주목받고 있다. 러시아에서도 난해한 모더니즘 문학과 대중문학의 성세에 맞선 네오리얼리즘에 대한 추구가 평단에서 강하게 일어나고 있는 것 등에서 보듯 세계 각국의 문학들은 다양한 층위에서 발현되는 것이다. 결국 한국문학의 정수를 수준 높은 번역으로 소개해야 한다는 상식이 여전한 현안이 되고 있는 셈이다.

번역의 수준이 낮다는 지적은 외국에서 출판된 한국문학에 대한 평가들에서 종종 볼 수 있다. 가령 『손님』에 대한 『쌘프란시스코 크로니클』의 서평은, 이 작품의 기법적인 한계를 지적하며 "현재의 번역에 따르면"이라는 유보를 달고 있다. 고은에 대한 스웨덴 신문의 기사에도 '번역' 때문에 그의 본령이 제대로 소개되지 못했을 가능성이 거론된다. 일반적으로 번역에는 질에 대한 논의가 따를 수밖에 없고 원작에 얼마나 충실하게 번역되었는가가 중요한 기준이 되기 마련인데, 특히 대상작이 언어구사의 정교함과 사고의 깊이를 담보하는 작품인 경우에는 더욱 그러하다. 그러나 특히 미국 출판계의 경우 번역에 대한 일반적인 인식 수준이 떨어지는 것과 아울러 원작에 대한 충실도보다는 미국 독자들의 수월한 독서를 더 중요시하는 관행이 일반화되어 있다는 것은 이 문제를 더욱 복잡하게 만든다. 원작에 대한 존중보다 편집권의 행사를 우선시하는 것이 출판 관행이다 보니, 한국문학의 번역가들 가운데서도 이 관행에 따를 것을 주장하는 목소리도 강하다. 그러나 한국의 해외문학 출판에서 가령 셰익스피어나 호손이나 하디의 원문에 충실하라는 것이 당연한 요구라면, 황석영이나 이청준의 원문이 그 언어의 힘과 더불어 영어로 옮겨지기를 바라는 것도 자연스러운 일이다. 과연 원작에 최대한 충실하면서 번역어의 독자에게도 호소력이 있는 한국문학의 번역은 불가능한 것인가? 연전에 한국문학번역원이 해방 이후 대표적인 한국문학 작품의 번역수준을 전체적으로 검토한 작업에서 그 가능성을 확인할 수 있다.[6]

　가령 이상의『날개』는 개역까지 포함하여 총 6종의 번역본이 존재하는데, 이 가운데 월터 루(Walter K. Lew)와 유영주가 공역한 역본만이 '추천할 만한' '훌륭한 번역'이라는 평가를 받았고, 나머지 5종 중 4종은 번역본으로는 '원작'의 이해가 어렵다는 판정을, 1종은 축약된 부분들이 많아 판정불가를 받았다. 원문 왜곡 혹은 명백한 오역의 정도도 추천본과 비추천본 사이에 현격한 차이가 났지만, 작가 특유의 언어구사에 담긴 미묘한 함의들이 제대로 번역되느냐의 여부에서도 질적인 차이가 드러난다. "'박제가 되어버린 천재'를 아시오?" 라는 첫 문장의 번역들을 보자.

1) "Have you heard about 'the genius who ended up a stuffed specimen'?"

2) "Have you ever seen a stuffed genius?"

3) "Have you ever heard of 'a genius who had been stuffed and preserved'?"

4) "Have you ever heard of the 'genius who became a stuffed specimen'?"

5) "Do you know the story, 'The genius who became a Stuffed Specimen'?"

단순한 구문이고 뜻도 명백해서 무시해도 좋을 차이처럼 보이지만, 검토자들이 지적한 것처럼 '되어버린'의 뉘앙스를 온전히 전달한 것은 'ended up'이라는 표현을 '또박또박' 챙긴 첫번째 번역문(추천본)밖에 없다. '박제가 되어버린 천재'를 무슨 글의 제목처럼 취급한 마지막 번역문을 제외한 다른 번역들도 미흡할지언정 오역이라기는 어렵고 뜻도 그런대로 전달된다고 할 수 있겠지만, 문제는 여기서 엿보이는 원문에 대한 소홀한 태도가 작품 전체의 번역에도 이어진 결과 원작의 품격이나 뜻의 심각한 왜곡을 초래하고 만다는 점이다. 가령 작품의 말미 클라이맥스에 해당하는 부분, "사람들은 모두 네 활개를 펴고 닭처럼 푸드덕거리는 것 같고 온갖 유리와 강철과 대리석과 지폐와 잉크가 부글부글 끓고 수선을 떨고 하는 것 같은 찰나, 그야말로 현란을 극한 정오다"(People extended their four limbs and flapped around like chickens, while all sorts of glass, steel, marble, money, and ink seemed to rumble and boil up — right then, the noon reached the zenith of its dazzling splendor. 추천본)를 "사람들이 유리, 강철, 대리석, 돈, 잉크가 소용돌이치는 가운데를 활기차게 돌아다니고 있는, 찬란한 정오였다"(It was a glorious noon, people vigorously whirling around amid the commotion of glass, steel, marble, money, and ink.)로 부정확할 뿐더러 단순화하여 번역한다면, 번역본을 통해 『날개』의 문체와 이미지 그리고 기법과 메씨지의 관계를 말하는 것은 한낱 공염불에 불과할 것이다.

한국문학의 해외번역에서 원문에 대한 충실성을 지켜야 한다는 원칙에 맞서 충실성을 희생하더라도 문화번역이 더 필요하다거나 독자들에게 읽히는 번역이 중요하다는 주장은, 본격문학의 경우 『날개』의 예에서 보듯 가독성을 동반한 충실한 번역이 가능하다는 점에서 초점을 벗어난 것이다. 사실 미국 출판계의 번역과 출판 관행은 미국 번역학자 베누티(L. Venuti)도 비판하다시피, 외국문학의 '외국적 성격'을 지우고 '내국화'하는 기제로서 타자의 인정과 수용에 인색하며 닫혀 있는 미국문화의 이데올로기적 성격을 드러내고 있다.[7] 한국의 대표적인 작가와 작품 들이 미국화되어 수월하게 읽히는 가독성을 획득하는 대신에 그 나름의 고심어린 문체와 언어사용이 범상한 수준으로 떨어져버린다면, 수준있는 외국문학 독자들에게 오히려 외면받는 결과를 빚게 될 것은 자명하다.

3. 한국문학은 세계문학이 될 수 있는가

한국문학이 세계문학의 장에서 주변부에 위치하며 그 존재감이 매우 미미한 것이 현실이라면, 세계문학의 일원으로 대접받고 싶은 욕망과 그것이 실현되기 어려운 상황 사이의 간격은 앞으로 좁혀질 수 있을까? 어차피 세계문학이 유럽 중심으로 형성되어 있고 이 문화지형이 변화하지 않는 한 한국문학이 세계문학의 중심에 서는 일은 무망해 보인다. 중심부 문학에 대한 선망은 거기에 도달하기 어려운 현실에 부딪치면서 자부심과 열등감이 뒤섞인 복합적인 감정을 낳고 여기에 일종의 민족주의적 정서가 개입하는 현상도 생겨난다. 물론 국민들 사이에서 일반화된 자국 문학의 국제적인 인정에 대한 욕구는 모국어의 창조적인 역량에 대한 믿음과 결합되어 있다는 점에서 한국문학의 가능성과 자산을 말해주는 징표이기도 하다. 그럼에도 한 국민문학이 세계문학계에 입장하는 통로처럼 인식되는 노벨문학상에 대한 국민적 기대와 일종의 강박이 비롯되는 곳도 바로 여기에서다.

이와같은 현상이 한국에서만 나타나는 것은 아니다. 주로 비유럽 국가들 가운데 이같은 인정의 욕망이 강하게 나타나는 경향이 있지만, 가령 유럽 내의 주변부라고 할 수 있는 뽀르뚜갈이나 동유럽권에서도 유사한 현상이 보인다. 다만 동아시아의 경우에 이런 현상이 특히 두드러지는데, 일본이 자국 문학의 해외 소개와 번역에 기울인 노력과 투자는 널리 알려져 있고 두 명의 노벨문학상 수상자의 해외인지도가 번역에 크게 의존하였다는 것도 그렇다.[8] 중국의 경우에도 이는 예외가 아니다. 중국인들의 노벨문학상에 대한 열망과 노력은 1980년대 중국의 개방과 함께 중국문학의 세계화에 대한 지향이 본격화하면서부터 시작되었고, 여기에는 전통적인 중화주의와 서양 중심으로 전개되는 현재의 세계질서에 어떤 식으로든 결합해야 한다는 사회적 요구가 복합적으로 실려 있었다. 개방 이후 이에 대한 관심이 중국문학의 해외 소개를 위한 학술대회, 번역 지원, 스톡홀름 대표단 파견 등 여러 형태의 문화정치를 낳기도 했다.[9]

동아시아 삼국으로만 본다면, 중국문학이 급성장하고는 있지만, 세계문학의 주류시장에 일찍부터 진입하여 이미 일정한 지분을 확보했다고 여겨지는 것은 일본문학이다. 일본문학이 세계화하는 과정에서 결정적인 힘으로 작용한 것은 물론 번역이다. 여기에 카와바따 야스나리의 경우가 그 대표적인 예이듯 어느정도는 신비화된 일본적인 특성이 서구 독자의 취향에 맞았던 면도 있지만, 근자의 일본문학의 성세에는 이와는 다르거나 상반된 요인이 작용하는 듯 보인다. 하루끼를 비롯하여 대중적인 일본 현대소설가들의 이름은 해외 출판사들의 관심대상이 된 지 오래인데, 이같은 세계시장에서의 성공에는 일본문학에서 1990년대 이후 급격하게 탈민족적인 성향이 짙어지는 추세와도 관련이 있다. 이것은 국가나 민족의 경계를 넘는 대중문화의 확산과 지배, 그리고 획일적인 소비문화의 세계적인 팽창으로 이어지는 지구화의 대세에 문학이 종속되어가는 흐름과도 맺어져 있다. 일본문학의 세계문학시장 진입이 어떤 점에서 괴테적인 의미의 세계문학의 이념과 상충되는 지점들을 드러내고 있는 것은 이 까닭에서이다.

한국문학이 세계문학의 장에 진입하고자 해도 일본의 경우를 모델로 삼아서 추종하는 식이 되어서는 곤란하다. 가령 하루끼가 그렇듯이 지구화의 추세 속에서 한국문학에서도 이른바 국제적으로 통하는 작가가 따로 대두할 수 있고, 그것이 국내 문학의 평가와 꼭 일치하지 않을 수도 있다. 그렇다고 국제적인 인정을 더 많이 확보한 작품이 꼭 세계문학적인 성취이고 그 일부로 인정받아야 하는가는 또다른 문제다. 가령 까자노바는 주변부 문학들 내에서의 민족적인 작가와 국제적인 작가의 분화를 말하면서, 국제적인 작가가 국제경험과 세계문학의 흐름에 열려 있다면, '민족작가'는 "세계적 경쟁을 무시하고, 고국에서 문학적 실천에 부여된 지역적 규범과 한계만을 고려하는" 작가라고 규정하기도 한다.[10] 그러나 여기서 그가 말하는 '국제적인' 작가는 세계적으로 시장경쟁력을 가진 잘 팔리는 작가나 그것을 지향하는 작가를 말하는 것이 아니라, 세계문학 공간의 법칙을 이해하고 이를 이용해서 문학의 지배적인 규범들을 전복하고자 노력하는 작가들을 지칭하는 것이다. 그런 점에서 그가 미국 중심의 출판시장 지배력이 강화되는 작금의 현상이 세계문학의 이념에 위기를 초래하고 있다고 비판하는 것도 자연스럽다.

그렇다면 한국문학의 경우는 어떤가? 한국문학은 지역적 한계를 넘어서 세계적인 보편성을 담보한 세계문학의 일원으로 편입될 수 있을 것인가? 적어도 까자노바는 가령 일본이나 중국보다 한국문학의 가능성을 제기한 적은 있다. 물론 그가 말하는 '민족적' 문학의 범주에 신경림과 박경리를 거론하는 것을 보면 현재의 한국문학의 민족주의적 편협성 및 한계를 지적하고자 하는 것은 분명하다. 그럼에도 일종의 문학적 혁명을 통해 세계문학의 장을 변화시키는 계기가 바로 주변부 문학을 통해서 열리며, 현대문학에서 그 가장 강력한 흐름이 아일랜드문학에서 생겨났다고 보는 그가 한국문학에서 아일랜드적인 가능성을 읽는 것은 시사적이다. 아일랜드문학이 유럽 주변부의 핍박받는 국가로서의 경험에서 폭발된 새로운 문학적 실천을 통해 세계문학의 지형을 재구성하는 데 결정적인 기여를 했다면, 한국은 말하자면 아시아의 아일랜드와 같은 환경에 있다는 것이다.[11] 한국문학에 문외한이라고 할 수 있는 비평가의 발언이기는 하지만, 한국이 처한 민족적 조건이 오히려 한국문학의 세계적인 성취를 가능하게 해준다는 민족문학론의 논리와도 만날 수 있는 면이 없지 않다.

그러나 아일랜드와 한국의 경우가 결정적으로 달라지는 대목은 아일랜드가 유럽의 변방이긴 하지만 기본적으로 유럽문화권에 속한다는 점, 그리고 무엇보다도 영어로 작품을 발표할 수 있는 여건에 있다는 점이다. 다시 말해 아일랜드문학은 유럽에 개입함에 있어 '번역'을 필요로 하지 않았다. 한국문학도 번역만 되면 곧바로 세계문학을 '변혁'할 수 있는 에너지를 가지고 있다는 말이 아니라, 우리에게는 번역이라는 활동 자체, '무엇을 어떻게' 번역하느냐부터가 세계문학의 이념과 실천을 둘러싼 문화정치 차원의 싸움을 동반한다는 것이다. 그런 점에서 세계문학에 대한 지향은 한국문학 내부의 역량 ─ 민족문제의 핵심에 근접하고 이를 국제적인 감각으로 표현해낼 수 있는 힘 ─ 을 시험하는 계기가 되고 있는 셈이다.

한국문학이 세계문학을 욕망하는 가운데 서구적인 보편성이나 시장의 확산에 매몰되지 않으면서 세계에 대한 새로운 상을 구성하고 이룩해나가는 데 일정한 기여를 할 수 있는 것은 이 때문이다. 세계문학을 말할 때의 그 세계에서 보편성의 신화를 선점한 유럽 중심의 지형도를 넘어서서 비유럽권으로 지평을 확산해갈 필요성은 거기서 열린다. 가령 타이의 주요작가 중 한 사람인 수찻 사왓시(Suchat Sawatsi)는 우리 작가들과 대화를 나누는 가운데 타이문학이 현재 침체하여 활력을 상실하게 된 이유 중 하나로 '한국문학'의 악영향을 말하기도 하였다. 청춘로맨스 등 한국의 상업적인 문학들이 타이의 청소년 독자를 사로잡는 현상이 타이문학의 기반을 허무는 데 일조하고 있다는 것이다. 그런 점에서 한국 본격문학의 타이어 번역 소개가 이 추세에 맞서는 문화적인 싸움에 기여할 수 있다는 것이다. 이는 세계문학의 문제의식을 공유하는 교류와 연대가 비서구권과의 관계에서도 이룩될 수 있는 한 방증이라고 하겠다. 한국문학의 주된 성취를 중심부의 언어로 번역하고 교류하는 것이 세계문학 이념을 실천하는 한 방향이라면, 비유럽권 작가와 작품 들에 대한 이해를 높이고 상호 번역을 통해 이들과 연대해나가고자 하는 노력도 그에 못지않은 실천이다. 괴테가 말하는 문인들 사이의 국제적인 교류는 원래 유럽 작가들 사이의 대화와 교섭을 염두에 둔 것이지만, 진정한 세계화의 국면에서 그것은 서양과 비서양의 대화와 교섭으로, 나아가서 비서양권 사이의 그것으로 확산될 필요가 있는 것이다.

한국문학이 세계문학이 될 수 있는가라는 물음은 따라서 한국문학이 세계문학의 새로운 구성에 어떻게 기여할 수 있는가로 바뀌어야 한다. 까자노바의 추정과는 달리 한국문학은 아일랜드문학이 될 수 없을지 모른다. 그러나 세계문학에 그와같은 혁신을 불러일으키는 일이 당장으로서는 거의 무망해 보인다고 해도 한국문학은 스스로의 민족문학적 성격을 심화시키는 가운데 국제적인 차원에서의 연대와 교류를 통해 세계문학 형성과정에 참여할 수 있다. 세계문학이란 민족문학과 대립되는 어떤 것이 아니라, 각 민족문학들이 각각이 처한 민족상황과 대결해나가는 가운데 이룩한 성취들을 국제적인 평가구조 속에 편입시키려는 싸움을 통해서 이룩되는 공간이라고 할 수 있기 때문이다. 그런만큼 세계문학은 어떤 고정된 개념이나 이상이라기보다 이같은 지향성을 가진 세계의 문학들이 함께 참여하여 구축해나가는 살아 움직이는 하나의 운동이라고 할 수 있다. 세계화하는 국면에서 문학이 어떤 종류의 싸움을 하고 있느냐가 한국문학의 세계화를 위한 관건이 되는 것이다.

이현우

1. 무엇이 세계문학인가

'한국 독자들의 세계문학 수용양상'을 점검해보는 것이 내게 주어진 과제이자 이 글의 목표이다. 하지만 그러한 과제를 액면 그대로 다루는 것은 나의 역량을 훌쩍 벗어난다. 그것은 세계문학 수용에 관한 일종의 문학사회학, 좀더 구체적으로는 한국문학의 (시)장에서 세계문학의 출판사회학/독서사회학에 관한 어떤 '보고서'를 요구하는 것으로 보이기 때문이다.[1] 그러한 사회학적 분석을 위한 데이터를 갖고 있지 못하기에 현재의 나로선 주어진 과제에 대하여 '몇가지 단상'이라는 형식으로밖에 의견을 개진하지 못한다. 그것이 이 글의 한계이다. 그 과제와 한계 사이에서 몇걸음 옮겨보는 게 이 글의 궤적이 될 것이다.

첫걸음을 떼면서 먼저 물어야 할 것이 있다. '세계문학이란 무엇인가'란 물음이다. '세계문학'이 생각보다 복잡한 개념이고 또 이념이기에 그렇다. 사전적 정의에 따를 때 '세계문학'은 적어도 세가지의 서로 구별되는 의미를 갖는다. 첫째, 세계 각국의 문학을 한국문학에 상대하여 이르는 말. 즉 이때 세계문학은 '해외문학' '외국문학' 등의 동의어이며 가장 넓은 범주의 문학을 지칭하겠다. 한국문학 바깥의 모든 문학을 가리키는 것이니까. 둘째, 오랜 시간에 걸쳐 인류에게 읽히는 문학. 흔히 이에 대한 예시로 단떼나 셰익스피어를 드는데, 간단히 말하면 세계명작 혹은 고전(클래식)을 뜻하는 것이겠다. 대부분의 '세계문학전집'에서 '세계문학'이란 말이 염두에 두고 있는 것이기도 하다. 셋째, 개별 국가의 국민문학(민족문학) 속에서 보편적인 인간성을 추구한 문학. 곧 괴테가 정의한 '세계문학'이다.[2] 말하자면 국민문학이면서 동시에 세계적 보편성을 갖춘 문학을 가리키는 것으로서, 세계문학에 관한 가장 문제적인 정의라고 할 수 있다. 그런데 이러한 정의들만으로는 불충분해 보이는 새로운 유형의 '세계문학'도 오늘날의 지구시대(지구화시대)에는 등장하고 있다. 가령 무라까미 하루끼나 빠울루 꾸엘류같이 현재 '세계시장'에서 통하는 문학, 세계적인 베스트셀러 들을 가리키는 '세계문학'이 그것이다. 이것을 달리 '지구문학'이라고 부를 수 있을까? 이렇게 우리는 최소한 네가지의 '세계문학'을 식별할 수 있다. 비록 개별 작가나 작품 들에는 이 정의들이 중복 적용될 수 있다 하더라도 말이다. 따라서 '세계문학의 수용양상'을 검토하고자 할 때 먼저 전제되어야 하는 것은 그것이 '어떤 세계문학'의 수용을 가리키는가이다.

수용대상으로서의 세계문학이 어떻게 정의될 수 있는가 하는 문제와 맞물리는 것은 그 수용주체로서의 '한국 독자'란 말이 지닌 지시성이다. 어떤 한국 독자인가? 이 문제와 관련하여 시사점이 되어주는 것은 근대적 대중독자의 형성과 분화에 대한 천정환의 검토이다. 그는 식민지시대의 문학 독자층을 '전통적 독자층' '근대적 대중독자층' '엘리뜨적 독자층'으로 나누어 설명하고 있는데, 이 세가지 독자층은 주된 독서대상에서부터 차이가 난다. 전통적 독자층이 주로 19세기 방각본(坊刻本) 소설과 구활자본(舊活字本) 소설 들의 독자였다면, '근대적 대중독자'는 대중소설, 번안소설, 신문연재 통속소설, 일본 대중소설, 야담, 몇몇 역사소설의 독자였고 '엘리뜨 독자층'은 신문학 순문예작품, 외국 순수문학 소설, 일본 순문예작품의 향유자였다. 그리고 "'근대적 대중독자'와 '엘리뜨적 독자층'은 명백히 근대적인 제(諸)제도의 힘에 의해 형성되었다."[3]

여기서 '전통 독자층'은 구활자본 고전소설의 출판이 1927년을 기점으로 하락세에 들어서는 것과 맞물려 점차 쇠퇴할 운명에 놓이지만, '근대적 대중독자층'과 '엘리뜨 독자층'의 분화는 '일반 독자층'과 '엘리뜨 독자층'의 분화로 변형되어 현재까지도 유지되는 것처럼 보인다(물론 이것은 근대문학의 독자층으로 볼 수 있는 범주에 속하고, 앞으로는 근대문학의 종언, 탈근대문학의 도래와 함께 점차 확대될 것으로 보이는 '탈근대 대중독자'도 새로운 독자층으로 고려해야 할 것이다. 젊은 여성들의 일과 사랑을 솔직하면서도 가볍게 다룬 칙릿(chic-lit)과 말 그대로 '가벼운 소설' 라이트 노블(light novel)의 독자가 가장 대표적인 '탈근대 대중독자'가 아닐까). 식민지시대 '엘리뜨 독자층'이 "전문학교 이상의 과정을 이수했거나 그에 준하는 학력과 문학에 대한 관심을 가진 층"으로서 '고급' 취향의 문사 지망생과 이른바 전문독자들을 포함했다면, 오늘날의 '엘리뜨 독자층'은 적어도 대학(원) 이상의 학력을 가진 고급 취향의 독자층으로서 작가들과 문학전문 기자, 전문 비평가, 연구자 그룹을 포함하는 것이겠다.[4] '엘리뜨 독자층'이 주로 특정한 문학관이나 문학적 입장에 따라 내적으로 분화된다면, '근대적 대중독자'에 상응하는 오늘날의 '일반 독자층'은 주로 나이와 성별, 직업군에 따라 독서취향이 갈라지지 않을까 한다. 요컨대 일반화해서 말할 수 있는 '한국 독자'는 통계적인 평균 이상의 의미를 갖기가 어려울 것으로 보인다.[5] 때문에 우리가 개념상 복수형의 '세계문학'과 대면할 수밖에 없는 것처럼 세계문학 수용주체로서 고려할 수 있는 '한국 독자' 또한 공시적·통시적으로 분화되어 있다고 말할 수밖에 없다. 무엇이 세계문학이고 누가 한국 독자인가?

2. 한국에서의 세계문학

세계문학 수용을 '외국문학' 내지 '세계명작'의 수용이라는 차원

에 한정하여 접근하면 사정은 조금 명료해진다. 개인적인 관심사와
도 겹치는 것이지만, 우리 근대문학 형성기에 '외국문학'의 대표격
은 러시아문학이었다. "1900~10년대에 태어난 남녀는 공통적으로
한국 고전소설과 도스또옙스끼·뚜르게네프를 비롯한 러시아 문학
가들의 소설을 읽으며 자라났다."[6] 이것이 말하자면 '기원적인' 풍경
이다. 특히 주목되는 것은 똘스또이의 수용인데, 근대문학 초기에 아
주 일찍부터 소개되었기 때문이기도 하고(똘스또이는 한국에 최초
로 소개된 러시아 작가이다) 여러 통계에 따르건대 지난 100년 동안
한국 독자들에게 가장 많이 읽힌 외국 작가이기 때문이기도 하다.[7]
예컨대, 지난 1930년대 경성지역 여자 고보생 독서취향 조사에서 가
장 많이 읽힌 작가는 뚜르게네프(I. S. Turgenev), 똘스또이, 이광수
(李光洙)였다.[8] 그리고 2002년과 2004년 문화관광부의 국민 독서실태
조사에서도 똘스또이는 선호하는 외국작가 3위를 차지했다. 조사에
서 1,2위를 번갈아 차지한 씨드니 셸던이나 베르나르 베르베르가 시
류를 반영하는 것과는 달리, 똘스또이에 대한 한국인의 선호는 지속
적이었으며 따라서 확고한 것으로 보인다. 그런 의미에서 한국 독자
의 똘스또이 수용은 세계명작 수용에서 범례적이라 할 만한데, 문제
는 이 범례가 징후적이기도 하다는 점이다.

　알려진 대로 똘스또이가 한국에 최초로 번역 소개된 것은 최남선
(崔南善)이 주재한 잡지 『소년』을 통해서였다.[9] "현시대의 최대 위
인"이자 "그리스도 이후의 최대 인격"으로 똘스또이를 숭앙해 마지
않던 최남선은 특이하게도 『전쟁과 평화』나 『안나 까레니나』 대신

『부활』을 '가장 귀중한' 저작으로 꼽았고, 그가 처음 소개한 작품들도 「사랑의 승전」 등 민화의 범주에 속하는 것들이었다. 이는 1886년에 나온 최초의 똘스또이 일본어 번역이 『전쟁과 평화』의 몇몇 장이었던 것과도 대비된다.[10] 특수한 역사적 상황과 연관된 것이기도 하지만 일본에서는 주된 관심의 대상이 『전쟁과 평화』였던 것에 비하면,[11] 『부활』에 대한 한국인의 편향된 관심은 분명 이채로운 것이면서 '한국적인' 것이다. 이러한 편독(偏讀)은 21세기 한국 독자들도 예외가 아닌데, 대부분이 번역 소개돼 있는 똘스또이 작품들 가운데 여전히 가장 많이 읽히는 작품은 「사람은 무엇으로 사는가」 같은 민화들을 담은 '똘스또이 단편선'류이며,[12] 장편소설 가운데는 『부활』이 뒤를 잇고 있다(『전쟁과 평화』는 초판본까지 소개되었지만 독자들의 반응은 아주 미약한 편이다). 똘스또이의 '문학'보다는 '사상'에 더 큰 관심이 있었기에, 최남선은 세계문학의 걸작이자 근대소설의 최대치로 평가되는 『전쟁과 평화』와 『안나 까레니나』에는 상대적으로 아무런 관심도 보이지 않았다.[13] 대신에 그가 관심을 쏟은 작품이 『부활』이었고, 이는 번역 단행본 『해당화』(1918)의 출간으로 이어진다. 『부활』은 이미 1916년에 연극공연으로도 인기를 얻은 바 있어서, '가주사애화(賈株謝哀話)'라는 부제를 달고 있던 『해당화』는 곧 대대적인 인기를 누리게 된다.[14] 이미 부제에서 짐작해볼 수 있지만, 이때 소개된 『해당화』는 '내류덕'(네흘류도프)과 '가주사'(까쮸샤) 사이의 연애담을 주축으로 한 통속화된 『부활』이었다. 그것은 유행가 가사대로 "마음대로 사랑하고 마음대로 떠나가신/첫사랑 도련님과 정든 밤을 못 잊어/얼어붙은 마음속에 모닥불을 피워놓고/오실 날을 기다리는 가엾어라 카츄샤"[15] 이야기였던 것이다.

백낙청의 지적대로 "『부활』을 똘스또이의 최고 걸작으로 꼽은 권위있는 비평가는 외국의 경우 ─ 왕년의 일본이 어땠는지는 몰라도 ─ 하나도 없다 해도 과언이 아니며, 장기 베스트쎌러의 1,2위를 오르내리는 나라 역시 찾아보기 힘들 것이다."[16] 그럼에도 물론 『부활』이 도스또옙스끼의 『죄와 벌』과 함께 한국에서 장기간에 걸쳐 가장 많이 읽힌 외국 고전이란 사실은 부인할 수 없으며,[17] "똘스또이의 경우는 『부활』에 심취한다는 것은 곧 그의 영향을 가장 바람직하지 못한 방식으로 받아들이기 쉬운 면이 없지 않"다고 하더라도[18] '서양 명작소설의 주체적 이해를 위해'서는 그러한 현실 자체를 인정할 수밖에 없다. 그것은 타자로서의 외국문학을 수용하는 데 따르는, 우연적이면서도 필연적인 굴절과 변형일 것이다. 똘스또이로 대표되는 러시아문학 수용사도 우리가 처했던 사회·역사적 상황에 따라서 여러 굴곡을 겪게 되는 것은 당연한 이치이다.[19]

외국문학 수용은 러시아문학이 초기에 큰 비중을 차지하다가 점차 영문학과 프랑스문학 중심으로 변화하게 된다.[20] 이것은 한국전쟁 이후 남한의 반공정책 때문에 소련(러시아)과 중국 같은 공산권의 현대문학 수용이 엄격한 제약을 받게 되는 것과 대조된다. 그렇더라도 1960,70년대에 접어들면 러시아문학 번역서의 출간이 기하급수적으로 늘어나는데, 이것은 세계문학전집류의 출간이 활성화되면서 빚어진 현상으로 러시아문학 수용만의 독특한 현상은 아니었다.[21] 문학전집류의 출간이 활발해진 것은 남한사회가 사회·경제적으로 차츰 안정되면서 대중의 문화적 욕구가 분출한 탓이었고, 이에 발맞추어 출판사들은 단행본보다는 호화 양장본 전집류들을 쏟아냈다.[22] 국내에서 세계문학전집은 1955년 고금출판사에서 네권짜리 전집을 처음 출간하기 시작하여 정음사 을유문화사 신구문화사 삼중당 범우사 학원사 일신서적 동화출판공사 삼성출판사 등 여러 출판사들이 앞다투어 기획 출간함으로써 한국 문학시장의 주류를 형성하게 된다. 각종 세계사상전집류와 함께 세계문학전집 혹은 '소년소녀 세계명작' 씨리즈 등이 필수적인 장식물로 각 가정의 서가를 장악하게 되는 것이 이 시기이다. 정음사『세계문학전집』(전100권) 등에서 확인할 수 있지만, 중요한 것은 이런 전집류의 출간이 '세계명작' 목록에 대한 암묵적인 합의를 사회적으로 재생산하게 된다는 사실인데, 언어권별로는 주로 영문학·불문학·독문학 작품들을 중심으로 짜인 편향된 목록이었고, 러시아문학 같은 경우에는 이념적인 이유에서 주로 뿌슈낀, 고골, 뚜르게네프, 똘스또이, 도스또옙스끼, 체호프 등 19세기 작가들에 편중되었다(20세기 작가로는 노벨상 수상작가들인 빠스쩨르나끄, 숄로호프, 쏠제니찐 정도가 간간이 이름을 올린 정도였다).

이러한 편향에 대한 반성으로 '제3세계'문학에 대한 관심이 촉구된 것이 1970년대 말부터이다.[23] 주로 중남미와 아프리카, 아랍, 동남아시아 등지의 문학을 지칭하는 제3세계문학 작품들 가운데 가장 각광받은 것은 1982년 가르시아 마르께스(G. García Márquez)가 노벨문학상을 수상하면서 세계적 관심의 대상이 된 중남미문학이었고 (가르시아 마르께스의 『백년 동안의 고독』은 안정효에 의해서 1975년에 이미 번역되었다.), 차츰 아프리카와 동남아 문학 쪽으로 관심이 확대된다. 제3세계문학과 함께 제1세계문학 중심의 '세계명작'에 대한 교정의 의의를 갖는 제2세계문학, 곧 과거 사회주의권 문학이 제대로 된 규모로 본격 소개되는 것은 상당히 늦은 1980년대 말에 와서이다. 『중국현대문학전집』(전20권, 1989)과 『소련동구문학전집』(전30권, 1990)이 차례로 중앙일보사에서 출간되며, 이로써 한국의 '세계문학전집'은 어느정도 균형을 맞추게 된다. 이후에 한동안 소강상태에 놓여 있던 전집류 시장이 다시 활성화되는 것은 1998년 민음사에서 세계문학전집을 새롭게 기획 출간하면서부터이다. 현재 출간되고 있는 10여종의 세계문학선/세계문학전집류 가운데 상업적으로는 가장 성공적이라고 평가받는 이 전집에서 편집위원들이 내민 간행사는 특별히 주목할 만하다.

세대마다 역사를 새로 써야 한다는 말이 있다. (…) 이것은 문학사나 예술사의 경우에도 동일하다. (…) 엊그제의 괴테 번역이나 도스또옙스끼 번역은 오늘의 감수성을 전율시키지도 감동시키지도 못한다. 오늘에는 오늘의 젊은 독자들에게 호소하는 오늘의 번역이 필요하다. (…) 우리말로 옮겨놓은 모든 번역문학은 사실상 우리 문학이다. 우리는 여기에 우리 문학을 자임하며 오늘의 독자들을 향하여 엄선하여 번역한 문학고전을 선보인다. 어엿한 우리 문학으로 읽히리라 자부하면서 새로운 감동과 전율을 고대하는 젊은 독자들에게 떳떳이 이 책들을 추천한다.

눈길을 끄는 것은 두가지인데, 먼저 이 글이 '새 문학전집을 펴내면서'로 되어 있다는 점, 즉 '세계문학전집'이 아니라 '문학전집'을 표방하고 있다는 점인데, 이것이 단순히 '세계문학전집'의 약칭으로만 읽히지 않는 이유는 "우리말로 옮겨놓은 모든 번역문학은 사실상 우리 문학이다"라는 주장과 호응하는 것으로 보이기 때문이다. 새로운 세대에 걸맞은 '새로운 번역'의 필요성을 강조함과 동시에, 이 간행사의 필자들은 '번역문학=우리 문학'이라는 점을 표나게 내세운다. 그것은 한편으로 번역의 질이 그만큼 양호하다는 자신감의 표현이면서, 다른 한편으로는 우리 문학(한국문학)과 세계문학(외국문학) 사이에 차이/경계를 두지 않겠다는 의지의 표시로도 읽힌다(그래서 이 전집에는 현역 한국 작가의 작품들도 포함돼 있다). 그것은 조금 다른 문맥에서 우리 시대 세계문학(외국문학) 수용의 핵심적인 과제들을 건드리고 있는 것으로 보인다. 그 과제란 첫째로 번역의 문제, 둘째로 보편성의 문제와 관련된다.

영미문학연구회 번역평가사업단에서 펴낸 두권의 저서 『영미명작, 좋은 번역을 찾아서』(창비 2005, 2007)가 전범적으로 자세하게 보여주는 것처럼, 국내에 번역 출간된 영미문학 작품들 가운데 절반 이상이 표절이며 표절이 아니더라도 30% 이상이 신뢰할 수 없는 번역본이다. 신뢰할 수 있는 추천본은 10% 안팎에 불과하고, 경우에 따라서는 추천본이 아예 없는 작품들도 있다. 영미명작의 번역현황이 특별히 예외적이라고 볼 수 없겠기에 일반화해서 말하자면, 오역과 표절 번역을 줄임으로써 '번역문학=우리 문학'으로 간주해도 좋을 만큼 양질의 번역본을 확보하는 것, 그것이 '세계명작으로서의 세계문학'을 수용하는 데 우선적인 과제라고 할 수 있다. 그러한 바탕 위에서야 비로소 우리는 이념적인 차원에서 세계문학적 보편성, 혹은 '진정한 세계문학'에 관심을 갖고 접근해볼 수 있지 않을까?

3. 세계문학은 무엇이어야 하는가

저명한 문학이론가 프랑꼬 모레띠(Franco Moretti)의 「세계문학에 관한 몇가지 추측」[24]은 "왜 비교문학이 아니라 세계문학인가" "세계문학이 무엇이고 그것에 어떻게 접근할 수 있을까" 같은 물음들에 유익한 시사점을 제공해준다. 그에 따르면, 19세기에 괴테와 맑스가 각각 지역적·민족적 문학과는 대비되는 '세계문학'(Weltliteratur)의 이념을 제안했지만 아직까지도 이에 대한 접근과 조망은 제대로 이루어지지 않고 있다. 고작해야 서구유럽에 국한되어 라인강 언저리를 벗어나지 못하는 시야의 연구를 '비교문학'이라고 지칭해오고 있는데, 이것은 괴테나 맑스가 염두에 두던 것과는 거리가 멀기 때문이다. 자주 인용되는 것이지만 애초에 괴테는 무엇이라고 말했는가? 그는 1827년 1월 에커만과의 대화에서 이렇게 말했다. "오늘날에는 국민문학이란 것이 큰 의미가 없어. 이제 세계문학의 시대가 시작되고 있지. 그러므로 우리 각자는 이런 시대의 도래 촉진을 위해 노력을 다하지 않으면 안되네."[25] 여기서 초점은 괴테에게서 세계문학이란 이제 시작되는 것, 앞으로 도래할 것으로 제시된다는 점이다. 즉 그것은 과거완료형이 아니라 진행형 내지는 미래완료형으로 존재하는 어떤 것이다. 바로 이러한 세계문학을 모레띠는 "하나의 대상이 아니라 하나의 문제, 새로운 비평방법을 요구하는 문제"로 읽는데,[26] 백낙청의 정당한 지적에 따르면 이 '문제'는 '운동'으로 이해되어야 한다.

괴테가 '세계문학'이란 용어로 뜻한 바가 세계의 위대한 문학고전들을 한데 모아놓는 것이 아니고, 여러 나라(당시로서는 당연히 주로 유럽에 국한되었지만)의 지성인들이 개인적인 접촉뿐 아니라 서로의 작품을 읽고 중요한 정기간행물들에 대한 지식을 공유하는 가운데 유대의 그물망을 만드는 일이었다는 점이다. 즉 이 용어는 우리 시대의 어법으로는 차라리 세계문학을 위한 초국적인 운동이라고 부름직한 것에 더 가까웠던 것이다.[27]

이러한 관점에서 보면 '세계명작'들을 '세계문학전집'이라고 한데 모아놓는 것은 괴테가 말한 세계문학과 무관하다. 오히려 이 괴테적 세계문학에 대한 반향을 읽을 수 있는 것은 모레띠와 백낙청이 모두 지적한 대로 맑스·엥겔스의 『공산당선언』(1848)에서이다. "일국적 편향성과 편협성은 점점 더 불가능해지며, 수많은 국민문학·지역문학들로부터 하나의 세계문학이 형성된다."[28] 즉 이 '괴테·맑스적 기획'(백낙청)으로서의 세계문학은 이미 형성되어 있는 것이 아니라 앞으로 형성되어야 할 어떤 것이고, 우리가 애써서 그 도래를 촉진하고 앞당겨야 할 무엇이다.[29] 이러한 유형의 세계문학운동의 사례로 백낙청은 '사회주의리얼리즘'을 든다. 비록 '사회주의리얼리즘'은 역사적으로 실패한 운동이지만, 오늘날 전지구적 자본주의가 양산해내는 '시장리얼리즘'(market realism)이 그보다 나은 선택이라고 말하기는 어려운 일이다. 그런 맥락에서 백낙청은 분단체제 극복을 위한 민족문학운동과 세계체제 극복을 위한 세계문학운동을 병행적인 것으로 인식한다. "세계체제의 작동에 대한 정당한 인식을 갖고 그 전지구적 착취와 파괴에 맞서 싸우는 초민족적인 연대를 형성해내는 일은 바로 '민족적'인 과제의 일부"[30]라고 보는 것이다. 여기서 핵심은 '초민족적'인 연대의 형성이 곧 '민족적'인 과제라는 관점이다. 분단체제 극복이 세계체제 자체의 재편을 뜻할 수 있다는 주장은 그런 관점에 근거한다.[31] 이 경우 진정한 민족문학이야말로 진정한 세계문학에 값하는 것이다.

하지만 한편으론 세계문학에 대한 전혀 다른 관점도 가능하다. 우리는 그것을 카라따니 코오진(柄谷行人)의 세계종교론에서 유추해볼 수 있다.[32] 그는 '세계종교'라는 말을 단순히 세계적으로 널리 퍼져 있다는 의미가 아니라 ('공동체'와는 구별되는) '세계'라는 관념을 제시한 종교라는 의미로 쓴다.[33] '공동체의 종교'란 "인간이 집단이나 공동체로 살아가기 위해 강제되는 다양한 구조/씨스템"을 말한다. 이 공동체종교의 대전제는 안(내부)과 바깥(외부)의 구분이다. 반면에 이러한 공동체종교에 대한 비판으로 출현한 세계종교는 더이상의 외부가 없는 세계, 즉 '외부가 없는 세계'로서의 '무한한 세계'를 제시하는 종교이다. 가령 유대교에서 야훼의 신이 유대공동체의 신이라면 공동체를 철저하게 부정하는 모세의 신은 세계종교의 신이다.[34] 이 모세의 신은 사람들에게 '공동체에서 나가라'고, 이른바 '사막에 머물라'고 고한다. 이때의 '사막'은 꼭 물리적인 사막을 뜻하지는 않으며 '공동체와 공동체 사이'라는 의미를 갖는다. 공동체와 공동체 '사이'라는 의미에서 그것은 상업적 공간이고 교통공간이다.

세계종교는 '사막의 종교'란 의미에서 세계문학 또한 '사막의 문학'으로 규정될 수 있을 것이다. 즉 그것은 모든 공동체를 거부하는 공동체 '바깥의 문학'이며, 공동체와 공동체 '사이의 문학'이다. 그사이의 '교통공간'을 달리 '번역공간'이라고 부를 수 있을까? 번역을 통해서 국민문학의 경계, 내부와 외부 사이의 장벽이 제거된다면 그것이 곧 '세계종교'에 상응하는 '세계문학' 아닐까? 거꾸로 공동체의 존속과 안녕을 위한 문학은 어떠한 경우에도 세계문학이란 이름에 값할 수 없다. 그런 관점에 따르면, 국민문학은 세계문학이 아니며 세계문학은 국민문학이 아니다. 그것은 국민윤리가 보편윤리가 될 수 없는 것과 마찬가지다.

민족/국민문학과 세계문학의 관계에 관한 이러한 입장 차이는 '민족'으로도 '국민'으로도 번역되는 '네이션'(nation)의 이해를 둘러싼 견해차에서 비롯되는 것으로 보인다. 네이션의 이러한 이중성은 사실 민족이란 말 자체에도 적용되는 게 아닐까. 카라따니의 세계종교론을 민족이란 우상에 적용해보자면, 한쪽에는 공동체로서의 민족을 섬기는 야훼의 민족문학이 있는 반면에 다른 한쪽에는 특정한 공동체를 부정하고 세계공동체를 지향하는 모세의 민족문학이 있을 법하다. 물론 여기서 우리가 촉진하고 앞당겨야 할 세계문학이 야훼의 신이 아닌 모세의 신을 섬기는 민족문학이어야 함은 자명하다. 그런 의미에서도 지금 우리에게 필요한 것은 교통공간으로서의 더 많은 사막, 더 많은 번역공간이다. 그러한 공간을 넓혀나가는 것이 바로 '세계문학을 위한 초국적인 운동' 아닐까.

* 이 글은 계간 『창작과비평』 2007년 겨울호에 실린 것이다.

일본문학의 해외 소개 역사와 현황

백원근

국가 위상에 비례하는 문학의 국제무역

한국문학의 세계화와 관련된 논의에서 가장 많이 언급되는 나라는 아마도 일본일 것이다. 이는 일본이 동양에서 유일하게 두 명의 노벨문학상 수상작가를 배출한 나라라는 점과 서구권에서 비서구권 문학 가운데 상대적으로 높게 인정받는 일본문학의 국제적 위상, 무라까미 하루끼나 요시모또 바나나 같은 일부 현역작가들의 세계적 지명도 등에 기인할 것이다. 나아가 한·일 간의 지리·언어·문화적 인접성에 따라 일차적인 비교대상으로 삼기가 수월하다는 점, 한국문학출판 시장에 일본 대중문학이 막강한 영향력을 미치고 있는 점 등도 원인으로 생각해볼 수 있다.

여기에다 일본정부가 일본문학의 번역 및 해외 소개에 앞장서 막대한 지원을 한 것이 일정한 성과의 주요배경인 것처럼 오해하는 시각도 있다. 하지만 일본문학이 국제무대에서 거둔 결실의 대부분은 일본 정부의 정책적 지원에 의한 것이라기보다는 작품의 대중성과 상업성, 민간 출판사의 활동, 그리고 일본문화에 매료된 외국인 번역가나 현지 출판사의 자발성에 기초한 것이었다.

문화의 해외 소개와 수출에서도 수요·공급의 법칙은 예외없이 적용된다. 특히 언어의 장벽을 뛰어넘기 위한 양질의 텍스트 번역이 관건인 문학의 해외 소개 측면에서 볼 때, 일본 사례는 자국의 노력 못지않게 외국(인)의 관심이 그것을 촉발한 동력이었음을 보여준다. 이는 문학을 포함한 글로벌 출판시장의 원리이기도 하다. 출판은 한 나라의 총체적 문화역량이 응축된 것으로, 그 나라의 국제적 위상 및 영향력과 밀접하게 연동되어 있음을 주목해야 한다.

통계로 본 일본문학의 해외 소개 약사

먼저 1979년 이래 세계 100개국에서 번역 출판된 문학 및 인문·사회·자연과학 문헌 160만종을 모은 유네스코의 서지 데이터베이스Index Translationum을 보면, 2010년 6월 현재 출발언어(원어) 기준으로는 일본어가 총 15,145종이며 세계 11위를 기록한다. 1위인 영어(1,032,456종)와 비교하면 상당한 차이가 있지만, 33위인 한국어

(2,385종)보다는 훨씬 앞서 있다. 반대로 도착언어(번역어) 기준으로 보면 일본어 문헌은 124,542종으로 4위이다. 1위인 독일어가 271,085종, 19위인 한국어가 21,653종이다. 물론 이 통계는 문학 분야에 국한된 것이 아니라는 점, 정확성에 의문이 있다는 점에서 제한적인 해석이 필요하지만, 언어권 사이의 번역 추이를 어느정도 보여준다는 측면에서는 의의가 있다. 즉 전체적으로 일본어로 번역된 서양문헌이 외국어로 번역된 일본 문헌보다 10배 정도 많은 '수입 초과' 현상이 뚜렷하다는 것이다. 각종 출판통계를 보아도 영어를 주축으로 서양권에서 도서 및 번역 출판권을 주로 수입하고 아시아권 위주로 수출하는 것이 일본 출판의 수출입 지형도이다.

다음으로 국제교류기금(Japan Foundation)이 운영하는 '일본문학 번역서지 검색싸이트'(http://www.jpf.go.jp), 미국의 OCLC(Online Computer Library Center) 등 일본 국내외의 각종 목록을 기초로 작성된 일본 문학출판 교류쎈터의 종합통계에 따르면, 제2차세계대전 직후인 1946년부터 2005년까지 60년간 외국어로 번역된 일본문학 작품은 총 20,987종에 이른다(『文學の飜譯出版』). 10년 단위로 보면 1946년부터 1955년까지 725종, 1965년까지의 10년간 3,349종, 1975년까지의 10년간 4,113종이며, 그후에도 매 10년 단위로 4천종 이상의 번역출판 실적을 나타냈다. 언어별로 보면 영어 9,144종, 프랑스어 3,012종, 독일어 2,197종, 러시아어 1,737종, 이딸리아어 780종, 스페인어 741종 순이다. 이 데이터에는 한국어와 중국어 등 아시아권 언어가 제외되어 있긴 하지만 서양권으로의 수출 추이를 살피는 데는 유용하다.

참고로 1945년 이전에 외국어로 번역된 일본문학은 364종으로, 그 90% 이상이 1930년대 후반부터 1945년 종전까지의 기간에 집중되어 있다. 대부분이 영어 번역(352종)인데 출전을 보면 대개 하이꾸(俳句), 단가, 시가 등의 시를 집성한『코낀메이까슈우(古今名歌集)』에 수록된 작품들로, 1936년 마루젠(丸善)에서 영어판으로 출판했다. 1945년 무렵에는 러시아어, 독일어, 프랑스어 등 비영어권으로의 번역이 증가한다.

전후 일본문학의 해외 소개에 앞장선 것은 일본펜클럽과 민간 출판사들이었다. 1935년 창립된 일본펜클럽은 현재 문인 회원수가 2천명 정도이며 1948년부터 카와바따 야스나리(川端康成)가 회장을 역임한 바 있다. 펜클럽은 해외 출판과 직접 연관된 역할을 하지는 않았지만 1957년에 국제펜대회 개최, 1958년부터 영어판 뉴스레터 발간, 1976년부터 영어 및 프랑스어판의 일본문학 소개책자 발간 등을 통해 일본문학 정보의 해외 발신과 문인들의 국제교류에 앞장섰다.

일본문학의 번역이 급신장한 시기는 1956년부터의 10년간이다. 전후 60년간 가장 많이 외국어로 번역된 작가 3인방인 카와바따 야스나리, 아꾸따가와 류우노스께(芥川龍之介), 미시마 유끼오(三島由紀夫)를 중심으로 영어권에서의 번역 출판이 활성화되었다. 여기에는 100종 이상의 일본문학 작품을 영어로 번역한 도널드 킨(Donald Keene), 30종 가까운 카와바따 야스나리 작품을 집중적으로 영역하고『겐지 이야기(源氏物語)』등의 고전을 번역 소개한 에드워드 싸이덴스티커(Edward G. Seidensticker) 같은 일본학 연구자 겸 번역가의 역할이 지대했다. 두 사람은 일본문학을 세계에 보급한 선도자였다. 특히 도널드 킨은 2008년 일본 정부로부터 문화훈장을 받기도 했는데, 그는 18세 때 일본의 대표적 고전인 『겐지 이야기』에 매료되어 『만요오슈우(万葉集)』등의 고전과 미시마 유끼오를 비롯한 다수의 일본 문학작품과 작가를 연구하여 일본문학을 서양에 폭넓게 소개한 일등 공로자였다. 일본문화를 깊이 사랑하고 정통한 그가 아니었다면 일본문학을 제대로 된 영어로 번역하기 어려웠을 것이라는 등, 그에 대한 일본인들의 찬사는 그칠 줄 모른다. 일본의 첫 노벨문학상 수상의 영광을 만들어낸 에드워드 싸이덴스티커 역시 그의 회고록에서 "카와바따 야스나리는 노벨문학상의 절반은 나의 것이라고 언론에 말했다. 나의 번역이 없었더라면 수상 후보조차 될 수 없었다는 것은 십중팔구 사실이리라"라고 기술했다. 노벨상 수상 통지가 있던 날 에드워드 싸이덴스티커는 마침 한국을 여행중이었는데, 만약 그가 한국문학 연구자로서 한국문학을 번역했다면 문학사의 한 장면도 크게 바뀌었을 것이다.

또한 민간 출판사들은 이들 외국인 문학연구자 및 번역가와 협력하여 상업성이 취약한 일본문학 작품을 지속적으로 출간하였다. 1965년까지 일본문학의 영어판 출간에서 활약한 출판사로는 1914년에 창립된 호꾸세이도오(北星堂, 249종)를 비롯해 아사히신문사(117종), 터틀(Tuttle, 86종), 오분샤(歐文社, 현 旺文社, 73종) 등이 대표적이다.

이어서 1960년대 후반부터 1985년 사이에는 아사히신문사(273종), 터틀(228종), 코오단샤(講談社) 인터내셔널(129종), 펭귄(114종), 죠오찌(上智)대학(102종) 등에서 일본의 대표적인 문학작품을 영어로 번역 출판하는 활동을 펼쳤다. 아사히신문사 및 1963년 설립된 코오단샤 인터내셔널의 활약이 두드러진 시기였다.

현대적인 의미에서 일본문학 세계화의 일등공신으로 손꼽히는 무라까미 하루끼의 작품이 처음 영역된 것은 1986년이다. 영어권에서의 호평에 힘입어 이후 다른 언어권으로 속속 번역 출판이 확산되었다. 1986년부터 2005년 사이에는 코오단샤 인터내셔널(283종), 빈티지(Vintage Books, 93종), 하와이대학(67종), 스톤브리지 프레스(55종), 터틀(45종) 등에서 일본문학을 영어로 출판했다. 하와이대학 이외에도 콜럼비아대학, 미시건대학, 옥스퍼드대학 등에서 40종 안팎의 일본문학 번역서를 펴냈다. 이 기간 동안 일본학 연구가 활발했던 미국 및 일본의 대학 출판부에서 발행된 일본문학 영역본은 총 256종에 이른다.

오늘날 일본문학의 해외 소개 추세와 관련, 일본문단에서는 현대 작가들을 좀더 폭넓게 해외에 소개할 필요가 있다고 지적한다. 일본문학출판 교류쎈터 집계를 보면 1986년 이래 해외 번역 출판 종수는 카와바따 야스나리(400종), 미시마 유끼오(338종), 무라까미 하루끼(260종), 오오에 켄자부로오(大江健三郎, 246종), 미야자와 켄지(宮澤賢治, 224종) 순이며, 번역 종수 15위 안에 포함된 현역 작가는 무라까미 하루끼, 오오에 켄자부로오, 요시모또 바나나뿐이다. 이것은 새로운 현대문학 작가들의 소개가 그만큼 이루어지지 않고 있다는 것을 보여준다.

괄목할 만한 프랑스어 번역의 증가세

영어, 프랑스어, 독일어, 러시아어 같은 일본이 중시하는 4대 주요 언어권 외의 나라에 일본문학이 확산된 것은 불과 10여년 전인 1990년대 후반부터로, 이제까지 대략 40개 이상의 언어로 출판되었다.

특히 1970년을 전후해 정점에 달한 일본문학의 영어 번역 출판은 갈수록 줄고, 대신 프랑스어 번역 출판이 영어보다 많아진 점이 최근 20년 사이에 나타난 특기할 만한 변화상이다. 1986~95년에 영어 번역본이 1,536종, 프랑스어 번역본이 894종으로 영어 번역 출판이 압도적이었으나 1996~2005년 사이에는 영어 번역본 801종, 프랑스어 번역본 1,338종으로 완전히 역전된 현상이 나타난 것이다. 그 계기로 지목되는 것은 1997년 프랑스에서 개최된 '일본의 해'와 1998년 일본에서 개최된 '프랑스의 해' 이래 프랑스에서 일어난 공전의 일본문화 붐인데, 이는 1986년부터 일본, 중국, 인도 등 아시아권 문학을 적극적으로 번역 출판한 프랑스 출판사 필리쁘 삐끼에(Editions Philippe Piquier) 등의 활약에 힘입은 바 컸다. 이곳은 한국에도 알려진 아시아문학 전문 출판사로 번역소설은 보통 3,4천부 정도 발행하고 있다.

전체 일본 작가 중에서는 전후 60년간 798종의 외국어 번역서가 나온 카와바따 야스나리가 최다 외국어 번역 출판의 기록을 가지고 있으나, 최근 20년간(1986~2005)을 기준으로 생존중인 현역 작가의 번역 순위는 앞서 보았듯 무라까미 하루끼, 오오에 켄자부로오 등과 요시모또 바나나(159종)가 돌출적이다. 요시모또 바나나의 경우는 뛰어난 이딸리아 번역가를 만난 덕택에 1980년대 후반 이딸리아에서 화제를 모은 후 유럽은 물론 미국과 아시아에서 인지도가 급격히 높아진 특이한 사례이다. 번역되는 작가들의 성향도 과거의 순문학 위주에서 점차 추리소설이나 아동문학에 이르기까지 대중문학 작가들의 대두가 두드러진다. 국제교류기금의 '일본문학 번역서지 검색' 씨스템을 이용해 지난 10년간(1999~2008)의 언어권별 번역 출판 통계를 보면 영어 1,167종, 프랑스어 812종, 독일어 373종, 이딸리아어 332종, 러시아어 297종, 스페인어 205종, 체코어 92종, 뽀르뚜갈어 36종 순이다. 이 숫자는 같은 기간 동안 4천종 이상의 일본소설을 발행한 한국을 필두로 중국어권 등이 제외된 것인데, 일본문학의 서양어권 번역이 영어와 프랑스어에 편중된 현상을 보여준다.

앞에서 살펴본 것처럼 1950년대 이후 다수의 일본문학은 주로 영어로 번역되어 해외에 소개되었다. 하지만 1970년대를 정점으로 영어 번역이 줄기 시작하고 프랑스어 번역이 급증했다. 이에 따라 현재 영어권에서는 과거와 같은 일본문학의 존재감이 감소했다는 분석이다.

이렇게 된 원인은 크게 세가지로 요약된다. 첫째는 비용 문제이다. 번역을 위해서는 많은 공력과 시간이 필요하지만 번역가에게 충분한 보수가 주어지지 않고, 높은 번역료를 지불할 경우 채산성이 없어서 출판사들이 기피한다. 둘째는 판매가 미약하다는 것이다. 해외에서 지명도가 낮은 작가들의 작품을 펴내는 것은 사업적 모험에 속한다. 셋째, 결정적으로 일본문화를 이해하는 현지 번역가가 적다는 점이다. 일본어 작품을 영어로 번역하는 번역가의 대부분은 영어를 모국어로 하는 외국인이다. 그러나 번역문이 문학작품으로서의 질을 갖추지 못한다면 누구도 읽으려 하지 않을 것이다. 특히 미국에서는 연구자의 번역을 연구업적으로 인정하지 않으므로, 대학에서 일본문학 연구를 중점적으로 하려면 번역을 하기 어려운 구조이다. NHK(時論公論 2008. 11. 3.)에 따르면 2008년 현재 일본에서 영어 번역가로 일본 문학출판 교류센터에 등록된 사람은 약 180명 정도이고, 이 가운데 외국인이 140명이다. 하지만 문학작품 번역이 가능한 사람은 극소수에 불과하다. 따라서 유능한 번역가의 확보와 양성이 일본문학의 최대 과제로 부각되고 있다. 한국과 동일한 고민이다.

번역 지원에서 일본 정부의 역할

한국문학의 세계화 논의에서 빠짐없이 등장한 것이 일본 사례로, 특히 일본은 이른 시기부터 정부가 앞장서서 자국 문학을 세계에 알림으로써 두 명의 노벨문학상 작가를 배출하는 데 기여했으므로 한국이 벤치마킹해야 할 모델이라는 주장이 있었다. 하지만 이런 논리에 동의하는 일본 출판관계자들은 찾기 어렵다. 노벨문학상 수상이나 일본문학의 세계화에 있어서 일본 정부의 역할은 거의 없었다는 것이 출판관계자들의 공통된 의견인 것이다.

이를테면 다음 사례를 보자. 2005년 10월 한국의 프랑크푸르트 도서전 주빈국 개최를 앞두고 화두가 된 것은 한국문학의 해외진출을 위한 번역 활성화 문제였다. 이와 관련해 자주 언급된 것이 일본과의 상대적인 비교였다. '일본정부는 1945년부터 1990년(프랑크푸르트 도서전에서 일본이 주빈국 행사를 개최한 해)까지 2만여 종의 해외 출간을 지원했다. 이에 비해 한국은 한국문학번역원을 통해 1979년부터 현재까지 25개국 796건을 지원하는 데 그쳤다'는 보도가 2003년부터 다수 언론매체에 등장했다. 그러나 이는 근거 없는 수치이며, 극일(克日) 감정을 효과적으로 이용한 한국문학 번역 활성화 논리였다.

일본은 주빈국 개최 당시 고대부터 현대까지의 일본어로 된 일본 도서 1,990권(개최연도의 상징)과 함께 독일측 도서전 사무국이 세계 각국에서 수집해준 외국어로 된 일본 관련 도서 1,936종을 '세계의 일본 관련 도서전'(Books on Japan)에 전시했다(일본 주빈국 실행위원회 발행 『사업보고서』). 분야별로는 일본문학이 286종이며, 인문·사회과학 868종, 총류·사전·실용서 252종 등이다. '일본문학'이 아닌 '일본 관련 도서'이므로 다양한 장르의 번역판과 해외 현지에서 발행된 책 모두를 포함한 것이다.

이때 『일본 도서의 해외 번역 출판 목록』이 *Japanese Literature in*

Foreign Languages 1945-1990(문예편) 및 *Japanese Publications in Foreign Languages 1945-1990*(인문, 기타편)의 두 권으로 발행되었다. 문예편 목록에는 문학작품·평론·논픽션을 포함한 넓은 의미의 일본 문학작품 단행본과 잡지 등에 발표된 단편, 외국인의 연구논문 등을 모두 포함해 약 1만 5천종의 목록이 수록되었다. 뒤의 기타편 목록에는 일본 국내외에서 외국어로 발행된 아동서, 자연과학·공학, 인문·사회과학 등 약 5,300종의 비문학 출판물 목록이 수록되었다.

다시 말해 1990년 당시까지 일본문학 도서 2만종이 외국어로 번역되었거나 도서전에서 전시된 것이 아니라, 외국인이 현지어로 쓴 일본 관련 논문류와 일본에서 외국어로 발행된 것까지 모두 합해 '외국어로 된 서지사항 2만 편'을 정리한 목록집을 발행한 것이다. 이것이 한국에서 와전 내지 왜곡되었을 뿐 아니라 한 기관의 한국문학 번역 종수와 동렬에서 비교하는 우를 범했다.

그렇게 따지면 한국의 번역실적도 크게 뒤지지 않는다. 고려대 민족문화연구원이 발간한 「한국문학 번역서지 목록」(1999)만 보아도 1998년까지 18개 언어권에서 번역된 한국문학 단행본은 949권, 번역 건수 106,211편의 작품이 올라 있다. 한국이 세계무대에 진출한 역사적 연원이 일본과 다르므로 다소 차이는 있겠지만 2만 종 대 796종이라는 1/25의 격차는 결코 아니다. 일본 역시 몇몇 작가를 제외하면 문학수출이 우리처럼 난제이며, 우리보다 훨씬 앞선 수준은 아니라는 것이다.

일간지의 기사만 보아도 이런 사정을 알 수 있다. 『니혼게이자이

신문』기사(2003. 4. 5)를 보면 "일본 도서의 번역이 적은 것을 문제로 인식한 국제교류기금은 설립 이래 30년간 약 900건의 번역 출판에 총계 9억 엔을 지원했다. (…) 출판물의 수출입은 20년 전의 36 대 1의 무역역조에서 현재는 20 대 1로 개선되었다. (…) 문화청은 작년부터 3억 엔을 들여 일본 작가 27명의 작품을 영역하여 미국 등에 기증하는 사업을 하고 있다"고 보도했다.

'일본문학의 국제 보급'이라는 과제가 출판계의 노력이나 시장논리만으로는 한계가 뚜렷하다는 측면에서 근년 들어 비로소 정부 차원의 정책지원 필요성이 환기되고 있는 것이다. 외무성 소관의 국제교류기금은 1972년 설립 당초부터 지속적으로 해외 출판 및 번역을 지원했는데, 일본학 및 일본문화 관련서 중심이어서 문학작품에 대한 번역 지원은 사실상 매우 미흡한 편이다. 영문판 신간 뉴스레터인 재패니즈 북뉴스(*Japanese Book News*)를 발행하고, 번역 출판 지원 프로그램을 운영하고 있으나 예산 규모가 매우 적은 실정이다. 일본문학을 체계적으로 해외에 보급하고자 하는 규모있는 정책 구상은 2000년대 이전까지는 사실상 존재하지 않았던 것이다.

이러한 상황에서 2002년부터 일본 문화청이 착수한 프로젝트가 '현대일본문학 번역·보급사업'(JLPP, Japanese Literature Publishing Project)이다. 메이지 시대 이래 일본의 뛰어난 현대문학을 영어, 프랑스어, 독일어, 러시아어로 번역한 후 해당언어권의 출판사에서 발행하는 사업이다. 2002년 27종, 2005년 34종, 2007년 50종, 2008년 23종 등 4회에 걸쳐 소설을 중심으로 번역 지원도서를 선정했으며, 각

언어권의 주요 출판사를 통해 발행한 책을 구입하여 공공도서관, 대학도서관, 연구기관에 기증하고 일부는 현지 서점에서 판매하였다. 초판 4천부를 발행해 2천부를 대학이나 도서관에 기증하는 방식이다. 2007년부터는 사랑과 죽음, 도시 등의 주제를 설정해 번역할 책을 선정하며, 2008년부터는 4개 언어 외에 인도네시아어를 이 해에 한해 추가하는 등 변화를 모색하던 이 프로그램은 2009년부터 수탁기관을 다른 곳에 이전하기로 하였다. 이 JLPP 사업은 관청 주도의 사업으로서 그 성과에 대해 의문을 표하는 이들도 있다.

2004년에 정식 설립된 일본 문학출판 교류쎈터는 JLPP 사업을 통해 국내외 전문가와 연계하여 해외에서 일본 현대문학의 번역 출판 촉진, 일본문학에 관한 최신정보 제공, 외국인 번역가 육성, 일본 작가의 해외활동 지원 등을 수행한다는 목표를 내걸고 있다. 이를 통해 2009년 3월 현재까지 외국어로 번역 출판된 일본소설은 70종 정도이며, 115종 정도를 발행 준비중이다(『산께이신문』 2009. 3. 17).

일본 출판사의 영어판 출판활동

전후 일본문학의 해외 보급에 앞장선 대표적인 출판사는 터틀 상회와 코오단샤 인터내셔널이다. 미국 서점의 일본 지사로 1948년에 설립된 터틀 상회는 "동양과 서양을 이어주는 책"의 발간을 모토로 삼고 일본문화에 관한 기본 도서와 일본의 대표적인 근현대문학 작품들을 다수 터틀 출판사의 페이퍼백으로 영역 출판하였다. 경영자 터틀(Charles E. Tuttle)은 부인이 일본인으로, 일본에 거주하면서 일본문화를 서구에 소개하는 데 공헌했으며 1983년에 천황에게 훈장을 받기도 했다. 한편 토오꾜오 올림픽을 앞둔 1963년에 일본문화의 해외 소개를 목적으로 설립된 코오단샤 인터내셔널은 "일본문화를 올바른 영어로 해외에"라는 캐치프레이즈를 내걸고 고전부터 근현대 일본문학에 이르기까지 양질의 영문 번역 출판을 계속해오고 있다. 외국인 편집자를 두고 주로 일본을 알리기 위한 인문·사회과학·예술 영문서 및 일본어학습서를 발간해왔으며, 영어와 일본어를 양쪽 면에 편집한 이중언어 출판물도 다수 발행했다. 문학작품 중에서 판매비중이 압도적으로 높은 책은 요시까와 에이지(吉川英治)의 역사소설인『미야모또 무사시(宮本武藏)』이다.

1968년에 카와바따 야스나리가, 1994년에 오오에 켄자부로오가 노벨문학상을 수상하면서 일본문학에 대한 국제적인 관심이 급속히 높아졌는데, 외국 독자들은 두 회사에서 발행한 영문 번역서를 통해 일본문학을 접할 수 있었다. 이곳들 외에도 토오꾜오대학출판부 등 여러 출판사에서 일본문학의 영역본을 발행했으나 발행종수가 적고 지속성이 약했다.

터틀 상회와 코오단샤 인터내셔널이 영문 번역 출판으로 성과를 올릴 수 있었던 커다란 요인은 앞서 본 대로 도널드 킨, 에드워드 싸이덴스티커 같은 우수한 외국인 번역가를 다수 확보하고 있었다는 점, 그리고 해외 현지에 판매망을 가졌다는 점에 있다. 원작이 아무리 좋아도 번역이 나쁘면 독자의 관심을 끌기 어렵고, 좋은 영문판을 만들었다 해도 독자적인 판매망을 지니지 못하면 소량밖에 팔리지 않을 것이기 때문이다.

해외에 일본문학을 보급한다는 측면에서 볼 때 영역판의 출판은 필수적으로 중요한 것이지만, 한때 활발했던 일본 내에서의 영어판 출판은 현재 급격한 쇠퇴 양상을 보이고 있다. 그 이유는 무엇보다도 채산성이 없기 때문이다. 장기적인 출판 불황 속에서 터틀 상회를 비롯한 다수 출판사가 영문 출판을 단념하고 있다. 일본 국내에서 영문 출판 사업을 계속하는 곳은 코오단샤 인터내셔널이 거의 유일하며 그나마 문학서의 번역 출판 비중은 매우 낮은 실정이다.

해외 출판사의 일본문학 번역

외국 출판사들의 일본문학 번역 출판을 촉진하는 데 있어서 중요한 역할을 하는 곳이 일본 저작권 수출쎈터(JFC, Japan Foreign Rights Centre)이다. 일본 출판사들의 출자로 1984년에 설립된 이 쎈터는 일본의 문학 및 그외 출판물(그림책, 학술서, 실용서 등)을 해외에 소개하는 일본 유일의 저작권 수출전문 에이전씨이다. 설립 당시 저작권 수입이 압도적으로 많던 상황에서 수출전문 에이전씨의 설립은 일본 출판계의 자신감과 해외진출 의지를 명시적으로 드러낸 주목할 만한 변화의 상징이었다. "일본의 뛰어난 저작을 해외에 소개·보급하겠다"는 신념 아래 활동을 개시하여 재정적인 어려움 속에서도 꾸준한 활동을 지속하여 세계 각국에 일본 도서의 저작권을 수출하는 견인차 역할을 해왔다.

지난 25년간의 저작권 수출통계는 대외적으로 일절 공개하지 않고 있는데, 대체로 수천종의 수출실적을 낸 것으로 알려지고 있다. 다만 확실한 것은 한국이 최대의 수출 상대국이며, 그다음이 대만과 중국 순으로, 동아시아권이 압도적 비중을 차지한다는 사실이다. 이 회사의 전체 수출 종수 대비 동아시아 지역 비중은 90% 정도이며, 서양권을 비롯한 기타 지역은 10%가 채 되지 않는다. 상대적으로 일반 도서와 아동서의 수출 비중이 높고 문학서의 비중은 낮은 편이라고 한다.

한편, 1990년대를 전후한 시기부터 일본인이 해외에 설립한 출판사가 일본문학을 번역 출판하는 사례도 늘고 있다. 예를 들어 2001년 사까이 히로끼(酒井弘樹)가 미국에 설립한 버티컬 사는 현대 일본문학의 인기작들을 번역 출판하여 미국에서 영화화되는 성과를 거두기도 했다. 또 1986년 미국에 설립된 비즈커뮤니케이션(현 비즈미디어)은 현지에서 일본만화의 텃밭을 일군 주역인데, 만화·애니메이션·게임의 요소가 융합된 감각적인 라이트노블이 미국 시장에서도 상당한 호평을 받기에 이르렀다. 아시아는 물론이고 유럽과 영미권에서 뿌리를 내린 일본만화의 인기가 일본 출판물 전체에 대한 관심을 유도하고, 일본문학의 번역 출판에 순풍 역할을 하는 것이다. 일본의 만화나 애니메이션을 보며 자란 세대가 성장하면서 아동서와 일반

도서를 찾는 현상이 출판저작권 중개 현장에서도 확인되고 있다고 한다. 문학작품 수출이 특정 작품의 작품성만이 아니라 대중문화의 토양을 바탕으로 뿌리내릴 수 있음을 엿보게 하는 대목이다.

출판사와 기업의 문학번역 지원

직접적인 외국어 번역 출판 외에도 출판사가 벌이는 문학번역 지원의 좋은 사례를 보여주는 곳은 코오단샤이다. 1909년 설립하여 2009년 창립 100주년을 맞은 코오단샤는 2008년 매출액이 1,350억 엔(한화 약 1조 7,500억원)에 이르는 일본 최대 출판사답게 수십개의 문학상과 출판상을 운영한다. 이 가운데 일본문학의 해외 소개 및 국제교류와 관련된 상으로는 오오에 켄자부로오상, 코오단샤 문예번역 장려기금, 노마(野間) 문예번역상, 그리고 아프리카 출신 저자를 지원하는 노마 아프리카출판상 등이 있다.

오오에 켄자부로오상은 코오단샤가 창업 1세기 및 오오에의 작가 생활 50주년을 기념해 2006년에 제정하였으며 올해로 4회를 맞는다. 노벨상 수상작가인 오오에가 순문학작품 가운데 직접 심사하여 수상작을 뽑은 후 영어 등 외국어로 번역해 수출한다는 점이 특징이다. 의례적인 선정소감 발표 대신 수상자와 오오에의 공개대담을 잡지에 게재한다. 그리고 코오단샤는 창업 70주년을 맞아 창립자의 이름을 딴 노마 아프리카출판상을, 창업 80주년에는 노마 문예번역상을 제정하여 상업성과는 거리를 둔 사회적 공헌을 하고 있다. 문예번역상은 뛰어난 외국 번역가를 육성하고자 대상 언어권을 번갈아가며 시상하는데, 2005년 한국어 대상 번역가로 히라노 케이이찌로오(平野啓一郎)의 『일식(日蝕)』을 번역한 양윤옥이 수상한 바 있다. 문예번역장려기금은 문예번역상 제정 20주년을 기념하여 창설한 것으로, 일본문학을 번역 출판하려는 해외 출판사를 지원한다. 코오단샤가 매년 지정하는 일본의 순문학, 엔터테인먼트, 청소년문학 작품 10종을 외국 출판사에 공모하여 번역지원금 각 1만 달러를 전달한다. 말하자면 자국 문학작품의 선별적 현지화 전략으로 이해할 수 있다.

민간기업의 번역 출판 지원도 언급해둘 만하다. 토요따 재단은 1978년부터 2003년까지 '이웃을 바로 알자'(Know Our Neighbor) 프로그램의 일환으로 동남아시아와 일본 간의 문화교류를 지원하는 가운데 모두 660건에 이르는 각 분야의 번역 출판을 지원하였다. 1979년 설립된 산토리 문화재단은 인문·사회·예술 분야의 학술연구 및 출판을 지원해왔다. 2007년까지 20개국의 220건을 대상으로 한 출판 지원 가운데 문학서의 비중은 아직 미미하다. 문학의 고장을 표방한 시즈오까현(靜岡縣)이 1995년부터 시작한 세계 번역콩쿠르 프로젝트 역시 지방자치단체 차원의 국제적인 번역가 발굴·지원제도로 큰 주목을 받고 있다.

문학 세계화와 세계문학의 과제

글로벌 시대로 불리는 오늘날 문학에는 국경이 없다. 특히 문학시장에서 독자에게 중요한 것은 작품의 원산지나 국적이 아니라 작품으로서의 효용성이다. 일본문학이 해외에서 '일본문학'이 아닌 '문학'으로 읽히는 것처럼, 동일한 조건에 한국문학이 놓여 있다. 일본의 경우 정부 주도가 아닌 국내외 출판기업과 외국인 번역가들의 활동에 힘입은 자국 문학의 세계화 모델을 보여준다.

번역을 매개로 다양한 일본문학 소개가 이루어지고 시장규모 역시 커졌지만, 오늘날 해외 출판시장에서 거둔 대부분의 결실은 상품성을 우선시하는 해외의 자발적 수요에 기반한다. 한국이나 대만 출판시장에서 일본문학의 유행은 단적인 예시이다. 한국문학의 해외 소개는 아직까지 정부(한국문학번역원) 및 민간기업(대산문화재단 등)의 지원 사례를 제외하고는 뚜렷한 해외시장의 물길을 만들지 못해왔다. 하지만 근년 들어 몇몇 희망적인 사례들이 축적되기 시작하고 있으며, 꾸준한 투자의 자양이 해외 출판시장의 수요를 견인하는 정책과 출판사의 능동적 활동으로 확산되고 맞물린다면 한국문학의 세계적 위상은 크게 신장할 것으로 기대된다. 한 국가의 위상이나 브랜드 가치의 제고 없이 문학의 해외 소개만이 발달한 경우는 찾아보기 어려운 것에서 알 수 있듯이, 한국문화와 한국학의 해외 소개가 병행되어 뿌리내리는 것이 한국문학 해외 진출의 기반이 될 것이다.

자국 문학의 해외 소개에 열성적인 곳은 유럽 각국의 정부이다. 일본문단은 이 나라들을 주목하라고 말한다. 프랑스 외교부는 프랑스 도서의 외국어 번역 출판을 지원함은 물론 개발도상국 대상 번역 출판계약 지원, 해외 번역가 양성·교육 프로그램 및 국제번역학교의 '번역가의 집'(Translators' House) 운영, 해외 출판인 초청 등을 통해 프랑스문학의 해외 소개를 적극 지원한다. 독일은 괴테 인스티튜트 및 독일문학 온라인에서 번역료를 지원하고 번역가 양성 및 해외 출판사의 번역 출판 계약을 지원한다. 네덜란드 문학번역재단은 네덜란드문학의 해외 번역 출판시 번역료의 70%까지 보조하며 '번역가의 집'을 운영한다. 일본 출판전문가들은 유럽 각국 정부와 달리 일본 정부가 일본문학의 해외 소개에 너무 소극적이라고 비판한다. 특히 다양한 문학번역 지원사업을 펼치고 있는 한국에게 배워야 한다고 입을 모으는 실정이다.

전후 일본문학의 세계화는 주로 외국인 일본학 연구자들의 자발적 번역과 일본 국내외 출판사들의 번역 출판에서 기틀을 닦았으며, 현재는 해외 출판시장의 수요에 의한 저작권 수출로 이어지고 있다. 그들이 공들인 서구권에서의 일본문학 시장 형성은 아직까지도 요원한 반면 거의 공들이지 않은 동아시아권에서의 자생적인 일본문학 붐은 멈출 줄 모른다. 어떤 측면에서 보면 일본 역시 우리와 마찬가지로 문학 세계화라는 과제에 봉착해 있으며, 이는 비서구권이나 비영어권 문학, 나아가 세계문학 공동의 숙제이기도 하다.

〈주요 참고문헌〉

박경희 외『일본의 번역 출판사업 연구 ― 일본문학을 중심으로』, 한국문학번역원
  2006.

쓰지 유미, 송태욱 역, 『번역과 번역가들』, 열린책들 2005.

에드워드 사이덴스티커, 권영주 역, 『나는 어떻게 번역가가 되었는가?』, 씨앗을 뿌리
  는 사람 2004.

日本文學出版交流センター編, 『文學の飜譯出版』, 2007. 3.

NHK, 「時論公論 ― 輸出進まぬ日本文學」, 2008. 11. 3.

〈자료 및 인터뷰 도움 주신 분〉

타떼노 아끼라(舘野晳, 번역가)

히구찌 세이이찌(樋口清一, 일본서적출판협회 사무국장)

오찌아이 히로야스(落合博康, 전 출판문화국제교류회 차장)

요시다 유리까(吉田ゆりか, 일본저작권수출센터 대표)

채성혜(토오꾜오정보대학 비상근강사)

246

서구중심의 세계문학 지형도와 아시아문학

방현석

아시아를 만나는 일, 『아시아』를 만드는 일

두 권의 『아시아』를 뽑아들고 책상 앞에 앉았다. 왼쪽에 놓인 창간호의 발행일은 2006년 5월 15일, 오른쪽에 있는 18호의 발행일은 2010년 8월 25일이다. 『아시아』와 함께 지나온 시간이 어느새 5년이다. 열여덟번의 계절이 바뀌었다.

지금 알고 있는 것들을 그때 알았더라면 아마 시작할 엄두를 내지 않았을 것이다. 그때는, 세계문학의 지형에 대해 아는 것은 너무 적었던 반면 아시아에 대한 열정은 차고도 넘쳤다. '아시아의 눈으로 아시아를 보자.' 아시아의 작가는 마땅히 그래야 한다고 믿었다. 차이와 다양성을 지닌 대지의 생명체들을 향해 그 존재 하나하나의 고유한 이름을 호명해주는 것이 문학의 일이라면, 아시아의 작가는 아시아의 대지에서 지워지지 말아야 할 것들이 아무런 기억의 보살핌도 받지 못한 채 사라지지 않도록 언어의 그물을 던지는 사람이어야 한다고 믿었다. 베트남과 남아프리카공화국의 작가들을 만나고 돌아와 쓴 창간사에는 나와 동료들의 무모했던 열정과 의지가 배어 있다.

『아시아』가, 기억되지 못하는 것을 기억하는 시가 될 수는 없지만 그런 시의 거처는 되고 싶다. 누추한 일상과의 고투를 멈추지 않는 치열한 산문정신이 될 수는 없겠지만 그런 산문정신의 열광적 지지자이기를 포기하진 않겠다. 아시아적 상상력의 중심이 될 수는 없겠지만 『아시아』의 모든 지면을 아시아의 대지에서 출현하는 창조적 상상력의 숲으로 만들고 싶은 야심이 있다.

(「창간하면서-레인보우 아시아」, 『아시아』 창간호(2006년 여름))

이것으로도 모자라 아시아 밖의 상상력과 교류하는 가교의 역할을 하겠다는 각오까지 밝혔다.

『아시아』는 아시아의 대지 밖에서 출현하는 창조적 상상력들과 소통하는 통로가 될 수 있기를 희망한다. 모든 편견과 대립은 무지와 소통의 단절에서 비롯된다. 『아시아』는 다른 대지에 대한 이해를 바탕으로 교류하고, 교류를 통해 이해하는 소통을 지향할 것이다. 이해가 없는 교류는 맹목으로 흐르기 쉽고, 교류가 결여된 이해는 실체를 놓치고 주관으로 흐르기 쉽다. 진정한 소통은 이해와 교류를 통해 상대를 변화시키고 나도 변화하는 것이라는 사실을 나는 아프리카를 떠나며 무슨 각오처럼 다시 생각했다.

이렇게 무모했던 열정의 댓가는 예상했던 것보다 훨씬 혹독했다. 아시아 전역을 대상으로 작가를 찾고 원고를 모으는 일도 어려웠지만 한글과 영어, 두 언어로 번역하는 일은 더 어려운 일이었다. 일본과 중국을 제외하면 아시아의 많은 나라들이 자국의 문학을 외국어로 번역할 만족스러운 역량을 가지고 있지 않았다. 한국어로 번역할 소수의 번역자라도 찾을 수 있는 나라는 아랍어권 국가와 인도네시아와 말레이시아, 베트남, 터키, 몽골 정도였다. 영문 번역도 사정이 크게 다르지는 않았다. 많은 경우 현지에서 번역한 영문을 사용하기 어려웠다. 까자흐스딴과 방글라데시의 작품을 영역하기 위해 미국으로 작품을 보내야 했다. 그렇게 번역한 작품이 기대와 너무 동떨어져 수록을 포기하고, 다른 원고로 황급히 대체해야 하는 난감함이라니.

아시아문학을 다룬 매체가 딱 한번 일본에서 출현했다가 두 해를 버티지 못하고 조용히 사라졌다는 사실을 안 것은 한참 뒤의 일이었다. 아시아를 '아시아의 눈으로' 보기 이전에 아시아를 본다는 사실, 그 자체의 어려움을 절감하는 과정이 바로 『아시아』를 만드는 일이었다.

한국작품의 영역도 편집진을 괴롭혔다. 일반적인 짐작보다 문학작품을 제대로 영역할 수 있는 번역자가 국내에 많지 않았다. 문학작품을 영역할 만큼의 한국어 실력을 가진 외국인 번역자는 더욱 드물었다. 그나마 문학과 어학 실력을 겸비한 이들의 대부분은 대학에 자리를 잡고 있어서, 번역이라는 천역을 피했다. 교수들은 연구업적에 거의 반영되지 않는 번역을 여간해서는 맡지 않으려고 한다. 일년을 공들여 번역한 책 한권보다도 몇주면 쓸 수 있는 평범한 논문 한편이 대학에서 더 높은 점수를 받는다. 그런 논문 한편에는 수백만원의 연구지원금이 지급되지만 번역작업에는 한푼의 연구비 지원도 없다. 자칫하면 오역 시비에나 휘말리게 될 번역을 교수들은 점점 기피하고 있다.

소수의 유능한 전문번역자들은 일이 밀려 있다. 그들이 더 많은 수입과 명성이 보장되는 베스트쎌러 번역에 관심을 가지는 것은 당연하다.

이렇듯 우리가 아시아문학을 만나는 일도, 우리의 문학을 아시아와 나누는 일도 쉽지 않기는 마찬가지였다. 아주 예상하지 못한 어려움도 아니었다. 그런데도 왜 『아시아』란 매체를 만들 생각을 했던 것일까. 여러 배경과 전사가 있지만 세가지만은 빼놓을 수 없다.

순순한 열정의 시원, '베트남을 이해하려는 젊은 작가들의 모임'

내가 처음 베트남에 간 건 1994년이었다. 해외여행이 자유화되고 한국과 베트남이 외교관계를 회복한 지 얼마 되지 않은 무렵이었다. 베트남 여행을 결심한 건 대학시절에 감춰가며 읽었던 응우옌 반 봉 (Nguyen Van Bong)의 소설 『사이공의 흰옷』이 안겨준 강렬한 인상 때문이었다.

제5공화국과 함께 시작된 나의 대학시절은 공포와 분노의 징검다 리로 이어져 있었다. 『사이공의 흰옷』은 잉에 숄(Inge Aicher-Scholl) 의 『아무도 미워하지 않는 자의 죽음』과 함께 우리에게 이론보다 강 한 용기이자 술보다 따뜻한 위로였다. 언젠가 좋은 시절이 와서 갈 수 있게 된다면 꼭 싸이공에 가보리라, 생각했었다. 올 것 같지 않던 그 런 날이 왔고 나는 베트남에 갔다. 호찌민이라는 이름으로 바뀐 싸이 공의 노천까페에서 나는 '싸이공' 맥주를 마시며 두 나라 사람이 공 유한 유사한 정서보다 더 닮은꼴인 베트남과 한국 역사를 떠올렸다.

그 여행에 함께했던 사람들이 만든 모임이 '베트남을 이해하려는 젊은 작가들의 모임'이었다. 여행의 길잡이가 되어 일행을 이끈 김남 일 선배의 역할이 절대적이었다. 이름이 좀 긴 '베트남을 이해하려 는 젊은 작가들의 모임'은 개방성과 자발성을 '조직원리'로 삼았다. 이 모임에는 회원과 비회원의 경계가 없었다. 모임에 참석하면 누구 나 회원이고 모임에 나오지 않으면 회원이 아니었다. 이념적 지향이 나 문학적 경향과 상관없이 관심이 있으면 누구나 참여할 수 있었다. 문인과 비문인의 구별도 없었다. 교사나 기자, 평범한 직장인들이 이 모임에서 중요한 역할을 했다. 이 모임 안에서는, 흔히 그러기 쉬운 작가와 독자라는 일방적인 관계가 형성되지 않았다.

1980년대 권위주의 권력과 그것에 저항했던 조직들이 공유하던, 그리하여 1980년대 문화의 한 특징이 되어버린 폐쇄성으로부터 벗어나려고 드러나지 않게 애쓴 결과가 개방성이었다. 그래서 내가 대표를 맡고 있을 때도 누가 이 모임의 회원인지는 고사하고 회원의 숫자도 정확히 몰랐다. 회원 숫자를 묻는 기자들에게 모른다고 해도 믿으려 들지 않아 어림잡아 몇명이라고 대답한 적도 더러 있었다. 지금은 문학평론가 고명철이 이 모임의 대표를 맡고 있는데, 내가 지금도 이 모임의 회원인지 아닌지 나도 모른다.

이 모임은 나오면 회비를 받고 나오지 않으면 회비를 받지 않았다. 나오지 않은 사람에게는 어떤 의무도 부과되지 않았다. 나오지 않았다고 해서 제재가 있는 것도 아니었다. 심지어 회장도 모임에 나오지 않으면 회원이 아니었다. 내 기억으로는 이 모임의 현직 회장이 참석하여 다음 회장을 결정했던 적이 한번도 없다. 선배들이 물러날 때가 되면 지금 관심을 가지고 열심히 나오는 후배 회원들이 모여 회장을 뽑고, 그들이 함께 해야 할 일을 정한 다음 역할을 분담했다. 베트남 작가들이 한국에 오면 공항에서 마중하고, 떠날 때 공항에 배웅하는 것까지 회원들이 감당했다. 비용을 지급하는 사람도 받는 사람도 없었다. 이 과정에서 문인 아닌 회원들의 아름다운 역할이 있었다. 직장인들은 주말을 이용해서 지방 여행 안내를 맡았고, 병원에서 일하는 사람은 건강진단과 필요한 약을 책임졌다. 이 모임이 만들어진 이후 십여년 동안 정부나 문예지원기관으로부터 어떠한 지원도 받은 적이 없었다. 이러한 자발성의 원칙은 이 모임의 아름다운 전통이 되었고, 베트남의 작가들에게도 깊은 인상을 안겨주었다. 문학행사에 초청받아 외국을 방문한 경험이 많은 베트남의 작가들일수록 한국에서의 기억을 오래 지우지 못하고, 우리가 베트남을 방문하면 먼 길을 마다않고 기어코 만나러 왔다.

지난해 하노이에 갔을 때 『전쟁의 슬픔』을 쓴 바오 닌(Bao Ninh)과 『섬 위의 여자』를 쓴 호 안 타이(Ho Anh Thai), 연전에 한국에서 이병주문학상을 수상한 레 민 쿠에(Le Minh Khue)를 한자리에서 만난 나는 좀 놀랐다. 베트남문단의 주역인 이들이 한자리에 모인 게 처음이라고 했다. 한국 작가들과의 만남이 서로 다른 길을 가는 베트남의 작가들을 한자리에 모이게 만든 것이다.

팔레스타인과 몽골, 버마

'베트남을 이해하려는 젊은 작가들의 모임'에서 출발한 한국 작가들의 자발적인 국제교류는 2천년대 들어 팔레스타인과 몽골 등으로 확대되었다.

'베트남을 이해하려는 젊은 작가들의 모임'에 함께했던 소설가 오수연을 중심으로 활동한 '팔레스타인을 잇는 다리'는 '베트남을 이해하려는 젊은 작가들의 모임'보다 한편으로는 더 개방적이었고, 다른 한편으로는 더 제한적이었다. 작가들의 역할보다 작가가 아닌 이들의 역할이 훨씬 넓어졌다는 점에서 더 개방적이었고, 실천적 관심을 가진 회원들을 중심으로 활동하게 되었다는 점에서 더 제한적이었다. 이스라엘에 의한 봉쇄와 폭격이 현재진행형으로 반복되는 팔레스타인의 상황이 모임의 성격에 이중적으로 반영된 결과였다.

'팔레스타인을 잇는 다리'는 팔레스타인 작가들과의 직접 교류와 문학작품의 번역·소개작업을 통해 생생한 팔레스타인의 현실과 팔레스타인인들의 내면을 이해하는 데 큰 역할을 했다. 팔레스타인 작가들의 육성이 담긴 산문집 『팔레스타인의 눈물』(2006)은 이 모임의 중심인 오수연이 팔레스타인의 작가 자카리아 무함마드(Zakaria Mohammed)와 공동으로 엮고 번역한 책이다. 마흐무드 다르위시(Mahmoud Darwish)의 시집과 살와 바크르(Salwa Barkr)의 소설이 한국어로 번역 소개되는 과정에서도 이 모임이 역할을 했다. 2007년에는 인터넷신문 『프레시안』에 팔레스타인과 한국 문인의 릴레이 에쎄이를 기획·연재하기도 했다.

'팔레스타인을 잇는 다리'는 팔레스타인의 상황이 악화될 때면 이스라엘의 폭격 중단을 요구하는 한국 작가들의 메씨지를 국제사회에 전달하고, 구호활동을 위한 모금운동을 펼치기도 했다. 2009년 이스라엘이 가자 지구를 침공해서 민간인 사상자들이 속출했을 때 이 모임은 '가자 돕기 모금운동'을 벌여 43,169,997원을 가자 지구 적신월사(적십자사)로 보냈다. 이들의 활동이 특히 돋보였던 것은 팔레스타인 현지에서였다. 전운이 가시지 않은 팔레스타인을 방문하여 신변의 위험을 무릅쓰고 현지 조사와 취재를 감행한 것이다. 라말라에서 이 모임의 팔레스타인 작가 회원들이 중심이 되어 '한국영화상영회'를 처음 열기도 했다.

서울에서 팔레스타인 미술작품 전시와 연주, 공연을 매월 정기적으로 진행해오던 이 모임은 2010년 6월 해산을 선언해서 이들의 고투를 기억하는 이들을 가슴 아프게 했다. 하루하루가 전쟁인 팔레스타인과 2003년부터 교류하며 날마다 감당해왔을 분노와 슬픔, 좌절과 외로움을 삭이며 보낸 짧은 '마지막 편지'가 내 이메일 보관함에 아직 저장되어 있다.

존경하는 회원님들께 알립니다.

'팔레스타인을 잇는 다리'는 활동을 마무리합니다. 공교롭게도 가자 지구에서 또 한번 이스라엘이 학살을 저질러 전세계가 분노하고 있는 이때, 이런 맥빠진 소식을 드리게 되어 송구스럽기 그지없습니다. 저희 집행부도 활동 마무리를 결의하고 적립된 회비 중 4,499,926원(3,700달러+송금수수료 23,000원)을 가자 지구 적신월사(Red Crescent for Gaza Strip)의 'MRI 구입 모금운동'의 성금으로 송금한 5월 31일 저녁, 이 뉴스를 듣고 참담하기만 했습니다. '활동의 전환' '발전적 해체' 등등 마무리 사유로 여러 문구를 준비하였으나, 이스라엘이 조금도 달라지지 않고 팔레스타인의 해방은 점점 더 요원해지는 마당에 그 무엇이 말이 되겠습니까. 다만 저희가 무능하고 약한 탓입니다. 그간 '팔레스타인을 잇는 다리'를 도와주신 많은 개인과 단체들, 특히 2009년 초 이스라엘의 가자 침공 당시 '가자 돕기 모금운동'에 참여해주신 모든 분들, 한국의 집행부 못잖게 열성적으로 활동해준 '팔레스타인을 잇는 다리'의 팔레스타인인 회원들께 엎드려 사죄드립니다. 그리고 다시 한번 깊이, 깊이 감사드립니다.

엎드려 사죄해야 할 사람이 7년의 순정을 바쳐 봉쇄당한 팔레스타인을 잇는 가느다란 다리가 되고자 했던 그들이 아님은 물론이다. '팔레스타인을 잇는 다리'의 운명은 작가들의 자발적인 교류의 성과와 어려움을 함축하고 있다. 작가들의 국제교류는 무한한 자기희생을 요구한다. 체계적인 사업과 조직, 그것을 뒷받침할 재정적 지원 없이 계속해야 하는 작가들의 국제교류활동은 재충전의 여유가 주어지지 않는 자기소모의 과정이다.

물론 이 활동에 참여한 작가들은 다른 체험과 문제의식을 얻게 된다. 그것이 숙성하여 언젠가는 작품으로 회생하기도 한다. 오수연의 『황금지붕』, 김남일의 「베트남어를 공부하는 시간」, 이대환의 『슬로우 불릿』, 전성태의 「국경을 넘는 일」과 『늑대』 같은 작품들이 이미 나왔다. 그러나 이들의 활동이 쓰려고만 한 것이라면 너무나 경제성이 떨어지는 투자다.

그럼에도 작가들이 개척해온 자발적인 활동이 중요한 이유는 이전과 이후의 다른 어떤 형태의 문학적 교류활동도 대체할 수 없는, 창작주체가 교류의 확고한 주체로 참여하는 창작행위의 연장선상에 있기 때문이다. 특히 오랜 세월 외부 세계와 단절된 채 한반도에 갇혀 살아온 우리 문학이 국경을 넘어가는 여러 경로 중에 이 길은 빼놓을 수 없는 통로의 하나임이 분명하다.

　김사인과 강형철, 김형수 등이 주축이 되어 몽골과 교류하는 작가들의 모임인 '아시아 문화유목'과 임동확이 주축이 되어 버마와 연대활동을 펼치는 '버마를 사랑하는 작가들의 모임'도 '팔레스타인을 잇는 다리'와 마찬가지로 한국문학이 국경을 넘어가는 같은 통로를 사용하고 있다.

프랑크푸르트의 한국문학과 평양의 추억

　『아시아』란 매체를 만드는 일에 뛰어들게 나를 이끈 두개의 직접적인 계기가 있다. 프랑크푸르트 국제도서전이 열린 독일과 남북작가회담이 열린 북한의 기억은 아주 특별했다.

　2005년 한국은 프랑크푸르트 도서전의 주빈국이었다. 한국의 작가들이 독일의 주요도시를 순회하며 독자들과 만나는 여행이 주빈국 행사의 하나로 마련되었다. 나도 그 행사에 참여할 행운을 얻었다. 나는 그 행사를 준비한 한국의 조직위원회, 실무를 담당한 한국문학번역원의 안타까운 고투를 곁에서 지켜볼 수 있었다. 한국문학에 대한 관심이 거의 전무한 독일인을 상대로 대화를 나눈다는 것 자체가 불가능에 가까운 것이었다. 한국의 조직위원회는 불가능한 일을 해내고 있었다.

　한국문학에 대해 알지 못하고, 알고 싶어하지도 않는 독자를 상대로 무엇을 알려야 한단 말인가. 문학은 쓰고 읽는 것이지, 설명하고 판단하는 일이 아니다. 자의식이 있는 작가라면 누구라도 모멸감을 느끼지 않을 수 없었겠지만 아무도 내색하지 않았다. 그것은 누구의 잘못도 아니었다. 그것이 20세기를 지배한 서구의 가치를 척도로 편성한 세계문학 지형도 안에서 한국문학이 놓인 자리였다.

그들은 텍스트였고 우리는 해석자였다. 나는 내가 독일의 문학을 지나치게 많이 읽었다는 것을 비로소 깨달았다. 괴테, 니체, 카프카, 브레히트, 릴케, 하이네, 헤쎄, 토마스 만, 귄터 그라스…… 독일뿐인가. 우리는 왜 그토록 많은 서구의 작품을 읽었을까? 그들이 곧 세계문학이었다. 그들에게 우리는 무엇이었을까. 한국문학은, 아시아의 문학은 무엇이었을까? 애써 태연한 표정을 짓고 있는 동료 작가들의 얼굴 위로 내가 만났던 아시아 작가들의 얼굴이 겹쳐졌다.

이것은, 아니었다.

그리고 그해 나는 독일보다 더 낯선 나라, 북한을 방문했다. 남북 작가회담의 실무대표 자격으로 다른 작가들에 앞서 평양에 들어갔다. 먼저 나를 당혹스럽게 만든 것은 우리가 온전한 모국어의 소유자가 아니란 사실이었다. 뻬이징에서 평양으로 가는 고려항공 JS152편 비행기 안에서의 경험을 잊을 수 없다.

"여러분들은 지금 압록강을 건너고 있습니다."

강한 북쪽 억양의 안내방송을 들으며 나는 창밖을 내다보았다. 보이는 것은 자욱한 안개뿐이었다. 한번도 발 디뎌본 적 없는 분단

조국의 북측 국경을 넘었다는 실감이 들지 않았다. 내 손에는 아직 두 개 항목을 채우지 못한 '조선민주주의인민공화국' 입국신고서가 들려 있었다. 국적? 여러 나라를 드나들면서 한번도 고민한 적 없는 이 항목이 문제가 됐다. 대한민국, 한국, 남한, 남조선…… 15분 후 평양공항에 도착한다는 안내방송을 듣고 나서 나는 '남'이라고 썼다. 마지막으로 비어 있는 항목은 민족이었다. 민족? 한국민족, 조선민족, 배달민족…… 어느 표현도 적합하지 않았다. 옆자리에 앉은 여성에게 뭐라고 써야 하는지 물었다. 김일성 주석 배지를 단 젊은 여성은 자신의 입국신고서를 보였다. 조선사람. 그러나 나는 그렇게 쓸 수 없었다. 평양 공항에 도착하기 직전에 나는 '우리 민족'이라고 썼다.(앞의 글 중에서)

평양행 항공기 안에서 만난 입국신고서는 분명 한글로 되어 있었지만 그 어떤 외국어보다 나를 당황스럽게 만들었다. 모국어의 다른 영토인 북한으로 들어가기 위해서 지금까지 우리가 익숙하게 사용해온 문법만으로는 충분하지 않았다. 북의 작가와 당국자를 상대했던 남북작가회담 기간 내내, 내가 한번도 의심 없이 사용해온 모국어가 한없이 낯설어지곤 했다.

서구가 그려놓은 세계문학의 지도에서 우리가 존재감이 아주 희미한 아시아 변방의 작가라는 사실은 독일에서 이미 충분히 알아차렸다. 그러나 우리가 넓지 않은 모국어의 영토마저 온전히 감당하지 못하는 불완전한 작가라는 사실만큼 쓰라리진 않았다. 언어는 표현이기 이전에 사유의 형식이자 체계다. 북의 참석자들과 우리 사이에는 서로 다른 사유형식이 존재했다. 그것은 우리가 아직 '휴전' 상태를 살아가고 있다는 사실을 강렬하게 환기시켰다. 우리는 여전히 세계에서 가장 위험한 나라에 살고 있는 작가들이었다.

김일성 주석의 형상물 앞에서 남쪽 작가 한 사람이 주머니에 손을 넣었다고 문제제기를 당한 심란한 저녁, 나는 묘향산의 호텔에서 북측 실무대표들과 격론을 벌였다. 남과 북 사이에 문학이 설 자리는 넓어 보이지 않았다. 그러나 문학 아닌 다른 무엇이 설 자리는 더 좁아 보였다.

한국문학이 아시아와의 교류에 나서야 하는 이유가 한국이 아시아의 부국이 되었기 때문이 아니다. 북한에서 내가 확인한 것은 아시아에서 평화를 가장 절실한 당면과제로 안고 있는 나라가 우리라는 사실이었다. 야만적인 전쟁과 대결이 아닌 서로에 대한 이해와 교류를 통한 소통, 이것이 21세기의 과제라면 그 과제의 가장 절실한 이해 당사자는 우리 한국이다.

서구가 주도한 20세기가 전쟁과 폭력의 세기였다고 비판하는 것만으로 아시아가 21세기의 대안이 될 수 없다. 아시아가 서구를 대신해서 21세기에 해야 할 역할이 있다면 다시 전쟁과 폭력의 역사가 되풀이되지 않도록 하는 것이다. 아시아 작가들이 만나야 할 자리도 그 어디쯤이어야 할 것이다.

확대되는 한국 작가들의 국제교류활동

2천년대 후반 들어서면서 한국문학의 국제교류, 특히 아시아에 대한 관심은 급격하게 높아졌다. 민간 문화재단이 작가들의 교류에 적극적으로 나서기 시작한 것도 이무렵이었다. 경험을 축적한 단체와 재원을 가진 문화재단은 국가별로 소수의 작가들을 초청하여 교류행사를 열던 과거의 관행에서 벗어나 여러 나라를 순회하거나 교류행사를 정례화하기 시작했다.

(사)아시아문화네트워크는 창립 직후 인도네시아, 태국, 베트남, 필리핀 등을 순회하며 그 나라의 작가들과 공동으로 문학 씸포지엄을 열었다. 이 행사에 참여한 김원일, 김인숙 등의 작가는 현지에서 높은 관심을 불러일으켰고, 이들 작가의 작품을 포함한 한국 단편소설선집이 이 나라들에서 번역 출판되는 계기가 되었다.

2007년 전주에서 열린 '아시아-아프리카 문학 페스티벌'은 43개국에서 314명의 작가가 참여한 대규모 행사였다. 초청대상 국가와 주요 발제자들의 명단을 살펴보면 서구중심의 문학질서에 도전하겠다는 의지가 뚜렷하게 읽힌다.

아시아-아프리카 문학 페스티벌의 참여국가는 가나 가봉 기니 나이지리아 남아프리카공화국 레소토 르완다 리비아 마다가스카르 말라위 말레이시아 모잠비크 몽골 방글라데시 베트남 브룬디 세네갈 시에라리온 싱가폴 아르헨티나 아프가니스탄 요르단 우간다 이라크 이집트 인도 인도네시아 일본 적도기니 중국 카리브 카메룬 케냐 코트디부아르 콩고 타이완 탄자니아 태국 토고 튀니지 팔레스타인 필리핀 한국이었다. 기조연설자는 마흐무드 다르위시와 루이스 웅꼬씨(Lewis Nkosi), 셀리나 호쎄인(Selina Hossain), 황석영 등이었다. 전례가 드문 행사로 많은 관심과 기대를 불러일으켰지만 이 페스티벌은 한차례 행사로 막을 내렸다. 많은 시행착오를 겪으며 이루어낸 행사가 성과를 이어가지 못한 것에 대해 참석했던 많은 외국 작가들이 아쉬워했다.

2009년 제주도에서 열린 국제델픽위원회 문학부문 행사도 16개국에서 40여명의 작가들이 참여한 규모가 큰 국제행사였지만 성과와 한계를 축적할 주체가 부재한 일회성 행사로 그친 아쉬움을 남겼다.

국제교류행사의 정례화를 선도한 것은 민간 문화재단이다. 『동서문학』을 발간하던 파라다이스문화재단은 '한·중작가회의'를 정례화했다. 2007년 중국에서 첫 행사를 개최한 이후 한국과 중국을 오가며 매년 행사를 열고 있는데 4회째인 올해는 '과거와 현재, 문학과 전통'이라는 주제로 양국 작가 40여명이 발표와 토론을 벌였다.

2008년에는 대산문화재단이 주관하는 '동아시아문학포럼'이 열렸다. 서울에서 열린 이 포럼에는 한국과 중국, 일본의 문인 30여명이 참가했다. 격년제 행사로 기획된 이 포럼은 2010년에는 일본, 2012년에는 중국으로 나라를 옮겨가며 열릴 예정이라고 한다.

재정과 행정에서 안정성을 지닌 두 재단의 교류행사는 이전 단계에서 보여주었던 작가들의 자발적인 문학교류와는 다른 짜임새와 매끄러운 진행을 보여주었다. 그러나 한·중, 또는 한·중·일이라는 동북아 중심국가들 간의 교류라는 점은 이 교류행사의 힘이기도 하지만 한계이기도 하다. 문학적인 네트워크뿐만 아니라 경제적 기반도 구축되어 있는 이 나라들과의 교류는 정확한 사전 기획과 결과에 대한 예측이 가능하다. 서로에 대한 정보와 통·번역 역량도 풍부하다. 그러나 한국이, 아시아에서 패권을 행사한 전력이 있고, 또 앞으로도 그럴 가능성이 있다고 다른 아시아인들이 생각하고 있는 일본·중국과 같이 하나로 묶이는 것이 바람직하지 않을 수 있다. 한류로 불리는 한국의 대중문화가 아시아에서 반향을 불러일으키며 확산되는 배경에는 한국문화에 대한 아시아 국가들의 관대한 수용태도가 자리잡고 있다. 아직은 아시아의 어느 나라도 중국이나 일본처럼 한국이 패권국가가 되어 자기 나라의 문화를 위협할지 모른다는 경계심을 가지고 있지 않다.

한국문학이 아시아를 만나는 과정은 한국문학이 세계와 만나는 과정에서와 같은 자기경계가 필요하다. 서구가 자기중심적으로 그려놓은 패권적인 세계문학의 지도를 비판하면서 우리가 아시아에서 서구와 다르지 않은 방법으로 아시아문학의 지도를 그리는 모순에 빠지는 일은 없어야 할 것이다.

불안정한 작가 중심의 교류활동과 한·중·일 중심으로 편중된 문학행사의 한계를 동시에 극복해보려는 시도가 2010년 인천에서 열린 '아시아·아프리카·라틴아메리카문학 포럼'이다. 8개국에서 여덟 명의 작가를 초청한 비교적 단출한 행사였지만 비서구 3개 대륙의 작가들이 뚜렷한 주제로 깊이있는 대화를 시도한 행사였다. 인천문

화재단이 주관한 이 행사의 주요한 발제자는 살와 바크르, 류전윈(劉
震雲), 씨오닐 호세(Francisco Sionil Jose), 박완서, 현기영 등이었다.

민간의 문학교류가 작가들이 주도하는 자발적인 형태에서 점차
민간재단이 주도하는 형태로 변화해가고 있다. 이런 흐름이 바람직
한 일인가, 하는 의문을 던질 수 있다. '베트남을 이해하려는 젊은 작
가들의 모임'의 정신에 비추어보면 이런 상황이 바람직하지 않을 수
있다. 국경을 넘는 작가들 사이의 자생적인 우정은 더이상 싹트기 어
려울지 모른다. 김남일과 응우옌 옥 뜨(Nguyen Ngoc Tu), 오수연과
자카리아 무함마드, 김형수와 칠라자브(K. Chilaajav), 전성태와 울찌
툭스(L. Ulziitugs) 같은 우정이 초대받은 손님들 사이에서 형성되기
는 쉽지 않을 것이다. 그러나 교류의 주체 못지않게 중요한 것은 참
여 작가들이 교류의 과정을 통해 서로의 작업을 이해하고 인정하면
서 시야의 규모를 국경 너머까지 넓히는 일이다.

아시아 문학교류의 미래

결국 문학은 작품이고 문학 교류의 핵심은 번역과 출판일 수밖에
없다. 18호까지의 『아시아』에 수록된 작품은 총 45개 국가의 461편이
다. 장르별로는 시가 168편으로 가장 많고, 산문 159편, 소설 75편 순
이다. 국가별로는 한국(144편)을 제외하면 팔레스타인(36편)이 제일
많고 그 다음이 인도(30편)와 인도네시아(30편), 베트남(29편), 필리

핀(22편), 몽골(21편)이다. 팔레스타인이 우리나라 작품 다음으로 많은 수를 차지한 건 봉쇄된 화약고 속에서 살아가는 작가들에게 기울인 관심 때문일 것이다. 중국(16편)과 일본(12편)은 수록 편수에서 8위와 9위였다. 작품을 확보하고 번역하기 가장 손쉬운 나라인 일본과 중국의 작품을 많이 수록하지 않은 건 편집진의 의도적인 노력에 기인한다. 아시아의 패권국가라고 할 수 있는 중국과 일본의 비중을 가능하면 줄이고 그 존재를 인정받아오지 못한 나라의 작가를 소개하기 위해 편집진은 일관된 노력을 기울였다. 외국 독자들이 상당한 비중을 차지하지만 주된 독자가 한국인인 만큼 우리나라 작품의 비중이 3할이다.

그러나 더 눈길이 가는 나라는 비록 편수가 많지는 않았지만 동티모르, 레바논, 버마, 요르단, 우즈베키스딴, 까자흐스딴, 따지키스딴, 파키스탄, 이라크 등이다. 우리가 저작권료를 지불하고 처음으로 문학작품을 한국어로 소개한 나라가 절반에 달한다. 이들 나라의 작품 하나를 확보하기 위해 우리가 기울인 노력은 인도 작품 서른편을 얻기 위한 것보다 결코 적지 않았다. 그렇게 해서 우리가 얻고자 한 것은 무엇이었을까? 팔레스타인 문학 특집호였던 『아시아』 17호를 읽은 어떤 독자가 자신의 블로그에 올린 짧은 글이 우리의 대답을 대신하고 있다.

솔직히 말하자면 이 책을 선택하기까지 상당히 고민을 하였다. 팔레스타인이라면 긍정적이라기보다는 부정적인 인상이 강하고 북한이 핵개발하는 것 이상으로 끔찍한 테러리스트들이 점령하고 있는 자치구라는 것이 나의 생각 전반에 자리잡혀 있기 때문이다. 하지만… 그 나라의 문학엔 내가 바라보는 팔레스타인이 아닌 팔레스타인인(人)들이 생각하는 자국의 이미지나 생각, 현실 들이 담겨 있을 것 같았다. (http://blog.naver.com/hjimja/80114543343)

이 독자는 관심 밖이었던 팔레스타인 작가들의 글을 읽고 나서 팔레스타인에 대한 자신의 왜곡된 선입관을 바꾸었다고 쓰고 있다. 이런 독자들의 존재가 우리로 하여금 아시아의 문학을 소개하는 일에 지난 5년의 세월을 지불하게 만들었다.

존재가 흐릿한 아시아 다른 나라의 문학을 소개하기보다 우리의 작품을 소개하라는 충고를 많이 들었다. 그것이 국익에 부합하는 것이라는 분들도 있었다. 그러나 『아시아』는 앞으로도 여태 단 한편의 시도 소설도 한국어로 번역되어본 적이 없는 나라의 작품을 수록하기 위해 힘을 기울일 작정이다. 한국문학이 해외에 덜 번역 소개된 것이 문제라고 말하기 전에 우리가 알고 있는 나라의 문학이 얼마나 되는지 살펴보는 것이 필요하다. 이것이 국익에도 더 부합한다고 나는 여전히 믿고 있다.

대담
세계문학의 이념은 살아 있다

때 2007년 10월 20일 오전 10시 / **곳** 세교연구소 회의실
참석자 윤지관 문학평론가, 덕성여대 영문과 교수
임홍배 문학평론가, 서울대 독문과 교수

임홍배 이번호 『창작과비평』의 특집 대담으로 '세계문학과 한국문학'이란 주제를 마련했는데, 문학평론가이자 한국문학번역원 원장으로 계시는 윤지관 선생과 이야기를 나누어보고자 합니다. 우선 세계문학이라는 말이 거창하게 들릴 수 있으니까 독자들의 실감에 닿는 노벨문학상 얘기부터 해보죠. 얼마전에 노벨문학상 발표가 있었고 한국 작가의 수상을 기대했지만 아깝게 수상하지는 못했습니다. 하지만 한국문학이 번역된 짧은 역사에 비하면 그래도 많이 세계화된 게 아닌가 하는 느낌도 듭니다. 노벨문학상 백년을 돌이켜보면 거의 반세기가 넘어서야 처음으로 비서구문학에서 수상자가 나올 만큼 서구중심적 경향을 보이다가, 70년대 이후로는 상대적으로 비서구 쪽에서도 여러 작가들이 수상하기도 했는데요. 이번에는 도리스 레씽(Doris Lessing)이라는 영국 작가가 받았죠?

노벨상 열망에 깔려 있는 의식구조
윤지관 예, 금년 노벨문학상이 그렇게 되어서 문단에서나 일반 시민들 사이에서 실망하는 경우도 있는 것 같아요. 꼭 노벨상이란 걸 받아야 국민문

학 내지 민족문학의 가치가 확보되는 건 아니겠지만, 역시 세계문학의 관점에서 한국문학을 바라보자면 이런 국제적으로 인정된 문학상을 받은 작가가 있느냐 없느냐가 흔히 준거가 되기도 합니다. 아까 소개하신 대로 제가 지금 한국문학의 해외진출을 지원하는 공공기관에서 일하다 보니까 이번에도 남달리 관심있게 보게 됐어요. 노벨문학상 수상이 비단 문학 분야에서만이 아니라 여러가지 함축성이 큰 문화적인 사건이긴 합니다만, 비록 못 받았더라도 해마다 관심을 모으는 고은 시인이나 소설가 황석영을 비롯한 우리 작가들이 해외문단에서 주목받고 또 최종후보로 거론되는 것 자체가 한국문학이 세계문학 속에 자리잡기 시작한 증거라고 봐도 될 것 같습니다.

임홍배 한국문학이 식민지시대, 분단시대를 거치면서 민족사의 현실을 천착한 성과를 인정받게 되고, 그 문학적 성취들이 한반도와 주변 세계에 대한 나름의 성찰을 통해 세계문학적 지평을 획득해가는 과정에 있다고 볼 수 있겠지요.

윤지관 그렇습니다. 노벨문학상에 대한 우리의 기대나 반응이 좀 지나친 것 아니냐, 후진적인 것 아니냐 하는 비판도 가능하지만, 꼭 나쁘게만 볼 필요가 있나 싶어요. 이런 현상에는 우리말로 씌어진 창조적인 성과를 타자에게 인정받고 싶다는 인정의 욕망이 있는 것 같아요. 그것 자체를 민족주의적이라고 비난할 소지가 없는 건 아니겠죠. 하지만 이 문화적 인정 욕구에도 먹고사는 일 못지않은 진정성 같은 것이 있다고 봅니다. 노벨상이 서구에서 주는 것이고 또 이번에 레싱도 그렇듯이 구미 작가들이 주로 수상하는, 유럽중심·서구중심적인 면이 있단 말이죠. 이런 가운데, 우리가 이제 먹고살 만한 처지가 되었다고 다가 아니고, 그들 못지않은 창조성을 지닌 민족이라는 것을 알리고 싶은 열망이 깔려 있다고 봐요.

사실 오오에 켄자부로오가 수상했던 1994년 이래 10여년간 영국 작가 2명을 포함해서 수상자 대부분이 유럽 작가들입니다. 문학에서는 유럽중심주의가 더 강화되는 느낌마저 있어요. 우리로서는 이런 현상 자체를 냉정하게 읽어야지 일희일비할 필요야 없겠지요. 또 뒤집어보면 올해의 레씽이든 재작년의 해럴드 핀터(Harold Pinter)든 의미있는 작품활동을 벌써 수십년 전에 끝낸 작가들이 수상자로 선정되는 것은, 유럽문학에 이들 이후로 그만한 활력을 보여준 사례가 드물다는 방증이 될 수도 있지 않나 합니다. 오히려 세계문학이라는 구도에서 보자면 우리 문학을 비롯한 비서구권 문학의 활력이 기대되는 대목이지요.

괴테와 맑스, 그리고 세계화시대의 세계문학

임홍배 그러면 본론으로 들어가서, 세계문학이라는 용어 자체에 대해 여러 견해와 오해가 있을 수 있기 때문에 간단히 개념을 짚고 넘어가면 좋겠습니다. 통상적으로 세계문학이라고 하면 지역·민족문학의 산술적 총합 또는 인류 공통의 문화유산이라는 뜻으로 이해할 수 있을 텐데요. 이 말을 처음 사용한 괴테는 민족적인 편향성을 넘어 적극적인 상호 소통과 교류를 추구하고 인적 교류와 연대까지도 도모해야 한다는 취지로 세계문학을 주창했죠. 근대 세계체제의 부상에 대응하는 새로운 문학운동 내지 기획으로 이해한 셈이지요.

그 조건으로 괴테는 자본주의 발달과 국가간 교역의 증대를 꼽았고요. 그런 측면에서는 나중에 맑스가 『공산당선언』에서 말한 세계문학의 이념과 상통하는 부분이 있어요. 또한 괴테는 특정한 민족문학을 모델로 삼아서도 안된다고 하면서, 중심과 주변의 위계적 통합을 경계했습니다. 그러면서 세계사적 시야에서 당시 독일 현실을 탐구하는 창작실천을 통해 세계문학의 지평을 개척해나갔지요. 가령 서구 교양소설의 전범으로 알려진 『빌헬름 마이스터의 수업시대』는 구체제에서 시민사회로의 이행기라는 시대적 배경 하에 한 인간이 어떻게 온전한 인격체로 성숙할 수 있는가 하는 문제를 다루고, 『빌헬름 마이스터의 편력시대』는 시민적 가치에 기반을 둔 새로운 공동체의 탐색을 주제로 삼고 있어요. 그리고 필생의 대작 『파우스트』는 괴테 자신의 표현을 빌리면 '인류사와 세계사' 자체를 다룬 것이라 할 수 있죠.

윤지관 세계문학의 이념을 말하자면 역시 말씀하신 괴테의 뜻부터 되새겨볼 필요가 있겠는데…… 이런 질문이 먼저 떠올라요. 노벨상 얘기를 할 때도 항용 따라나오는 것인데, 한국문학이 과연 세계문학인가, 세계문학으로 인정받을 만한 성취가 있는가 하는 질문입니다. 한국도 세계의 일원이기 때문에 당연히 그 문학도 세계문학이다 하면 간단하지만, 문학의 수준이나 혹은 어떤 목표로서의 세계문학에 얼마나 다가서 있는가 하고 물을 때는 달라지지 않습니까? 이런 점에서 괴테의 세계문학 개념이 지금 다시 얘기될 수 있는 근거랄까 당위성이 있겠어요. 세계화 혹은 지구화라고 통칭되는 세계 자본주의 발전상의 국면과 맞물려서 서구 문학이론에서도 근년에 세계문학 개념을 둘러싼 논쟁이 있었던 거고요. 세계화시대라고 해서, 전지구적으로 대량 유포되는 베스트쎌러들, 해리포터 씨리즈라든가 『연금술사』 『다빈치 코드』 같은 작품들이 저절로 세계문학이 될 수는 없는 거 아니겠어요? 괴테의 시대에 지구화가 본격적으로 대두한 것은 아니지만, 지금 문제의 단초 같은 것들이 있었기 때문에, 괴테나 맑스의 세계문학 이념이 가지는 현재성이 있겠습니다.

임홍배 그런데 사회주의권 붕괴 이후에 자본주의의 전일적인 지배라는 새로운 국면의 세계화시대를 맞아, 괴테가 말한 세계문학이 현실에서는 부정적인 양상으로 나타날 가능성이, 그러니까 자본의 논리에 편승한 문화상품의 세계적 유통을 부추기는 양상으로 쏠릴 가능성이 전에 없이 커진 것 또한 사실이에요. 이런 추세에 대응하는 우리 나름의 문학을 추구하는 일이 중요한 과제가 아닐까 싶어요. 민족적인 것에만 집착해서도 곤란하지만, 추상적인 세계시민주의를 앞세우는 것도 작금의 세계화에 대한 대응논리로는 공허해 보입니다. 가령 제3의 길을 표방하는 울리히 벡(U. Beck) 같은 사회과학자들이 얘기하는 '세계사회'론도 그런 맹점을 드러내는 것 같아요. 세계화의 대세가 지구적 차원의 양극화와 국지적 차원의 국가간 갈등을 격화시키는 측면이 있기 때문에 여전히 민족 내지 국민국가가 중요한 준거가 되지 않을 수 없지요.

윤지관 그렇습니다. 세계화와 민족국가의 상호관계가 중요하듯이, 세계문학을 얘기할 때 민족문학이나 국민문학과의 관계를 생각하지 않을 수 없겠지요. 세계문학이 전체 민족문학의 총합이라는 점도 있어서 그렇겠지만, 민족문학 자체가 세계문학과의 관계 속에서 이룩된다고 해야 할 것 같습니다. 우리 문학에서의 민족문학론도 그렇구요. 크게는 근대성의 문제, 근대라는 전지구적인 문제에 지역적으로 혹은 민족적으로 대응하는 가운데 민족문학 혹은 국민문학이 발흥하기 때문에 그렇습니다. 말씀하신 대로 민족문학의 시대가 가고 세계문학의 시대가 온다는 발언을 괴테가 했고, 또 그 20년 후쯤에 맑스도 『공산당선언』에서 같은 취지의 얘기를 했지요.

그런데 아시다시피 그 직후 유럽에 극도의 민족주의가 팽배하면서 그런 세계문학적인 기획은 크게 후퇴하지 않습니까? 애초에 괴테의 발언도 액면 그대로가 아니라 세계문학의 이념에 비추어 민족문학의 내용을 제대로 채워야 한다는 취지가 있었던 것 같고, 또 실은 당시보다는, 말하자면 그런 기획이 과도한 민족주의 때문에 불발로 끝난 제국주의시대보다는 지구화가 본격화되고 있는 지금의 현실에 더 적실성이 있는 그런 이념이라고 해도 될 겁니다.

임홍배 사실 괴테 당대의 유럽 정세도 되새겨볼 필요가 있습니다. 프랑스혁명과 나뽈레옹전쟁의 여파로 국민국가들 사이의 치열한 쟁패전이 벌어지면서 민족주의가 발호하고, 전후 유럽질서의 복고적 보수화와 제국주의적 팽창이 그런 갈등을 봉합하는 형국이었죠. 그러니까 당시에도 온전한 뜻의 세계문학은 국수적 민족주의와 제국주의를 모두 넘어서야 하는 이중의 과제를 안고 있었던 거죠.

윤지관 괴테 자신도 중국이나 페르시아 문학 등 외국문학에 관심을 기울였고 기본적으로 타민족의 문화나 타자에 대한 인정, 개방성, 관용, 대화의 정신 등을 세계문학 이념의 요건으로 제시하기도 했어요. 나뽈레옹전쟁 이후에 일시적으로 팽배하던 국제주의 흐름과도 연관되는데, 국제적인 조건 면에서는 1990년대 탈냉전 기류 속에서 서구에서 다시 세계문학 논의가 나오기 시작한 것과 아주 흥미롭게 맞아떨어져요. 그런데 괴테한테도 그런 요소가 있었지만 세계문학이란 것이 때로는 유럽문학과 동일시되기도 하고, 19세기 후반부터 20세기에 걸쳐서는 서구중심의 정전으로 고착되어온 면이 컸잖습니까? 우리 독서계에서도 세계문학 하면 서구 명작이고, 비서구권은 가물에 콩 나듯 하고, 한국문학은 거기 끼지도 못하고 따로 취급되어왔고 말이죠. 그런데 최근에 와서는 탈식민주의의 이론적인 영향도 있고 해서 세계문학의 지형도를 새로 그려야 한다는 논의가 서구 쪽에서 나오고 있어요. 괴테의 이념도 서구문학의 보편성 논리로 왜곡되어온 부분은 그것대로 비판하고, 애초의 이념은 살려내는 그런 태도가 중요하겠습니다.

임홍배 우리 문학에서 보면 바로 그런 비판적 문제의식을 한국적 상황에 맞게 되살려서 진전시킨 경우가 지난 40여년 동안 '민족문학과 세계문학'을 화두로 견지해온 백낙청의 비평이라 할 수 있겠지요. 그간의 논의맥락을 여기서 두루 살피긴 어렵겠습니다만, 90년대에 들어와서 '민족문학의 새 단계'를 거론하고 특히 근년에 '지구화시대의 민족문학과 세계문학'을 강조하는 대목은 주목할 필요가 있다고 봅니다. 냉전체제 붕괴와 더불어 자본과 힘의 논리가 주도하는 세계화의 파고에 대응하면서, 동북아시아를 한 축으로 전개되는 세계정세의 흐름과 분단체제 극복의 과제가 더욱 긴밀하게 맞물리는 양상을 직시할 필요가 있겠지요. 거칠게 말해 분단체제 극복이 그냥 대세를 추종하는 통일에 안주하자는 게 아니라 남과 북에서 지금보다 나은 삶을 일구는 방식으로 통일을 하자는 것이라면, 그동안 한반도 질서를 규정해온 강대국들의 패권주의에도 일정한 변화를 동반해야만 가능하겠지요. 지금 한반도 현실에서 민족적인 과제와 세계문학의 이념을 함께 사고할 필요성은 이런 데서 찾을 수 있지 않을까 합니다.

윤지관 워낙 한국문학이든 외국문학이든 민중적인 혹은 제3세계적인 시각에서 보자는 민족문학론의 전제 자체가 세계문학의 지향이나 이념을 함축하고 있었던 셈이지만, 역시 동구권 몰락과 냉전구조 해체로 대변되는 1990년 무렵이 세계문학 논의에서도 한 전기가 되었다고 할 수 있겠지요. 크게 보면 장기적인 흐름으로서의 세계화가 이 시기부터 강하게 부각되면서, 또 분단체제가 흔들리는 위기 속에서 민족문학 논의에 새로운 모색이 이루어진 셈입니다. 일부 탈근대론자들이 민족 범주의 해체나 소멸을 말하고는 있지만, 기실 세계화 국면에서 가령 동구권의 경우가 그렇듯이 민족이 새로운 중요성을 가지게 된 경우도 있기 때문에, 복합적으로 사고하고 대응할 필요가 있었습니다. 여기에다 세계화가 실은 미국문화 중심의 획일성을 강요하면서 다문화주의의 외양을 띠고 있는 양상이 세계문학의 전열 자체에 위기를 불러오고 있고, 민족문학이 세계문학적인 이념에서 자양을 얻기 위해서는 세계체제에 대한 이해가 깊어져야 한다는 것이 백낙청 비평의 문제의식이었던 것 같아요. 원래 제3세계적 시각이라는 것이 세계를 셋으로 나누어서 보자는 것이 아니라 하나로 보자는 문제의식이기 때문에, 민족의 위기란 것도 결국 세계체제의 문제와 연결되어 있기 마련입니다. 세계문학의 이념으로 말하자면, 이 세계체제에 대응하는 그런 문학을 통해서, 우리 민족문학으로 본다면 세계체제와 맺어져 있는 분단체제에 대한 깊이있는 해석을 통해서, 여기에 기여할 수 있다는 것입니다.

중남미문학의 세계문학화와 그 한계

임홍배 그럼 이제 구체적인 창작의 성과를 놓고 얘기해보기로 하지요. 마침 제3세계 얘기를 하셨는데, 20세기 문학사에서 중남미문학은 민족적인 전통에 기반을 두면서도 다른 언어권과 두루 소통한 대표적 사례로 흔히 거론됩니다. 가령 가르시아 마르께스나 보르헤스의 경우가 그런 맥락에서 언급되는데, 문외한인 제 입장에서 보면 보르헤스는 라틴아메리카의 현실과 어떤 관련성이 있는지 파악하기 어렵고 오히려 서구의 해체론적 이론 취향에 맞는 작가로 각광받은 게 아닌가 싶어요. 2차대전 이전 시기에 이미 리얼리즘 소설의 재현론을 전면적으로 비판하고 선행 텍스트에 대한 '주석'으로 텍스트를 대체하는 '픽션들'을 쓰기 시작한 것도 전후의 서구이론과 코드가 통하는 것 같아요. 반면에 가르시아 마르께스는 유럽에서 생명력이 소진된 리얼리즘을 중남미적인 현실에서 나온 '마술적' 상상력과 결합해서 발전시킨 경우로 평가받는 것 같습니다…… 중남미문학에 대해서는 어떻게 생각하시는지요?

윤지관 세계문학의 이념이 이 시대에 새로 모색되는 데서 핵심이 되는 것은 역시 서구중심주의 탈피 혹은 극복의 문제겠지요. 노벨문학상도 그랬지만, 비서구문학 가운데 서구 중심부에서 본격적으로 인정받은 게 중남미문학이고, 70년대 이후에는 세계문학의 지형도를 바꾸는 데 중남미문학의 활력이 작용한 면이 컸습니다. 몇년 전 우리나라에도 왔다간 까자노바 (Pascale Casanova)가 『세계문학공화국』(The World Republic of Letters)이라는 책에서 세계문학을 민족문학 사이의 헤게모니 싸움의 장으로 보는 관점을 피력해서 논쟁을 불러일으켰는데, 이런 세계문학의 장이란 틀에서도 중남미문학은 큰 성공을 거둔 셈입니다. 보르헤스와 가르시아 마르께스를 좀 구분해서 말씀하셨는데, 제가 보기에도 그런 점이 있는 것 같습니다.

다만 헤게모니 다툼이란 것이 그렇듯이, 주류측에 받아들여지면서 동시에 먹혀버리는 면도 있는데, 중남미문학도 전반적으로는 그런 요소가 있는 것 같아요. 가르시아 마르께스로 대변되는 마술적 리얼리즘의 성과도, 조금 단순히 말하면 그 '마술'이란 것이 묘하게 현실을 신비화하는 효과를 낳을 수 있다는 거죠. 『백년 동안의 고독』은 서구 양식과 남미의 서사양식, 여기에 꼴롬비아 특유의 역사가 결합된 성과라 하겠는데, 서양인의 눈으로 보자면 그 '마술'이란 것에는 다름아닌 서양의 새로운 근대문명에 대해서 제3세계인이 느끼는 신기함과 환호 같은 것이 섞여 있단 말이죠. 비유럽권에서 일어나는 근대화과정에서 분명 그런 근대성의 요소들이 나타나긴 하지만 반면에 정치적 폭력이나 어두움, 악마적인 요소 같은 것들도 부과되기 마련인데, 그의 작품에는 이런 것들은 아주 추상화되거나 뒤로 숨고 노스탤지어 같은 것이 승하다 보니까, 어떻게 보면 서양에 면죄부를 주는 측면도 있는 것 같아요. 중남미문학이 다른 지역의 좀더 리얼리스틱한 작품들보다 미국이나 서구에 더 쉽게 수용된 데는 이런 것들이 작용했다고 봐야 하지 않나 싶습니다.

임홍배 그러니까 마술적 효과가 먹혀든 데는 일종의 오리엔탈리즘이 작용한 면도 있다고 보시는 거군요. 한가지 덧붙이자면 서구 독자들이 모더니즘 시기의 다양한 형식실험을 거치면서 습득한 학습효과 덕분에 수용이 용이해진 측면도 있지 않을까 싶어요. 서구문학에서 현실을 불가사의하고 기괴한 공포의 체험으로 인지하는 상상력이 적어도 1차대전 이후로는 그리 생소하지 않게 되었고, 가르시아 마르께스 자신도 그런 작품들의 영향을 언급한 적이 있지요. 그렇긴 하지만 가령 옥따비오 빠스(Octavio Paz)처럼 '라틴아메리카의 고독'에 더이상 매달리지 말고 서구적 보편성을 지향하자고 주장한 경우와는 달리, 가르시아 마르께스의 문학에는 역시 서구 독자의 눈에는 낯선 충격의 체험 같은 것이 독특한 형태로 구현되어 있지 않나 싶습니다.

윤지관 얼마전 칠레 출신의 미국 작가 아리엘 도르프만(Ariel Dorfman)이 희곡집 출간을 계기로 서울을 방문한 적이 있었는데, 그때 저와 대담을 하면서 이런 얘기를 했어요. 제가 그의 장편소설『체 게바라의 빙산』(*Nanny and the Iceberg* 1999; 한국어판 2004)을 거론하면서 "당신의 작품에도 마술적 리얼리즘적인 성격이 많이 있는 것 같다. 그렇지만 '마술'보다는 '리얼리티'에 파고드는 정신이 더 느껴져서 그냥 마술적 리얼리즘이라고 부르기가 좀 걸린다"고 했더니, 도르프만 자신도 마술적 리얼리즘은 싫다는 거예요. 그런 수법을 활용하되 어떻게 당대 현실의 현실됨을 파고드느냐 하는, '마술'보다 '리얼리즘'에 집중하는 것이 근대성에 대한 탐색으로서나 작품적 성취로서나 더 소중하지 않나 싶습니다.

마술적 리얼리즘은 중남미뿐 아니라 예컨대 인도의 루슈디(S. Rushdie) 같이 서양 주류문단에서 활동하는 제3세계 작가들이 흔히 쓰는 기법인데, 루슈디는 영국에서 부커상을 받는 등 문학적으로 인정받고 있지만, 파키스탄이나 인도의 상황을 아주 생생하게 그려낸 그 지역 작가들의 작품은 서구사회에서 거의 대접도 못 받고 유통이 안되고 있거든요. 진정한 세계문학이 그런 '마술성'으로 치장된, 서구의 눈으로 수용되기 쉬운 문학만이 아니라 비서구적 형태일지라도 각 지역의 척박한 현실을 사실적으로 그려내는 각 민족의 문학들을 포괄하는 것이어야 한다면, 중남미 형태의 세계문학 진입은 한편으로는 기존 세계문학 관념에 대한 혁신이지만 다른 편으로는 동화인 측면이 있습니다. 한국문학에서 서구 주류담론의 결을 거스르거나 따로 이루어진 리얼리즘문학 논의와 문제의식이 세계문학을 새로 구성하는 데 중요한 것도 이 때문입니다.

임홍배 그 말씀을 다른 식으로 표현하면 리얼리즘에도 그 어떤 전범이 있는 게 아니라 현실을 보는 눈을 새롭고 풍요롭게 해주는 부단한 자기쇄신이 요구된다는 맥락으로 이해할 수 있겠습니다. 서구의 경우도 그 점은 마찬가지인데, 가령 토마스 만(Thomas Mann)도 그래요. 최근까지도 그가 통상적인 의미의 리얼리스트라 보는 견해가 있는가 하면 그에 맞서 아예 모더니스트라고 주장하는 사람도 있는데, 엄밀히 말하면 서구근대에 대한 비판적 사유의 세례를 통해 단련된 리얼리스트라고 봐야죠. 토마스 만은 바그너·니체·쇼펜하우어의 영향을 강하게 받았고, 그런 지적 자양분에 힘입어 몰락해가는 서구 시민사회 내부의 가치붕괴를 이전 시대의 리얼리스트들과는 다른 감각으로 예리하게 통찰할 수 있었던 것이죠.

흔히 토마스 만과 함께 논란이 되는 카프카의 경우도 그냥 모더니스트로 단정하고 넘어갈 사안은 아닙니다. 서구의 주변부이자 합스부르크제국의 속국인 체코에서, 게다가 유대인이면서 독일어로 글을 쓸 수밖에 없는 자의

식의 표현으로 카프카는 자신의 글쓰기를 '작은 문학'이라 일컬었어요. 말하자면 서구 중심부의 거대서사로는 담아낼 수 없는 몇겹의 억압구조를 포착하기 위해 새로운 글쓰기를 시도한 셈이지요. 그렇게 해서 서구 자본주의 사회가 봉착한 위기의식, 가령 사물화와 소외의 문제를 묘파하는 세계문학적 지평을 획득하게 됩니다.

서구 모더니즘 논의의 수용양상

윤지관 모더니즘은 시대사조이기도 하고 문학적 특성을 말하기도 하지만, 세계문학의 차원에서는 20세기 들어와서 가장 광범하게 추구된 세계문학운동 같은 것이라고 볼 수 있습니다. 유럽에서 발흥해 20세기 초에 폭발적인 성취를 거쳐 세계 전반으로 파급되면서 좁은 의미의 리얼리즘을 갱신시키기도 하고 각 지역마다 독특한 모더니즘의 성과를 낳게 했으니까요. 마술적 리얼리즘을 통째로 모더니즘으로 귀속시키는 것은 어폐가 있겠지만 그 한 예가 될 수 있겠고요. 말씀하신 대로 토마스 만이나 카프카도 모더니즘의 세례를 받으면서 좀더 리얼리스틱해지는 면모를 보였다면, 제3세계의 뛰어난 성취들도 크든 작든 그런 경로를 거칠 수밖에 없지 않았나 합니다. 저는 모더니즘의 세계문학적인 의미를 장편에서 교양소설이 쇠퇴해가는 현상과 관련해서 이해하고 싶은데요. 서구문학이 19세기에 거둔 성과였고 또 세계적으로 여파를 가장 널리 미친 것이 바로 교양소설이라는 판단에서입니다. 한 사회공동체 속의 개인이 모험이나 실패와 좌절을 겪고 그걸 통해 성장하고 그 과정에서 세계에 대한 인식을 획득한다는 교양소설적인 틀은 그 자체가 서구적인 근대화의 산물이고 자본주의의 역동성이 문학에 구현된 대표적인 장르이기 때문에, 서구뿐만 아니라 제3세계 등 비서구권의 근대문학에서 되풀이해 시도되고 성과를 보이고 있는 것이지요. 그런 점에서는 서구문학의 어떤 보편적 성격이 여기에 드러났던 셈입니다. 모레띠(Franco Moretti)식으로 말하면 교양소설은 '근대성의 상징형식'인 거죠.

모더니즘은 이런 교양소설적인 통합의 가능성이 서구사회에서 소실되어가면서 생긴 위기를 돌파하려는 한 실험이었는데, 모더니즘의 진짜 힘은 서구 내에서도 제3지대에 속하는 작가들, 가령 더블린의 제임스 조이스나 베케트, 체코의 카프카 같은 작가들에게서 나왔고, 당시에 살아 있던 변혁이념과도 결합되면서 모더니즘 폭발이 일어났습니다. 카프카의 '작은 문학' 언급을 소수문학의 저항성과 바로 연결시키는 들뢰즈식의 관점은 너무 과한 것 같지만 말이죠. 모더니즘도 이런 맥락 속에서 그것이 가령 우리와 같은 구체적인 국지에서 어떻게 발현되나를 봐야지, 서구에서 한번 했던 양식과 내용을 그대로 보편성의 틀로 흉내낸다고 무슨 세계문학이 나오겠습니까? "너희 모더니즘이 그런 거냐? 우리는 이런 거다." 이렇게 말할 수 있는 성과를 내려면 역시 우리의 구체적 현실이 뭐냐, 분단이 뭐냐 이런 것에 대해서 깊이 고민하는 태도가 중요하겠습니다.

임홍배 예, 교양소설의 역사적 변천도 흥미로운 대목입니다. 괴테만 해도 본격적인 근대화 초기에는 19세기 사회소설로의 이행을 예고하는 서사적 통합의 가능성을 강하게 드러내지만, 19세기로 오면 고립된 개인의 내면적 분열상을 탐색하는 쪽으로 기울고, 그런 의미에서 안티교양소설이라는 말이 나오기도 합니다. 모더니즘 내지 아방가르드 문예운동 역시 편차가 다양하죠. 1차대전을 겪고 나서 서구의 몰락을 전망하는 문명비관론이 비등하고, 서구적인 근대에 대한 절망과 재생에의 욕구가 교차하는 가운데 파시즘과 또 한차례의 제국주의 전쟁을 유럽 본토에서 치릅니다. 이런 상황에서 근대문학의 핵심적 성취라 할 수 있는 인간과 역사에 대한 믿음 같은 게 거덜나지요. 그런 맥락에서 다다(dada)처럼 아예 문학개념 자체를 파괴하는 데 골몰한 실험, 현실의 인과적 합리성을 부정하는 초현실주의 등이 나왔고, 그런가 하면 이딸리아 미래파처럼 파시즘의 선봉을 자처한 엉뚱한 경우도 있습니다. 반면에 우리 문학에서 모더니즘은 식민지시대의 이상(李箱)이나 산업화시대의 조세희의 경우에서 보듯이 우리가 처한 현실을 통해 굴절 변형되면서 다른 효과를 발휘하는 것 같아요.

윤지관 소위 모더니스트들, 가령 이상이나 조세희 같은 독특한 성과들에 대한 임선생의 지적에 동의하면서도, 예를 들어 카프카와 만의 대비 속에서 루카치가 얘기한 리얼리즘과 모더니즘의 대립, 혹은 서로 방향이 다른 경향성의 충돌이라는 문제의식 아래서 한국 근대문학사를 보자면, 한국 근대문학은 루카치가 주목한 바로 그 시기, 즉 모더니즘 발흥기에 근대문학으로 형성되었고 그 속에 모더니즘 자체의 성과도 있지만, 전체적으로는 말하자면 리얼리즘을 중심으로 해서 이룩되었다고 하겠습니다. 염상섭·현진건·채만식·이기영 등으로 이어지는 전통이 아무래도 식민지문학의 주류를 이루었고, 해방 이후에도 근대화되는 과정에서 중심적인 성과들이 대개 거기서 나왔던 거고요. 역사적으로 보면 서구와는 아주 다른 양상을 보였던 거죠. 세계문학 차원에서도 그러면 빨리 서구를 쫓아가야지 뭐냐, 이렇게 발전론적으로 볼 문제가 아닙니다. 지역적으로 근대성이 발현하는 양상에 따라서 그 민족의 독특한 문학적 성과들이 나오게 되고 그런 성과들이 모여서 세계문학을 형성하는 것이지, 세계문학의 정형이 이미 존재하고 그것에 도달하느냐 마느냐 하는 차원의 문제는 아니라는 거죠.

임홍배 그런 측면에서 민족문학과 세계문학의 접합점은 역사적으로 불균등하게 진행되는 개별 민족문학 내지 국민문학의 성취를 바탕으로 따져볼 문제가 아닌가 싶습니다.

일본문학과 하루끼 현상의 문제점

이제 동아시아문학 얘기를 해보죠. 근래에 일본과 중국의 현역 작가들 작품이 한국에는 물론 서구에도 꽤 많이 소개되는 걸로 알고 있습니다. 우선 일본의 경우 무라까미 하루끼 같은 작가는 일본 내에서 베스트쎌러 작가로 각광받고 있고, 한국 작가들에 비해 훨씬 더 많은 언어로 번역되어 구미에서도 잘 읽히고 있는데다 이번에 언론에서는 노벨상 후보로도 거명되던데 이런 현상을 어떻게 보시는지요?

윤지관 하루끼는 실제로나 상징적으로나 동아시아문학뿐 아니라 세계문학을 말할 때 빠질 수 없는 작가인데, 그 전에 동아시아문학 전반에 대해서 좀 짚고 싶어요. 전체적으로 동아시아문학이 세계문학에서 차지하는 비중이 지금까지는 미미했고, 같은 제3세계권이라 하더라도 중남미나 아프리카 쪽과 달리 아시아권의 작가들은 각자의 민족문학으로서의 성취와는 무관하게 세계문학계에서 별로 존재감이 없었다 해도 과언이 아닙니다.

여러가지 이유가 있을 텐데 역시 가장 중요한 건 언어문제가 아닐까 싶어요. 예컨대 중남미의 경우에는 대개 스페인어 사용권이라는 이점이 있고, 아프리카의 경우에는 서구의 식민지배를 겪으면서 프랑스어나 영어로 작품활동을 하는 작가들이 많기 때문에 주류 서구문학권에 진입하기가 쉬웠다고 볼 수 있는데, 동아시아권은 그럴 수 없었던 거지요. 고유의 언어를 지켜냈다는 장점이 오히려 세계문학에서 훨씬 주변적인 위치에 몰리게 했다는 게 역사의 아이러니라면 아이러니겠죠. 일본문학은 동아시아 혹은 아시아권이어도 어떤 면에서는 특수한 점이 있습니다. 우리가 세계문학과 관련지어서 민족문학을 얘기할 때 제3세계적인 시각을 강조해왔고 또 제3세계권 문학과의 연대나 유사성을 말하기도 했는데, 일본은 좀 다르지 않습니까? 하루끼 문학의 경우에도 대단히 서구화·미국화됐다고 할까, 서구중심의 세계질서에 별 저항 없이 부응하는 가운데 이루어진 성과로 보이고요. 지금의 일본문학을 어떻게 볼 것인가 하는 문제를 얘기하다 보면 지금 세계화가 뭐고 세계문학은 무엇인가라는 물음에 첨예하게 부딪칠 법해요.

임홍배 하루끼는 서양 독자들에게도 친숙한 모띠프와 감각이 있다는 생각은 들어요. 문제는 과연 자국의 역사와 현실에 대한 비판적 인식이 뒷받침되느냐, 또 그것이 외국 독자들에게도 설득력이 있느냐 하는 것인데, 최근의 대표작『해변의 카프카』를 보면 그런 기대와는 거리가 멀어 보입니다. 가령 태평양전쟁을 일본국민 공동의 역사적 책임으로 받아들이기보다는 스스로를 전쟁의 피해자로만 기억하고 싶어하는, 그렇지만 까놓고 드러낼 수는 없는 보통 사람들의 집단적 무의식을 자극하고, 전쟁으로 인한 정신적 외상 자체도 탈역사적으로 신비화하죠. 60년대 학생운동 역시 나약한 개인에게 치명적 상처만 남긴 집단적 억압으로 간단히 처리되고, 이 모든 역사적 부채를 마치 부당한 금기처럼 깨뜨리는 자유만 용인됩니다. 그래서 코모리 요오이찌(小森陽一) 같은 평론가는 "역사의 기억을 소거시키는 극히 위험한 전향"이라고 평한 거 아닙니까? 이런 탈역사적 상상력이 세련된 감각주의와 결합되면서 한국과 중국에서도 많이 읽힌 게 아닌가 싶어요. 말하자면 한국에서는 80년대에 대한 반작용과 맞물리고, 아마 중국에서는 문혁에 넌더리라도 내는 윗세대와 달리 아예 정치 일반에 무관심해진 신세대의 감각에 부응한 게 아닌가 짐작됩니다만.

윤지관 그래도 『해변의 카프카』는 『노르웨이의 숲』(국내에는 『상실의 시대』로 번역)처럼 감질나는 것보다는 역사현실에 한번 대들어보겠다는 뜻도 있어 보이던데, 역시 그냥 넘어가지지 않는군요.(웃음) 저도 읽었지만 심하게 말하면 흉내만 낸 것 같아요. 하루끼만 보고 일본문학 전체를 말할 수는 없겠지만, 소위 하루끼 현상이라는 것을 무시할 순 없을 듯합니다. 하루끼를 비롯한 80년대 이후 세대가 이루어온 일본문학의 흐름을 보면, 그것이 세계문학이라고 할 정도로 일본의 현재를 깊이있게 묘사하고 그 지역적 내용을 보편적 주제로 승화시킨 성과들인가 하는 점에 대해서는 일본 내에서도 부정적인 의견이 많습니다. 연전에 카라따니 코오진이 근대문학의 종언을 선언한 것도 기본적으로는 특히 80년대 이후의 일본문학의 변화에 많이 기댄 것이었지요. 물론 세계적 현상으로서의 지구화라든지 대중문화나 대중매체가 중심이 되면서 문자언어가 주도권을 상실했다든지 하는 탈근대적 변화가 그 근거이겠습니다만, 일본문학 내적으로도 근거를 두고 있어요. 그전에 오오에 켄자부로오에게 노벨상을 안겨준 『만엔 원년의 풋볼』같이 일본의 역사, 사회현실, 그와 관련된 일본인들의 심리적 억압 같은 문제들을 돌파하고자 하는, 말하자면 진지한 문학이 밀려나고, 가볍고 또 표피적인 감상이나 분위기를 환기시키는 작품들이 일본문학의 주된 흐름을 이루고 있다는 점 때문에, 문학이 사회변화에 영향을 주던 시대는 끝났다는 식이 된 거지요.

하루끼는 전공투를 경험한 세대다 보니까 변혁운동이 실종된 시대의 상실감을 대변한다느니 새로운 감각이니 하면서 우리 90년대 작가들한테 특히 영향을 미친 것 같은데, 하루끼도 그렇고 무라까미 류우도 그렇고, 표피성이 강해서, 가령 괴테나 맑스적인 의미에서 세계문학, 세계화에 대항하는 몇 안되는 거점으로서의 세계문학, 그런 저항 가운데 인간과 사회에 대한 통찰과 사회체제를 움직이는 근본원리에 대한 해석, 이런 것에는 미달이라고 하겠습니다. 요즘 우리 젊은 작가들을 보면 하루끼에게서 무슨 대안을 찾던 데서는 벗어난 것 같아 다행인데, 저는 또 이런 국면에서 하루끼가 덜컥 노벨문학상이라도 타버리면 이건 참 난리도 아니다, 우리도 못 탔지만 하루끼도 안된 것이 그나마 세계문학을 위해서나 괴테를 위해서 다행이다 했습니다.(웃음)

격변의 소용돌이에서 용틀임하는 중국문학

임홍배 근래에 중국 작가들도 국내에 많이 소개됐지요. 위화, 모옌, 쑤퉁 같은 작가들이 중국 안팎에서 주목받는 것으로 알고 있습니다만……

윤지관 중국문학을 잘 알지 못하는 입장이니까 길게 얘기하면 손해일 것 같고요.(웃음) 우선은 동아시아라는 틀에서 세계문학의 이념을 이야기해보는 것도 필요한 듯합니다. 동아시아를 하나의 문화적 카테고리로 보면 거기에 미국화되어가는 세계화 현상에 맞서는 어떤 동아시아적 가치지향이 문학에서 표출될 수도 있겠지요. 그런 점에서 한·중·일의 문학적인 흐름을 서로 파악하고 교류·연대하는 것이 중요한 시점인 것 같아요.

한·중·일 3국을 비교할 때 일종의 문학적인 시차 같은 것이 먼저 떠올라요. 예컨대 일본이 이른바 포스트모던한 문화형태, 일종의 후기자본주의적 문화논리로서의 포스트모더니즘이 성하고 거기에 휩쓸려가는 형국이라면, 한국은 어느정도 일본식 표피문화의 침투를 받으면서도 여전히 문학에서는 현실참여적인 정신도 살아 있고 세계화의 격랑을 겪으면서 뒤흔들리지만 그런 가운데서도 새로운 문학적 대응을 시도하고 있다는 생각이 듭니다. 그에 비하면 중국문학의 경우, 중국의 역사 같은 것들을 소재로 한 젊은 작가들, 특히 80년대에 등단해서 그후로 열심히 활동하고 있는 위화나 쑤퉁, 모옌 등 소위 선봉파(先鋒派) 작가들의 작품에는, 중국문학의 전통에 기반하되 현실에 대한 거의 자연주의적인 묘사에 가까운, 크게 보아 리얼리즘적인 접근이 상당히 살아 있어요. 이런 3국간의 차이를 세계문학이라는 관점에서는 어떻게 해석할 수 있을까가 관건일 것 같군요.

임홍배 우리 문학이 서구에 소개되는 과정에서도 우리 현실에 대한 비판적 성찰을 폭넓고 깊게 담아낸 고은이나 황석영의 작품이 우선 주목을 받지요. 바깥에 알려진 중국문학 역시 중국현대사의 배경이 짙게 깔려 있는 것 같습니다. 가령 위화의 『살아간다는 것(活着)』 같은 작품은 나약한 개인의 삶에 각인된 중국현대사의 축약판이라 할 만한데, 바로 그것이 소설로는 맹점이 아닌가 싶어요. 개인사의 연대기에 역사적 사건들을 에피쏘드로 배치하는 이야기의 흐름과 결이 좀 심심하고 성기다는 느낌이랄까요. 중국을 모르는 서양 독자들한테 최소한의 역사적 상식은 제공해줄지 몰라도 소설 자체의 성취로는, 한국 독자들의 성에 차기 어렵겠다 싶어요. 그렇다면 중국과 한국의 문학적 소통이 세계문학의 경지를 내다볼 수 없음은 물론이고, 동아시아적 가치의 공유를 뒷받침하기에도 미달이지요. 물론 한 작품의 사례를 일반화해선 안되지만, 한·중·일의 문학소통을 얘기할 때는 가령 한류열풍을 얘기할 때와는 다른 차원의 작품 검증이 반드시 필요하다고 봅니다.

윤지관 전 좀 다르게 읽었는데요, 요즘 우리한테도 소개되고 서양에도 꽤 알려진 중국 작가들을 보면, 우선 역사·전통의식이 살아 있어요. 최근 중국문학의 변화랄까 개혁에서 오는 창조적 성과라 할 수 있죠. 중국문학이 그동안 사회주의체제 속에서 위축되었다면 위축되었던 창작력이 앞으로 왕성하게 살아날 징후 같은 것을 느끼게 합니다. 모더니즘의 성과를 가능케 한 역사적 상황에 대한 앤더슨(P. Anderson)의 분석을 원용하자면, "중국 현대문학에는 과거의 전통이 아직 사라지지 않고 가치를 지니고 있는 상황에서 새로운 과학기술이 가능성으로 다가오고 여기에 변화 내지 개혁의 전망이 뒷받침된 어떤 결합국면의 힘이 작용하고 있다" 이런 추정도 됩니다. 이에 비해서 일본의 경우에는 그런 가능성이 퇴색하고 희미해진 단계가 아닌가, 역사적 감각이 사라진 자리에 표피적 감각이 들어선 것이 아닌가 하는 생각이 들거든요.

많이는 못 읽었지만 쑤퉁이라는 작가가 상당히 괜찮은 것 같고, 위화는 『허삼관매혈기(許三觀賣血記)』를 가장 재밌게 봤어요. 염상섭과 김유정을 섞어놓으면 그런 유장하고 심각하면서도 유쾌한 역사소설이 나올까 싶었습니다. 여기 비하면 저 역시 『살아간다는 것』은 많이 처진다고 느껴요. 쑤퉁은 자연주의적인 면이 있으면서도, 예컨대 운명론이나 결정론적인 인간의 조건, 어쩔 수 없이 역사의 덫에 갇혀서 벗어날 수 없는 막막한 상황을 그려내죠. 당대 중국사회의 가치관 변화를 담은 「이혼지침서(離婚指南)」 같은 중편에는 조이스의 『더블린 사람들』 같은 분위기도 나구요. 중국문학의 가능성을 짐작하다 보면, 요즘 우리 문학이 너무 호흡이 짧다는 생각이 듭니다. 현실참여 문학은 이제는 시효가 지났다느니 리얼리즘은 구문이라느니 하는 소리가 많이 들리는데, 좀 시야를 넓혔으면 싶어요.

임홍배 제가 『허삼관매혈기』는 아직 못 읽어서 앞에서 한 얘기를 수정해야 하지 않을까 싶네요.(웃음) 어떻든 한 작가의 작품에 서로 다른 평가들이 나올 수 있다는 것은 지금 중국문학이 커다란 실험의 와중에 있다는 하나의 징표로 볼 수 있지 않을까 합니다. 모옌에게서 그런 인상을 강하게 받았는데요, 가령 『술의 나라(酒國)』를 보면 '식탐'을 아이를 잡아먹는 알레고리로 변환해서 개혁개방시대의 들끓는 욕망을 그로테스크하게 엮어가는데, 일견 섬뜩한 얘기를 섬뜩하지 않게, 혹은 그 역으로 풀어가는 블랙 유머가 특이합니다. 제 느낌에는 중국의 전통서사적 요소가 없지 않지만 그런 요소와 길항하는 현대적 실험정신이 훨씬 승한 작품인 것 같아요. 그런데 이런 혼혈양식을 어떻게 향토색 짙은 『홍까오량 가족(紅高粱家族)』의 작가가 썼을까 하는 의문이 들더라구요. 이런 양식의 단절과 혼합이 낯설지 않을 만큼 과연 지금 중국사회가 격심한 혼돈의 와중에 있다는 뜻인지, 아니면 홍콩식 느와르영화를 의식한 것인지 잘 분간되지 않더군요.

쑤퉁의 작품은 또 다른데, 중국의 근대와 전근대가 착종된 양상이 잘 드러나는 것 같아요. 가령 「처첩성군(妻妾成群)」 같은 작품은 축첩제도가 봉건시대의 유물로 남아 있던 개화기 초입의 이야기인데, 이런 작품이 지금 중국에서 당대소설로 읽히는 현실적 근거가 무엇인지 아리송해요. 그런가 하면 「이혼지침서」는 입쎈의 『인형의 집』에 나오는 여주인공 '노라'를 현대 중국의 남성으로 치환한 이본(異本)인 셈이죠. 입쎈의 노라와는 딴판으로 허영과 치기로만 뭉쳐진 남성인물을 꼴통 가부장으로 희화하는 데는 성공했지만, 역시 '희화'의 양식이 허용하는 만큼의 세태소설에 그쳤다는 느낌이 듭니다. 우리 문학에서 가령 채만식의 『인형의 집을 나와서』(1933)와 비교해도 소품이지요.

윤지관 그 작품에는 그런 소품적인 면이 있죠. 그렇지만 쑤퉁의 『쌀(米)』 같은 장편을 보면 거친 듯하면서 인간의 욕망과 복합심리를 파고드는 힘이 또 만만찮거든요. 채만식과 견주어보는 것도 흥미로운데, 저도 이걸 읽으면서 미두장을 배경으로 한 『탁류』(1937)가 언뜻 떠오르더군요. 인간군상을 역사현실 속에서 그려내는 도도한 필치에서 비슷하고 둘 다 대단한 풍자가지만, 쑤퉁의 뚝심이랄까 인간의 악마성 같은 것을 끝간 데까지 밀고 나가는 집요함이 당대 중국문학의 힘을 보여주는 것 같았어요. 문제는 우리 사십대 작가들한테서 이런 추궁력을 얼마나 자주 목격할 수 있나 하는 거죠.

중심부의 한계를 돌파해낼 아시아문학의 활력

바로 옆에서 치고 나오는 중국문학도 그렇고, 또 우리하고 역사의 악연이 얽혀 있는 베트남문학도 같은 맥락에서 유심히 살펴볼 필요가 있겠어요. 베트남문학도 번역된 것이 몇 작품 안되니까 일반화하기는 어렵지만, 바오닌(Bao Ninh)이나 반레(Van Lé)의 소설, 또 최근에 응우옌옥뜨(Nguyên Ngọc Tư)라는 젊은 작가의 『끝없는 벌판』이라는 작품이 소개되었는데, 반레의 경우 사회주의적 리얼리즘 체취가 많이 나서 별 재미를 못 느꼈지만, 바오닌만 하더라도 전쟁의 심리적인 영향을 밀도있게 파고들고 근대를 자기 삶과 관련지어서, 또 베트남의 현실과 관련지어서 형상화해내는 힘이 있어요. 응우옌옥뜨 같은 신세대 작가에게는 현재의 베트남 현실, 그 현실의 척박함을 시적으로 형상화해내는 능력이 있는 것 같고요. 그런 점에서 베트남문학의 활력이 감지되는데, 마치 우리가 70년대 전후에 겪고 대응했던 국면들이 시기를 달리해서 살아나고 있는 면이 있거든요.

이런 아시아문학의 정황을 전체적으로 보면서, 문학이 시대적 국면이나 상황에 따라 또 지역에 따라 발현하는 방식을 통괄해내고 그것을 세계문학 형성의 새로운 힘으로 엮어내는 시각이 필요한 때가 아닌가 합니다. 우리가 민족문학 얘기를 하면서 중심부에서 희미해진 역사의식이 생생하게 일깨워지는 주변부적 상황을 말했다면, 지구화 속에서 지역들 사이의 이런 대비나 중심부의 한계를 돌파해내는 주변부 문학의 힘 같은 것들이 새로운 세계문학 지형도에서 응당 자리잡아야 할 것입니다.

임홍배 바오닌의 『전쟁의 슬픔』이나 반레의 『그대 아직 살아 있다면』 같은 작품을 보면 소년기에 대미항전에 참전했던 투사답게 혁명적 낙관주의가 강하게 느껴지고, 그에 비해 고단한 유민생활의 단면을 그린 『끝없는 벌판』은 말씀하신 대로 서정적 색채가 짙죠. 지금 베트남사회의 총체적인 모습을 담은 당대소설이 나왔으면 하는 아쉬움이 남습니다.

그런데 말씀하신 대로 우리 문학과의 시차를 너무 강조하다 보면 일종의 환경결정론 내지 진화론적 발상에 빠질 우려가 있지 않나 해요. 예컨대 중국처럼 과도기의 격변을 겪고 있는 사회에서는 서사의 활력이 살아나고, 반면 후기자본주의 단계에 들어선 나라에서는 서사의 활력이 감퇴한다는 식의 도식이죠. 최근 우리 문학에 대해서도 사회가 정체되니까 소설이 위축된다는 말이 나오는데, 그렇게 볼 문제는 아니지 않나 싶어요.

윤지관 "베트남이나 중국 소설이 우리 60,70년대식의 리얼리즘이다, 그런데 일본문학은 그런 단계를 진작 지나서 포스트모던한 대중소설로 간다, 그리고 한국은 그 중간 어디쯤이다" 이런 식으로 단순화한다면 좀 지나치겠지만, 일면의 진실은 있다고 보입니다. 일본의 경우는 우리한테 최근 소개되고 있는 것들만 봐도 그렇잖습니까? 노골적으로 감상적인 혹은 거의 순정소설적인 작품들이 마구 들어오고 있고, 여기에는 물론 현대 도시 젊은이들의 사고방식, 느낌, 생활방식, 스타일, 패션 등이 화려하게 반영되어 있죠. 일본문학에 그런 대중문학만 있는 것은 아니고 재일조선인 작가라든가 사회의식을 가진 작가들도 없진 않습니다만, 하여간 결국 이렇게 단계적으로 세계화 혹은 자본주의가 진행되는 데 따라 문학의 의미가 궁극에는 소멸될 수밖에 없는 것 아니냐고 물어볼 수 있겠죠.

이것은 상당히 크고도 심각한 주제인데요, 자본주의체제 및 그것의 성숙 혹은 확산과, 우리가 문학에서 기대하는 창조성의 영역이나 언어를 통한 창조적인 공간의 보장이나 형성이 모순적으로 대립하는 면이 있는 것 같아요. 그 가운데서 문학은 위기에 처해 있고, 또 항상 위기 속에 있을 테지요. 다만 지구화의 경향 속에서 모든 것이 전일화된다고 해도, 예컨대 중국이나 또 베트남처럼 제3세계의 특수성 같은 것들도 있고, 제1세계든 어디든 지역들에서 일어나는 반지구화적인 요소들이 운동으로든 정서상으로든 존재할 수 있다면, 그런 요소들을 작품적 성과로 이룩해낸 각 지역의 문학들을 통해서 이를테면 맑스가 예상한 대로의 세계문학의 형상이 새로 탄생할 수 있다는 거죠. 그러면서 국제연대의 문제도 생각해볼 수 있겠고, 그런 점에서는 아시아-아프리카 문학 페스티벌(AALF)을 추진하는 근래의 문단 움직임이나, 계간지 『아시아』의 간행, 베트남, 인도, 팔레스타인에 관심을 가진 문인들의 모임이 활성화되는 것도 주목할 만한 변화라고 생각합니다.

임홍배 예, 말씀하신 대로 좁게는 동아시아, 멀리는 중동과 아프리카에 이르기까지 작가들의 교류가 활발해지는 것은 과거에 서구문학 중심으로 편성되었던 세계문학에 새로운 돌파구를 열 수 있는 중요한 계기라고 생각됩니다. 그런 움직임에 한국 문인들이 적극적인 역할을 하고 있는 데서도 우리 문학의 저력이 느껴집니다. 그런데 한국사회의 변화와 문학의 역할을 다르게 진단하는 입장에서는 이런 생각에 동의하지 않을지도 모르겠습니다. 이를테면 한국도 일본처럼 자본주의가 난숙한 국면에 접어들면 문학의 활력도 위축될 게 아니냐 하는 진단인데, 실은 그런 현실의 복잡다단한 모순과 갈등을 총체적으로 묘파하는 과제가 문학의 짐이자 보람이 될 수도 있겠지요. 후기자본주의 사회의 큰 특징으로 흔히 상품문화와 종래의 예술문화의 경계가 흐려지고, 감각이라는 것도 사람살이를 풍요롭게 하기보다는 현실인식을 둔화시키는 문화적 소비재에 쉽게 흡수되고, 일상의 생활세계에서 가상과 진상의 구분도 모호해지는 현상들을 꼽지요. 문제는 상황이 그러니까 문학환경이 척박해진다고만 볼 게 아니라, 더 명민하고 활달한 감수성이 요구된다는 것을 제대로 이해해야 한다는 거죠. 맑스가 『자본론』에서 상품의 환각효과를 가리켜 '리얼한 가상'이라고 했듯이 포스트모던 문화에 달라붙는 헛것들에도 그 실체적 뿌리가 있게 마련입니다.

윤지관 말하자면 서구 모더니즘이 이룩한 성과 가운데 훌륭한 부분이 바로 임선생이 말씀하시는 그런 과제에 대응했다는 점이 아닐까 합니다. 서구의 모더니즘이 맞닥뜨렸던 그런 문제가 지금 비서구 혹은 제3세계의 대도시에서는 어떤 식으로 추구될 수 있는가가 관건이겠지요. 또 한가지는 지금 지구화된 세계 속에서 대도시는 다문화적이고 다민족적인 요소가 강해진 상태입니다. 모더니즘 발흥 당시에 서구 도시도 실은 그랬지만, 특히 지구화가 확산되어온 지금의 시점에서 대도시는 이민자, 이주노동자를 비롯한 외국인, 그밖의 상호 교류 등을 통해서 여러 인종들이 모인 다문화적인 속성이 커졌습니다. 한국도 그렇게 되어가는 경향이 있는데, 그 속에서 어떤 방식의 문학이 지구화된 새로운 형태의 대도시에서 탄생할 수 있느냐 하는 것이 숙제랄 수 있습니다. 이런 지구화의 변화 속에서 안과 밖 사이의 견고한 경계선 같은 것이 무너지기도 하지만 여기에 적극적으로 대응해가려는 노력도 필요한 것이거든요. 근래에 무국적문학이니 하는 것이 세계문학의 대세라는 식의, 말하자면 하루끼가 세계문학의 모델이라는 식의 이해도 나오는 것인데, 요즘 많이 얘기되는 오르한 파묵(Orhan Pamuk)만 보더라도, 각 국지에서 생겨나는 갈등과 모순, 정체성의 문제 이것들 자체에 대해서 단순히 탈주니 이탈만으로는 제대로 대결할 수 없다는 것을 실감하게 됩니다.

한국 장편문학의 성취와 과제

임홍배 그러면 그런 큰 맥락 속에서 최근에 주목받은 한국의 장편소설을 한번 짚어봤으면 싶은데요. 먼저 눈에 띄는 건 황석영의 근작소설로, 동아시아 근대화를 다룬 『심청』과 탈북자의 이산(離散)문제를 다룬 『바리데기』가 있죠. 신경숙(申京淑)의 『리진』은 구한말 격동기의 틈바구니에서 희생된 궁녀 출신 여성의 비극적 운명을 그리고 있고, 병자호란을 소재로 한 김훈(金薰)의 『남한산성』도 마찬가지로 역사소설이죠. 김영하(金英夏)의 『빛의 제국』은 근래 소설로는 드물게 80년대말 학생운동과 분단문제를 지금 현실로 끌어낸 작품입니다.

우선 황석영 소설부터 얘기해보죠. 『심청』은 심청설화를 빌려 이야기를 풀어가는데, 단순히 소재를 차용한 게 아니고 이야기 전개방식이 서구식 기준으로 보면 소설의 원형이라 할 서사시 같은 형태로 독특하게 변형된 느낌이 들어요. 특히 오끼나와를 '용궁'으로 상상하는 장면이 그렇고, 전체적으로 심청을 연화보살의 세속화로 변주하는 방식이 그런 느낌을 줍니다. 물론 한국·중국·타이완·싱가포르·오끼나와·일본을 거쳐 다시 한국으로 귀향하는 심청의 동선을 움직이는 힘은 서세동점(西勢東漸)의 소용돌이에 요동치는 동아시아의 현실, 특히 왜곡된 시장논리에서 나오기 때문에 그런 부분들에 대한 묘사는 역시 황석영다운 리얼리티를 발휘하지요. 사실 저는 이 작품을 읽으면서 심청이 너무 멀리까지 가는 게 아닌가 걱정이 되기도 했는데,(웃음) 그런 리얼한 묘사와 동아시아 근대화의 핵심국면들을 적절히 배치하는 역사적 원근법을 보면 역시 황석영만이 감당해낼 수 있는 공력이 느껴지더군요.

윤지관 장편소설은 근대문학의 총아이고 카라따니 코오진이 근대문학의 종언을 선언한 것도 장편소설의 의미 상실을 말하는 거니까, 그런 뜻에서도 우리 문학에서 과연 장편소설이 살아 있나 하는 것이 매우 중요한 질문이겠습니다. 황석영은 출옥 후에 그야말로 장편소설로 승부하고 있지 않습니까? 우리 서사문학이 살아 있음을 입증하는 큰 버팀목이 되어온 것이 사실입니다. 90년대 이후 문학에서 서사가 약화되었다면 황석영의 장편들은 이 위기를 정면으로 뚫고 나가는 돌파력이 있어요. 『오래된 정원』이후로 내놓는 작품마다 한국문학의 현재를 가늠케 하는 무게가 실려 있는데, 한편으로 작품에 따른 특장들이 있는 것 같아요.

연전에 『손님』이 프랑스의 권위있는 페미나상 후보에 올랐을 때, 저는 개인적으로 『오래된 정원』이 올랐으면 좋았겠다고 생각했습니다. 『손님』에서는 리얼한 묘사의 힘이 빛나는 대목들이 있는 한편, 작품구조상으로 매우 중요한 원령들의 개입이 느슨해서 이를테면 토니 모리슨의 『빌러비드』(Beloved) 같은 전율성이 없거든요. 물론 그 자체로서 훌륭한 성취라 해도 말하자면 세계문학이라는 기준에서 볼 때의 아쉬움 같은 것입니다. 최근 작품인 『바리데기』 그리고 그전의 『심청』에서도 새로운 형식을 실험하고 있습니다. 두 작품 모두 역사소설적인 외양을 갖고 있기도 하지만, 소설의 원형으로 돌아갔다고나 할까요, 피까레스끄(picaresque) 형식을 활용해서 국경

너머로까지 확장되는 모험을 그려내면서 아시아, 혹은 그 너머까지의 공간을 포괄하여 지구화의 국면과 주체들의 삶을 엮어가고자 합니다. 유목적인 주체랄까, 세계적인 차원의 이산문제를 끌어안으면서, 수난의 주체가 자기를 찾는 모험을 감행한다는 점에서 형식은 피까레스끄지만 그 내용에는 세계체제 속에서 인간의 운명을 형상화하려는 근대 장편소설(novel)의 충동이 살아 있는 것 같아요. 그 점에서는 분명 주목에 값하는데, 작품에서 이 충동이 얼마나 살아 있느냐, 이런 문제를 짚어야 할 것 같습니다. 『바리데기』는 집중도가 뛰어난 전반부에 비해 바리가 해외로 나간 후반부에서는 에피쏘드들이 제대로 엮이지 못해서 피까레스끄의 문제성 같은 것이 드러납니다. 현재 왕성하게 작품활동을 하고 있고 세계문단에서도 비중을 인정받는 작가이기 때문에, 앞으로도 더 집중력있는 장편을 기대할 수 있을 것 같습니다.

임홍배 그런데 소설이라는 게 원래 여러 장르와 형식을 뒤섞어서 녹여내는 용광로 같은 속성이 있고, 그런 점에서는 피까레스끄 같은 선행형식도 얼마든지 새롭게 차용될 수 있지 않을까 합니다. 이 작품처럼 시공간의 동선이 큰 경우에는 그런 형식이 나름의 내적 필연성을 갖지 않을까 하는 게 제 생각입니다.

역사에 대한 관심도 여러 양상으로 나타날 수 있겠지요. 비근한 예로 TV에서 80년대나 지금이나 사극이 늘 인기를 누리는데, 사실 이른바 '역사 뒤집기'를 표방하면서 흥행을 노리는 상당수의 역사소설 역시 그런 TV 방영물을 흉내내는 면이 없지 않지요. 그런 경우를 차치하면 지금의 현실인식이 교착상태에 빠졌거나 특수한 과도기 국면에서 현재의 좌표를 가늠하기 위해 시야를 멀리 가져가는 측면도 있을 거예요. 말하자면 과거와의 대화를 통해 지금 이곳의 현실을 폭넓게 조망하려는 것이겠지요. 하지만 그런 시도가 제대로 성공하지 못하면 서사의 결핍을 대체하는 형국에 빠질 위험도 있습니다.

그런 측면에서 신경숙의 『리진』이나 김훈의 『남한산성』을 얘기해봤으면 좋겠는데요. 저는 『리진』을 재미있게 읽었고, 실제 역사적 사건들이 원경에 깔려 있지만 신경숙 특유의 낭만적 색채가 강한 상상력이 돋보이는 작품이라고 생각해요. 물론 역사를 의식하다 보니 다소 정적인 느낌도 주는데, 그런 점에서는 오히려 낭만적 상상력을 더 밀고 나갔어도 좋았겠다 싶어요. 일찍이 졸라가 발자끄와의 차별화를 꾀하면서 발자끄에겐 낭만적 잔재가 너무 강해서 리얼리티를 해친다고 비난한 적이 있는데, 실은 졸라가 본 것과 달리 고품격의 낭만주의는 리얼리즘의 훌륭한 자양분이 되었죠. 어떻든 『리진』은 작은 한 개인의 운명을 그 시대에 어울리는 역사적인 균형감각으로 소화해낸 작품이 아닌가 합니다. 반면에 김훈의 『남한산성』은 병자호란이라는 역사적 소재를 빌려오긴 했지만 역사성을 제거한 실험쎄트 같다는 느낌이 컸어요. 그러니까 출구 없이 갇힌 상황에서 인간들이 어떤 반응을 보이는지 행태실험을 하는 듯해요. 역사와 허구가 만나는 지점들에서 과도한 자의성이 드러나기도 하죠. 작가는 "나는 아무 편도 아니다. 다만 고통받는 자들의 편이다"라고 했는데, 전자는 맞는 말 같지만 후자는 설득력이 떨어집니다. 이 작품이 베스트쎌러가 된 이유로 평론가 김영찬은 지난호 『창작과비평』에서 IMF사태 이후 국민들의 박탈감을 건드린 점을 얘기했는데, 독자들이 처해 있는 무력감을 불가항력적 사태로 절대화해서 울분을 자극했다는 뜻으로 이해하면 그런 효과는 사이비 카타르시스일 뿐이고 진정한 역사소설로는 함량미달이다 싶어요.

윤지관 우선 신경숙의 소설부터 말씀드리면, 저도 『리진』을 재밌게 읽었습니다. 문체도 그렇고 인물을 그려내는 신경숙 특유의 개성이 역사를 다루는 데서 발휘되어 한번 잡으니까 손을 놓기 힘들 정도였어요. 또 개화기라고 지칭되기도 하는 근대 초기의 문제에 초점을 두면서 근대성의 문제를 그 시원에서 풀어가고 있다는 점에서 그전에 나왔던 김영하의 『검은 꽃』과도 서로 비교되고 관심이 갔습니다. 두 작가 모두 소위 90년대 문학의 대표주자로 나왔는데 탈민족, 내면, 탈역사 같은 담론하고 잘 엮이는 작품활동이 중심을 이루던 것에 비하면, 근작들이 역사로의 귀환이랄까요, 함께 역사소설을 시도하고 있는 것이 당대 문학의 한 징후이기도 하다는 느낌을 받습니다.

두 작품 모두 최근에 나온 장편 가운데 수작인 건 분명한데, 역시 이것들을 세계문학적인 기준에서 보면 어떨까 하는 생각을 해봅니다. 『리진』을 읽고는 이렇게 아름다운 역사소설도 있을 수 있구나 하는 생각이 들면서도, 역사가 사인화(私人化)되었다 할까 미학화되었다 할까 하여간 정통적인 역사소설이 보여주는 그런 역사의 역동 같은 것을 느끼지 못해서 아쉽기도 했습니다. 물론 작가가 그걸 노린 측면이 있겠지만, 역사 속의 인물들을 복원해냈고 또 생생하게 복원한 부분이 있긴 해도, 배경이 되는 역사라는 틀은 교과서에서 말하는 대로 그냥 두고 그 속의 인물들만 채색했다 할까요? 같은 연배의 중국작가들이 쓴 역사소설 속 인물들의 생동감하고는 종류가 또 다르고, 더 가깝게는 홍석중(洪錫中)의 『황진이』에서 보이는 역사에 대한 '해석' 같은 것이 부족하지 않은가 합니다.

김영하의 『검은 꽃』이 그 점에서는 역사소설에서 기대함직한 역사 해석력이 더 돋보이는 것 같아요. 그런데 이 작품도 정통적인 의미의 역사소설은 아니고, 그런 외양을 하고 있지만 역사에 대한 해체랄까 하는 의도를 알게 모르게 품고 있는 것이 걸립니다. 『검은 꽃』의 성과는 이런 의도에도 불구하고 당대 인간들이 근대를 만났을 때의 모습을 있는 그대로 그려내려는 작가적인 기율(紀律)이 이룩한 것이라고 하고 싶고요. 하여간 미학에서는 승리했지만 철학에서는 미흡한 것, 말하자면 역사에 대한 사유의 깊이가 소설에 반영되지 않는다는 것이, 세계문학으로 보자면 우리의 재능있는 작가들에게서 느끼는 제 아쉬움입니다.

그래도 두 작품에는 역사를 붙들고 씨름한다는 의식이 살아 있는데, 이번의 『남한산성』도 그렇고 김훈의 소설은 역사를 차용했지 역사소설은 아니거든요. 독자들의 민족주의적 정서에 호소하면서도 거꾸로 역사 자체에 대한 허무의식을 부추기는 내용을 담고 있어서, 뭐랄까 좀 부정직한 것이 아닌가 하는 느낌입니다. 문장의 호흡을 살려내는 솜씨라든가 장인적인 면모는 뛰어나지만, 역사를 미학화하려는 의도가 너무 노골적이라서 신경숙에게는 장점이 된 처연한 아름다움 같은 것이 여기서는 너무 태를 부린 것처럼 매끈거려요.

임홍배 『검은 꽃』얘기를 하셨는데 이 작품과『빛의 제국』은 이야기의 시공간이 전혀 달라도 이야기하는 방식은 뭔가 비슷하다는 생각이 들거든요. 이를테면 파국적인 결말을 미리 예정해놓고 이야기의 흐름 속에 국가, 민족, 이념 같은 것을 휩쓸어서 해체하려는 방식이라고나 할까, 그런 느낌이 듭니다. 『빛의 제국』이 고정간첩이라는 특이한 인물설정으로 분단문제를 다루고 있긴 하지만, 여기에서도『검은 꽃』에서 보였던 과도한 작위성이 인물의 활동 여지를 크게 제약합니다. '빛의 제국'이라는 표제의 초현실주의 모띠프가 말해주듯이, 분단상황에서 고정간첩이 되기까지 필연으로 여겼던 삶의 도정이 지금 나의 존재와는 전혀 무관한 헛것으로 증발해버립니다. 냉전시대에 결별을 고하는 의미는 있겠지만, 그것도 지금 시점에서는 새삼스러운 이야기일 테고, 권태와 허무에 찌든 자본주의적 일상에 흡수되는 것과는 다른 방식의 삶에 대한 천착으로 나아가지 못합니다. 그러다 보니 작품 결말이 분단이라는 소재를 걷어내도 무탈한 쓸쓸한 세태의 확인으로 끝나고 말지요.

윤지관 김영하의『빛의 제국』은, 아까『검은 꽃』을 말한 방식대로 하자면, 그 특유의 역사 전복에 대한 몰두가 작품 속에서 문제를 야기한 경우가 아닌가 합니다. 분단문제가 갖는 이념의 질곡을 풍자하고자 하는 의도는 물론 이해가 돼요. 그런데 분단문제를 다루면서 전체적으로는 당시의 역사에서 요구됐던 민주화운동과 분단극복운동의 결합이라는 운동의 배경이나 역사해석에 대해 해체, 뒤집기를 시도하려는 의도가 너무 강해서 작품상의 여러 문제로 드러나는 것 같습니다. 분단문제에서 야기되는 비극을 희화하려면, 가령 위화가『허삼관매혈기』에서 문화대혁명을 두고 그러는 것처럼, 인물에 대한 작가로서의 대접이랄까 어떤 애정이 저절로 작품 속에 용해되어 있어야 하는데, 운동에 참여한 여성의 타락상이라든가 이런 것이 애정도 설득력도 없이 제기되는 곳이 많아요. 역시 탈이념, 탈민족도 좋지만 너무 그런 '이념'에 매어 있으면 이렇게 작품이 성기고 덜컥거리게 될 수 있습니다. 『검은 꽃』이 그의 의도를 넘어서서 가까스로 리얼리즘의 성취를 이루었다면 『빛의 제국』은 그러지 못한 셈이지요.

세계화시대 한국문학의 과제 — 번역과 소통

임홍배 최근의 몇 작품만 언급하다 보니 비판적인 평가가 많이 나온 것 같습니다만, 길게 보면 한국문학의 활력은 여전히 살아 있다고 봐야겠지요? 그런 가능성을 염두에 두면서 한국문학의 과제를 세계문학과 관련지어 얘기해보죠.

윤지관 괴테가 세계문학을 얘기할 때 중시한 것이 민족문학간의 교류였지요. 타자의 문학과 대화하고 또 그것을 용인하는 과정에서 민족문학도 발전시키고 세계문학도 형성하자는 그런 취지였을 텐데, 사실 지금 보면 괴테가 말한 교류란 것이 괴테 당대에 비하자면 엄청나게 늘어나지 않았습니까? 작가들이 해외여행도 많이 다니거니와, 외국 작가들이 방문해서 혹은 우리 작가들이 해외로 나가서 같이 행사를 하기도 하고 말이지요. 문제는 그 교류란 것이 어떤 내실을 가지는가 하는 것인데, 문인들의 교류가 무슨 사교모임은 아니고, 역시 각 민족이나 지역이 처해 있는 모순이나 곤경에 맞서는 작가로서의 고민을 서로 나눌 수 있는 토대가 되어야겠지요. 일방적으로 저쪽 얘기를 듣는 것이 아니라 이쪽 이야기를 설득력있게 해내는 능력도 필요하겠고요.

임홍배 괴테의 경우에도 역사학자 칼라일(T. Carlyle)이 괴테 선집을 영역할 때 둘이 직접 서신을 주고받는 작업들이 있었어요. 오늘날 작가들의 직접적인 교류 가능성은 활짝 열려 있다고 해도 과언이 아니지요. 그런 점에서 동아시아를 포함해서 세계 각 지역과의 교류와 연대가 갈수록 중요해지고 있고, 그런 과정을 통해 바람직한 의미의 세계화에 기여하는 문학의 역할이 크다고 하겠습니다. 다른 한편 문학작품을 통해 이루어지는 상호소통 역시 일상적으로 중요한 과제죠. 처음에 말씀드린 대로 한국문학은 겨우 90년대에 들어와서 본격적으로 해외에 번역되기 시작했는데, 좋은 번역을 내는 일은 여전히 큰 숙제가 아닌가 합니다. 윤선생님께서 마침 한국문학번역원 원장이라는 직책을 맡고 계시니까 그 일과 결부지어 말씀을 해주시죠.

윤지관 제 업무를 내세울 기회를 주셔서 고맙습니다.(웃음) 우리가 한국문학을 세계문학과 관련지어서 이야기해왔지만, 사실 우리 문학이 번역이 안되어 있으면 세계문학 현실에서는 존재하지 않는 것과 마찬가집니다. 교류란 것도 거의 내실이 없는 것이겠고요. 그런 점에서 한국문학처럼 상대적으로 소수언어로 씌어진 문학에서는 특히 번역이란 것이 세계문학에 동참하는 토대라고 하겠는데, 이 자리에서 자세히 말할 것은 아니지만, 말씀하신대로 한국문학이 아직도 세계문학에서 존재가 미미한 이유 가운데 하나는 좋은 번역물이 많이 부족하다는 현실입니다. 당장의 번역도 번역이고, 또 한국문학을 해외로 번역할 만한 역량을 지닌 번역가들을 지원하고 교육하는 것이 매우 중요한 시점이지요. 또 해외에서 한국문학을 하나의 연구분야로 자리잡게 하는 일이나 해외의 독자층을 형성해내는 그런 번역 인프라를 구축하는 일에 정부기관인 한국문학번역원이 앞으로 역점을 두어나가야 한다고 봅니다.

임홍배 일각에서는 문학번역이나 세계적인 유통문제는 시장이라든지 학계에 맡겨두어야지 정부가 꼭 해야 하는가 하는 시각도 있는데, 다른 것도 아닌 '문학'번역원의 존립근거를 묻는 질문일 수 있겠습니다만…… 번역의 당대적인 의미랄까 이런 문제와 관련해서 좀더 말씀해주시지요.

윤지관 어려운 질문인데(웃음), 우선 번역이 왜 중요하냐…… 본질적으로는 세계화시대가 되면서 번역의 중요성이 거의 질적인 전환을 했다고도 할 정도로 커졌다는 것부터 말하고 싶습니다. 세계화라는 것이 언어들 사이의 교류를 빈번하게 만들면서도 중심언어로의 통합 같은 것도 동시에 진행시키잖아요? 요즘 세계어로 대접받는 영어가 그 대표적인 것이지요. 이런 현상이 일어나게 되면 각 민족어의 위상은 약화되는 경향이 생기고, 그 민족의 언어가 담고 있는 문화의 토대라든가 새로운 창조의 동력 같은 것들이 위기에 처할 수 있습니다.

제가 일년 전인가 번역관련 학술대회에서 기조강연을 하면서 획일화된 영어로 갈 것인가, 민족 다양성을 살려내는 번역으로 갈 것인가라는 선택 앞에 우리가 서 있다고 말한 적이 있는데, 사실 번역이 그냥 기능적인, 있으면 좋지만 없으면 또 그만인 그런 것이 아니라, 세계화가 초래할 수 있는 획일적인 문화, 획일화된 언어에 맞서는 필수적인 매개이자 힘이라는 인식이 있어야 할 것 같아요. 이를테면 영어 사용을 강요할 것이 아니라 민족어를 살려나가면서 세계화에 맞서자면 번역을 키워나가는 길밖에 없습니다. 그것이 민족문화의 창조성을 보존하는 방법이기도 하니까요. 문학번역이 중요한 것은 문학이 민족어로 이룩한 성취의 핵심이기 때문이겠고요. 저는 우리 정부가 국고로 문학번역을 지원하는 것에는 번역문제에 대한 이런 인식이 토대가 되어야 한다고 봅니다. 또 워낙 한국문학의 기반이 세계적으로 취약하기 때문에 시장이나 학계에 전적으로 맡기기에는 이르고, 이것들이 제 기능을 하도록 뒷받침하는 것이 현재로서는 매우 중요하다고 보고요.

아까 말한 까자노바라는 이론가가 민족문학들의 각축·경쟁으로서의 세계문학을 얘기했는데, 물론 우리가 국가적으로 문학번역을 지원하는 것도 민족국가의 국제적인 위상 혹은 경쟁이라는 목적이나 관념과 맺어지는 면이 분명 있지요. 그렇지만 한편으로는 민족국가가 꼭 민족이기주의만 추구한다고 보기는 어렵다는 것이 제 생각이고, 실제로 민족국가가 이런 세계화 국면에서는 국지적인 요구와 절실한 삶의 문제를 수렴해내고 상황을 돌파해나가는 거점이 될 수 있다고 봅니다.

한국문학번역원이라는 공공기관도 우리 문학의 경쟁력을 높여서 문학작품을 수출하거나 노벨문학상이라도 받아서 나라 이름을 올리면 다른 상품들을 팔기가 유리하다거나 하는 그런 경쟁의 목적, 까자노바적인 의미에서의 현실도 있겠습니다. 그렇지만 거기에 초점을 둘 것이 아니라, 세계문학을 앞으로 어떤 방향으로 구축해나갈 것이며 우리나라의 창조적인 성과들을 어떻게 제대로 해외에 내보내서 세계문학의 지형도를 바꿔나가는 데 기여할 것인가, 말하자면 괴테적으로 사고하면서 대응해야 하지 않나 합니다.

임홍배 말씀하신 대로 한국문학의 세계화는 단지 그동안 덜 알려진 우리 문학을 바깥세계에도 널리 알리자는 소극적인 취지를 넘어서 한국문학이 우리의 국지적 현실에 대한 나름의 성찰을 통해 세계적 문제의식을 공유하는 데 특별한 기여를 하자는 것이겠지요. 한국문학이 그런 의미에서 세계와 소통하는 다양한 가능성들을 모색하는 것이야말로 여전히 미완의 과제로 진행중인 세계문학의 이념을 우리 시대의 요구에 맞게 되살리고 발전시킬 수 있는 길이 아닐까 합니다. 마지막으로 한마디 첨언하자면 한반도에 국한해서 볼 때 남북 문학교류 또한 지속적으로 발전시켜야 할 중요한 과제죠. 예를 들어 과거에 동서독이 통일되기 전에 굉장히 많은 동독 작가들이 서쪽에서 작품을 내서 많은 독자들을 확보했고, 나중에는 작가들간의 교류도 상당히 활발했습니다. 우리도 공식기구를 통해 남북 문인교류를 상당한 정도로 진척시켜왔지만, 작품교류는 근래 홍석중의 『황진이』가 만해문학상을 받은 정도지요. 한두 작가의 작품밖에 소개되지 않은 정도로 단절되어 있는 것도 앞으로 극복해야 할 과제가 아닌가 싶습니다. 오랜 시간 감사합니다.

* 이 글은 『창작과비평』 138호(2007년 겨울호) 특집 '한국문학, 세계와 소통하는 길' 에 실린 것이다. 대담에 참여할 당시 윤지관은 한국문학번역원장이었다(2006.4-2008.12.).

서장 지금 우리에게 세계문학은 무엇인가 • 김영희

1 Johann Wolfgang von Goethe, *Conversations with Eckermann* (M. W. Dunne 1901), 175면.

2 Goethe, *Essays on Art and Literature*, Ed. John Gearey (Suhrkamp 1986), 225면 및 *Conversations with Eckermann*, 175면.

3 '세계문학'의 진전이 저급한 문학의 확산을 가져올 가능성 및 당대의 대세에 맞서 는 국제적 연대 필요성을 괴테가 직접 언급한 한 예로는 Goethe, *Essays on Art and Literature*, 227면 참조.

4 Karl Marx and Friedrich Engels, *The Communist Manifesto* (Penguin Books 1967), 84면. '부상하는 지구적 근대성'(an arising global modernity)이라는 표현은 David Damrosch, *What Is World Literature?* (Princeton University Press 2003), 1면에서 차용.

5 좀더 자세한 논의는 졸고 "World Literature Construction and Discourses in South Korea", *Expanding the Frontiers of Comparative Literature: The XIXth Congress of the International Comparative Literature Association* (중앙대학교, 2010년 8월 15~21일), 11~12면 참조.

6 이런 문제의식이 탄탄하지 못할 때는 서구중심성의 극복이라는 문제의식이 가령

모레띠의 근자의 제안처럼 반문학적 발상으로 연결될 위험이 크다. 모레띠는 세계 문학연구를 문자 그대로 '세계 전체'로 확대하자고 하면서, 그 현실적 구현 방안으로 대개 중심부에서 창출된 소수의 정전에는 '꼼꼼히 읽기'라는 방법론이 그대로 유지될 수 있을지 몰라도 주변부 문학은 텍스트 자체가 아닌 주변부에서 창출된 문학연구에 의존하는 '2차적'(second hand) 읽기 즉 '원격 읽기'(distant reading)의 방법을 취할 수밖에 없다고 말한다. 이것은 또한 주변부 텍스트에 대한 '동등한' 대접에 못 미친다는 점에서 서구중심성의 시정에도 미달하며 오히려 그 재연에 가깝다. Franco Moretti, "Conjectures on World Literature", New Left Review 1 (2000), 54~68면.

제1부 지구화시대의 민족과 문학 • 백낙청

1 이 글은 '전지구화와 문화'(Globalization and Culture)라는 주제로 1994년 11월 미국 듀크대학에서 열린 국제학술대회에서 "Nations and Literatures in the Age of Globalization"이라는 제목으로 발표한 내용을 우리말로 옮긴 것이다. 원문은 대회의 성과를 묶은 단행본(Fredric Jameson and Masao Miyoshi, eds., *The Cultures of Globalization* (Duke University Press 1998), 218~29면)에 게재될 예정이고, 이를 국내 독자들을 위해 번역할 생각은 원래 없었다. 한국의 문학상황이 생소한 외국인들을 위한 소개글의 성격인데다 내용의 일부가 필자가 전에 발표했던 「지구시대의 민족문학」과 중복되기도 하기 때문이다. 그러나 지금 시점에서 오히려, 한국문학에 생소하면서 '민족문학' 개념에 대체로 회의적인 외국의 이론가들을 염두에 둔 이런 원론적이고 다소 논쟁적인 글이 국내 풍토에도 어울릴 법하다는 『작가』 편집진의 권유를 받고, 적절한 보론을 더해 발표하기로 동의했었다. 그런데 정작 닥치고 보니 최근의 문학상황을 감안한 보완의 글을 쓰는 일은 개인사정상 도저히 불가능한 실정이다. 다만 편집자측의 또 한가지 주문, 즉 『작가』 지난호(1996년 11·12월호)의 '특별기획: 통일운동의 새로운 출발을 위하여'에서 분단체제론이 거론된 데 대해서도 아울러 논평해달라는 부탁만 따로 떼어서 응하는 '부록'을 붙여서 내놓기로 양해가 이루어졌다.['부록: 김영호씨의 분단체제론 비판에 관하여(1996. 12)'는 졸저 『흔들리는 분단체제』(창작과비평사 1998)의 제9장으로 이미 수록된 바 있기에 여기서는 생략했다. 또한 각주 중 [ ] 안에 든 부분도 이번에 덧붙인 추가설명이다.] 그나마 황광수(黃光穗) 주간의 끈질긴 권면과 번역 초고를 만들어준 김명환(金明煥) 교수의 도움이 있어서 겨우 가능했음을 밝히며 감사의 뜻을 표한다.

2 Etienne Balibar and Immanuel Wallerstein, *Race, Nation, Class*, Verso 1991, 81면. [월러스틴의 책은 물론이고 나 자신의 발제문에서도 영어의 'nation'이 혈연공동

체로서의 민족(=종족, ethnos, race)이 아니고 근대적 국민국가의 국민 또는 그러한 국민국가를 지향하는 준국민적 민족이라는 설명을 따로 붙일 필요가 없었다. 그러나 한국어로 번역하는 마당에서는 그러한 주석이 필요한 것이, 세계에서 유례가 드물게 종족적·언어적 동질성이 높은 한반도 주민에게는 비록 통일된 국민국가가 없지만 '정치적인 단위로서의 민족' 내지 '국민으로서의 민족'과 혈연적·문화공동체적 '민족'의 차이가 간과되기 일쑤이기 때문이다.]

3 Paik Nak-chung, "South Korea: Unification and the Democratic Challenge", *New Left Review* 197, 1993년 1·2월호 참조.

4 Karl Marx and Friedrich Engels, *The Communist Manifesto* (Penguin Books 1967), 84면.

5 Fredric Jameson, "The State of the Subject (III)", *Critical Quarterly*, 1987년 겨울호.

6 Horst Günther 편, *Goethe: Schriften zur Weltliteratur*, Insel 1987, 편자 해설 중 337~38면 참조.

7 Johann Wolfgang von Goethe, *Conversations with Eckermann*, tr. John Oxenford, North Point Press 1984, 133면.

8 Tariq Ali, "Literature and Market Realism", *New Left Review* 199, 1993년 5·6월호, 144면.

9 Partha Chatterjee, *The Nation and Its Fragments*, Princeton UP 1993, 5면.

10 이에 관해서는 Paik Nak-chung, "The Idea of a Korean National Literature Then and Now", *positions: east asia critiques* 1권 3호, 1993 참조. [이 문건은 짤막한 머리말과 함께 1974년의 졸고 「민족문학 개념의 정립을 위해」의 영역본과 그로부터 거의 20년 뒤가 되는 1993년에 미국 캘리포니아 주립대학에서 행한 "Decolonization and South Korea's 'National Literature' Movement"의 강연원고를 묶어 실은 것이다.]

11 *Race, Nation, Class*, 64면.

제1부 세계문학의 개념들 • 유희석

1 연구자료를 좀더 찾아봐야겠지만 세계문학에 관한 괴테와 맑스의 발상을 하나로 묶어 '괴테·맑스적 기획'(the Goethean-Marxian project)으로 명시적으로 표현한 것은 백낙청이 처음이 아닌가 짐작된다. Paik Nak-chung, "Nations and Literatures in the Age of Globalization", Frederic Jameson and Masao Miyoshi, eds., *The Cultures of Globalization* (Duke UP, 1998) p. 224. 이 글의 번역본은 백낙청 『통일시대 한국문학의 보람』(창비 2006)과 이 책 1부에 실려 있다.

2 그중에서 "19세기 중반부터 1차대전에 이르는 기간은 두가지 이유로 중요하다. 첫째, 이 기간에 유럽의 제국주의와, 그 결과로 정치가와 비평가 들 모두가 유럽적 제국주의 기획을 지지하여 만들어낸 수사학이 최고도에 다다랐다. 둘째, 비교문학과 세계문학의 비평적 관행이 북미와 유럽에서 학계의 자리, 학과들, 선집, 학술지 등의 형태로 제도화된 때가 바로 이 기간이다." Kate McInturff, "The Uses and Abuses of World Literature", *The Journal of American Culture* (June 2003) 229면.

3 가령 Gayatri Spivak, *Death of a Discipline* (Columbia UP 2003) 참조.

4 전영애 「비교문학의 장(場)—"세계문학 Weltliteratur"」, 『독일문학』 88집(2003), 267면.

5 이 네가지 범주의 세계문학 외에 하나를 더 꼽는다면 프랑꼬 모레띠(Franco Moretti)가 도발적으로 내세운 해명해야 할 '문제'로서의 세계문학이 있을 수 있겠다. 그의 발상은 앞서 열거한 모든 세계문학 개념의 극복을 겨냥했다고 해도 과언이 아니다. 참신한 발상 및 통념을 깨는 도발적인 문제제기가 돋보이고 특히 정전주의 혁파에서 두드러진 성과를 냈다고 본다. 그러나 그의 도전적·도발적인 발상이 여러 문제점을 남긴 것도 사실이다. 구체적인 텍스트 읽기(close reading)를 모레띠 자신도 원용한 세계체제론과 어떻게 창의적으로 접목할 것인가를 고민하기보다는 전문가집단이 각자 수행한 작품해석을 수합하여 모든 텍스트 분석에 적용 가능한 추상적인 도식 내지는 공약수를 만들어내는 데 치중한 것이다. 그는 해당언어권 전문가들의 '읽기'를 유물론적 형식분석으로 수렴하는 '디스턴트 리딩' (distant reading)이라는 방법론을 주창했지만 (그의 공언과는 달리) 기존 비교문학의 틀을 온전히 벗어나지 못했으며, 정전숭배의 혁파와는 차원이 다른 고전의 비판적 재평가 작업에서 오히려 거리가 멀어졌다는 비판도 면키 힘들다. 이에 관한 논의는 졸고 「세계문학에 관한 단상: 프랑꼬 모레띠의 발상을 중심으로」, 『근대 극복의 이정표들』(창비 2007) 405~25면 참조.

6 영문학의 경우 분단 이후 북한의 연구 및 번역 사정을 살핀 논문으로는 김영희 「북한 영문학 서설」 및 최경희·홍유미 「북한의 셰익스피어」, 『안과밖』 11호(2001년 하반기) 참조.

7 Thomas Carlyle, *On Heroes, Hero-Worship and the Heroic in History* (University of Nebraska Press 1966) 113면.

8 길게 논할 여유는 없지만 국민문학의 '보편문법'을 해체한다는 구실로 '비스듬히 읽기'(oblique reading)라는 해법을 내놓은 박선주의 입론도 예외가 아니다. 단일언어와 단일독자라는—그런 언어와 독자를 상정하는 논자 자신의 논리부터가 단일성에 매몰될 위험이 있는 것은 아닌지 자문함직하다—대상을 급진적으로 해체

하려는 박선주의 논의는 무엇보다 서구의 급진적 비평가들처럼 국민문학의 성취를 도외시하는 문제를 안고 있다. 서구 국민문학의 위업을 우리의 것으로 소화하는 과제는 물론 도대체 국민국가의 보편문법으로 포괄할 수 없는 비서구세계의 문학유산의 엄밀한 인식도 태부족인 것은 바로 그 때문이다. 민족·국민국가의 한계를 넘어서겠다는 '트랜스내셔널'의 문제의식이 그 도발성에 값하는 내용을 확보하기 위해서는 '비스듬히 읽기' 자체의 헛심도 스스로 돌아볼 일이다. 박선주「트랜스내셔널 문학: (국민)문학의 보편문법에 대한 문제제기」,『안과밖』28호(2010년 상반기) 참조.

9 하루끼 문학에 관한 국내 논자들의 평가는 극단적으로 이분화되어 있는 실정이다. 하루끼의 문학적 성취를 일면 인정하는 필자로서는 카라따니 코오진의 평가에 동의하는 편이다. 실제로 하루끼의 대중적 명성은 코오진이 근대문학의 종언을 선포하는 데 상당한 영향을 끼친 요인 가운데 하나이기도 한데, 무라까미 하루끼로 표상되는 현상을 한마디로 표현한다면 '통속적 대중문학의 세계화'다. 코오진 자신이 "통속적 대중문학의 세계화"라는 말을 직접적으로 쓴 바는 없으나 오오에 겐자부로오의 작품과 하루끼의 작품을 비교하면서 그가 내린 결론은 사실상 그것이다. 가라따니 고진 지음, 조영일 옮김,『역사와 반복』(도서출판 b 2008) 105~79면 참조. 물론 코오진의 분석에 동의하는 경우라도 하루끼 문학과 하루끼 현상을 구분할 필요가 아주 없어지지는 않는다. 그러나 하루끼 문학의 문학성에 대한 비평적 판단에 관한 한 다음과 같은 한 창작자의 고백을 참조해볼 수도 있을 것이다.

"처음 소설을 쓰기 시작했을 때 내가 의식적으로 했던 훈련은 하루끼적 세계관과 스타일을 제거하는 것이었다. 사실 아주 처음에는 아무 생각이 없었다. 그냥 써지는 대로 썼다. 처음엔 쓰는 것만으로도 벅찼다. 그런데 얼마 안 가 내 글에 달라붙어 있는 하루끼적인 요소들, 그리고 그것들에 대한 동경이 내 글을 망치고 있다는 걸 발견했다. 난 그의 (초기) 소설이 가지고 있는 세련됨, 투명한 문장, 독특한 유머, 허무주의, 미국적 요소, 후기자본주의 시대의 매끈한 풍경 따위를 정말 사랑했다. 그런 걸 쓰고 싶었다. 그런데 한편으론 내가 거절해야 할 것은 바로 그런 거라고 생각했다. 더이상 그의 이야기들이 내가 쓸 나의 시대에 맞지 않는다고 생각했다. 확실히 더이상 세계는 그가 처음 소설을 쓰기 시작하던 시대가 아니었다. 오히려 그 모든 것이 환상에 지나지 않았나 싶을 정도로 철저하게 붕괴되어 있었다. 이미 해결되었다고 생각되는, 역사와 함께 사라졌다고 생각되는 그런 구식의 문제들―전쟁과 가난, 근본주의와 테러리즘과 인종주의 따위는 오히려 점점 더 우리의 일상생활을 뒤흔들고 있었다. 더이상 그가 했던 것과 같은 방식으로 세계를 묘사할 수 없다는 생각이 들었다." 김사과「하루끼와 나」,『오늘의 문예비평』73(2009), 184면.

10 Pascale Casanova, *The World Republic of Letters*, trans. M. B. Debevoise (Harvard UP 2004) 참조. 앞으로의 논의는 이 영문텍스트에 근거한다.

11 Pascale Casanova, 같은 책 94면.

12 중심부의 영향과 주변부의 수용이라는 도식에 균열을 가한 학자가 까자노바만 있는 것은 물론 아니다. 프랑스문학에서조차 주변부와의 '접촉'을 제대로 고려하지 않고서는 '기점문학'(source literature)으로서의 프랑스 현대문학을 논하는 것이 사실상 하나의 관념에 불과함을 조목조목 따진 글로는 줄리언 아일린, 박여선 옮김 「최근의 세계문학 논쟁과 (반)주변부」, 『안과밖』 18호(2005년 상반기) 117~33면 참조. 원문은 Julien Eileen, "Arguments and Further Conjectures on World Literature", *Studying Transcultural Literary History*, ed., Gunilla Lindberg-Wada (New York: Walter de Gruyter 2006) 122~32면.

13 까자노바의 입론에 대한 비판에서 백낙청의 경우는 반주변부 개념의 결락 여부를 결정적인 하자로 간주하지는 않는 입장이다. "근본적인 문제점은 오히려 '세계공화국'이라는 발상 자체, 더구나 그것이 '본초자오선' 혹은 '그리니치 표준시'(the Greenwich meridian)에 해당하는 보편적 기준을 가진 공화국이라는 발상"에 있다는 것이다. 나 자신은 그 발상을 떠받치는 '모더니티' 자체를 문제삼은 만큼 넓게 보면 큰 이견이 없다고 보는데, 다만 이때의 모더니티가 백낙청의 지적처럼 "자본주의 근대가 한참 전진된 지역 내에서 그때그때 최신의 수준에 도달함으로써 성취되는" '현대성'이라는 점은 좀더 유의했어야 하지 않나 싶다. 백낙청 「세계화와 문학―세계문학, 국민/민족문학, 지역문학」, 영미문학연구회 2010년 봄 학술대회 발표자료집 5~6면 참조.

14 국내에 소개된 마샤두의 『브라스 꾸바스의 사후 회고록』에 관한 논의는 호베르뚜 슈바르스, 황정아 옮김 「주변성의 돌파: 마샤두와 19세기 브라질문학의 성취」, 『창작과비평』 2008년 겨울호(이 책 73~101면) 참조; Roberto Schwarz, "A Brazilian Breakthrough", *New Left Review* 36 (2005) 91~107면; 마샤두와 슈바르스에 대해서는 졸고 「세계체제의 (반)주변부와 근대소설: 식민지근대의 극복을 화두로」, 『창작과비평』 2010년 봄호에서 약간은 더 자세히 다룬 바 있다.

15 크리스띠앙 쌀몽 「말[言語]의 학살」, 박준상 옮김, 『창작과비평』 2002년 여름호, 108면.

16 다음과 같은 괴테의 발언 참조. "Poetry is cosmopolitan, and the more interesting the more it shows its nationality" J. W. von Goethe, "On World Literature", *Essays on Art and Literature*, trans. Ellen von Nardroff (New York: Suhrkamp Publishers 1986) 228면.

17 지난 3년간의 한반도 정세에 대해서는 특히 백낙청『어디가 중도며 어째서 변혁인가』(창비 2009) 1부 참조.

18 이에 관한 최근 논의는 백낙청「'포용정책 2.0'을 향하여」,『창작과비평』2010년 봄호 참조. 인용은 92면.

19 그러나 동시에 필자는 한 평문―「통일시대를 위하여―2000년대 소설을 중심으로」(『근대 극복의 이정표들』창비 2007, 201~46면)―의 말미에서 "어떤 경우든 분단시대를 침식해들어가는 '통일시대'의 전체상을 파악하려는 노력을 포기할 수 없"음을 강조하면서 "남한의 '민족문학'과 북녘의 현실이 만나 창조적인 문학으로 진화하는 과정에서 통일시대도 앞당길 수 있기를 희망"했다.

20 필자가 지난 30년간 한국문학 지평에서 일어난 역사적 변화를 간략히 조감하면서 남한과 북한의 일반 독자가―주로 '모성'이라는 소재 차원에 국한될망정―모두 호응할 수 있을 작품으로 신경숙의『엄마를 부탁해』(창비 2009)를 영미권 독자에게 집중적으로 소개한 것도 대체로 이런 생각에서였다. 졸고 "Promoting Korean Literature?: A Short Note", *World Literature Today* 2010년 1/2월호, 53~55면.

제1부 주변성의 돌파 • 호베르뚜 슈바르스

1 Paulo Emilio Salles Gomes, *Cinema: trajetoria no subdesenvolvimento*, Rio de Janeiro 1980, 77면.

2 영어 번역본은 'Epitaph of a Small Winner'라는 제목으로 1952년에 나왔다.[이후 원제를 그대로 살린 번역본이 출간되었다. *The Posthumous Memoirs of Bras Cubas*, trans. G. Rabassa, Oxford Univ. Press 1998 ―옮긴이]

3 이 전략은 하이네와 플로베르, 보들레르의 반부르주아 미학과 상통한다. Dolf Oehler, *Ein Höllensturz der Alten Welt*, Frankfurt am Main 1988 참조.

제2부 세계와 만나는 중국소설 • 이욱연

1 이기호·정이현·박민규·김애란·신형철 좌담「한국문학은 더 진화해야 한다」,『문학동네』2007년 여름호, 102~103면.

2 독일의 중국학자 Wolfgang Kubin(중국명 顧彬)의 언급. http://news3.xinhuanet.com/book/2006-12/11/content_5466732.htm 참조.

3「〈世界文學〉出中國專刊莫言余華格非非議'出口'」,『新京報』2007年 6月 21日.

4 위화「한국어판 서문」,『형제』1권, 휴머니스트 2007.

5 洪子誠『讀有關〈暗示〉的批評』, 海南師範學院學報(社會科學版) 2004年 第1期 第17

卷(總69期), 2면.

6 졸고 「중국문학으로 가는 길」, 『창작과비평』 2005년 겨울호, 338~43면.

7 같은 글 335면.

8 필자의 위화에 대한 개인 인터뷰 기록(2007).

9 『一個人的聖經』, 香港:天地圖書 2000, 401면.

10 Nick Robinson, "To Live under Communism", 『살아간다는 것』(*To Live*)에 대한 인터넷서점 Amazon의 독자서평.

11 Bryan Walsh, "Collective Tragedy", *Time*, 2003. 11. 9.

12 J. Bauer, "A Moving Story of a Family? Struggles during Mao's Era", 『허삼관매혈기』(*Chronicle of a Blood Merchant*)에 대한 Amazon 리뷰.

13 Kate Finefrock, "The Blissful Ignorance in a Tragic Life", 같은 곳.

14 「爲什麼捧余華?」, 「中華文化社區網」(www.sinoct.com), 2003年 3月 18日.

15 리처드 킹(Richard King)의 『살아간다는 것』과 『허삼관매혈기』에 대한 리뷰, http://mclc.osu.edu/rc/pubs/reviews/king.htm.

16 개인적인 판단으로 위화의 신작 『형제』는 이런 관점에서 보자면, 퇴화이다. 중국에서는 일부 평론가들이 위화가 그전에는 서구를 의식하지 않으면서 독자적인 문학세계를 구축했지만, 『형제』의 경우 해외 독자들을 의식하면서 서구에 보여주기 위한 차원에서 이전과 다른 식의 문혁 묘사를 했다고 지적하기도 한다. 위화의 세계로 가는 발걸음은 약이 아니라 독이 될지도 모를 기로에 서 있다.

제2부 세계문학의 쌍방향성과 미국 소수자문학의 활력 • 한기욱

1 김재용, 마카란드 파란자페, 파크리 쌀레의 대담 「유럽중심주의를 버려야 한다는 것만으로는 부족하다」, 『아시아』 2007년 겨울호, 23~24면 중 파란자페의 발언 참조.

2 졸고 「지구화시대의 세계문학: 20세기 후반 아메리카대륙의 소설문학을 중심으로」, 『창작과비평』 1999년 가을호. 이 글의 주된 주장은 '쌍방향의 세계문학'이다. 세계문학이 구미 중심부의 '선진' 문학에서 주변부 제3세계의 '낙후된' 문학으로 나아가는 일방통행이 아니라, 거꾸로 주변부 민중의 밝은 눈으로 중심부 담론·서사의 서구중심주의나 식민주의를 비판하기도 하는 "쌍방향의 교호작용"이 되어야 한다는 주장이다(52면). 세계문학의 쌍방향성은 비판이자 배움을 뜻한다. 주변부가 중심부의 성취에서 배우지 못한다면 제3세계의 토착적 전통이나 민족주의에 매몰될 우려가 크기 때문이다.

3 윤지관·임홍배 대담 「세계문학의 이념은 살아 있다」, 『창작과비평』 2007년 겨울호, 35면. 이 책 287면.

4 이기호·정이현·박민규·김애란·신형철 좌담 「한국문학은 더 진화해야 한다」, 『문학동네』 2007년 여름호.

5 그는 한국 독자들이 일본소설을 좋아하는 이유에 대해 이렇게 말한다. "한국이라는 나라 자체가 해방된 후 지금까지 지구의 어떤 나라가 아닌, 일본을 샘플로 발전하고 쫓아온 나라예요. (…) 일본사회는 한국사회와 가장 닮아 있는 사회죠. 그러면서 진도가 우리보다 앞서 있는 거예요. (…) 게다가 글을 쓴 역사가, 또 문화가 우리보다 훨씬 풍부해요. 좋아할 수밖에 없어요." 같은 글, 109면.

6 같은 글, 104면.

7 이현우 「세계문학 수용에 관한 몇가지 단상」, 『창작과비평』 2007년 겨울호. 이 책 제3부.

8 'minority literature'는 주로 '소수민족문학'을 지칭하지만 동성애문학을 포함하는 개념으로도 쓰이기 때문에 '소수자문학'으로 옮긴다.

9 이렇게 실제 역사와 명백히 다른 행로를 가정하는 소설을 '대안역사'(alternate history) 소설이라고 부르고 포스트모던 '역사소설'과 '공상과학소설'의 하위장르로 취급한다.

10 http://www.guardian.co.uk/environment/2008/jan/05/activists.ethicalliving 참조.

11 정여울 「해석을 넘어 창조와 횡단을 꿈꾸다」, 『창작과비평』 2007년 겨울호, 109면.

12 Cristina García, *Dreaming in Cuban* (New York: Ballantine Books 1992), 236면. 강조는 원문.

13 윤지관·임홍배 대담, 23면. 이 책 275면.

14 Junot Díaz, *The Brief Wondrous Life of Oscar Wao* (New York: Riverhead Books 2007), 3면. 강조는 원문.

15 같은 책, 2면.

제3부 한국문학의 세계화를 둘러싼 쟁점들 • 윤지관

1 영어의 national literature에 해당하는 역어는 '국민문학' '민족문학' 둘 다 가능한데, 이 글에서는 한 나라의 문학이라는 좀더 중립적인 의미가 강한 경우에는 '국민문학'을, 민족의 위기에 대응하는 문학이라는 비평사적 의미가 실린 경우에는 '민족문학'이라는 말을 쓰되, 구태여 구분하여 사용할 필요가 없을 때는 맥락에 따라 혼용하거나 '민족/국민문학'이라고 표기하기도 하였다.

2 Huck Gutman Ed., *As Others Read Us: International Perspectives on American Literature* (The Univ. of Massachusetts Press 1991). 이 책에는 유럽 중심부의 나라들만이 아니라 터키 그리스 불가리아 등 유럽의 주변 그리고 일본과 중국 등 동아시아도 포함되었으나 한국은 빠져 있다. 이 책이 편집되던 무렵은 한국의 경우 민족문학론적 관점에서의 주체적인 영문학 읽기라는 외국문학 수용의 이념과 방법론이 활발하게 논의되던 시기였다. 이처럼 국내의 주목할 만한 영문학 수용논의에도 불구하고 미국의 '타자' 목록에서 한국이 제외되었다는 것은 문학의 세계담론에서도 한국이 소외되어 있던 현실을 반영한다.

3 빠리를 수도로 하고 유럽의 중심도시들을 축으로 하는 '세계문학공화국'의 발상에 대해서는 영역판 Pascale Casanova, *The World Republic of Letters* (Havard Univ. Press 2004) 참조. 한국문학에 대해서는 소문학들(small literatures)을 논의하면서 주변문학에서 두드러지는 저항적 민족주의 성향이 강한 한국문학의 예로 박경리와 신경림을 거명한다.

4 이와 관련하여 현대문학에서 세계문학 정전으로 유입되는 중요한 통로 가운데 하나인 노벨문학상의 동양권 수상자의 경우를 보면 흥미롭다. 인도문학의 유일한 수상자인 영국식민지 시대 시인 타고르는 영역판 『기탄잘리』 한 편에 의존하여 수상하였고, 동양권의 실질적인 첫 수상자라고 일컬어지는 일본의 카와바따 야스나리는 서양인들의 취향에 맞는 일본적 신비주의를 조장한다는 비판을 받고 있으며, 중국 출신으로는 빠리 망명자로 중국문단에서는 상대적으로 무명인 까오싱젠에게 이 상이 주어졌다.

5 미국 출판산업의 통계를 집산하는 Bowker의 2005년 보고서에 따르면 2004년도 영어권 새 출판물 총 37만 5천종 중 번역서는 전체의 3%에 불과한 것으로 나와 있다. 여기에는 논픽션이나 컴퓨터 매뉴얼 등 비문학서가 포함되어 있거니와 미국 출판에서 정작 성인문학 가운데 해외문학은 874종에 그친다. 그나마 여기서 고전작품이나 대중문예물 들을 빼면 현존 본격작가의 번역서는 더욱 줄어든다. Esther Allen Ed., *To be Translated or Not to be* (Institut Ramon Llull 2007), 24~25면 참조.

6 이 작업은 해방 이후 한국문학의 영역 수준에 대한 총체적인 평가로 주목을 받았는데, 이하 예문은 『영어권 기 출간도서 번역평가 사업』(한국문학번역원 2008)의 검토문을 참조.

7 가령 『날개』의 추천본 작품이 실린 선집은 콜롬비아대학 출판부에서 출간되었다는 점에서 신뢰감을 주지만 같은 선집에 수록된 작품들 가운데 평가대상이 된 이호철(『탈향』) 이청준(『눈길』) 김영하(『도마뱀』) 등이 모두 번역에 문제가 많지만 영어로만 읽으면 수월하게 읽히는 특징이 있는 것으로 지적된다. 여기에는 심각한

'내국화'의 과정이 개입된 것으로 추정된다. 베누티의 관점에 대해서는 Lawrence Venuti, *The Translator's Invisibility: A History of Translation* (Routledge 1995) 참조.

8 일본은 미국 시장에서도 베스트쎌러 목록에 여러 작가가 올라가는 등 세계화의 일정 단계에 도달했음에도, 몇년 전 시작된 현대 일본문학 번역보급사업(JLPP)을 통해 현대 일본 작가의 해외진출에 투자하고 있으며 펭귄의 일본문학 씨리즈도 이 기금의 지원을 받고 있다.

9 중국의 노벨문학상을 위한 국가적 노력은 최근 미국 대학의 박사학위 논문의 주제가 되기도 했는데, 논문은 하와이대학 출판부에서 출판되었다. Julia Lovell, *The Politics of Cultural Capital: China's Quest for a Nobel Prize in Literature* (Honolulu: Hawaii UP 2006).

10 *The World Republic of Letters*, 94면.

11 빠스깔 까자노바 「문학의 세계화의 길, 노벨문학상」, 김우창, 피에르 부르디외 등 지음, 『경계를 넘어 글쓰기』(민음사 2001), 337~38면.

제3부 세계문학 수용에 관한 몇가지 단상 • 이현우

1 이러한 요구에 부합할 만한 글로 가장 먼저 떠올릴 수 있는 것은 '독자의 탄생과 한국 근대문학'을 다룬 천정환(千政煥)의 『근대의 책읽기』(푸른역사 2003) 같은 책이다. 식민지 근대를 주로 다룬 이 책의 '후속편'이 해방 이후 현재까지의 '현대의 책읽기'를 마저 다루게 된다면 거기서 이 주제는 그에 걸맞은 규모로 검토될 수 있을 듯하다. 하지만 그것은 상당한 시간과 노력을 요구하는 '사업'이 될 것이다.

2 괴테의 세계문학론에 대해서는 이미 국내에서도 자세하게 논의된 바 있다. 임홍배 「괴테의 세계문학론과 서구적 근대의 모험」, 『창작과비평』 2000년 봄호 등 참조.

3 천정환, 앞의 책 272~79면.

4 천정환에 따르면, 2000년대 들어서는 이러한 '엘리뜨 독자층' 또한 점차 쇠퇴하고 있다. 천정환 「2000년대의 한국소설 독자 II」, 『세계의 문학』 2007년 봄호 참조. 비록 '한국소설' 독자로서의 '엘리뜨 독자'를 대상으로 한 진단이지만, '문학' 일반에 대한 독서경향도 이와 무관하지 않을 것이다.

5 최근 2006년의 국민 독서실태조사를 근거로 한 표준적인 독자 분석은 백원근 「통계로 본 소설 독자」, 『세계의 문학』 2007년 봄호 참조. 2000년대 베스트쎌러 일반에 대한 분석은 한국출판마케팅연구소 엮음 『21세기 한국인은 무슨 책을 읽었나』, 한국출판마케팅연구소 2007 참조. 문학 베스트쎌러의 경우 '한국문학'과 '외국문학'으로 분류되어 있다.

6 천정환, 앞의 책 344면. 그에 따르면 "러시아문학이 한국문학에 끼친 영향과 그 사

회·문화적 맥락에 대한 논의는 상당히 중요하다. 러시아문학은 한국의 문학가들뿐 아니라 일반 독자에게도 가장 널리 수용된 외국문학이며, 영향의 지속기간도 외국문학이 이입되기 시작한 시기부터 식민지시대 전체와 20세기 후반에까지 걸친다." 같은 책 377면.

7 심지어 국내 한 기업에서 후원하는 러시아의 문학상에조차 '똘스또이문학상'이란 이름이 붙어 있다.

8 같은 책 348면.

9 제2권 6호(1909.7)에 처음으로 번역 소개되었다(한국 출판물에 '똘스또이〔도루스 토이)'란 이름이 처음 나타난 것은 1906년이다).『소년』과 최남선의 똘스또이 수용에 관해서는, 권보드래「『소년』과 톨스토이 번역」,『한국근대문학연구』제6권 제2호, 2005 참조.

10 김려춘「레프 톨스토이와 현대 일본소설의 문제」,『톨스토이와 동양』, 이강은 외 옮김, 인디북 2004, 206면.

11 전후 일본에서 처음 간행된 작품이 『전쟁과 평화』였다고 하며, 아예 1946년 12월에 23권으로 된 똘스또이 전집이 새로 출간되기 시작한다. "유럽 고전작가들 가운데 일본 출판업자들과 독자들의 관심을 그처럼 많이 받은 것은 똘스또이가 유일했다." 김려춘, 앞의 글 208면. 한편 국내에서 똘스또이 전집이 처음 간행된 때는 1970년대 초이다.

12 『톨스토이 단편선』(인디북 2003)은 한 TV 프로그램의 홍보에 힘입어 밀리언쎌러가 되었다.

13 올해 초 발표된 설문결과에서 영어권 현역작가 125명이 꼽은 '최고의 문학작품' 1위에 똘스또이의 『안나 까레니나』가 선정된 바 있다. 플로베르의 『보바리 부인』에 이어서 3위 역시 똘스또이의 『전쟁과 평화』였다. 따라서 똘스또이에 대한 선호 자체가 '한국적인' 것은 아니다.

14 권보드래, 앞의 글 89~90면. 이런 점에 주목해볼 때 "똘스또이의 대중적 수용은 동시대의 『무정』『장한몽』 또는 『옥루몽』의 서사가 대중의 광범위한 인기를 모은 것과 비교되어야 한다"는 천정환의 지적(앞의 책 379면)은 음미해볼 만하다. '한국적 똘스또이'란 무엇보다도 '신파적 똘스또이'였던 것이다.

15 이 노래는 『부활』을 번안한 김지미(까쮸샤), 최무룡(네흘류도프) 주연의 영화 『카쮸샤』(1960)의 주제가이다. 이 영화는 1971년에 문희, 신성일 주연으로 리메이크되는데, 이 정도면 똘스또이의 『부활』은 한국(화한) 작품이라고 해도 무방하겠다.

16 백낙청「서양 명작소설의 주체적 이해를 위해: 똘스또이의 『부활』을 중심으로」, 『민족문학과 세계문학 Ⅱ』, 창작과비평사 1985, 179~80면.

17 『죄와 벌』과 『부활』의 공통적인 의미소로 '창녀'인 여주인공, 시베리아(고난), 갱생(부활) 등을 들 수 있을 것이다.

18 백낙청, 앞의 글 179면.

19 러시아문학 수용에 관한 개관은 엄순천 「한국에서의 러시아문학 번역현황 조사 및 분석」, 『노어노문학』 제17권 제3호, 2005 참조.

20 일본문학 또한 일찍부터 소개되고 한국 작가들에게 많은 영향을 끼치지만, 그것이 '세계문학' 혹은 '외국문학'으로서 수용됐는지는 생각해볼 문제이다. 1950,60년 대만 하더라도 일본어로 읽고 쓰기가 자유로운 작가, 지식인 들이 상당수 있었기 때문이다.

21 외국문학의 번역·이입사에 대해서는, 김병철 『한국근대 번역문학사 연구』, 을유문화사 1975; 『한국현대 번역문학사 연구』 상·하, 을유문화사 1998 참조.

22 김병철 『한국현대 번역문학사 연구』, 192면; 엄순천, 앞의 글 245면.

23 제3세계문학에 대한 선구적인 논의로는 백낙청의 「제3세계와 민중문학」(『인간해방의 논리를 찾아서』, 시인사 1979)을 들 수 있다. 이어서 단행본으로 백낙청·구중서 등의 『제3세계문학론』(한벗 1982)이 출간되었고, 조동일의 『제3세계문학연구 입문』(지식산업사 1991)이 씌어지는 건 그 10년 후이다.

24 Franco Moretti, "Conjectures on World Literature", *New Left Review* 1 (2000); 프랑꼬 모레띠 「세계문학에 관한 단상」, 『세계의 문학』 1999년 가을호.

25 요한 페터 에커만 『괴테와의 대화』, 곽복록 옮김, 동서문화동판주식회사 2007, 233면.

26 프랑꼬 모레띠, 앞의 글 258면. 그러한 새로운 비평방법으로 그가 제시하는 것이 '꼼꼼한 읽기'(close reading)에 대비되는 '멀리서 읽기'(distant reading)이다. 이러한 방법론이 함축하는 추상성에 대한 비판으로는 조너선 애럭 「지구시대의 비교문학과 영어의 지배」, 『창작과비평』 2003년 봄호; 유희석 「세계문학에 관한 단상」, 『근대 극복의 이정표들』, 창비 2007 참조.

27 백낙청 「지구화시대의 민족과 문학」, 『통일시대 한국문학의 보람』, 창비 2006, 77~78면, 이 책 37면. 강조는 원문. 1992년의 한 좌담에서도 백낙청은 이렇게 지적한다. "'세계문학' 하면 흔히 세계의 위대한 고전들을 모아서 세계문학전집 같은 것을 만들어놓고 열심히 읽는 것을 생각하는데, 오히려 괴테 자신은 그보다도 구체적인 상황 속에서 지식인과 문인 들 간의 국제적인 유대를 형성해나가는 것을 염두에 두었던 것 같고 그러한 세계문학 개념의 중요성이 오늘날 점점 더 커지고 있다는 것을 말씀드리고 싶습니다." 『백낙청 회화록 3』, 창비 2007, 182면.

28 백낙청, 같은 글 77면에서 재인용.

29 이런 관점에 충실하자면 '세계문학'의 초점은 '세계 각국의 문학'이 아니며 따라서 '세계문학사'가 아니다. 세계문학에 대한 모레띠의 문학사가적 접근은 이 점을 간과하고 있는 것으로 보인다.

30 같은 글 84면.

31 "진정한 분단체제 극복—즉 민중역량이 의미있게 투입된 통일이어서 민족국가의 고정관념이 아니라 지구화시대 다수민중의 현실적 요구에 부응하는 국가구조의 창안을 이끌어내는 통일—이 이루어진다면, 그것은 세계체제 자체의 결정적인 재편을 뜻하고 어쩌면 더 나은 체제로 이행하는 결정적 발걸음이 될지도 모른다." 같은 글 84~85면.

32 카라따니 코오진 「세계종교에 대하여」, 『언어와 비극』, 조영일 옮김, 도서출판 b 2004.

33 카라따니에게서 공동체의 종교와 세계종교 간의 차이는 공동체적 규범으로서의 도덕과 윤리 간의 차이에 상응한다. 그의 도덕/윤리에 대해서는 카라따니 코오진 『윤리21』, 송태욱 옮김, 사회평론 2001 참조.

34 카라따니 코오진, 앞의 책 251~55면. 카라따니는 프로이트의 「모세와 일신교」에서 '세계종교의 기원'을 읽어내고자 하는데, 그에 따르면 유대교에는 야훼의 신(야훼라는 신)과 모세의 신이 혼합되어 있으며 이 둘은 각각 '공동체의 종교'와 '세계종교'의 계기로서 분리/식별 가능하다.

김영희(金英姬) 한국과학기술원 교수, 영문학.『창작과비평』편집위원. 저서
　　및 역서로『비평의 객관성과 실천적 지평―리비스와 레이먼드 윌리엄즈
　　연구』『영국 소설의 위대한 전통』『토박이』『가든파티』등이 있다.

방현석 중앙대 교수, 소설가, 계간『아시아』편집주간. 저서로『내일을 여는
　　집』『당신의 원편』『아름다운 저항』『하노이에 별이 뜨다』『랍스터를 먹
　　는 시간』등이 있다.

백낙청(白樂晴) 서울대 명예교수, 영문학.『창작과비평』편집인. 최근 저서
　　로『통일시대 한국문학의 보람』『한반도식 통일, 현재진행형』『백낙청 회
　　화록』『어디가 중도며 어째서 변혁인가』등이 있다.

백원근(白源根) (재)한국출판연구소 책임연구원, 일본출판학회 정회원. 저
　　서로『출판사전』(공편)『번역출판』(공저) 등이 있다.

유희석(柳熙錫) 전남대 교수, 영문학.『창작과비평』편집위원. 저서 및 역서
　　로『근대 극복의 이정표들』『비평의 기능』『근대화의 신기루』(공역)『지식
　　의 불확실성』등이 있다.

윤지관(尹志寬) 덕성여대 교수, 영문학. 저서 및 역서로『놋쇠하늘 아래서』

『근대사회의 교양과 비평』『민족현실과 문학비평』『언어의 감옥: 구조주의와 형식주의 비판』 등이 있다.

이석호(李錫虎) (사)아프리카문화연구소 소장, 원광대학교 학술연구교수. 역서로『검은 피부, 하얀 가면』『탈식민주의와 아프리카 문학』『제3세계 문학과 식민주의 비평』『어떤 태풍』『검은 새의 노래』 등이 있다.

이욱연(李旭淵) 서강대 교수, 중문학. 저서 및 역서로『중국이 내게 말을 걸다』『포스트 사회주의 시대의 중국문화』『아침꽃을 저녁에 줍다』『인생은 고달파』『장맛비가 내리던 저녁』 등이 있다.

이현우(李玄雨) 한림대 연구교수, 노문학. 저서로『로쟈의 인문학 서재』『책을 읽을 자유』 등이 있다.

임홍배(林洪培) 서울대 교수, 독문학. 저서 및 역서로『독일 명작의 이해』(공저)『황석영 문학의 세계』(공편)『미학』(공역)『나르치스와 골드문트』『어느 사랑의 실험』 등이 있다.

정홍수(鄭弘樹) 문학평론가, 도서출판 강 대표. 저서로 평론집『소설의 고독』이 있다.

한기욱(韓基煜) 인제대 교수, 영문학.『창작과비평』 편집위원. 저서 및 역서로『영미문학의 길잡이』(공저)『우리 집에 불났어』『마틴 에덴』『브루스 커밍스의 한국현대사』(공역)『필경사 바틀비』 등이 있다.

호베르뚜 슈바르스(Roberto Schwarz) 브라질 깜삐냐쉬대 문학부 교수. 저서로『자본주의 주변부의 거장, 마샤두 지 아씨스』(Um Mestre Na Periferia do Capitalismo: Machado de Assis),『잘못 적용된 개념들: 브라질 문화에 관한 에쎄이』(Misplaced Ideas: Essays on Brazilian Culture) 등이 있다.

황정아(黃靜雅) 이화여대 연구교수, 영문학. 역서로『도둑맞은 세계화』『쿠바의 헤밍웨이』『이런 사랑』『종속국가 일본』(공역)『내게 진실의 전부를 주지 마세요』 등이 있다.

창비담론총서4

세계문학론

초판 1쇄 발행 / 2010년 12월 27일

엮은이 / 김영희 유희석
펴낸이 / 고세현
책임편집 / 김정혜 전성이
펴낸곳 / (주)창비
등록 / 1986년 8월 5일 제85호
주소 / 413-756 경기도 파주시 교하읍 문발리 513-11
전화 / 031-955-3333
팩시밀리 / 영업 031-955-3399 편집 031-955-3400
홈페이지 / www.changbi.com
전자우편 / literat@changbi.com
인쇄 / 영신사

ⓒ (주)창비 2010
ISBN 978-89-364-8330-2 03800
　　　978-89-364-7977-0 (세트)